ELSIE CHAPMAN

DU ODER ICH

ELSIE CHAPMAN

DU ODER ICH

Thriller

Aus dem Amerikanischen
von Alexandra Baisch

Knaur

Die amerikanische Originalausgabe erschien 2013 unter dem Titel
»Dualed« bei Random House, New York.

Besuchen Sie uns im Internet:
www.knaur.de

FSC
www.fsc.org
MIX
Papier aus verantwortungsvollen Quellen
FSC® C006701

Redaktion: Kathrin Wolf
Umschlaggestaltung: ZERO Werbeagentur, München
Umschlagabbildung: FinePic®, München
Satz: Adobe InDesign im Verlag
Druck und Bindung: CPI – Ebner & Spiegel, München
Printed in Germany
ISBN 978-3-426-65329-6

2 4 5 3 1

Für Jesse, Matthew und Gillian

1

Ich habe fast alle, die ich liebe, zu Grabe getragen.

Das ist der Gedanke, der mir durch den Kopf schießt, während ich im Restaurant sitze und am Bündchen meines Pullis genau da herumzupfe, wo es ohnehin schon völlig abgewetzt ist. In dieser viel zu grellen Beleuchtung sieht der billige, schwarze Baumwollstoff der Jacke, die ich für gewöhnlich bei Beerdigungen trage, abgeschossen, grau und vom Gebrauch ganz verschlissen aus.

Mir gegenüber starrt Luc ausdruckslos auf die Karte. Auch seine schwarzen Sachen sind nicht wirklich der letzte Schrei. Die Jacke sitzt viel zu eng an den Schultern, spannt regelrecht, und die Ärmel sind viel zu kurz, reichen nicht einmal bis an seine Handgelenke. Mit seinen siebzehn Jahren ist mein Bruder größer, als Aave es war. Und seit Ehm nicht mehr da ist, bin ich zwangsläufig das größte Mädchen.

Ich werfe meine Speisekarte auf den Tisch. »Ich nehme wohl einfach das Gleiche wie sonst auch immer.«

Angewidert und verständnislos schüttelt Luc den Kopf und blickt zu mir auf. »Warum kommen wir noch mal hierher? Das Essen ist doch einfach zum Kotzen.«

»Wegen Aave, glaube ich. Er hat immer gesagt, das *Balthazar's* sei eines seiner Lieblingsrestaurants hier im Grid. Und irgendwie sind wir wohl einfach … dabei geblieben.«

»Ja, wahrscheinlich. Aber ganz ehrlich, der Magen dieses Typen muss aus Stahl gewesen sein.«

Ich spiele mit der Gabel herum, die neben meiner Hand liegt, und frage mich, ob irgendein Substitut jemals dazu gezwungen war, seinen Auftrag mit Hilfe einer Gabel abzuwickeln. So als letzter Ausweg und weil er sich in die Ecke getrieben gefühlt hat. Ob ein paar spitze Zinken ausreichten, um den Tod abzuwehren, wenn es einem bestimmt war zu überleben?

»Was hältst du bislang von deinem diesjährigen Kampfunterricht?«, durchdringt Lucs Stimme meine umherschweifenden Gedanken und den Lärm der Leute, die um uns herum sitzen.

»Bislang?«, seufze ich auf. »Ich zähle schon die Tage, bis es endlich mit dem Waffenunterricht losgeht. Du weißt gar nicht, wie glücklich du dich schätzen kannst, schon so weit zu sein.«

»Hey, was ist falsch an Kampfunterricht?« Lucs dunkelbraune Augen blitzen mich amüsiert an. »Immerhin ist es nicht so übel wie Kinetik, das musst du zugeben.«

Kinetik, das Studium von Körper- und Muskelbewegungen, ist die Grundstufe des Kurses »Fertigkeiten für Substitute« und im Wesentlichen das, was man im ersten Schuljahr lernt. Im zweiten und dritten Jahr folgen dann die Kampfklassen, wo man beigebracht bekommt, seinen Körper effektiv einzusetzen – doch sollte es tatsächlich zum Kampf kommen und ich würde vor die Wahl zwischen simplem Körpereinsatz oder künstlich produziertem Stahl gestellt, dann würde meine Entscheidung immer gleich ausfallen, und zwar jedes einzelne Mal. Die Kugel eines Substituts erreicht ihr Ziel schnell, noch ehe man wirklich darüber nachdenken kann, wie man die Hand zur Faust ballt, ohne sich beim Zuschlagen sämtliche Knochen zu brechen. Erst wenn man an die Waffen kommt, lernt man die Feinabstimmung beim Zielen und Abfeuern einer Schusswaffe, die Bestimmung des richtigen Dreh- und Abwurfmoments einer Klinge und die tänzerische Anmut beim Schwingen eines Dolchs.

»Okay, meinetwegen, nichts ist auch nur annähernd so schlimm wie Kinetik«, sage ich zu Luc. »Aber das ändert nichts daran, dass das zweite Jahr Kampfunterricht nur ein Lückenfüller ist.« Mit meinen fünfzehn Jahren habe ich eben gerade das dritte Jahr an der *Torth Prep* begonnen. In Kershs städteübergreifendem Lehrplan wird Waffenunterricht erst in den letzten beiden Jahren, vier und fünf, angeboten. »Jeder weiß, dass Waffenunterricht das einzige Training ist, das nicht völlig umsonst ist.«

»Ach komm, du musst nur noch dieses eine Jahr durchhalten, dann bist du an der Reihe.«

Ich nehme das Messer und lasse es in meiner Hand rotieren, bis es in der richtigen Position liegt.

»Entspann dich mal, West«, sagt Luc und gestikuliert in Richtung der Bedienung, die auf uns zukommt. »Sonst machst du Bren noch Angst.«

Langsam lasse ich das Messer sinken.

»Zwei meiner Lieblingskunden«, sagt Bren lächelnd zu uns. Doch ich kann das Mitgefühl in ihrem Blick sehen. »Es tut mir so leid, was ich über euren Vater erfahren habe. War er krank?«

Ich schaue zur Seite, es ist mir egal, ob das unhöflich ist. Was auch immer Luc ihr erzählen will, ist seine Sache. Ich weiß nur, dass ich die Worte nicht aussprechen kann.

Es kommt mir wie eine Ewigkeit vor, ehe er antwortet. »Ja, er war krank, Bren.«

Nah genug an der Wahrheit, schätze ich.

»Kann ich bitte einfach nur den Hähnchensalat bekommen?«, frage ich unvermittelt. Es ist schon spät, längst keine Abendessenszeit mehr, und ich weiß auch gar nicht, ob mir wirklich nach Essen zumute ist. Aber wir sind nun mal hier, und ich würde alles tun, um sie von weiteren Fragen abzuhalten.

»Klar.« Brens Blick schnellt unsicher zu mir herüber. »Du

weißt, dass das bloß ausgemerzte Tauben sind, ja? Hähnchen steht nur auf dem Menü für Vollendete.«

»Bis wann?«

»Ach, da bin ich mir nicht so sicher. Du weißt ja, wie das ist.«

»Klar, das passt so«, sage ich ihr. Muss es ja auch. Vollendete bekommen das beste Essen. Anwärtern wie Luc und mir werden Abfall, Reste und Übriggebliebenes serviert. Nichts von den guten Sachen, bis auch wir zu Vollendeten werden.

»Nur ein Cheeseburger«, sagt Luc zur Bedienung. »Danke.«

»Wird nicht lange dauern.« Sie geht weg.

»Mhmmm, lecker«, sage ich zu Luc. »Du bestellst das immer noch, als wärst du davon überzeugt, es würde irgendwie anders schmecken. Dabei ist es noch nicht einmal Fleisch, nur irgend so eine Ersatzmasse.«

»Das ist keine Ersatzmasse, das ist ein … Proteinschub.«

Zum ersten Mal an diesem Tag lache ich. »Ja klar, wem willst du das weismachen? Wahrscheinlich sprießt dir irgendwo ein drittes Auge oder so was Ähnliches.«

»Hey, es könnte ganz hilfreich sein, ein drittes Auge zu haben, wenn man zum Aktivierten wird …«

Ein heftiger Knall. Man könnte ihn für einen Donnerschlag halten oder die Fehlzündung eines Autos. Doch da ich nun mal da lebe, wo ich lebe, kann ich es sofort zuordnen. Schüsse. Ganz in der Nähe.

»Abwicklung eines Auftrags«, schlussfolgert Luc, blickt über meine Schulter hinweg nach draußen und bestätigt so meine Vermutung. »Direkt auf der anderen Straßenseite.«

Mit angehaltenem Atem drehe ich mich um, um die Gestalten der beiden Substitute da draußen sehen zu können: leicht verzerrt durch die kugelsichere Scheibe und kaum mehr als ein verschwommener Schatten im diesigen

Licht der Straßenlampen, doch ihre Bewegungen sind vertraut, eine Choreographie von Schritten, die jeder Bewohner von Kersh schon mal gesehen hat. Einer der Substitute geht schließlich zu Boden. Der andere beugt sich über ihn, überprüft die Vitalfunktionen. Überrascht stelle ich fest, dass man ihre Silhouetten fast für zwei Liebende halten könnte.

Doch das sind sie nicht. Sie sind Substitute. Feinde von Geburt an. Und jetzt ist einer der beiden tot, was bedeutet, dass der andere seinen Auftrag erfüllt hat. Er geht die Straße hinunter, lässt seine Kindheit, ein vergangenes Leben hinter sich, einfach so, abgestreift wie den Overall eines Gefangenen.

Als ich wieder in der Lage bin zu atmen, drehe ich mich um und sehe Luc an, der noch immer aus dem Fenster starrt, einen merkwürdigen Ausdruck im Gesicht, nicht ganz er selbst. Um uns herum nehmen die anderen Gäste ihre Gespräche wieder auf und fahren mit dem Essen fort. Eine Bedienung bringt eine Bestellung zu einem Tisch in der Ecke.

»Hey, versprich mir etwas«, platze ich heraus. »Sollte ich als Erste sterben – wenn ich also als Unvollendete abtrete –, dann musst du etwas für mich tun.«

Sein Blick treibt zu mir zurück. Ich kann sehen, dass sich die Szene noch immer in seinem Kopf abspielt, aber es sind keine fremden Substitute, die gegeneinander kämpfen. Ich bin es mit meinem, er mit seinem, Freunde mit den ihren.

»Ein Versprechen?«, fragt er. Er greift zu seinem Glas, trinkt aber nicht daraus, sondern stellt es wieder ab.

»Dass du, wenn dein Auftrag kommt, an nichts anderes mehr denkst als daran, wie du deinen Substituten zur Strecke bringen kannst. Dass du dich von nichts ablenken lässt, bis du deinen Auftrag abgeschlossen hast.«

Ganz leicht verzieht er den Mundwinkel zu einem Lächeln. »Tja, ja, warum sollte ich nicht …«
»Und dass du das Leben führen wirst, das Mom und Dad sich für dich gewünscht haben. Den ganzen Mist, über den ihr immer geredet habt – Schule, ein sicherer Schreibtischjob, der dir vermutlich mehr einbringt, als du dafür arbeiten musst. Heiraten, alt und dick werden. Irgendwo in einem Vorort ein schönes Haus kaufen. Kinder, wenn du das willst.«
Luc lacht. Jetzt ist er wieder ganz er selbst. »Du bist verrückt, weißt du das?«
»Das ist es doch, was du willst, oder?«
»Ich weiß nicht«, er zuckt mit den Schultern. »Vielleicht, schon möglich …«
»Dann versprich, dass du losziehen und tun wirst, was auch immer du im Sinn hast, wenn du erst ein Vollendeter bist.« Ich meine es genau so, wie ich es sage. Plötzlich scheint es mir wichtig, dass er das weiß. Als Bruder ist Luc so gut, wie ein Bruder nur sein kann. Er ist wirklich nett, hat keine nennenswerten Macken im Hirnkästchen und kann auch richtig lustig sein, wenn er will. Wenn man seine Größe, die glatten, ansprechenden Gesichtszüge, seine dunklen Augen und sein dunkles Haar dazurechnet, läuft es eigentlich richtig rund für ihn. Nur noch eine letzte Hürde, die genommen werden muss.
»Schon gut, schon gut«, wehrt er mit den Händen ab. »Ich werde mein Bestes geben. Nicht in Bezug auf das Dickwerden, sondern mit dem ganzen Rest. Aber du weißt schon, dass das für beide Seiten gilt, oder?«
»Was, für mich? Heiraten und Kinder? Ach, komm schon.« Mich mir selbst als eine reifere, ältere West vorzustellen, als ich momentan bin, fällt mir … schwer. Ich bin durchschnittlich groß, eher schlank, habe die gleichen braunen Augen wie Luc, die Haare tendieren einen Tick

mehr zu Schwarz. Außerdem habe ich hohe Wangenknochen, ein rundliches Kinn und ein Mundwerk, das oft zur falschen Zeit die falschen Dinge sagt.
Jetzt ist es an mir, mit den Schultern zu zucken. »Ich habe überhaupt keine Ahnung, wie ich …«
»Nein, nicht das«, sagt Luc. »Ich meine, was du *tun* willst. Sein willst. Vielleicht irgendwas, was du mit deiner Malerei anfangen willst.«
Bei seinen Worten blicke ich unwillkürlich auf meine Hände, überprüfe nochmals, ob ich auch keine getrocknete Farbe unter den Fingernägeln habe oder von Tinte verschmierte Finger. Aber beim Waschen zuvor habe ich ganze Arbeit geleistet, war sehr viel gründlicher als sonst – keine Ahnung, weshalb, vielleicht aufgrund dessen, was mir heute bevorstand, oder aber weil ich nicht wollte, dass sich die eine Welt mit der anderen vermischt.
Meine Hände umklammern einander. Erst wenn ich meinen Auftrag erfüllt habe, werde ich es wagen, mich zu fragen, was ich vom Leben erwarte.
»Na ja, so richtig weiß ich es nicht«, sage ich schließlich.
»Und da machst du *mir* die Hölle heiß?«
»Tue ich ja gar nicht«, protestiere ich. »Es sieht nur so aus, als hättest du genauere Vorstellungen als ich, das ist alles.«
»Tja, nachdem ich dir bereits zugestimmt habe, musst du *mir* jetzt etwas versprechen«, sagt Luc. »Für den Fall, dass *ich* als Erster den Abgang mache.«
Schon allein der Gedanke, er könnte mich alleinlassen und ich würde als Letzte von uns übrig bleiben, versetzt mir unverzüglich einen schmerzhaften Stich. Ich falte meine Papierserviette zusammen und auseinander, damit sich meine Hände nicht ineinander krampfen. »Ja, okay. Das ist nur gerecht, also schieß los.«
»Wenn du deinen Auftrag bekommst … und es schlecht läuft und du das Gefühl hast, es gibt keinen Ausweg

mehr …, dann versprich mir, dass du dich an Chord wendest und ihn um Hilfe bittest.«
Ich blinzele Luc an. »Chord? Wovon redest du?« Chord ist Lucs bester Freund, jemand, den ich schon fast mein ganzes Leben lang kenne. Er ist nie besonders lange von der Bildfläche verschwunden, aber dass Luc mich darum bittet … nicht nur mich, sondern auch Chord … »Du sprichst doch hoffentlich nicht von einem Sekundantenmord, oder, Luc? Du weißt, dass das nicht erlaubt ist. Wenn das Board das herausfindet …«
»Nein, ich meine keinen SM«, sagt er. Sein Kiefer ist jetzt angespannt, und er sieht aus, als wäre ihm nicht wohl in seiner Haut. »Ich spreche davon, jemanden zu haben, der dir den Rücken frei hält. Du bist zu dickköpfig, so dass du dir oft selbst im Weg stehst, glaubst immer, du könntest alles allein machen. Doch bei dieser Sache würde Chord wollen, dass du ihn einbeziehst.«
Ich schaue ihn mit gerunzelter Stirn an. »Meinst du das ernst? Du glaubst nicht, dass ich in der Lage bin, mich selbst zu verteidigen? Du weißt ganz genau, dass ich mit dem Messer fast ebenso treffsicher bin wie du.«
»Mach dir nichts vor. Du brauchst noch Übung. Du zielst beschissen.«
»Hey, ich ziele nicht die ganze Zeit beschissen, aber okay, der Punkt geht an dich. Solange du zugibst, dass ich gut mit der Pistole umgehen kann.« Sogar besser als nur gut. Hervorragend.
Ein kurzes Grinsen huscht über Lucs Gesicht. »Du hast schon immer schnell gelernt. Aber wie ich bereits sagte, darum geht es nicht. Ich spreche davon, dass es kein Zeichen von Schwäche ist, jemanden auf seiner Seite zu haben, verstehst du? Wenn du ihn also brauchen solltest, muss ich wissen, dass du ihn um Hilfe bittest. Dass du dich nicht, wie ich vermute, von allen abwendest.«

»Na gut«, lenke ich verärgert ein. »Ich verspreche, ich werde es ihm nicht *nicht* sagen.«

Er zieht eine Augenbraue hoch und schüttelt dann lachend den Kopf. »Ich nehme an, dass ich mich damit zufriedengeben muss.«

Wo wir gerade von Chord sprechen, fällt mir ein, dass er eigentlich längst hier sein sollte.

»Wo bleibt er denn überhaupt?«, frage ich Luc. »Ich weiß, dass er zuerst bei sich vorbeiwollte, aber normalerweise braucht er nicht so …«

Der Ausdruck auf Lucs Gesicht, als er an mir vorbei zur Tür starrt, lässt meine Worte im Raum schweben. Nur ganz wenige Male habe ich diesen Ausdruck an Luc gesehen, eine schreckliche Mischung aus Schock und Verzweiflung. Mir ist sofort klar, dass Chord hinter mir stehen muss. Der Raum scheint verändert, die Last, die Chord jetzt mit sich herumträgt, bringt alles aus dem Gleichgewicht.

Er hat seinen Auftrag erhalten.

Ich drehe mich langsam um und blicke ihm ins Gesicht.

Er ist groß, schlaksig und hat gerade so viele Muskeln, dass sie ihn perfekt ausfüllen. Sein Gesicht ist eckig und kantig, ohne jede Spur der Sanftheit, die er noch vor wenigen Jahren an sich hatte. Dichtes Haar, fast genauso dunkel wie meines, das Erbe seiner Mischung aus Schwarz und Weiß und allem, was dazwischenliegt.

Ein Blick in seine Augen, und ich bin so am Boden zerstört wie noch nie zuvor, weil ich weiß, dass ich recht habe. Sie sind von einem dunklen Braun, durchsetzt mit bernsteinfarbenen Punkten, immer noch dieselben wie die, als wir uns vor wenigen Stunden voneinander trennten. Doch jetzt sind es auch die Augen seines Substituten, der aktiviert wurde und nicht länger ein Anwärter ist. Jede Pupille ist mit einer schwarzen Spirale aus winzigen Nummern codiert. Die Abfolge scheint willkürlich, doch ihre Bedeutung ist von höchster Wichtigkeit – denn es handelt sich dabei um Chords Auftragsnummer. An irgendeinem anderen Ort in der Stadt, innerhalb der schwer bewachten Grenzen von Kersh, hat sein Substitut genau denselben Code in den Augen. Dieselben Augen wie die von Chord in einem Gesicht, das genauso aussieht, und einem Körper, der ebenfalls derselbe ist.

»Tut mir leid, dass ich so spät dran bin.« Chord zieht sich einen Stuhl heran und setzt sich neben mich an den Tisch. Auch er trägt noch immer die schwarzen Sachen von der Beerdigung meines Vaters. Als er sich zurücklehnt, steckt er die Hände in die Hosentaschen. Sein Gesicht ist düster, wie das eines Gejagten. »Ich wurde … etwas aufgehalten.«

»Nein.« Das Wort platzt so unverhofft in den Raum, dass mir zunächst gar nicht klar ist, dass ich diejenige bin, die es ausgesprochen hat. »Nicht jetzt, nicht so früh«, sage ich schwer atmend.

»Ausgeschlossen«, sagt Luc mit rauher Stimme. »Taje ist doch gerade erst … wie können sie nur …?«

»Darüber kann sich das Board keine Gedanken machen«, sagt Chord mit tonloser Stimme. »Das ist kein relevanter Faktor.«

Taje war Chords kleiner Bruder. Er ist vor ein paar Monaten gestorben, ein Unvollendeter im Alter von dreizehn. Und Chord hat recht. Der Zeitplan des Auftragsaktivierungssystems berücksichtigt die Geschehnisse innerhalb einer Familie nicht. Wir drei hier können das bezeugen – Chord mit Taje, Luc und ich mit Aave und Ehm. Namen, Geister, Unvollendete.

Bren kommt mit unserem Essen zurück, und als sie Chord fragt, ob er etwas bestellen möchte, schüttelt er nur den Kopf. Als würde sie die angespannte Stimmung zwischen uns spüren, ist sie genauso schnell wieder weg wie beim vorherigen Mal.

»Kann ich es sehen, Chord?«, frage ich ihn, sobald wir wieder allein sind.

Wortlos reicht er mir sein Handy. Noch während ich seine Auftragsbenachrichtigung anklicke, schiebe ich ihm meinen Teller hin. Der Gedanke an Essen ist jetzt wirklich ganz unmöglich. Mein Herz rast, die Wände kommen auf mich zu, erdrücken mich, so dass ich kaum noch atmen kann.

Die Details, die ich auf dem Bildschirm erscheinen lasse, sind mir gespenstisch vertraut – nur dass dieses Mal Chords Name, Adresse und Auftragsnummer darauf stehen und nicht die meiner Geschwister. Angst setzt sich in meinen Eingeweiden fest und dehnt sich immer weiter aus, als ich nach unten scrolle und lese, erneut durchlese, was so entscheidend ist.

Chord Reese Jameson
Auftragsnummer: 462 895 103 732
Datum und Uhrzeit der Aktivierung: 02.10.; 18:33 Uhr
Datum und Uhrzeit des Ablaufs der Aktivierung: 02.11.; 18:33 Uhr
Herkunftsort des Substituten: 45 990 Fireton Street, Bezirk Jethro

Sei der eine, erweise dich als würdig.

Das Zeichen des Boards befindet sich ganz unten: das Porträt von zwei identischen Teenagern, die einander ansehen, die Züge bewusst androgyn und austauschbar gehalten, so dass sie für jeden x-Beliebigen stehen könnten, jedes Auge eine schwarze Spirale.

Während der nächsten einunddreißig Tage hat Chord Zeit, seinen Substituten umzubringen, bevor dieser ihn umbringt. Wenn keiner von beiden bei Ablauf der Aktivierung zu einem Abschluss gekommen ist, sind sie beide

dran – die genetische Zeitschaltuhr, die in ihre beiden Substituten-Codes integriert wurde, würde herunterzählen und sich selbst entzünden.
Die Adresse von Chords Substitut wird ebenfalls unten aufgeführt. Der HS – Herkunftsort des Substituts – ist die einzige Information, die das Board einem Substituten bei der Aktivierung eines Auftrags ohne Umschweife mitteilt. Das reicht gerade aus, um die Dinge anlaufen zu lassen und zu gewährleisten, dass ein erbitterter Wettstreit stattfinden wird. Natürlich erhält Chords Substitut dieselbe Information über ihn.
Ich gehe seinen Auftrag noch einmal durch, nehme alles in mich auf. Was für einfache Laute und was für schlichte, aneinandergereihte Buchstaben für so lebensverändernde Neuigkeiten.
Die Zeit ist unser einziger Verbündeter.
Das ist eine unumstößliche Tatsache, die nicht ignoriert werden darf. Die Mehrheit der neu Aktivierten reagiert weder mit Kampf oder Flucht, sondern erstarrt ganz einfach. Trotz all des Trainings wird behauptet, die anfängliche Mischung aus Schock und Furcht lähme die Menschen zunächst einmal. Insgeheim hofft jeder darauf, dass er den Auftrag einen Monat vor seinem zwanzigsten Geburtstag noch nicht erhalten haben wird, denn das ist der letztmögliche Zeitpunkt, zu dem er erteilt werden kann – und manchmal hoffen sie so sehr darauf, dass sie glauben, es könne gar nicht anders kommen.
Es gibt keine Garantie dafür, dass Chords Substitut nicht neue Wege geht, aber die Chancen stehen gut, dass er jetzt in diesem Moment zu Hause in seinem Wohnzimmer sitzt, den Auftrag in der Hand, jegliches Denkvermögen in völliger Passivität erstarrt.
Ich reiche Luc das Handy weiter und wende mich an Chord: »Die Fireton Street ist die Grenzstraße, die aus-

wärts, am östlichen Limit des Bezirks entlangführt«, beeile ich mich, ihm zu sagen. »Wir brauchen nicht allzu lange, um dorthin zu kommen, schon gar nicht, wenn wir sofort losgehen.«

Chord atmet aus, flucht. »Lass mich nachdenken, West. Ich bin immer noch am Überlegen, was jetzt zu tun ist.«

Ich kann spüren, wie meine Wangen anfangen zu brennen. »Du willst *nachdenken?* Willst du mich auf den Arm nehmen?«

Chords Gesicht ist angespannt, verschlossen. »Ich bin gerade dabei, Tajes Sachen wegzupacken. Ich wollte sie irgendwo einlagern, auch wenn ich keine Ahnung habe, warum. Und dann braucht die Schulbehörde noch diese ganzen Unterlagen unterschrieben zurück. Und ich muss mit den Eltern von seinen Freunden sprechen, mit denjenigen, die ...« Seine Stimme verstummt allmählich, er mustert mich mit undurchdringlichem Blick. Die Zahlen, die in den Tiefen seiner Augen eingraviert sind, passen nicht zum ganzen Rest, sind Fremdkörper, etwas, an das ich mich nie gewöhnen werde. Jetzt sehe ich auch die Ringe unter seinen Augen, seine Blässe und dass seine Wangenknochen deutlicher hervorstehen als je zuvor. »Ich bin fix und fertig, West, okay?«

Ich schlucke meinen Ärger hinunter, versuche meine Stimme besänftigend klingen zu lassen, auch wenn ich ihn eigentlich am liebsten nur an der Hand nehmen und weglaufen würde. »Du weißt, dass du nicht nur herumsitzen und auf ihn warten kannst. Wir müssen handeln.«

»Nicht *wir,* West. Was auch immer ich tun werde, du hältst dich da raus.«

»Und du trägst immer noch die Klamotten, die du zur Beerdigung meines Vaters anhattest, Chord«, sage ich spitz. »Auf keinen Fall wirst du uns zurücklassen, sonst werden wir nur verrückt vor Sorge.« Kurz muss ich an

Lucs Ermahnung denken, Chord nicht zurückzustoßen. Ich habe ein halbherziges Versprechen gegeben und bin jetzt selbst diejenige, die Chord darum bittet, mich nicht auszuschließen.

Für einen langen Moment wendet er den Blick von mir ab und starrt einfach nur ins Restaurant, ohne die anderen Leute wirklich zu sehen. Die meisten von ihnen sind über zwanzig und haben abgeschlossen, sind in Sicherheit, müssen ihre Tage, Stunden, Minuten nicht mehr herunterzählen und sich fragen, ob ihr nächster Bissen vielleicht ihr letzter sein könnte.

»Was, wenn ich dir sage, dass ein Teil von mir einfach nur nach Hause gehen und die Dinge zu Ende bringen will, die getan werden müssen? Nach Hause gehen und darauf hoffen, dass das Glück auf meiner Seite ist, wenn er bei mir aufkreuzt?«, fragt Chord, seine Worte ein Ausdruck der Niederlage und irgendwie noch viel beunruhigender, als heftige Wut oder Furcht es gewesen wären.

»Aber dann wärst du doch so gut wie erledigt, oder etwa nicht?«, blaffe ich ihn an. »*Das* hier ist, was du zu erledigen hast. Was ist nur los mit dir, Chord?«

»Ich glaube einfach nur, dass wir nicht immer gewinnen können.«

»Aber wir verlieren auch nicht immer nur. Und ich lasse nicht zu, dass du dich aufgibst.«

»Wann gibt man denn auf?« Sein Gesicht ist eine starre, undurchdringliche Maske, die ihn in einen anderen Menschen verwandelt. »Wenn deine ganze Familie umgebracht wurde? Ist das der Moment, in dem es auch für dich zu heftig wird, West? Wenn Luc nicht mehr da ist und du nur noch dich selbst hast? An diesem Punkt bin ich bereits.«

Ich zucke zusammen, weiche vor seiner Hoffnungslosigkeit zurück. Ich habe den Autounfall nicht vergessen, bei dem seine Eltern getötet worden sind, aber das liegt schon so lange zurück. Er war noch ein kleiner Junge, und an die Zeit davor habe ich keine Erinnerung. Im Anschluss an den Unfall haben immer andere Verwandte die Vormundschaft für ihn und seinen Bruder übernommen, so lange, bis Chord endlich fünfzehn wurde. Ab da durfte er dann selbst für Taje sorgen.

»Es wird einfacher, Chord«, sagt Luc leise und gibt ihm sein Handy zurück. »Das mit Taje, meine ich.«

Chord schließt die Augen. Als er sie wieder öffnet und ich den Schmerz darin sehe, zieht sich mein Herz zusammen. »Es war meine Schuld«, sagt er teilnahmslos. »Ich hätte wissen müssen, dass die Schulbehörde Taje niemals bitten würde zurückzukommen, weil er etwas vergessen hat. Ihr wisst, wie peinlich genau sie darauf achten, dass keine Aufträge auf dem Schulgelände ausgeführt werden. Ich hätte wissen müssen, dass sein Substitut dahintersteckt.«

»Das ist nicht deine …«, fängt Luc an.

»Habe ich euch eigentlich erzählt, dass sein Substitut zwei seiner Freunde umgebracht hat?«. Das Schuldgefühl in Chords Stimme ist nicht zu überhören. »Sie haben sich vor Taje gestellt, und sein Substitut hat sie, ohne mit der Wimper zu zucken, niedergemetzelt. Es war ihm egal, zwei Kollateralmorde in Kauf nehmen zu müssen, Hauptsache, er brachte seinen Auftrag erfolgreich zu Ende. Und weil Taje sein Substitut war, sieht es jetzt fast so aus, als wäre er dafür verantwortlich – falls ihr versteht, was ich meine.«

Ich nicke. Wir verstehen. Gerecht oder nicht, Substitute werden als Spiegelbild des anderen wahrgenommen, was natürlich daran liegt, dass wir identisch aussehen, selbst wenn wir unter unserer äußeren Hülle nicht genau gleich sind. Denn auch wenn wir dieselben Gene haben, die uns die gleiche Augenfarbe bescheren, dieselbe Gesichtsform, denselben Körper, so weiß man doch nicht genau, wie weit diese Gemeinsamkeiten sonst noch reichen. Ganz egal, wie unterschiedlich wir sind, das Board hat diese beiden Identitäten so sehr miteinander verwoben, dass es unmöglich ist, sie klar voneinander zu unterscheiden.

»Du musst wissen, dass es nichts daran ändert, wie wir über Taje denken«, sagt Luc.

»Das hat nichts mit euch zu tun«, sagt Chord mit düsterer Stimme. »Es ist einfach nur ... ich weiß auch nicht. Ich bin siebzehn. Ich hatte sowieso nur noch drei Jahre, um meinen Auftrag zu erhalten. Und ich wusste, ich würde ihn erhalten. Schließlich hat man uns beigebracht, genau das zu erwarten. Das ganze Training an der Schule, alles, was man uns gelehrt hat, nur für diesen einen Monat.« Er schüttelt den Kopf. Blickt mit niedergeschlagenem Gesicht wieder auf. »Warum ist es mir dann auf einmal so egal?«

»Weil du ein Idiot bist«, sage ich und kämpfe darum, meine Stimme nicht brechen zu lassen. Ich kann nicht glauben, dass wir diese Unterhaltung führen. Ich kann nicht glauben, dass wir noch immer in diesem bescheuerten Restaurant sitzen, wo wir uns doch auf den Weg machen sollten, seinem Substituten entgegenzujagen. »Dich wegen Taje schuldig zu fühlen, ändert nichts. Und ich glaube, es wäre ihm peinlich, seinen großen Bruder einen Rückzieher machen zu sehen.«

Chord funkelt mich an. Seine Augen sind durch irgendein namenloses Gefühl dunkler geworden, fast schwarz, und erleichtert stelle ich fest, dass man die Nummern nicht mehr so einfach erkennen kann. Jetzt, da seine Augen fast wieder normal wirken, fällt mir ein, dass er, Auftrag hin oder her, derselbe Chord ist, den ich schon mein ganzes Leben lang kenne – jemand mit einer ganz eigenen Per-

sönlichkeit, einer Identität, die weit über die bloße Einstufung als weiterer Aktivierter hinausgeht.
»West …«, Luc reibt sich mit der Hand über das Gesicht. »West, halt einfach die Klappe.«
»Nein, das werde ich nicht. Jemand muss ihn wachrütteln. Sonst ist er tot. So einfach ist das.«
»West!«
»Schon in Ordnung, Luc. Lass sie ausreden.« Chord wirft mir einen so durchdringenden Blick zu, dass sich etwas in meiner Brust zusammenzieht, stechend, fast schon schmerzhaft. »Was auch immer sie sagt, es kann nicht schlimmer sein als das, was ich mir bereits selbst gesagt habe.«
»Mir ist durchaus klar, wie das Ausleseverfahren funktioniert«, sage ich, wobei ich versuche, das erschreckende Gefühl, das in mir aufkeimt, zu ignorieren, genauso wie die beunruhigende Tatsache, wer es hervorruft. »Mir ist klar, dass der stärkere – bessere – Substitut am Ende den Sieg davontragen soll. Damit der eine, der würdig ist, seinen Platz im Bezirk Kersh einnehmen und im Notfall als Kämpfer gegen den Surround, das feindliche Gebiet um uns herum, antreten kann. Aber wenn du erst gar nicht gegen deinen Substituten kämpfst, dann ist es schon jetzt zu Ende. Und auf gar keinen Fall lasse ich dir das durchgehen. Das bist nicht du.«
Seine Augen werden zu Schlitzen, er lehnt sich nach vorn, kommt näher. »Und wer, denkst du, bin ich, West Grayer?«
»Jemand, der jetzt noch nicht sterben sollte«, sage ich und blicke ihn finster an.
Der Anflug eines Lächelns umspielt seine Lippen. Er ist noch nicht wieder ganz er selbst, aber fast. »Wenn das deine Art ist, mir zu sagen, dass du mich vermissen würdest, dann akzeptiere ich das.«

Es fühlt sich an, als wäre etwas von der Last von ihm abgefallen, nicht alles, nur ein bisschen, doch ich weiß, dass Chord es gerade noch mal geschafft hat, sich von etwas Dunklem abzuwenden, das nur in seinem Kopf existiert.

»Du hast das alles bloß veranstaltet, um mich sagen zu hören, dass ich dich vermissen würde?« Ich stoße mit meinem Fuß gegen seinen. »Du hättest auch einfach fragen können.«

Jetzt grinst er so richtig, und dieser Anblick reicht fast schon aus, um mich die Panik vergessen zu lassen, die mich ergriffen hat. Fast.

Lucs Stimme durchbricht die Stille. »Wenn ihr beide dann so weit wärt, könnten wir gehen.«

Chord nimmt sein Handy und steht auf. »Ihr beide solltet nicht mit mir kommen. Nicht nach dem, was gerade mit eurem Vater passiert ist.«

»Du brauchst jemanden, der dich fährt, oder etwa nicht?«, sagt Luc sanft und vergewissert sich, ausreichend Geld auf den Tisch gelegt zu haben, um die Rechnung zu begleichen, ehe auch er aufsteht. »Man kommt schneller auf die andere Seite von Jethro, wenn man nicht auf die innerbezirklichen Züge angewiesen ist.«

Chord sieht zwischen Luc und mir hin und her. »Ihr beide kommt mit, ganz egal, was ich sage, oder?«

»Sieht ganz danach aus, sorry«, sagt Luc. Die Leichtigkeit seiner Worte täuscht beinahe über seine unerbittliche Entschlossenheit hinweg. Niemals würde er Chord auf sich allein gestellt dorthin gehen lassen. Chord ist genauso sein Bruder, wie Aave es war.

»Könnt ihr Jungs nicht gleichzeitig gehen und reden?«, rufe ich ihnen auf dem Weg zum Restaurantausgang zu.

Es ist unmöglich zu übersehen, was auf der anderen Straßenseite los ist. Die letzte Phase einer Auftragsausführung ist nichts Neues, dennoch bleibe ich stehen. Mitglieder der Säuberungskolonne des Bezirks Jethro stehen um den toten Substituten herum, um den Tatort zu reinigen. Sie arbeiten synchron, ihre Bewegungen eine Symphonie, genau wie die Ausführung des Auftrags, und versehen die Leiche mit einem roten Etikett, die Waffe mit einem weißen. Beide werden irgendwann von Familienangehörigen abgeholt, wenn das Board das Logbuch der Substitute aktualisiert hat.

Luc und Chord treten hinter mich, und für einen Moment stehen wir drei einfach nur so da. Wir brauchen nicht zu reden, denn wir wissen, dass wir alle dasselbe denken. Der Tod eines Substituts erinnert uns daran, dass wir noch am Leben sind … vorerst. Aber wenn wir dann an der Reihe sind …

Ich fasse Chord am Arm. »Gehen wir.«

Wir haben um die Ecke geparkt. Es ist Aaves alte Schrottkiste. Neben der Schule, dem Training und der Reparatur der Fabrikmaschinen, bei der er unserem Vater geholfen hat, hat er immer noch Zeit gefunden, an dem Wagen herumzuschrauben. Nach Aaves Tod hat Luc weiter daran gebastelt, angetrieben von einer wilden Trauer, das zu Ende zu bringen, was sein großer Bruder nicht mehr hatte zu Ende bringen können. Jetzt, da er den Wagen zum Laufen gebracht hat, hütet er ihn wie seinen Augapfel.

Wir fahren aus dem Grid heraus und durch die Straßen des Bezirks Jethro, fahren gegen unsere Instinkte an, nähern uns der Grenze immer mehr. Das obere Ende der riesigen, unter Strom stehenden eisernen Absperrung, die Kersh vom Surround abtrennt, ragt bedrohlich in den Himmel, ein bogenförmiger, zackiger Grat. Pulsierende rote Punkte erleuchten die nächtliche Landschaft, werden kleiner und verschwimmen schließlich ganz in der Ferne. Über die gesamte Stadt verstreut, markieren sie die Spitzen von gigantischen silberfarbenen Masten, die von Hochspannungsleitungen durchkreuzt werden, markieren die Spitzen der sich drehenden Windturbinenflügel und die Ränder breit angelegter Sonnenkollektoren. Sie sind die Venen und Nerven, die den gesamten Ort hier am Leben erhalten. Ohne sie wären alle vier Bezirke von Kersh – Jethro, Gaslight, Calden und Leyton – kalt und dunkel.

Selbst ohne die Anzeige des Navigationssystems auf Chords Handy wissen wir, dass wir fast angekommen sind. Jethro ist die erklärte Industriezone der Stadt, voll von langen Betonfabriken. Doch hier draußen, am östlichen Randgebiet des Bezirks, wo Jethro direkt an die Grenze stößt, die den Surround von uns zurückhält, stoßen alternde Fabriken genauso viele Abgase aus, wie sie Unmengen von Metall, Plastik und Glas absondern. Hässliche, aus rostigem Blech gefertigte Lagerhallen füllen die Bereiche dazwischen aus, ehe sie schließlich ausdünnen und schiefen, zerklüfteten Plätzen mit baufälligen Wohnungen Platz machen.

Allem haftet der Gestank nach Armut an, das dumpfe Verlangen nach mehr, die Gefahr der Ruhelosigkeit, die alles durchdringt. Wenn ich das nächste Mal im Grid, dem Herzen des Bezirks von Jethro, rastlos werden sollte, brauche ich nur hierherzukommen. Die breite Masse im Grid, die von dem beständigen Gefühl erdrückt wird, nach vorne drängen und in Bewegung bleiben zu müssen, ist nichts im Vergleich zu einem solchen Leben.

»So was von deprimierend«, sagt Luc hinter dem Steuer. Er dreht sich zu Chord um. »Stell dir bloß vor – du hättest derjenige sein können, der hier draußen wohnen muss.«

Chord sagt nichts. Ich bin mir sicher, dass er bereits selbst daran gedacht hat. Wahrscheinlich ist das schon jedem

durch den Kopf gegangen, der an der Grenze von Kersh wohnt.
Damals, als der universelle Grippeimpfstoff die unschöne Nebenwirkung irreversibler Unfruchtbarkeit mit sich brachte, gelang es dem Board, die menschliche Rasse durch ein System von konstanten und sorgfältig überwachten biologischen Eingriffen am Leben zu erhalten. Doch die menschliche Natur ist darauf ausgerichtet, sich zu zerstören, egal wie viele Chancen sie erhält, und Krieg überzog die Welt. Eine Untergruppe des Boards spaltete sich ab, beanspruchte die obere Westküste Amerikas für sich und kehrte allen anderen den Rücken. Die stark bewachte Stadt nannten sie Kersh, die letzte kriegsfreie Zone der Welt.
Aber der Preis, um hier leben zu können, ist hoch. Um innerhalb der Grenzen einigermaßen sicher zu sein, müssen wir uns im Gegenzug auf die Gefahr im Außen vorbereiten. Der Krieg im Surround dringt als konstante Bedrohung zu uns vor, brodelt immerzu direkt unter der Oberfläche. Deshalb zieht man uns zu Soldaten heran. Denn eine Stadt voller Killer zu überwältigen, wäre kein leichtes Unterfangen.
Da die Stadt vom Rest der Welt abgeriegelt ist, Raum und Mittel also begrenzt sind, sind hier nur die Besten von uns erwünscht. In seiner Genialität hat das Board Substitute kreiert, indem es die Gene so manipulierte, dass zwei identische Kinder von zwei unterschiedlichen Elternpaaren gezeugt werden. Jedem Paar kommt dabei die Aufgabe zu, den besten Killer heranzuziehen, den, der am härtesten im Nehmen ist. Denn wenn ihre Kinder den Auftrag erhalten, was im Alter zwischen zehn und zwanzig jederzeit passieren kann, müssen beide aktivierte Substitute einander so lange jagen, bis nur noch einer übrig ist oder ihnen die Zeit ausgeht. Das ist die

ultimative natürliche Selektion, die nur denjenigen gestattet, in Kersh aufzuwachsen, die in der Lage sind zu töten. Alles für den Frieden. Hier drinnen kämpfen wir gegeneinander, um es nicht mit der Welt da draußen aufnehmen zu müssen.

Plötzlich erhellt eine Leuchtrakete den nächtlichen Himmel, taucht alles für einen kurzen, herrlichen Moment in ein leuchtendes Purpurrot, ehe sie erlischt. Ihr zischendes, fauchendes Echo hält einen Herzschlag länger an. Selbst im Auto mit geschlossenen Fenstern könnte ich schwören, Rauch auf der Zunge zu schmecken.

»Das sieht immer so schön aus, findet ihr nicht?« In der Dunkelheit schaue ich dem letzten verbleibenden Schimmer nach, fühle mich seltsam beklommen, als er verschwindet. »Wenn der Surround Leuchtsignale abschießt.«

»Irgendwie schon«, sagt Luc. »Bis einem wieder einfällt, wozu man sie hier benutzt.«

Als Notruf.

Ein weiteres Leuchtgeschoss flackert auf, bevor es seinerseits erlischt. Das Blendwerk seiner Schönheit ist schon fast grausam.

Chords Handy piept. Er wirft einen Blick auf den Bildschirm, bevor er es in seine Hosentasche steckt. »Direkt am Ende dieses Blocks, Luc«, sagt er so angespannt, wie ich mich fühle.

»Welches Haus?«

»Das an der Ecke, links.«

Ich richte mich in meinem Sitz auf, als Luc an den gegenüberliegenden Straßenrand fährt und den Motor abstellt. Nach dem Lärm der Leuchtraketen ist die Stille fast zu laut.

Das Haus hebt sich in keiner Weise von den anderen ab: ein geschotterter Weg als Auffahrt, fehlende Dachziegel, eine durchhängende Veranda. Obwohl ein paar der Straßenlaternen durchgebrannt sind, kann ich noch immer die schmuddeligen Flecke erkennen, die von schwarzen Fabrikabgasen herrühren und sich als Schlieren über die billig vergipsten Wände ziehen. Trostlose Fingerabdrücke, ein Zeichen dafür, wie sich die Menschen hier draußen über Wasser halten.

Die Atmosphäre jagt mir einen Schauer über den Rücken. Ich mag das hier nicht. Ein solcher Hunger und eine solche Verzweiflung können manchmal einen starken inneren Antrieb erzeugen, einen, der wirkungsvoller ist als jedes Training. Wenn einem etwas so Ursprüngliches dabei hilft, mit einer Waffe zu zielen, ein Schwert zu ziehen oder die Fäuste zu schwingen, dann stellt es auch kein Problem dar, wenn man bei der Handhabung von Waffen nur über Grundkenntnisse verfügt. Einen Auftrag auszuführen bedeutet, endlich Zugang zu dem zu haben, was einem das Board so lange vorenthalten hat: höhere Bildung, besser bezahlte Jobs, die Erlaubnis, zu heiraten und eine Familie zu gründen.

Ich bin so angespannt, dass ich das Gefühl habe, jeden Moment zerspringen zu müssen. Luc und Chord geht es genauso, ihre Schultern sind schon ganz steif. Wir sind völlig angestachelt von einer sich steigernden Mischung aus Angst und Erwartung. Fühlt sich jeder Auftrag so an? Wie die Sekunde, bevor man sich von einem Felsvorsprung ins Unbekannte stürzt?

In der schattenhaften Dunkelheit äußert Chord einen kurzen Befehl. »Zeit?« Seine Uhr piepst die Antwort. Dreiundzwanzig null null.

»Glaubt ihr, dass er schon schläft?«, fragt Chord.

Luc starrt das Haus an. »Kein Licht in den Fenstern. Zumindest ist durch die Jalousien keins zu sehen.«

Chord runzelt die Stirn, denkt nach. »Wir wissen nicht, wer sonst noch mit ihm da drin ist.«

»Richtig. Nicht die leiseste Ahnung. Aber er kommt ganz nach dir, oder nicht? Siebzehn, lebt zu Hause bei seiner Familie, studiert – wobei, von heute an wohl nicht mehr, nehme ich an. Doch selbst wenn er sich entschlossen hat, irgendwo ein Fachpraktikum zu machen, dann fangen diese Jobs doch in der Regel morgens an. Und die Chancen stehen gut, dass er noch keine Zeit hatte, sich nach einem anderen Schlafplatz umzusehen.«

»Wenn er nicht allein da drin ist …« Chord braucht seinen Satz nicht zu beenden. Er denkt an Tajes Freunde, die ins Kreuzfeuer geraten sind.

»Darauf hast du keinen Einfluss«, sagt Luc. Seine Stimme gibt nichts preis, doch die Erinnerung an unsere Mutter hüllt uns ein. Auch sie fiel einem KM zum Opfer, war letzten Herbst zur falschen Zeit am falschen Ort, als sie in einem Lebensmittelladen von einer Kugel getroffen wurde. Ich verdränge das Bild ihrer Leiche. Ihr Tod darf Chord jetzt nicht davon abhalten, das zu tun, was er tun muss.

Ich klammere mich an Chords Sitz und sage achselzuckend: »Wenn er nicht allein ist, dann ist er eben nicht allein.«

»Ein einstöckiges Haus, mindestens drei Schlafzimmer«, fasst Luc zusammen. »Das Fenster, das nach vorne rausgeht, gehört zum Wohnzimmer, das kleinere daneben wahrscheinlich zur Küche oder zum Esszimmer.« Er reckt den Hals, um besser sehen zu können. »Und das eine da an der Seite ist ein Milchglasfenster.«

»Es gehört zum Badezimmer«, sage ich. Wie bei allen Häusern in Kersh bestehen die Fenster aus normalem Glas, nicht aus dem kugelsicheren, das Geschäfte einsetzen dürfen, um größeren Schaden bei der Vollstreckung eines Auftrags zu verhindern.

»Lass uns nach hinten gehen, wo sein Zimmer sein muss«,

sagt Luc. »Mit etwas Glück steht vielleicht sogar ein Fenster offen. Sonst müssen wir wohl die Hintertür nehmen.« Er dreht sich um und sieht mich an. »Also, wie abgemacht: Du bleibst hier. Sobald du uns siehst, startest du das Auto.«

Ich spüre, wie mein Gesicht erstarrt. »Ehrlich gesagt haben wir das gar nicht so abgemacht. Ihr Jungs habt das entschieden.«

»Läuft auf dasselbe hinaus.«

»Ihr braucht mich nicht, um schnell abzuhauen. Es ist ja nicht so, als würde jemand danach einen VM an euch verüben. Das Board würde das nicht durchgehen lassen.«

Vergeltungsmorde, sogenannte VMs, haben vor ein paar Jahrzehnten so sehr zugenommen, dass das Board eingreifen musste. VMs stellen die Legitimation der Aufträge und des Filtersystems als Ganzes in Frage, und wenn ein Substitut nur gewinnt, um danach niedergemetzelt zu werden, wird das als riesige Verschwendung betrachtet. Substitute, die ihre Aufträge erfolgreich zu Ende bringen, sind stärker, intelligenter und besser ausgebildet – sie sollen am Leben bleiben, genau wie die Schwächeren, Dümmeren und weniger gut Ausgebildeten sterben sollen. Wenn heutzutage jemand einen VM verübt, reagiert das Board unerbittlich streng, indem es einem alle Türen verschließt: keine Chance, im Job weiterzukommen, keine Heirat, keine Kinder. Die Wahrscheinlichkeit, dass die Familie oder Freunde von Chords Substitut auf Rache aus sind, ist also nicht sehr groß, und mir ist ohnehin jedes Argument recht, damit Luc und Chord mich helfen lassen.

»West, du kommst da nicht mir rein, Ende der Diskussion«, weist Luc mich ab. »Außerdem habe ich nur eine Waffe.«

»Die kannst du sowieso nicht benutzen«, widerspreche

ich. Sekundantenmorde, also Aufträge, an deren Ausführung Dritte beteiligt sind, werden vom Board genauso unnachgiebig geahndet wie VMs, selbst wenn sie versehentlich passieren. Luc zieht eine Augenbraue hoch. »Du genauso wenig.«

»Dann gib sie Chord. Es ist viel zu riskant, wenn du sie bei dir hast.«

»Du findest, ich sollte Chord die Waffe geben? Er ist der schlechteste Schütze in ganz Kersh.«

»Danke, Kumpel«, sagt Chord.

Luc zuckt mit den Schultern und grinst. »'tschuldige, aber du weißt, dass du mit dem Messer wesentlich besser bist.« Er blickt in den Rückspiegel, damit er mich sehen kann. »Wir wissen nicht, was uns da drin erwartet. Es kann nicht schaden, die Waffe dabeizuhaben. Und wenn wir sie nur dazu benutzen, jemand anderen zu verschrecken.«

»Dann bin ich also der Fluchtfahrer.« Ich hasse es, wie ich mich anhöre. Eingeschnappt, kindisch, quengelig. Aber ich will nicht nutzlos sein. War ich nicht bereits nutzlos genug, als so viele Menschen, die ich liebe, gestorben sind?

»Ja, genau.« Luc öffnet die Autotür, nimmt seine Uhr ab und gibt sie mir nach hinten. »Hier. Dann musst du nicht dauernd auf deinem Handy nachsehen.«

»Ihr braucht keinen Fahrer!«, zische ich in seinem Rücken und werfe die Uhr auf das Armaturenbrett. »Außerdem darf ich eigentlich noch gar nicht fahren.«

»Das hat dich bislang nie davon abgehalten, dich unbemerkt von Mom und Dad zu einer kleinen Spritztour rauszuschleichen, und ich habe dich nie verraten.«

»Aber was, wenn ich jetzt ein schlechtes Gewissen habe, weil ich gegen das Gesetz verstoße?«

Luc atmet aus, und ich weiß, er hätte gute Lust, mir den Hals umzudrehen. »West, hör zu. Ich will nicht, dass du mit reinkommst, weil ich nicht will, dass du verletzt wirst, okay? Wir können uns da drinnen nicht auch noch Sorgen um dich machen.«

»Das ist ja mal wieder so richtig machohaft, Luc«, murmele ich.

»Wie du willst. Dann eben, weil du uns einfach nur im Weg wärst. Wie gefällt dir das?«

»Ich kann auf mich selbst aufpassen.« Warum will er nicht einsehen, dass es mich total wahnsinnig machen wird, hier herumzusitzen und darauf zu warten, dass Chord und er da unverletzt wieder rauskommen?

»Ich weiß, dass du das kannst. Bleib hier.« Damit steigt Luc aus dem Wagen in die Nacht hinaus und lässt mich fluchend zurück.

Chord dreht sich um und lächelt mich an. Das Lächeln spiegelt sich nicht in seinen Augen, seine Gedanken sind bereits woanders, im Inneren des Hauses.

»Sei aber jetzt bitte nicht so sauer, dass du ohne uns abhaust, okay?«, sagt er. »Zu Fuß dauert es von hier ziemlich lange bis nach Hause.«

Angesichts von Chords Angst ist meine Frustration belanglos. Kurz darauf ist meine eigene Beklemmung auch schon wieder da und lässt mein Herz hämmern.

»Dann lasst mich besser nicht zu lange warten«, sage ich gelassen. Es ist fast so, als würde ich mich an einen Felsvorsprung klammern und so tun, als hätte ich keine Schmerzen in den Fingern. »Luc hat nicht übertrieben, als er meinte, dass ich mich immer rausgeschlichen habe und mit dem Auto abgehauen bin.«

Chord streckt die Hand aus, will mir spielerisch durchs Haar wuscheln, wie er es immer macht. Doch im letzten Moment zögert er und streicht stattdessen eine fast schwarze Strähne aus meinem Gesicht. »Ich wünschte, du wärst nicht mitgekommen, aber ich bin froh, dass du jetzt hier bist«, sagt er schließlich.

Er verschwindet, noch ehe ich etwas erwidern kann.
Ich klettere auf die Vordersitze, um besser sehen zu können. Ich bin nicht gerade groß, also schaffe ich es kaum, über die Motorhaube zu schauen; Luc hat den Sitz ganz nach hinten gestellt, um Platz für seine sehr viel längeren Beine zu haben. Noch immer verärgert, stelle ich den Sitz so weit nach vorne, wie es geht.
So. Und jetzt abwarten. Und nicht nachdenken.
Was völlig unmöglich ist. Es ist so, als würde ich versuchen, meine Gedanken zum Schweigen zu bringen, wo sie doch bereits wach sind und mich anschreien. Luc und Chord einfach so gehen zu lassen, ist eins der schwierigsten Dinge, die ich jemals tun musste. Was, wenn sie nicht zurückkommen? Es hat nicht immer nur Luc und mich gegeben. Unsere Eltern sind vier Mal zum Board gegangen. Zuerst für Aave, dann für Luc, dann für mich und schließlich für Ehm. Das entspricht nicht gerade einer durchschnittlichen Kersh-Familie, die im Schnitt zwei Kinder hat, doch für meine Eltern haben nie die Kosten im Vordergrund gestanden, sondern immer nur die Freude, uns aufwachsen zu sehen.
Aave war der Erste, der uns verlassen hat. Er ist hinter dem *Slingers* verblutet, einem Club im Grid, in dem man kein Problem damit hatte, Alkohol an minderjährige Aktivierte auszuschenken. Der Alkohol in Aaves Körper hat seine außerordentliche Fertigkeit mit dem Messer so geschwächt, dass sie nur mehr gewöhnlich war. Und Ehm … Nach Aaves Tod habe ich gedacht, ich käme mit allem klar, aber ihr Tod hat mich in die Knie gezwungen. Das lag zum Teil daran, dass sie erst elf war, also nur ein Jahr hatte, um sich auf ihren Auftrag vorzubereiten. Und ihre Substitutin war so schnell, schneller, als Luc und ich uns es hatten vorstellen können. Außerdem hatte Ehm ihren eigenen Kopf. Während wir also gerade dabei waren zu

überlegen, wie sie ihren Auftrag am ehesten unbeschadet ausführen könnte, hat ihre Substitutin sie dabei überrascht, wie sie sich aus dem Haus schlich, um zu der Pyjama-Party ihrer besten Freundin zu gehen.

Sie verblutete in meinen Armen, und ich schrie so laut, dass Chord die Straße von seinem Haus heruntergerannt kam. Er brach neben mir auf der Straße zusammen, riss mich in seine Arme und ließ mich nicht mehr los. Selbst als mir Luc Ehm aus den Armen genommen hat, hielt Chord mich immer noch fest …

Ein Hund bellt, durchbricht die Stille und die Erinnerungen, in die ich abgetaucht bin. Ein Mann brüllt ihn an, er solle die Klappe halten.

Unbehaglich sehe ich mich um. Aus welchem Haus kam das Gebell? Nicht aus dem von Chords Substitut, zumindest glaube ich das. Wenn Luc und Chord entdeckt worden wären, dann würde ich mehr als nur ein Bellen hören können.

»Zeit«, sage ich laut.

Lucs Uhr piepst die Antwort. Schon 23:15 Uhr. Noch nicht allzu lange und doch bereits viel zu lange.

Ein Szenario nach dem anderen spielt sich vor meinem geistigen Auge ab und keines nimmt ein gutes Ende. Was machen Luc und Chord da nur? Warum brauchen sie so lange? Sollten sie nicht längst wieder zurück sein?

Um meine Hände zu beschäftigen, lege ich mir Lucs Uhr um, fummele an den Spiegeln des Autos herum und öffne das Fenster einen Spalt, um frische Luft in den Wagen zu lassen.

Das Echo von Stimmen dringt gedämpft zu mir herein. Ich kann die Worte nicht verstehen, nur die Rhythmen und Takte dessen, was sich nach Geschrei anhört.

Es kommt aus dem Haus von Chords Substitut.

Ich gebe mir selbst keine Gelegenheit, darüber nachzudenken, was ich da gerade tue, ehe ich auch schon aus dem Wagen haste und die Tür hinter mir offen lasse. Keine Zeit, mich darum zu kümmern.

Im Mondlicht sehen die stacheligen Gewächse, die sich über den Rasen des Vorgartens verteilen, grauschwarz marmoriert aus. Sie bleiben an meinen Turnschuhen, an meinen Fußgelenken hängen, kleine Schwerter, die versuchen, mich zurückzuhalten. Die Panik fühlt sich beißend und metallisch in meinem Mund an, treibt mich weiter, bis ich die Rückseite des Hauses erreiche. Die Stelle, zu der Luc und Chord gegangen sind.

Durch die gefilterte Dunkelheit sehe ich eine kleine Grasfläche, die achtlos niedergetrampelt wurde. Ein verlassener Reifen hängt von dem tiefen Ast eines dünnen, wild gewachsenen Baumes, dessen Äste wie Klauen aussehen, der Stamm wie die kopflose Drohung einer Leiche. In einer Ecke weiter weg liegt ein Dreirad, halb verborgen von einem Büschel vertrocknetem Gras.

Kinder. Hier gibt es *Kinder.*

Angst überschwemmt mich. Ich sehe Chords gequälten Gesichtsausdruck vor mir, höre wieder, was er uns von Tajes Freunden erzählt hat, wie sie zu Opfer von KMs geworden sind.

Luc, Chord, habt ihr das gesehen? War euch das klar, als ihr dort hineingegangen seid?

Hier, hinter dem Haus, sind die Stimmen lauter, ein wütendes, wirres Durcheinander. Sie dringen durch den Spalt zwischen der Hintertür und dem Rahmen. Sie ist nicht abgeschlossen, steht leicht offen.

Also tue ich das Einzige, was ich tun kann. Ich gehe zu der Tür, stoße sie etwas weiter auf und schlüpfe hinein.

Drinnen ist es dunkel. Die Luft ist muffig, riecht nach Schlaf. Hier drin ist alles viel zu beengt, überall Winkel, Ecken und alte Möbel, wohin meine Augen auch bli-

cken. Nur meine Ohren sagen mir, dass hier etwas vor sich geht.
Da. Es kommt aus dem Zimmer dort hinten, den Gang hinunter.
Ich brauche eine Ewigkeit, um die wenigen Schritte zu bewältigen, die zwischen dem Eingang und der Tür zu dem Zimmer liegen. Als ich dort ankomme, sehe ich es, das Aufblitzen eines Alptraums, erleuchtet vom Mondlicht, das durch die Ritzen der Jalousien hereindringt.
Ein abgewetzter Teppichboden. Muffige Bettlaken, verfärbt und überzogen mit Brandflecken von Zigaretten. Eine Sammlung dreckiger Spritzen auf dem Nachttisch. Und Leute – viel zu viele Leute auf viel zu kleinem Raum.
Luc liegt rücklings auf dem Boden, der Griff eines Messers steckt zwischen seinen Rippen. Er hält seine Pistole in den Händen. Er hat sie direkt auf Chords Substitut gerichtet, der in der Mitte des Raumes steht. Und dessen Pistole zielt geradewegs auf Luc. Chord steht hinter seinem Substituten und hält ihn im Würgegriff. Mit der freien Hand drückt Chord die Spitze seines Schnappmessers auf das Gesicht, das viel zu sehr wie sein eigenes aussieht. Nur der Ausdruck in den Augen ist härter, der Körper ausgemergelt wie der eines Drogensüchtigen und von nichts anderem getrieben als purem Adrenalin und dem, was in den Nadeln war.
»Lass mich gehen, oder er ist tot!« Die Stimme von Chords Substitut ist die eines Rauchers, rauh und kehlig … trotzdem hört sie sich fast an wie die von Chord. Keine Sekunde lang wendet er den Blick von Luc ab. Seine Hände zittern nicht. Das ist die schlimmste Art von Mut, basierend auf Pillen, Pulver und erhitzten Kristallen. Weder Furcht noch Zweifel liegen darin.
»Dir geht so langsam die Zeit aus, Kumpel«, sagt Chords Substitut zu Luc. »Sieh dich an. Du verblutest.«

»Ich habe noch mehr als genug Zeit, um dich umzubringen.«
»Und daraus einen SM zu machen? Nee, Kumpel. Das wird dir nicht gelingen.« Der Substitut schüttelt angewidert den Kopf. »Egal wie es läuft, du wirst auf jeden Fall ziemlich tot sein.«
»Dann habe ich ja nichts mehr zu verlieren, oder?«, sagt Luc. Er hört sich so gelassen an. Wie kann er nur so gelassen sein?
»Dann tu's doch. Worauf wartest du noch? Tu's!«
»Halt die Klappe!« Chords Schrei dröhnt durch das Zimmer. Mit einer leichten Drehung des Handgelenks führt er die Klinge zur Schläfe seines Substituten. »Nimm die Waffe runter. *Sofort!*«
»Ach komm schon, ich hab doch schon abgedrückt, bevor du überhaupt darüber nachgedacht hast«, blafft sein Substitut zurück.
Chord dreht die Klinge, winkelt sie nur ein ganz kleines bisschen an. Die Bewegung ist fast schon elegant. »Nimm sie runter, hab ich gesagt.«
Ein plötzliches, sanftes Rascheln neben meiner Hüfte lässt mich erschrocken nach Luft schnappen.
Ein kleiner Junge. Nicht älter als fünf oder sechs. Er trägt einen Schlafanzug, seine Haare sind vom Schlaf ganz zerzaust, etwas in seinen Gesichtszügen wirkt vertraut. Dann wird mir klar, was es ist. Er erinnert mich an Taje, Chords kleinen Bruder. Eigentlich ähnelt er beiden, Taje und Chord – was, auf bizarre Weise, logisch ist.
Die folgenden Sekunden sind chaotisch.
Der Junge macht einen zaghaften Schritt ins Zimmer.
Instinktiv strecke ich die Hand nach ihm aus, um ihn aufzuhalten. »Nein, nicht!«, schreie ich. Meine Stimme ist zu dünn, zu hoch. Die Hysterie darin bringt alle drei dazu, sich umzudrehen und mich anzustarren. Auf Lucs und

Chords Gesicht spiegelt sich ein Ausdruck völliger Fassungslosigkeit.

»West?«, Lucs Augen werden groß, leuchten im Mondlicht. Sein Arm senkt sich nur minimal, für den Bruchteil einer Sekunde ist seine Pistole nicht mehr auf ihr Ziel gerichtet. »Was machst du … Hau ab …«

Er kann nicht zu Ende sprechen, die Warnung kommt nicht über seine Lippen. Denn genau in diesem Moment der Unachtsamkeit drückt Chords Substitut auf den Abzug.

Die Kugel durchdringt Lucs Brust mit einer dumpfen Endgültigkeit.

»Luc!«, höre ich mich schreien. Sein Name ist alles, was in meinem Kopf ist. Das Einzige. *»Luc!«*

Im Halbdunkel verzerrt sich Chords Gesicht vor Entsetzen. Seine Augen werden von einem so unglaublichen Schmerz übermannt, dass sie geradezu wahnsinnig wirken. Er scheint nicht einmal mehr zu atmen, als er den Kopf seines Substituten an den Haaren hochzieht und ihm mit der Klinge über den Hals fährt, noch ehe sein Substitut die Pistole auf ihn richten kann.

Ein schriller Schrei, gefolgt von Blut, das auf den Teppich tropft, wie Regen auf laubbedecktes Unterholz.

Chord lässt die Leiche seines Substituten auf den Boden fallen, dann stürzen wir beide zu Luc.

Lucs Keuchen scheint aus seinem tiefsten Inneren zu kommen. Blut tropft aus seiner Brust, verteilt sich ziellos auf dem Boden unter ihm. Alle Farbe ist aus seinem Gesicht gewichen.

»Luc«, schluchze ich. Das passiert nicht wirklich. Das kann nicht sein. Wir haben alles richtig gemacht. Es ist nicht vorgesehen, dass es so endet. Ich presse meine Handfläche auf die Wunde, weiß nur, dass ich Druck darauf ausüben muss. Doch ein Blick auf Chord sagt mir,

dass es hoffnungslos ist. Der Schuss war zu akkurat, seine Bahn zu zerstörerisch.
Luc schiebt meine Hand von seiner Brust. Drückt mir die Pistole in die Hand. Hält sie dort fest, bis mir nichts anderes übrigbleibt, als sie an mich zu nehmen.
»Geh vorsichtig damit um … West«, keucht er. Der Hauch eines Grinsens. »Du hast dich immer schon … zu hastig bewegt.«
Sie fühlt sich schwer an, ist unhandlicher, als ich es in Erinnerung habe. Werde ich sie gegen meine Substitutin einsetzen können, wenn die Zeit reif ist? Werde ich nicht zögern, nicht einmal eine Sekunde lang?
»Ich war zu langsam.« Chords Augen sind leer und benommen. Nicht länger mit seiner Auftragsnummer versehen. Jetzt sind sie wieder ganz die seinen. »Luc, ich war zu langsam.«
»Nein, Kumpel, du hast es gut gemacht«, flüstert Luc. »Und jetzt bist du … in Sicherheit.« Schaumige, rote Blasen umkränzen seinen Mund, und er hustet schwach.
Die Kugel hat bestimmt auch seine Lungen erwischt, denke ich. Aber der Gedanke ist undeutlich und unwichtig und zieht vorbei, als hätte ich ihn nie gehabt. Das hilft jetzt auch nicht weiter.
»Sei für sie da, ja?«, sagt Luc zu Chord. »Wenn sie dich braucht.« Sein Atem geht stoßweise.
Chord nickt. »Ich werde es nicht vergessen.«
»Hab dich lieb, Luc«, sage ich. Das ist alles, was ich mit fester Stimme sagen kann. Ich wische die Tränen weg, die meine Sicht verschleiern, bin wütend, dass sie überhaupt da sind, dass sie so sinnlos sind. »Hast du mich verstanden?«
Wieder hustet er. Noch mehr roter Schaum. »Hab ich, West.« Ein heftiges Ringen nach Luft. »Hab dich auch lieb.«

Dann stirbt er.
Chord umarmt mich, als ich mich nach vorn beuge, will sich jeden Schmerz, den ich empfinde, zusätzlich zu seinem aufbürden. Was auch immer ich bereit bin, an ihn abzugeben.
Zeit fließt in bedeutungslosen Brocken vorbei, ein verschwommenes Nichts, das keinen Sinn ergibt. Es hätten Sekunden oder Minuten oder auch Stunden sein können. In einer anderen Stadt, einer anderen Welt, wäre das hier vielleicht gar nicht erst passiert.
Taubheit. Die dumpfe Erkenntnis, dass der kleine Junge noch immer neben Chords Substitut sitzt, seine kleine Hand blutüberströmt, weil er versucht, den Hals seines Bruders sauber zu wischen.
Ich helfe Chord mit Lucs Leiche. Hänge sie über Chords Schulter, wie ein Feuerwehrmann es tun würde. Nur dass Luc jetzt nicht mehr gerettet werden kann.
Dann gehen wir. Stolpern aus dem Schatten des Hauses auf die Straße und in den Wagen. Versuchen alles, was gerade passiert ist, hinter uns zu lassen, wohl wissend, dass uns das auf keinen Fall gelingen wird.

2

Das Haus ist leer. Aber ihre Geister irren noch immer durch die Gänge und erfüllen die Räume, ihre Stimmen ein Echo in meinen Ohren.

Lucs Beerdigung war vor zwei Tagen, und ich weiß schon jetzt nicht mehr weiter.

Ich liege noch immer auf dem Sofa. Habe geschlafen, bin aufgewacht und habe wieder geschlafen. Ich komme mir so benebelt vor, wie Chords Substitut es gewesen sein muss. Es ist kein spannungsgeladener, zugedröhnter Rausch, sondern eine Art schwere, trauernde Trägheit. Was davon mehr wie eine Flucht ist, kann ich nicht sagen.

Mein Handy vibriert. Ich weiß, dass es Chord ist, trotzdem gehe ich ran. Schließlich kann ich ihm nur eine gewisse Zeit aus dem Weg gehen.

»Ja?« Das Wort ist trocken, verrostet. Es ist seltsam, Luc nicht mehr um mich zu haben, um mit ihm zu reden.

»Hey, West.«

Beim Klang von Chords Stimme wird mir die Kehle eng.

»Hey.«

»Ich wollte schon früher vorbeikommen, aber ich habe gedacht, dass du vielleicht noch schläfst.«

»Habe ich auch.« Pause. »Tue ich immer noch.« *Dann kann ich so tun, als ob nichts davon real wäre. Dass meine Hand bei seinem Tod nicht mit im Spiel war … dass nicht dein Substitut ihn umgebracht hat.*

»Wie wäre es, wenn ich dich abhole und wir ein bisschen durch das Grid ziehen? Worauf auch immer du Lust hast. Mittagessen vielleicht?« Chords Stimme ist sanft, bedacht darauf, nichts zu sagen, das mich wegdriften lassen könnte. Er kennt mich zu gut, hat über die Jahre beides gesehen, meine besten und meine schlimmsten Seiten. Ich kann nicht umhin, an Lucs Worte in dem Restaurant zu denken, an jenen Tag, als ich ihm versprechen musste, dass Chord Teil meines Lebens bleiben würde.

Bei dem plötzlichen Gedanken, dass die beiden sich vielleicht schon darüber unterhalten haben könnten, dreht sich mir der Magen um. Eine Hälfte von mir ist sauer auf die beiden, weil sie glauben, ich wäre hilflos, die andere Hälfte wundert sich einfach nur, ob sie vielleicht recht haben.

»Nein, ich glaube nicht, Chord«, sage ich ganz ruhig. »Ich bin gerade dabei … das Haus zu putzen. Lucs Zimmer.« Eine Lüge, ich habe sein Zimmer noch nicht angerührt. Bislang konnte ich es noch nicht einmal betreten. Aber es ist das Erste, was mir einfällt, und alles ist besser, als Chord zu sagen, was ich wirklich getan habe. Nämlich nichts. Ich habe mit den anderen im Haus herumgespukt, war anwesend, ohne wirklich da zu sein.

»Ich kann dir helfen«, sagt er und hört sich dabei schmerzhaft hoffnungsvoll an. »Oder dir einfach nur Gesellschaft leisten.«

»Nein, schon in Ordnung.«

Pause. »Du musst etwas essen, oder nicht? Ich wette, du ernährst dich von … keine Ahnung, salzigen Keksen oder trockenem Müsli oder irgend so was.«

Ich kann mich nicht daran erinnern, wann ich zuletzt etwas gegessen habe. Mein Magen schmerzt seit dem Moment, als Chord dazu angesetzt hat, eine stockende Grabrede auf Luc zu halten. »Es geht mir gut. Ich kann kochen, weißt du.« Wenn auch nur wenig. Nicht, dass mir das im Moment wichtig wäre.

»West.« Sogar durch das Handy, über die physische Entfernung hinweg, ist seine Sorge um mich offensichtlich. »Ich würde dich gern sehen, okay?«

Ich presse die Augen fest zusammen, und Chords Gesicht nimmt all meine Gedanken in Anspruch. Irgendwie hat es sich verändert. Von dem, das ich seit jeher kenne, in das, das mich jetzt wieder ins Leben zieht, mich zu sich ruft, mir sagt, dass es noch mehr zu entdecken gibt.

Wann hat es sich verändert?

Dann wird sein Gesicht zu dem seines Substituten, zum Gesicht von Lucs Mörder, und meine Augen weiten sich.

»West?« Chord wiederholt meinen Namen, schroffer dieses Mal. »Komm schon, ich kann in fünf Minuten bei …«

»Nein, Chord, nicht jetzt. Ich rede morgen mit dir.«

Er seufzt. »Das heißt, du gehst zur Schule.« Keine Frage, eine Feststellung. Als könnte mir durch eine Frage klarwerden, dass es sich um keine unumstößliche Tatsache handelt. Mit fünfzehn kann ich mich abmelden. Irgendwo … arbeiten. Ich habe keinen Gedanken an die Schule verschwendet – noch weniger an Arbeit. Aber was sonst könnte meine Stunden jetzt füllen?

»Ja, ich werde da sein«, sage ich ihm. »Bis dann.« Und damit lege ich auch auf.

Wieder Stille im Haus, durch die Fülle der Vergangenheit viel zu laut. Chord hat recht, ich muss mal raus. Aber nicht mit ihm, noch nicht. Ich habe Angst, dass ich gar nicht ihn sehen würde, wenn wir uns jetzt träfen.

Ich verlasse das Haus, schließe die Haustür hinter mir. Dann laufe ich los, ohne bestimmtes Ziel. Doch alte Gewohnheiten legt man nur schwer ab, und auf einmal habe ich mehrere Blöcke hinter mir gelassen und bin wieder im Grid.

Eigentlich lebte meine Familie in unserem Haus in den westlichen Vororten des Bezirks von Jethro, aber einen Teil unseres Herzens hatten wir für immer in den Straßen des Grids gelassen, die dort einen Platz für uns freihielten und auf unsere Rückkehr warteten. Als Nullpunkt des

Bezirks, als dessen eigentlicher Mittelpunkt, verteilt es sich über ein Gebiet von nicht einmal zweieinhalb Quadratkilometern. Das Grid hat ein eigenes Leben. Mit den Langsamen oder Naiven hat es keine Geduld. Es verteilt keine Zuschüsse und hält für niemanden inne. Hier draußen haben wir vier unsere Instinkte verfeinert, es war unser Spielplatz und unser imaginäres Schlachtfeld. Hier haben wir uns vorbereitet.
Ich blicke an dem Gebäude vor mir hinauf.
Die öffentliche Bibliothek von Kersh, wo die größte Sammlung der Stadt von alten Büchern aus Papier aufbewahrt wird. Die Hälfte der Bücher sind Überbleibsel aus dem Surround, das Board hatte sie als ihr Eigentum eingefordert, ehe die Eisenbarriere endgültig verschlossen wurde. Es wird gemunkelt, dass sie in Kürze in das nicht öffentlich zugängliche Viertel des Boards überführt werden sollen. Und obwohl die Öffentlichkeit derzeit noch auf sie zugreifen kann, nehmen die meisten Leute kein Buch aus Papier zur Hand – nicht, wenn die Läden Flexi-Reader vorrätig haben, die man verbiegen kann, ohne dass sie brechen, und die sich auf die Größe einer Handfläche zusammenfalten lassen. Außerdem riechen Bücher aus Papier nach der Vergangenheit, einer fremden Welt.
In ein Messingschild neben der Eingangstür wurden Blockbuchstaben geätzt, die unaufdringlich und geschmackvoll aussehen, doch es ist unmöglich, die autoritäre Stimme dahinter zu überhören: ZU IHRER EIGENEN SICHERHEIT UND IHREM WOHLERGEHEN MISCHEN SIE SICH BITTE NICHT IN DIE ERLEDIGUNG EINES AUFTRAGS EIN DER NICHT IHR EIGENER IST DANKE DAS BOARD.
Sobald ich eintrete, steigt mir der Geruch von Alter und Staub in die Nase. Wie immer bin ich sowohl erleichtert

als auch verwirrt. Die in Papier und Tinte eingebetteten Geschichten haben mir immer ein Gefühl des Friedens vermittelt. Ein seltsam misstönendes Gefühl, wenn einem klarwird, dass sie aus dem kriegsgeschundenen Surround stammen.

Aber ich bin nicht hier, um mich in einer Geschichte zu verlieren. Nicht heute. Das wäre ungefähr so, wie um das Unmögliche zu bitten.

Als ich oben in der Abteilung *Geschichte der Substitute* vor den hinteren Regalen stehe, weine ich still vor mich hin, kann vor Tränen und einer plötzlich aufkeimenden Verzweiflung gar nichts mehr sehen. Ich habe die Antwort zu einer Frage gesucht, die bereits entschieden war, wollte einen Weg ändern, den man nicht ändern konnte.

Warum mussten sie mich unbedingt alleine lassen? Warum bin ich immer noch hier?

Das erste Buch fällt mit einem dumpfen Knall auf den Boden. Dann das zweite. Es ist mir egal, dass ich nicht so behutsam mit ihnen umgehe, wie ich das im Normalfall tue. Nicht, wenn die Leute mit dem, was mir gehört hat, auch nicht behutsam umgegangen sind.

Ich kann nicht aufhören, Bücher herauszuziehen. Teils landen sie auf meinen Füßen, teils auf dem Boden, ein Stapel an Informationen, der mich im Stich gelassen hat. Eine Geschichte, die noch kein Ende hat, die ganz im Gegenteil weiterläuft, sich immer wieder ereignen wird.

Eine Hand greift nach meiner. Hält sie davon ab, das nächste Buch runterzuwerfen.

Ich blicke auf, starre wütend, mit brennenden Augen und zitterndem Mund nach oben. *Wer …*

Ein Mann. Er steht über mich gebeugt da und hat einen kräftigen Körperbau, der keinen Zweifel daran aufkommen lässt, wie stark er ist. Es ist nicht die Art Stärke, die von Masse oder Gewicht herrührt, denn er wirkt beweglich, drahtig. Sein Haar ist kurz geschoren und von rostiger Farbe, die Haut mit verblassten Schnittwunden und Narben überzogen. Obwohl sein Gesicht vor Ärger ganz angespannt ist, sind seine blassblauen Augen von etwas anderem erfüllt. Von etwas, das Kummer sehr nahekommt … und noch mehr nach Verständnis aussieht.

»Jetzt mach mal halblang«, sagt er leise. »Du richtest hier ein ziemliches Chaos an, findest du nicht?«

Ich entreiße ihm meine Hand. »Ja. Und?«

»Mrs. Silas unten wird nicht gerade erfreut sein, wenn sie das sieht. Ich denke, es ist an der Zeit, das hier wieder in Ordnung zu bringen.«

»Das werde ich – wenn ich fertig bin.«

Ein langgezogener Seufzer. »Und du bist weit davon entfernt, fertig zu sein, oder nicht?«

Ich kicke ein Buch über den Gang, zucke zusammen und freue mich gleichzeitig darüber, wie es über den splittrigen Holzfußboden schrammt, wie der alte Umschlag noch schlimmer zugerichtet wird.

»Du siehst aus wie deine Brüder«, sagt er dann und erschreckt mich damit.

Meine Brüder? Was hat dieser Mann mit ihnen zu tun?

»Was?«

»Ich meine genau, was ich gesagt habe. Du siehst aus wie deine Brüder.«

Ich bücke mich und fange an, die Bücher wieder einzusammeln. Egal was, Hauptsache, er hört auf, mit mir zu reden, und lässt mich einfach in Ruhe. Was auch immer er zu wissen glaubt, ich habe ihn noch nie in meinem Leben gesehen.

»Aave war in meinem Waffenkunde-Unterricht«, fährt er fort. »In den Jahren vier und fünf. Und Luc natürlich auch. Kann ich davon ausgehen, dass ich dich bald in meiner Klasse sehen werde?«

Mittlerweile starre ich ihn an. Er ist also der Waffenkunde-Lehrer an der *Torth Prep.* Und ich weiß, wie er heißt: Baer. Jeder an der Schule kennt seinen Namen. Nicht nur, weil sein Unterricht der beliebteste der ganzen Schule ist, sondern wegen seines Rufs. Der stärkste Vollendete von allen. Die Legende besagt, er habe seinen Substituten im Alter von zehn Jahren mit bloßen Händen umgebracht. Er soll so cool gewesen sein, dass er danach weiter in der Nähe rumgehangen hat, um zu sehen, wie die Typen von der Säuberungskolonne die Leiche fortschafften.

Als Schülerin im dritten Jahr, mit Freunden im selben Jahrgang, verbringe ich nicht viel Zeit im Flügel der Älteren. Es gibt keinen Grund, warum ich Baer hätte erkennen sollen. Aber jetzt begreife ich, weshalb er so beliebt ist. Es ist der Ausdruck in seinen Augen, mit dem er einen anstarrt. Als würde man endlich lernen zu kämpfen – oder beim Versuch dabei sterben. Und basta.

»Noch ein Jahr«, sage ich.

»Bitte?«

»Noch ein Jahr, bevor ich Waffenkunde belegen kann. Ich bin noch in der dritten Jahrgangsstufe.«

»Noch ein Jahr.« Baers Augen blitzen auf wie Eiskristalle. »Vielleicht hast du bis dahin ein sinnvolleres Ventil für deine Wut gefunden. Es sieht nicht so aus, als würde dir kämpfen reichen.«

Ich blicke finster drein, hasse es, dass man mich so einfach ködern kann. »Sie sind vielleicht der Lehrer meiner Brüder gewesen, aber Sie sind nicht meiner … noch nicht.«

Die Andeutung eines Lächelns. »Nein, noch nicht, das stimmt.«

Ich sage nichts. Diese Unterhaltung führt zu nichts. Und da ich das schon begriffen habe, warte ich nur darauf, dass er es auch kapiert. Mit jedem Buch wird der Stapel auf meinem Arm schwerer. Ich drehe mich um, um sie zurück ins Regal zu stellen.

»Und, wirst du bereit sein?«, fragt Baer.
Ich zwänge ein Buch zwischen zwei andere, wobei es mir völlig egal ist, ob es an der richtigen Stelle steht. Schließlich ist die ganze Regalhälfte der Geschichte der Substitute gewidmet, also kann ich damit nicht so falschliegen.
»Keines der Bücher wird dir eine große Hilfe sein, wenn es wirklich zur Sache geht«, sagt er.
Ich drehe mich nicht zu ihm um, sondern stelle ein weiteres Buch weg. Wenn ich ihn lange genug ignoriere, muss er doch irgendwann gehen, oder nicht? Werden wir nicht genug miteinander zu tun haben, wenn ich erst seine Schülerin bin?
Baer greift sich das oberste Buch vom Stapel, den ich noch immer im Arm halte, öffnet es jedoch nicht, sondern betrachtet nur den Umschlag. Seine Hände sind noch vernarbter als sein Gesicht. Jetzt, wo ich weiß, wer er ist, wird mir klar, dass die Schrammen Kampfnarben sind – Zeichen der Jahre, in denen er anderen beigebracht hat, um ihr Leben zu kämpfen.
»Das hier?« Er hält das Buch hoch. *Die Grippeimpfung: Was fehlgeschlagen ist.* »Stinklangweilig. Mehr als hundert verdammte Seiten darüber, was mit dem Impfstoff schiefgegangen sein könnte. Lag es am Stabilisator? Oder an der besonderen Reinigungsmethode? Eine fehlerhafte Isoliertechnik?« Er schüttelt den Kopf. »Wen interessiert das? Es ist zu spät.« Er schiebt das Buch ins Regal und schnappt sich das nächste vom Stapel in meinen Armen.
»Und dieses hier?« *Wiederaufnahme der Gladiatorenspiele.* »Okay, es berichtet davon, wie damals gekämpft wurde, als die Leute zum Vergnügen und des Ruhmes wegen aufeinander losgelassen wurden. Doch bald ist dann die Rede davon, wie das Board diese Spiele wieder hat aufleben lassen, wenn auch in einem ganz anderen Rahmen. Hier gibt es keine mickrige Arena, stattdessen

haben wir die gesamte Stadt als Schlachtfeld. Und das Board hat entschieden, dass die Kinder Aufträge ausführen müssen, damit wir die Schwachen ausmustern können, ehe sie erwachsen werden und wir unsere Mittel und Zeit mit ihnen vergeuden.«

Ich starre ihn an. Habe Angst davor, ihn zu unterbrechen … und Angst, es nicht zu tun.

»Also überleben nur die Stärksten, die Intelligentesten, diejenigen, die ihren Auftrag am besten erledigen. Um uns in eine Gesellschaft von Killern zu verwandeln, und das alles im Namen der Selbstverteidigung.« Baer schiebt *Wiederaufnahme der Gladiatorenspiele* ins Regal neben das erste Buch.

Er ist noch nicht fertig. Er hat einen guten Lauf, wird angetrieben von Groll und Widerwillen. Er schnappt sich *Mechanismen hinter dem Substituten-Code.* Aus dem Augenwinkel blickt Baer mich an. »Das ist Pflichtlektüre. Schlimmer noch, als Farbe beim Trocknen zuzusehen, könnte ich wetten.«

Ich kann nicht anders. Meine Lippen zucken. »Ja, es war ziemlich langweilig.«

Etwas über Substituten-Codes zu lernen ist in etwa so lustig wie ausführliche Bio-, Chemie- oder Mathestunden in der Schule. Wenn man sich nicht wirklich dafür interessiert, ist es einfach nur ein weiterer Kurs, den man hinter sich bringen muss. Wenn Eltern ein Kind wollen, ruft das Board ihre individuelle Genkarte ab und erstellt eine neue, daraus kombinierte. Das nächste Paar durchläuft dieselbe Prozedur. Dann nimmt das Board die Genkarten beider Babys und generiert das, was man einen Substituten-Code nennt. Dieses künstliche Genmaterial wird codiert, damit es die Gene so steuert, dass die äußeren Merkmale übereinstimmen. So gesehen sind Substitute wie Zwillinge. Das macht es ihnen leichter, sich gegensei-

tig zu finden – sie müssen einfach nur nach ihrem eigenen Gesicht Ausschau halten.
Manchmal überschreitet die Substituten-Codierung ihre Parameter und greift auf andere Gene zu, so dass die beiden Substitute über ähnliche Reflexe, Hirnmuster und Sprachfertigkeiten verfügen. Sich selbst zu besiegen und einen Weg zu finden, um zu gewinnen, ist die größte Herausforderung für jeden Kämpfer.
Baer wirft *Mechanismen hinter dem Substituten-Code* zur Seite und nimmt sich *Über die Jahre hinweg: Die Herkunft der Substitute.* »Schwachsinn.« *Bekämpfe dein Substitut mit Herz, Geist & Seele.* »Ganzheitlicher Schund.«
Wahrscheinlich ist es falsch, trotzdem fühle ich, wie ein Lachen in meiner Brust aufsteigt.
Jetzt hat er *Hintergrund des Board: Aufträge analysieren* in der Hand. »Kompletter *Schwachsinn.* Das kann nicht oft genug gesagt werden …«
Ein Schrei dröhnt durch den Raum, gefolgt von Fußgetrappel. Sie kommen in unsere Richtung, kommen so schnell auf uns zu, dass ich weiß, wir haben keine Möglichkeit, ihnen auszuweichen. Ein Auftrag, der gleich ausgeführt werden wird. Es ist so gut wie unmöglich, sich über einen längeren Zeitraum im Grid aufzuhalten, *ohne* Zeuge einer Vollstreckung zu werden. Schon allein aufgrund der Anzahl von Menschen stehen die Chancen dafür schlecht.
Der lustige Moment macht sogleich Verärgerung Platz. »Ich nehme an, für Mrs. Silas gibt es heute wichtigere Dinge, über die sie sich beschweren kann«, sage ich zu Baer.
Ich schiebe die verbleibenden Bücher in die freie Stelle im Regal. Als ich damit fertig bin, lasse ich mich gegen das Regal sinken, versuche, mich so klein wie möglich zu ma-

chen, zu verschwinden. Tue automatisch das, was uns als Kind eingetrichtert wurde, sollten wir in die Nähe eines Kreuzfeuers kommen: Fallen lassen, unsichtbar werden. FLUW – oder auch sich so flach wie möglich machen und die Klappe halten.

Schüsse werden abgefeuert. Überall Schritte. Regale schwanken. Bücher fallen heraus.

Baer zuckt mit keiner Wimper, sondern bleibt einfach in der Mitte des Flügels stehen. Seine kühlen Augen blicken in die Ferne, er lauscht konzentriert und hat die Arme vor der Brust verschränkt.

»Sie sollten besser aus der Schusslinie gehen«, sage ich ihm. Meine Worte klingen eindringlich und verärgert. »Sie werden noch verletzt. FLUW – erinnern Sie sich?«

»Ich werde nicht verletzt.«

Eine plötzliche Erschütterung auf der anderen Seite des Regals, an dem ich lehne, lässt mich hochschrecken.

»Siehst du?«, sagt er mit erhobener Augenbraue. »Sie sind da drüben.«

Ich lasse mich wieder in die Hocke fallen. Na schön. Wenn er da stehen bleiben will, dann soll er das tun. Es ist nicht meine Schuld, wenn ihm etwas zustößt. Aber um nichts in der Welt mache ich ihm das nach. Nicht aus dem Weg zu gehen ist fast so, als würde man sich freiwillig als Zielscheibe zur Verfügung stellen.

Einer von ihnen stöhnt vor Schmerz auf, als sein Substitut auf ihn einsticht, ihn streift, auf ihn einsticht und trifft. Aber nicht genug, um den Job zu Ende zu bringen. Dann der laute Knall eines Schusses. Der andere Substitut schreit auf. Blut sickert zwischen den Metallfüßen des Regals hindurch in meine Richtung. Ich weiche zurück, doch da kommt immer noch mehr, ein lebendiges Ding, das sich nicht stoppen lässt, ehe es etwas anderes Lebendiges berührt hat.

Die Kugel hat einige Arterien getroffen, aber keine Hauptschlagader. Es wird ziemlich lange dauern, bis er verblutet. Ein Wettlauf gegen die Zeit und abhängig von der Frage, wessen Blut schneller fließt. Ich habe keine Ahnung, wen von beiden es treffen wird.
»Kommen die endlich mal zum Ende?«, fragt Baer. Ungeduldig wippt er vor und zurück. »Beschämend, sollte es sich um meine Studenten handeln.«
Ich glaube nicht, dass sie ihn hören, aber das Ganze dauert nicht mehr viel länger. Dem mit der Pistole gelingt es endlich, einen sauberen Schuss abzufeuern, und somit hat das Board eine weitere Vollstreckung in seinen Büchern zu verzeichnen. Ich höre das Quietschen von Turnschuhen, als sich der überlebende Substitut vergewissert, dass der andere auch tatsächlich tot ist. Dann stolpert der Vollendete davon, der Sieger dieser speziellen Schlacht.
Ich werfe einen flüchtigen Blick auf Baer. Und frage mich, ob ich einfach so gehen kann oder ob das unhöflich wäre. Der Geruch von Blut aus dem nächsten Gang ist so stark, dass mir etwas übel wird.
»Wenn es um Waffen geht, gibt es einiges zu lernen«, sagt Baer leise und weicht nun ebenfalls vor dem Blut auf dem Boden zurück. »Die richtige Handhabung – bei größtmöglicher Effizienz und möglichst geringen Schmerzen – das ist hilfreich. Die Geschichte …«, eine unvermittelte Geste zu den Büchern, die uns umgeben, »ändert nichts daran. All diese geschichtlichen Ereignisse *auswendig zu lernen,* ändert nichts daran. Das alles bringt genauso wenig wie eine Gutenachtgeschichte, wenn man schon halb eingeschlafen ist und eh nicht länger zuhört.« Bei den letzten Worten nickt er. »Auf Wiedersehen, West Grayer.«
Überrascht kneife ich die Augen zusammen. Woher weiß er …
»Ich lege Wert darauf, die Namen meiner Studenten zu

kennen«, sagt er, weil er mir die Frage offensichtlich am Gesicht abgelesen hat.
»Ich bin nicht Ihre Schülerin«, erkläre ich erneut.
»Noch nicht, wie du gesagt hast.« Er runzelt die Stirn und sagt dann ganz beiläufig: »Aber ich glaube nicht, dass die Verwaltung etwas dagegen hätte, wenn eine vielversprechende Schülerin schon vorher ... eine Schnupperstunde nehmen wollte.«
Mein Mund steht offen. »Ich?«
»Morgen nach der Schule, im Flügel des fünften Jahrgangs.« Er macht sich auf den Weg.
»Hey, ich habe doch noch gar nicht zugesagt.«
Baer dreht sich zu mir um. »Das musst du auch nicht. Die Antwort steht dir ins Gesicht geschrieben. Aber für den Fall, dass du es dir anders überlegst, werde ich dir das nicht verübeln.« Er macht ein paar Schritte, bevor er erneut stehen bleibt. Er blickt zurück und sagt: »Das mit deinen Brüdern tut mir leid. Sie waren nette Jungs.«
Damit geht er und verschwindet um die Ecke. Ist so schnell wieder weg, wie er aufgetaucht ist. Lässt mich mit einem toten Substituten zurück, Regalen voll weiterführender Bücher und neuen Fragen.
Luc.
Für einen winzigen Moment habe ich ihn vergessen können. Als wäre er nicht gestorben, als müsste sein Auftrag erst noch ausgeführt werden. Aber Baers letzte Worte reißen die Wunde erneut auf, und die Trauer verursacht mir wieder Magenschmerzen ... noch während meine Gedanken versuchen, Klarheit zu schaffen.
Waffenkunde. Morgen.
Langsam gehe ich in der einsetzenden Abenddämmerung nach Hause. Trockenes Laub, das um meine Füße herumwirbelt, knistert bei jedem Schritt. Lucs Gesicht begleitet mich noch immer, ebenso wie Ehms, immer irgendwo im

Schatten, niemals verschwunden, egal wie hell die Sonne scheint. Ich frage mich, wann mein Herz aufhören wird, bei jedem gnadenlosen Schlag zu schmerzen. Wann meine Lungen wieder einen tiefen Atemzug nehmen können, ohne dass ich das Gefühl habe, am Ertrinken zu sein.

✖✖✖

Die Schüler strömen noch immer aus Baers Klassenzimmer, als ich am nächsten Tag dort eintreffe. Es ist eine fünfte Jahrgangsstufe. Ich erkenne niemanden, abgesehen von denen, die mit Luc befreundet waren. Sie gehen an mir vorbei, und aus dem Augenwinkel sehe ich mir jedes Gesicht flüchtig an, frage mich, wie es wohl sein muss, wenn man weiß, dass man die Tage herunterzählen kann. Man älter wird, näher an die Zwanzig heranrückt.

Ich kann Baers donnernde Stimme im Klassenzimmer hören, wie er danach verlangt, dass alle Waffen zurückgegeben werden, bevor sie für den heutigen Tag Schluss machen. Metall und Stahl klirren, als sie sich berühren.

Ich hasse es zu warten und noch mehr hasse ich meine aufsteigende Nervosität. Ich stecke die Hände tief in die Hosentaschen, damit ich nicht länger an den Riemen meines Rucksacks herumzwirbele.

Was, wenn ich gar nicht wie meine Brüder bin? Was, wenn ich nicht annähernd so gut bin, wie Luc gesagt hat? Was, wenn Baer meint, lass es gut sein, du bist ganz offensichtlich die schwächere Substitutin, da kann man nichts machen?

Als der letzte Schüler gegangen ist, überwinde ich mich, trete näher an die Tür, damit ich die Zweifel in meinem Kopf zum Schweigen bringe.

»Du bist also gekommen«, sagt Baer von seinem Schreibtisch aus.

Er ist noch genauso einschüchternd wie gestern, vielleicht sogar noch mehr, bei diesem hellen Licht. Und er hält ein Schwert in der Hand. 90 Zentimeter polierter Stahl. Ein weiteres liegt vor ihm, auf seinem Schreibtisch.

»Die sind nicht unbedingt vom Board zugelassen.« Meine Stimme klingt hölzern, ungeschickt.

»Ich habe nachgeschaut. Schwerter werden nirgendwo in den Regeln genannt.« Er schwingt das Schwert vor sich herum, als wolle er die Klinge testen.

»Wohl deshalb, weil die Leute beim Anblick eines Aktivierten, der mit einem Schwert durch die Straßen läuft, ausflippen würden. Ich glaube, das Board hat kapiert, dass die meisten Substitute nicht bemerkt werden wollen.«

»Stimmt. Nicht alle Zuschauer wären von einer solchen Darbietung begeistert.«

Schaulustige bereiten dem Board große Sorgen. Pistolen und ein gutes Auge sind ihnen lieber als grobe Fäuste und rohe Gewalt. Das Ziel ist immer Effizienz, kein langwieriger oder unnötiger Schmerz. Die weit dagegen abfallende zweite Wahl ist der Gebrauch von Messern und jeglicher Art von Waffen, die mit einer Klinge versehen sind. Als Letztes folgt der Kampf mit bloßen Händen. Auch wenn er bei richtiger Durchführung tödlich endet, kann es dabei ziemlich übel zugehen, fast schon persönlich. Ich frage mich, ob das Board nicht bedacht hat, dass die Ausführung eines Auftrags an und für sich schon nicht mehr persönlicher werden kann.

»Was hat es also mit den Schwertern auf sich?«, frage ich. Ich komme mir blöd vor und beginne, meine Entscheidung herzukommen in Frage zu stellen. Ich hatte erwartet … na ja, ich bin mir nicht sicher, was genau ich erwartet hatte, aber jedenfalls nicht das.

»So schön sie auch sind, im Grunde genommen sind sie nur zum Töten da. Warum also keine Schwerter?« Sein

durchdringender Blick lässt mich automatisch in die Defensive gehen.
»Es scheint einfach sinnlos«, sage ich langsam. »Ich meine, man stellt Pistolen und Messer her, auf die wir für unsere Aufträge zurückgreifen können.« Verkäufe von solchen Waffen werden in Kersh strengstens überwacht, doch normalerweise stellt man nicht viele Fragen, wenn die codierten Pupillen eines Aktivierten beim Erwerb eingescannt werden.
»Mit einer Waffe umgehen zu lernen ist niemals sinnlos«, sagt Baer. »Jede einzelne hilft dabei, Reaktion, Koordination und Körperkraft zu trainieren. Um deine Substitutin zu besiegen, brauchst du zu jeder Zeit alle drei Fähigkeiten.« Er hält mir das Schwert hin, den Griff voraus, erwartet anscheinend von mir, dass ich es an mich nehme. Was ich schließlich tue.
Der sanfte Bogen des Metalls in meiner Hand ist schwerer, als er aussieht, mein Blick gleitet darüber, ich bewundere die geschmeidige Handwerkskunst, die Gleichmäßigkeit der Linien.
Baer nimmt das Schwert auf seinem Schreibtisch. Es ist etwas länger als meines, der schimmernde Glanz der Scheide genauso scharf. Sein Gesicht ist so streng wie immer, doch die Andeutung eines Lächelns zieht einen Mundwinkel nach oben. »Lust auf einen Test, West Grayer?«
Ich starre ihn an. »Sie meinen das ernst, oder?« Als ich meinen Rucksack auf den Schreibtisch hinter mir lege, ist mir bereits klar, dass er es nicht anders meinen kann. Mit beiden Händen ergreife ich den mit Leder überzogenen Griff und halte ihn fest.
Seine Augen sind vor Konzentration noch heller geworden. »Ich habe dich nicht hierher eingeladen, damit du mir hilfst, meine Unterrichtsmaterialien aufzuräumen. Also aufgepasst.«

Er zerschneidet die Luft zwischen uns, das Geräusch der Klinge ein Rauschen in der Luft, und alles, was ich tun kann, ist, zu versuchen, die Blitze von spiegelndem Licht und herumwirbelndem Silber abzuwehren. Die Welt besteht nur noch aus Baer und dem kläglichen Klirren von Stahl auf Stahl. Ich höre meinen Atem; rieche meinen Schweiß, scharf und deutlich als Beweis dafür, dass ich mein Bestes gebe, um nicht zu sterben. Meine Bewegungen sind eher Reflexen geschuldet als richtigem Können, ich habe keine Zeit, zwischen den abwehrenden Hieben darüber nachzudenken.

»Du musst dich schneller decken«, bellt er mich an. »Sonst bist du völlig ungeschützt.«

Während ich um Baers Schwert herumtanze, fange ich an, ihn selbst anzugreifen, auf meine Art. Aber es ist, als wollte man ein sich schnell bewegendes Tier aufspießen, und das mit einem Schwert, das von Sekunde zu Sekunde schwerer wird. Meine Arme schmerzen vor lauter Anstrengung.

Wie schafft Baer es nur, dass es bei ihm so leicht aussieht?

Plötzlich macht er einen Schritt nach hinten und lässt das Schwert mit der rechten Hand los, so dass er es nur noch mit der linken schwingt. »Jetzt nur mit dem linken Arm.«

Ich streiche mein Haar zurück, schwitze, denn wir wissen beide, dass meine linke Seite meine schwache ist. »Sie sind verrückt, das kann ich nicht tun.«

»Deine Substitutin wird nicht so großzügig sein und dich vorwarnen. Denk daran.« Mit diesen Worten macht er einen Satz nach vorne, sein Schwert ist nur wenige Zentimeter von meinem Hals entfernt.

»Pass auf …!«

Wortlos bewege ich die Lippen, als ich hastig den Griff meiner sich bereits verkrampfenden linken Hand korrigiere.

Ein weiterer Stoß. »Noch mal, wird deine Substitutin dir so viel Bedenkzeit einräumen?« Baers Stimme ist aus demselben Stahl wie unsere Schwerter. »Hier steht dein Leben auf dem Spiel, Grayer.«
Und wir tanzen, das Scheppern gegeneinanderstoßender Klingen hallt durch das Klassenzimmer, jedes einzelne eine Erinnerung, wie nahe wir dem Tod sind.
»Denk daran, du versuchst, mich umzubringen, nicht, mich mit diesem verdammten Ding zu kitzeln!«, brüllt Baer mich an, wenn ich wieder einmal unkontrolliert mit dem Schwert herumfuchtle.
»Ich mache das mit dem linken Arm, was erwarten Sie?«, brülle ich zurück, als er ausholt. Ich umkreise ihn, mein Arm brennt, und meine Brust ist ein einziger feuriger Knoten.
Baer hält abrupt inne. Zuckt noch nicht einmal zusammen, als mein Schwert seine Schulter nur um wenige Zentimeter verfehlt. Sein Gesichtsausdruck ist eiskalt. »Ich erwarte von dir, dass du tust, was auch immer nötig sein wird, um deine Substitutin umzubringen. Und du kannst davon ausgehen, dass sie dasselbe tun wird.« Er lässt seinen einen Arm herabsinken, sein Schwert ruht.
Ich tue es ihm nach, zwinge mich dazu, nicht so außer Atem zu sein. Oder es jedenfalls so gut es geht zu verstecken.
»Du wirst in dieser Klasse gut abschneiden«, sagt Baer. »Ich hoffe, ich sehe dich nächstes Jahr hier.«
Natürlich werde ich da sein. Keine Chance, dass ich mir irgendeine Art Training außerhalb der Schule leisten könnte. Und ich glaube, Baers Unterricht kann es mit jedem bezahlten Unterricht aufnehmen. Plötzlich kommt mir ein Gedanke: »Na ja, es sei denn, vorher passiert etwas.«
Baer runzelt die Stirn. »Du meinst deinen Auftrag.«
Ich nicke.

Einen Moment lang sagt Baer nichts. Dann steckt er das Schwert in die Scheide zurück, legt es auf seinen Schreibtisch, dreht sich um und sieht mich an. Mit vor der Brust verschränkten Armen lehnt er am Schreibtisch.

»Was weißt du über Striker?«, fragt er. Er hätte mich genauso gut nach dem Wetter fragen können, so ungezwungen ist sein Tonfall. Warum fragt mich Baer nach Strikern? Als Auftragskiller werden Striker von reichen Leuten bezahlt, um deren Substitute umzubringen. Sie arbeiten vorwiegend im Untergrund, erledigen einen Auftrag nach dem anderen, und wenn sie einander schon nicht treu ergeben sind, dann doch zumindest ihrer Arbeit. Vermutlich. Sosehr sich die Mitglieder des Boards auch aus der Öffentlichkeit heraushalten, Striker sind noch sehr viel geheimnisvoller.

»Also?«, sagt Baer.

»Ich weiß nicht, ich nehme an, dasselbe, was auch sonst alle wissen.« Ich zucke mit den Schultern. »Man hört Geschichten, aber nichts davon ist bewiesen. Und wenn jemand tatsächlich seinen Auftrag an Dritte vergibt, dann wird nicht darüber geredet. Woher soll man also wissen, ob es sie tatsächlich gibt? Striker sind wie ein Großstadtmythos …«

»Genauso wie die Tatsache, dass ich meinen Substituten im Alter von zehn Jahren mit bloßen Händen erdrosselt habe?«

Unbehaglich wende ich den Blick ab. Auch wenn mir natürlich hätte klar sein müssen, dass all das Gerede bis zu ihm vorgedrungen ist …

Er zieht eine Visitenkarte aus der Tasche. Sie ist zerknittert und verblasst, als hätte er sie bereits seit geraumer Zeit mit sich herumgetragen. Er gibt sie mir. »Striker sind keine Großstadtlegende«, sagt er.

Auf der Karte steht eine Nummer. »Was … Wollen Sie

etwa, dass ich da anrufe? Und mich nach …«, wieder blicke ich auf die Karte, »dieser Person namens Dire erkundige? Wer ist das?«

»Ein … alter Freund«, sagt Baer schließlich. »Auch wenn gewisse Meinungsverschiedenheiten dazu geführt haben, dass wir … uns voneinander entfernt haben. Ich glaube, er kann dir helfen. Wenn du seine Hilfe willst.«

»Wobei helfen?«

»Du bist im Moment noch nicht berechtigt, an der Waffenkunde teilzunehmen, und da bezahlte Stunden nicht in Frage kommen, kann Dire dir zum besten Training verhelfen, das es gibt.«

Ein Schauer läuft mir über den Rücken, als ich eins und eins zusammenzähle. »Er ist ein Striker, nicht wahr? Ihr Freund Dire.«

Langsam schüttelt Baer den Kopf. »Nein, ist er nicht. Er heuert sie nur an.«

»Aber es hieß immer, Striker würden unabhängig arbeiten.«

»Das tun sie, aber von irgendjemandem müssen sie ja ihre Aufträge erhalten.«

»Also ist er eine Art Zuhälter.«

Baers Mundwinkel zucken leicht. »Ich glaube, Dire würde die Bezeichnung *Vermittler* bevorzugen, Grayer.«

»Warum ich?«, frage ich ihn. Ich lege die Karte auf dem Tisch ab, der mir am nächsten ist. Plötzlich wiegt sie mehr als nur Papier – sie wiegt schwer wie eine Entscheidung, eine Weggabelung, ein Pfad, den man einschlägt. Einen, der in eine Dunkelheit führen könnte, aus der es keinen Ausweg gibt.

Baer antwortet nicht sofort, worüber ich fast froh bin. Das würde es leichter machen, einfach zu gehen, besonders deshalb, weil ein Teil von mir bereits von Neugier erfasst ist.

»Manchmal hat das System nicht recht, ganz egal, was das

Board uns erzählt«, sagt Baer. »Es ist nicht immer alles schwarz oder weiß. Dire wird dir dasselbe sagen, auch wenn er … in seiner Wortwahl nicht so zurückhaltend sein wird. Wir beide verändern die Absicht der Natur, auch wenn meine Trainingsmethoden anerkannt sind und seine nicht. Und sosehr ich seine Arbeitsweise auch ablehne, so glaube ich doch, dass hinter diesem ganzen Wahnsinn eine Methode stecken muss. Du hast das Geschick und den Mumm, West Grayer. Wenn sich dir jetzt eine Möglichkeit bietet, ist es dann wirklich wichtig, wie du dich verbesserst, solange es dir hilft, deinen Auftrag auszuführen?«

Langsam nehme ich die Visitenkarte wieder an mich. Die Nummer ist gut sichtbar, unmöglich, sich zu vertun.

»Aber geh da nicht blindlings rein.« Baers Blick schwankt nicht, bestätigt meine bereits aufkeimende Vermutung. Von dort würde es kein Zurück mehr geben. »Einen Auftrag nach dem anderen zu erledigen, kann an die Substanz gehen, auch wenn es nicht dein eigener ist – oder vielleicht sogar gerade, weil es nicht dein eigener ist. Und dann ist da noch das Board. Momentan passieren unnatürliche Vollstreckungen durch Striker nicht oft genug, als dass es den Einsatz besonders vieler Arbeitskräfte des Boards rechtfertigen würde. Soweit sie wissen zumindest. Aber das bedeutet nicht, dass das nie eintreten wird. Und wenn dem so sein sollte und es ihnen gelingt, dich zu fassen … na ja, diese Entscheidung sollte nicht auf die leichte Schulter genommen werden.«

»Okay, ich hab's verstanden«, ist alles, was mir dazu einfällt.

Damit begibt sich Baer zu dem Schrank auf der einen Seite des Raumes. Er zieht einen Pappkarton heraus und fängt an, Waffen dort hineinzuräumen. Jede ist unwirklicher als die vorherige – Dolche, Nunchakus, Shuriken und andere, die ich noch nicht einmal erkenne.

Das metallische Klirren der Unterrichtsmaterialien ist laut, doch die Worte, die als Nächstes aus meinem Mund kommen, sind noch lauter. Sie können nicht unbeachtet bleiben. Oder zurückgenommen werden.

»Wie bitte?«, erwidert er auf meine Frage, doch die neu aufblitzende Skepsis auf seinem Gesicht sagt mir, dass er mich bereits beim ersten Mal verstanden hat. Karton Nummer sechs ruht vergessen in seinen Armen.

»Stimmt es, dass Sie Ihren Substituten mit bloßen Händen umgebracht haben?« Es erneut mit lauter Stimme zu sagen lässt es noch idiotischer klingen, und ich fühle mich wie damals, wenn es einem meiner Brüder gelungen ist, mich mit irgendetwas hereinzulegen. Aber das hier ist Baer, mit dem ich rede – ein Lehrer für Waffenkunde, nicht für Kampf oder Kinetik.

Nach einem Moment des Schweigens antwortet er schließlich. »Ja, das stimmt.«

Ich kann meine Verwirrung nicht verbergen. »Aber weshalb dann Waffen? Warum wollen Sie uns beibringen, sie zu benutzen, wenn man sie überhaupt nicht benötigt, um einen Auftrag auszuführen?«

»Nachdem ich ihn erdrosselt habe, war mir klar, dass es auch anders gegangen wäre, deshalb«, sagt Baer mit tonloser Stimme.

Ich versuche, mir Baer als kleines Kind vorzustellen, wie er seinen Substituten im Alter von zehn Jahren bekämpft, aber das ist unmöglich. Nicht, dass es wirklich wichtig wäre, wahrscheinlich durchlebt er diesen Moment häufig genug in seinem eigenen Kopf.

Baer verlagert den Karton in seinen Armen. »Wegen Dire. Solltest du dich bei ihm melden, musst du wissen, dass er ziemlich bellen und auch beißen kann, aber sein Hass gilt nicht dir.«

»Sondern dem Board?«

Baer blickt mich aus seinen kühlen Augen an. »Wie ich gesagt habe, das System funktioniert nicht immer so, wie wir es gerne hätten.« Er bedenkt mich mit einem minimalen Nicken, genau wie gestern in der Bibliothek, und ich weiß, dass er mir nichts weiter zu sagen hat. »Danke für diese ziemlich interessante Sitzung. Ein Jahr. Stirb mir nicht vorher weg.« Dann ist er aus dem Klassenzimmer draußen, seine Schritte hallen schwer den Gang hinunter.

Während ich in dem leeren Raum stehe, rasen mir Gedanken durch den Kopf. Ich versuche, mich zu erinnern und mir ins Gedächtnis zu rufen, was ich alles über Striker gehört habe. Das ist nicht viel. Und ich muss es von dem Blendwerk, das der kindlichen Phantasie entspringt, den Gerüchten, die in die Welt gesetzt werden, trennen. Doch noch deutlicher als alles andere ist die nüchterne Erkenntnis, dass ich mich nicht wirklich dagegen entschieden habe.

»West.«

Als ich meinen Namen von der Tür her vernehme, fahre ich so zusammen, dass Dires Karte auf den Boden fällt. Doch ich weiß bereits, wer es ist, und nutze den Vorwand, mich nach der Karte bücken zu müssen, um mich zu beruhigen.

Als ich wieder aufblicke und in Chords Gesicht sehe, schlägt mein Herz freudig schneller, gleichzeitig wird mir ganz bange. Seit ich ihn kenne, habe ich mich noch niemals so gefühlt: verängstigt, unbeholfen, eine Art süßlich schmerzhaftes Drängen, das Verlorengeglaubte wiederzufinden.

Warum musste ausgerechnet sein Substitut einen Keil zwischen uns treiben?

»Was machst du hier?«, fragt er mich, sein Gesichtsausdruck leicht verhalten, unsicher. Er dreht sich um, um sich von jemandem im Gang hinter ihm zu verabschie-

den. Sein Freund Rush, der einst ebenfalls mit Luc befreundet war. Rush, der jetzt ein Vollendeter ist, seit dem vorigen Jahr.
»Was machst *du* denn hier?«, stoße ich hervor, als Chord mich wieder ansieht. Ich frage mich, wie viel er – wenn überhaupt – von der Unterhaltung zwischen mir und Baer mitbekommen hat. Wenn Chord das Wort *Striker* auch nur einmal gehört hat …
»Ich habe etwas in meinem Spind vergessen. Da den Gang runter.« Seine Augen sind fast schwarz, zu schwarz, um etwas darin lesen zu können. »Da habe ich deine Stimme gehört.«
Ich würde die Karte gerne in meine Hosentasche stopfen, aber ich habe Angst, dass er Fragen stellt, wenn er sie bemerkt. »Ach, also, Baer wollte sich mit mir über Waffenkunde unterhalten. Wegen nächstem Jahr, meine ich.«
»Ja, ich weiß. Ich habe euch gehört«, sagt er.
Die Anschuldigung in seiner Stimme ist nicht zu überhören und mein Mund ganz trocken. »Kann ich mit dir nach Hause fahren?«, platzt es aus mir heraus, während ich an meinem Rucksack herumnestle. Ich hänge ihn mir über die Schulter, pfriemele an dem Gurt herum und knülle die Karte in meiner Hand noch mehr zusammen.
»Ja, klar, gehen wir«, sagt Chord schließlich. Doch dann ergreift er sachte meine Hand, die, in der ich die Karte versteckt habe, und öffnet meine Faust. Er nimmt die Karte und reicht sie mir, ohne sie zu lesen. »Hier.« Seine Stimme ist leise und überaus gefasst. »Ich glaube nicht, dass du willst, dass jemand anders sie findet, solltest du sie verlieren.«
Ich stopfe sie in meine Hosentasche. Na toll. Er weiß es also. Und ich habe nicht die leiseste Ahnung, was ich ihm sagen soll.
Plötzlich setzt sich Chord auf einen Tisch und zieht mich

zu sich heran, so dass ich dicht vor ihm stehe, seine Hand hält meine noch immer fest. Wir sind fast auf Augenhöhe, nur wenige Zentimeter voneinander entfernt, und ich atme nicht mehr. Mein Herz schlägt einen Purzelbaum in meiner Brust, langsam, verlangend.

»Sag mir, dass es nicht stimmt, West«, sagt er. Ich merke, dass er wirklich aufgebracht ist. Ich erkenne es daran, dass Pfeile aus seinen Augen schießen, obwohl seine Stimme ganz sanft ist. Die Wirkung, die er damit erzielt, ist, wie immer, verstörender, als wenn er einfach ausgerastet wäre. Ich kann nur den Kopf schütteln. Viel zu leicht gelingt es ihm, sich durchzusetzen; seine Bitte entscheidet für mich.

»Dann ist es dir also ernst?« Chord presst die Kiefer aufeinander. »Du willst diesen Typen also tatsächlich anrufen und dich als Striker registrieren lassen?«

»Ich weiß nicht, was ich tun werde«, bringe ich hervor. Ich spüre seine warme Hand, und es fällt mir schwer nachzudenken.

»Weißt du, was für Probleme du mit dem Board bekommen könntest, wenn sie das herausfinden? Sie würden – ich will es gar nicht aussprechen.«

»Sie würden mich wahrscheinlich umbringen.« Ich kann nicht einmal so tun, als gäbe es eine andere Möglichkeit. Denn da gibt es keine. »Ich meine, ein Striker zu werden ist genau das Gegenteil von dem, was wir eigentlich tun sollen, nicht wahr? Die Schwachen ausmerzen, so dass nur die Stärksten übrig bleiben, sollte die Grenze fallen.«

»Das Filtersystem ist dazu da, uns zu beschützen«, sagt Chord zustimmend. »Warum willst du es bekämpfen? Glaubst du nicht, wir hätten schon längst einen anderen Weg eingeschlagen, wenn es einen gäbe?«

»Ich bin mir nicht sicher, was ich glaube. Außer, dass wir ohne das System nicht da wären, wo wir sind. Ich würde gerne gegen gar nichts ankämpfen.«

Schweigen. »Du weißt, dass sie im Geschäftsviertel von Leyton kostenlose Beratungen anbieten, wenn du glaubst, dass das helfen könnte. Es gibt auch eine Zweigstelle irgendwo hier im Grid.«

»Nein, das kann ich nicht.« Niemals. Niemals würde ich mit irgendwelchen Fremden über Dinge sprechen, an die ich kaum denken und die ich erst recht nicht akzeptieren kann.

»Ist es so schwer, einfach nur hier zu sein, West? Daran zu glauben, dass du diejenige sein wirst, die gewinnt, wenn du deinen Auftrag erhältst?«

Seine Worte jagen meinen Puls nach oben, alle meine Sinne werden von diesem Rhythmus getrieben. »Was, wenn ich nicht diejenige bin, Chord? Was, wenn wieder alles schiefgeht?«

Er greift nach meiner anderen Hand, zieht mich noch näher zu sich. Sein Gesicht ist verzerrt. »Du meinst, so wie es bei mir schiefgegangen ist? Du erträgst es nicht, hier zu sein, weil das mit Luc passiert ist, nicht wahr?« *Oder mit mir zusammen zu sein.* Seine Augen fragen das, was er mit Worten nicht ausspricht.

Meine Kehle schmerzt, presst die Worte hervor: »Ich weiß, dass es nicht dein Fehler war, aber ich sehe die Bilder noch immer vor mir. Es war dein Substitut, und sein Gesicht ist so … so sehr wie deines, Chord. Und wärst du nicht Lucs bester Freund gewesen, wäre er gar nicht erst dort gewesen.«

Chords Augen werden leer, seine Gesichtszüge sind von Trauer erfüllt. »West, es tut mir leid. Dass ich Chords Hilfe angenommen habe und er deswegen umgekommen ist. Dass ich nicht einfach die Hände in den Schoß gelegt und darauf gewartet habe, dass mein Substitut zu mir kommt. Doch am meisten von allem …«

»Ich … ich hätte niemals zugelassen, dass du nicht

kämpfst«, unterbreche ich ihn stammelnd. Allein die Vorstellung zerfrisst meine Eingeweide. Wann sind die Dinge zwischen uns so konfus geworden? »Ich …«

»… doch am meisten tut mir leid, dass ich dich darum bitte, mich immer noch um dich haben zu wollen. Selbst wenn alles wieder ganz schlimm werden sollte.« Sein Blick ruht auf mir. »Gib mir einfach eine Chance, okay?«

Zu nah. Er will zu viel Nähe. Wenn ihm etwas passiert, nur weil er glaubt, er müsse sein Versprechen, das er Luc gegeben hat, halten und auf mich aufpassen … oder wenn er einfach nur neben mir steht …

Ich entreiße ihm meine Hände und trete einen Schritt zurück.

»Wenn du das Gespräch zwischen Baer und mir gehört hast, dann weißt du auch, was er gesagt hat«, sage ich ihm. Verschränke die Arme, damit er von mir wegbleibt. »Dass es kein besseres Training gibt, als ein Striker zu sein. In diesem Fall würdest du dich auch nicht mehr verpflichtet fühlen, in meiner Nähe bleiben zu müssen. Ich weiß, dass Luc dir damit vermutlich in den Ohren gelegen hat, bevor er … bevor es passiert ist.«

»Scheiß auf Baer!«, schnauzt Chord mich an. »Er hätte dir niemals auch nur von diesem Typen erzählen sollen.« Er starrt auf meine Hände, als würde er dort bereits die tätowierten Stellen sehen, das immerwährende Zeichen, das ein Striker auf Lebenszeit bekommt, wenn man dem Gerede der Leute Glauben schenken will. Wie ein Brandzeichen. Dann verdüstert sich sein Gesichtsausdruck – vor Wut, Trauer und etwas anderem. »Du brauchst kein Killer zu werden, nur um dich vor deiner Substitutin zu retten. Und ich sage das alles nicht bloß wegen Luc, okay, West? Wir sind auch Freunde.«

Ich zwinge mich, mit den Achseln zu zucken. Ich blicke über seine Schulter hinweg, um seine Gegenwart nicht mehr so sehr zu spüren. »Weißt du was, mach dir wegen der Mitfahrgelegenheit keine Sorgen. Marsden und Thora sind ja noch hier, um sich für einen Test vorzubereiten, da kann ich einfach …«

»Nein, komm schon, West …«

»… mit ihnen nach Hause fahren, wenn sie fertig sind.«

»… ich möchte das.« Chord seufzt. »Dich nach Hause fahren, meine ich.«

Ich weiß nicht, was ich tun soll, bin mir sicher, dass jede Entscheidung, die ich treffe, die falsche ist. Als er wortlos aufsteht und einfach nur darauf wartet, dass ich etwas unternehme, werfe ich ihm aus den Augenwinkeln einen Blick zu und gehe zur Tür hinaus. Er folgt mir, und kurz darauf steigen wir in seinen Wagen auf dem Parkplatz.

Das sind die längsten zehn Minuten meines Lebens. Ich verbringe sie damit, mich mit größtmöglichem Abstand zu Chord in den Sitz zu pressen und darauf zu hoffen, dass er mich nichts mehr fragt, damit ich mir nicht noch mehr Antworten ausdenken muss, wo ich doch selbst nicht sicher bin, überhaupt noch klar denken zu können. Ich verbringe sie damit, darauf zu hoffen, dass er sich erst einmal von mir fernhalten wird, um unser beider willen. Damit, mir einzureden, dass es auch das ist, was ich will. Obwohl ich niemals gedacht hätte, dass es so schwer sein würde.

Als er schließlich vor meinem Haus anhält, bin ich nichts weiter als ein völlig überdrehtes Nervenbündel. Ich drehe mich zu ihm, bin kurz davor, ein Tschüss herauszupressen, als er aus dem Wagen springt und zur Eingangstür geht.

»Was … Chord, was machst du da?« Ich steige aus und folge ihm. Ich hätte wissen müssen, dass er mich nicht einfach so davonkommen lassen würde.

Oben auf der Treppe hole ich ihn ein. Die Topfpflanzen

meines Vaters stehen zu unseren Füßen, sind schon lange verblüht. Lucs Fahrrad, das an der Hauswand lehnt. Zeichen von totem Leben überall um mich herum. »Was machst du denn da?«, frage ich erneut. »Ich habe zu tun, weißt du?« Eine Lüge. Jetzt sind alle tot. Meine Zeit gehört nur mir.

Chord wirft mir einen Blick zu. Es ist ihm egal, dass ich weiß, dass *er* weiß, dass ich ihn nur loswerden möchte. »Wenn du das wirklich machen willst, dann bist du mir etwas schuldig«, bricht es aus ihm heraus. »Als … Freund.«

Ich ignoriere meinen Magen, der rebelliert, und mein Herz, das schneller schlägt. »Ich bin dir überhaupt nichts schuldig«, bringe ich hervor.

»Ich muss nur eines wissen, dann lasse ich dich damit in Ruhe.« Chords unvermitteltes Lächeln ist nur flüchtig, es huscht über seine Lippen, doch der Kummer darin ist nicht zu übersehen. »Wer bin ich schon, dass ich dir sagen könnte, was du zu tun hast, nicht wahr?«

Nur die eine Person, die mir geblieben ist und der nichts zustoßen darf, das ist alles. Außerstande, etwas zu erwidern, gebe ich den Code ein, um die Tür zu öffnen.

»Warte hier, okay?«, sagt er, bevor er nach oben geht. Dabei muss ich daran denken, dass er dieses Haus so gut kennt wie sein eigenes. Wir leben nur fünf Häuser voneinander entfernt. Seine Familie ist dort eingezogen, als er fünf Jahre alt war, und seitdem ist kein Tag vergangen, an dem er nicht bei uns oder Luc bei ihm gewesen wäre.

Bis jetzt. Wie ein Schlag trifft mich der Gedanke, dass er im Moment wahrscheinlich zum ersten Mal das Gefühl hat, hier nicht willkommen zu sein. Und zwar meinetwegen.

Nach wenigen Augenblicken ist Chord zurück und findet mich in der Küche, wo ich mir etwas zu trinken hole,

um mich zu beschäftigen. In der Hand hält er Lucs Pistole. Er hat sie aus dem Schreibtisch in Lucs Zimmer geholt. Er wusste, wo Luc sie aufbewahrte.
Meine Knie werden weich, und ich lasse mich auf den nächstbesten Stuhl fallen. »Was hast du damit vor?«, frage ich, meine Stimme schwach und viel zu zittrig.
Chord war derjenige, der sie nach Lucs Tod für mich gereinigt hatte. Ich brachte es nicht über mich, sie länger in der Hand zu halten. Sie hatte sich von seinem Blut ganz klebrig angefühlt, sogar dann noch, als ich wieder und wieder darübergewischt hatte. Chord hat ganze Arbeit geleistet, das muss ich sagen. Die Politur ist matt, sieht gut aus, und, am wichtigsten von allem, nirgendwo befindet sich eine Spur von Blut.
Warum kann ich es dann noch immer sehen? Wenn nicht direkt vor mir, so doch in meinem Kopf, wo meine Erinnerungen nach wie vor herumspuken? Die fließende Leichtigkeit, mit der das Blut überall hinspritzte, wie es sich schwarz färbte, als es trocknete. Wie unsere Fingerabdrücke in der Zähflüssigkeit des Blutes herumschwammen, leuchtende, perfekte Wirbel.
Ich schließe meine Augen und atme ein. Dann aus.
Als ich sie wieder öffne, ist die Pistole nicht mehr als eine Pistole. Die sicher in Chords Hand liegt. Nicht mehr, nicht weniger.
Chord reicht sie mir, den Griff voraus. Ich habe keine andere Wahl, als sie zu nehmen. Wie kann ich auch nur darüber nachdenken, ein Striker zu werden, wenn ich nicht einmal eine Pistole in die Hand nehmen kann? Und jetzt sieht Chord mir dabei zu und wartet nur auf ein Zeichen der Schwäche, um mich davon abzubringen.
Sie passt besser in meine Hand, als ich es für möglich gehalten hätte. All diese Tage, Wochen und Monate, die ich mit Luc verbracht habe, um meinen Arm, mein Auge und

meine Haltung zu trainieren und zu verbessern ... Das scheint so weit entfernt, als wären es gar nicht wir gewesen. Doch ich nehme an, ein paar Dinge verlernt man einfach nicht.

»Los, zeig's mir«, sagt Chord mit harter Stimme, die so gar nicht die seine ist.

»Was soll ich dir zeigen?«

Er zeigt auf die Wand auf der gegenüberliegenden Seite der Küche. »Schieß. Ich will sehen, wie gut du bist.«

Meine Finger werden steif. Sie wollen sich nicht um den Abzug krümmen, und meine Handfläche ist plötzlich ganz nass geschwitzt. Mein Arm zittert. »Ich brauche dir nichts zu zeigen. Alles bestens, okay?«

»Tu mir den Gefallen. Ich will es sehen.«

»Aber was macht das für einen Unterschied?«

Seine Miene verfinstert sich. »Der Unterschied liegt darin, dass du dich entweder mit einem Substituten anlegen kannst, der dir nichts bedeutet, oder stattdessen deine eigene Substitutin herausfordern könntest.«

»Versprichst du mir, dass du dann damit aufhörst?«, frage ich ihn.

Eine Minute lang, die ewig dauert, antwortet Chord nicht. Widerstrebend sagt er schließlich leise: »Ich würde lügen, wenn ich ja sage, aber ich verspreche, ich werde so tun, als hätte ich ja gesagt.«

Er nimmt meine Hand, die, in der noch immer die Pistole liegt. Er legt seine Finger um meine, bis wir die Pistole zu zweit halten.

»Lass los, Chord.«

Das tut er nicht. Stattdessen richtet er die Pistole auf die gegenüberliegende Wand und drückt ab.

Der Lärm ist gewaltig in dem geschlossenen Raum. Ein sauberes schwarzes Loch verunstaltet das glatte Weiß der Trockenbauwand.

Chord lässt meine Hand los und sagt: »Jetzt ziel auf dasselbe Loch.«
»Du hast gerade ein Loch in meine Küchenwand geschossen«, sage ich ruhig. Und dann, ohne noch etwas hinzuzufügen, hebe ich die Pistole an und ziele. Konzentriere mich, um nicht zu sehr danebenzuliegen. Sollte ich nur das kleinste bisschen eingerostet sein, wird Chord nicht zufrieden sein.
Doch die zweite Kugel dringt nur wenige Zentimeter neben der ersten in die Wand. Ein dunkles Augenpaar starrt uns entgegen.
Beiläufig lege ich die Pistole auf den Tisch. Ich kann sehen, dass meine Hand wieder zittert, also halte ich sie mit der anderen Hand fest, zwinge sie zur Ruhe. Ein Teil von mir beharrt darauf, dass es nur ein Glückstreffer war, doch welche Rolle spielt das jetzt noch?
»So«, sage ich tonlos. »War das gut genug?«
Chord nickt, muss klein beigeben, ob er will oder nicht. Seine Gesichtszüge sind immer noch angespannt, aber wenigstens zeichnet sich jetzt auch etwas Erleichterung darauf ab. Das wird reichen müssen, um ihm nicht das Gefühl zu geben, mich in irgendeiner Weise hängenzulassen. Als würde er Luc noch einmal enttäuschen.
Im Überschwang der Gefühle greife ich nach seiner Hand. Ich weiß, wie sehr Schuld einen belasten kann. Es ist wie ein Gewicht auf der Brust, das einen erdrückt, dabei aber andauert ohne absehbares Ende. Der Gedanke, dass ich diejenige bin, die ihm das aufbürdet, reicht schon fast aus, um ihm zu sagen, alles sei gut. Ich würde kein Striker werden.
Fast.
Ich will daran glauben, dass ich mit meinen eigenen Alpträumen klarkommen kann, denjenigen, die im Dunkeln auftauchen und sich auch dann kaum zurückziehen, wenn

es hell wird. Aber es ist nicht einfach nur das. Es ist Chord, der mir auf einmal viel zu nah kommt … meine Substitutin … das Kreuzfeuer zwischen uns. Wenn ich auch noch ihn verliere, wird es mich zerreißen, so dass nicht mehr viel von mir übrig ist.

Da bin ich ganz egoistisch. Egoistisch genug für uns beide. Ein Striker zu werden wird mein Leben ausfüllen und mich davon abhalten, wahnsinnig zu werden. Es wird mir das Können verleihen, um schlussendlich zu überleben.

»Chord. Ich werde schon klarkommen.« Meine Stimme ist kurz davor zu brechen. »Und dann wirst auch *du* klarkommen.«

Er atmet aus. Beugt sich zu mir herunter, so dass wir auf gleicher Höhe sind. Seine dunklen Augen wandern über mein Gesicht.

»Du hast dich schon entschieden, oder?«, fragt er. Seine Hand liegt sachte auf meiner, schafft es irgendwie, meinen verkrampften Griff zu lockern.

Das habe ich. Meine Entscheidung ist gefallen, schon als ich die Karte in die Finger bekommen habe und sie sich geweigert hat, vergessen zu werden.

»Ja«, sage ich, nicke. »Und es gibt nichts, was du sagen könntest, das meine Meinung ändern würde.« Ich kann nicht anders, ich muss seine Haare berühren, so wie sie ihm in die Stirn fallen, lasse die weichen braunen Strähnen durch meine Finger gleiten. »Es tut mir leid.«

Chord sieht mich noch einen Augenblick an, als versuchte er, mich so in Erinnerung zu behalten, wie ich aussehe, ehe ich mich für immer verändere. Ich will ihm sagen, dass ich noch immer dieselbe Person sein werde, tue es aber nicht. Weil ich nicht weiß, ob es stimmt.

Er streicht mir über die Wange. »Ich sehe dich dann später, West«, sagt er heiser. Er steht auf, tritt einen Schritt

zurück und geht. Ich höre das Geräusch der sich schließenden Eingangstür und sein davonfahrendes Auto.
Auf Wiedersehen, Chord.
Es ist nicht viel anders, zu einem Striker zu werden als zu einem Aktivierten. Wir geben wenig auf, um viel zurückzubekommen.
Warum fühle ich mich dann so, als hätte ich bereits viel zu viel aufgegeben?

3

Als ich vor dem Gebäude stehe, bin ich sprachlos. Die vielen Hunderte Male, die wir als Kinder daran vorbeigerannt, vor- und zurückgejagt sind, als wir Substitut gegen Substitut gespielt haben … Oder wenn der Tag extrem unruhig verlaufen und unsere Stimmung besonders wild war und wir Striker gegen Substitut gespielt haben.
Ich werfe einen flüchtigen Blick auf die Karte in meiner Hand. Vergewissere mich, dass ich mir den Namen richtig gemerkt habe. Dass ich die Adresse korrekt notiert habe.
Ja. Das hier ist es. Zweifellos. Ich stecke die Karte in meinen Rucksack und taste nach der Pistole, die ich in der Jacke bei mir habe. Schon allein an ihrem Gewicht merke ich, dass sie noch da ist, aber ich habe bereits die nervöse Angewohnheit angenommen, alles ein weiteres Mal zu überprüfen. Es war eine kurzfristige Entscheidung heute Morgen, sie mitzunehmen, und ich weiß noch immer nicht, warum ich das getan habe. Ich bin hier nicht in Gefahr. So wie es aussieht, ist es wahrscheinlich völlig sinnlos, bei einem Treffen mit Dire eine Waffe dabeizuhaben, noch dazu eine, die nach wie vor mehr Luc gehört als mir, als würde ich mit leeren Händen da hineingehen.
Der Musikladen sieht aus wie alle anderen Läden hier, die den Block säumen. Das Riffelglas-Fenster, das nach vorne rausgeht, ist noch immer mit blassen Schatten von alten Graffitischriftzügen bedeckt und der äußere Fenstersims mit Fetzen von kittfarbenen Kaugummiresten gepunktet. Billige Innenbeleuchtung. Graue Linoleumböden, die mit

einem feuchten Mopp einfach zu reinigen sind. Eine Tür mit Stahlrahmen und der Aufschrift *Dire Nation.*
Ich ziehe die Tür auf, gehe hinein und trete von einem Leben in ein anderes.
Der Laden ist voller Kunden. Die meisten von ihnen stehen an irgendwelchen Ladestationen und kopieren sich Musik auf ein Gerät, das in ihr Trommelfell integriert ist. Es gibt auch Download-Stationen für diejenigen, die noch immer externe Abspielgeräte bei sich haben. Und eine Handvoll Regale, für die nicht totzukriegenden Sammler der handfesteren Formate. Hologramme von Bands bedecken die Betonwände: *Kamiquasi. The Finger Project. Munch.*
Doch das hier ist das Grid, deshalb sind die Stationen doppelt im Boden und dann auch noch miteinander verbolzt. Die Regale stehen zwar noch, sind aber schon ziemlich heruntergekommen. Und die Hologramme flackern und flimmern, fallen alle paar Sekunden kurz aus.
Ich erkenne den Song, der über die Tonanlage läuft. Das war Ehms Lieblingssong. Ich habe ihn seitdem nicht mehr gehört, und jetzt trifft er mich wie ein Splitter in die Brust.
»Kann ich behilflich sein?«, fragt eine Stimme hinter mir. Kalter Schweiß bricht mir über den Augenbrauen aus, und ich atme tief ein, sage mir selbst, dass sie hier keine Mörder sind – sondern nur welche anheuern wollen.
Ich sehe ihn an. Rundlich, schwerfällig, die Gesichtszüge so schwabbelig wie Pudding. Ein Namensschild, auf dem *Dire Nation* steht. Und darunter, in blauen Buchstaben geschrieben, *Hestor.*
Es ist schwer zu glauben, dass er überhaupt ein Vollendeter ist, er ist so weich. Wenn er tatsächlich ein Striker sein sollte, dann ist er eine Parodie auf all das, was wir uns je vorgestellt haben.
»Ich bin auf der Suche nach einer Band und habe mich

gefragt, ob ihr sie wohl habt, aber der Andrang ist ziemlich groß«, sage ich zu ihm, weil ich weiß, dass er derjenige ist, der mich zu Dire bringen kann.
»Nichts, worüber man sich beschweren könnte, das ist nur ein gut laufendes Geschäft, Kleine.« Ein Kichern. »Wie heißt die Band denn?«
Das ist es. Wenn ich noch zurückwill, dann ist jetzt der richtige Zeitpunkt. Ein lebhaftes Bild von Chord taucht in meinem Kopf auf, ähnlich einer letzten Chance. Nur dass er stirbt. Wie Luc und alle anderen. Und ich halte ihn in den Armen, spüre, wie das Leben aus ihm herausfließt. Durch meine Schuld.
»Hey, wohnt jemand da drin?« Hestor wedelt mit der Hand vor meinen Augen herum.
Der Zweifel löst sich auf. Die Furcht des Unbekannten ist nichts im Vergleich zu dem, was ich bereits weiß – und am allermeisten fürchte. »Die Band heißt *The Strikers*«, sage ich leise, den Blick unverwandt auf ihn gerichtet.
Hestor wird ganz still. Seine Hand hält mitten in der Luft inne, seine Augen weiten sich nur ein kleines Stück, bevor sie sich wieder zusammenziehen. Auf einmal wirkt er gar nicht mehr so nichtsnutzig. »Würdest du das bitte noch mal sagen?«, murmelt er. Keine Bitte, ein Befehl.
Also tue ich es. »Ich suche nach *The Strikers.*«
Dass ich tue, worum er mich gebeten hat, scheint ihn nur noch wütender zu machen. Er schüttelt den Kopf, starrt mich noch immer an. »*The Strikers* sind etwas für … reifere Zuhörer. Für solche, die über zwanzig sind, wenn alle Aussichten auf einen Auftrag am Arsch sind. Man muss ein Vollendeter sein, verstehst du mich?«
Ich unterdrücke meine aufkommende Panik. Sie darf nicht die Oberhand gewinnen, darf sich nicht in meinen Augen oder Worten spiegeln. Panik wäre ein Zeichen von Schwäche. »Davon steht nichts auf der Karte«, lasse ich verlauten.

»Das sagt einem der gesunde Menschenverstand, Kleine.«
»Die Person, die ich am Telefon nach Dire gefragt habe, hat auch nichts davon erwähnt. Die, die mir gesagt hat, wie ich ihn finden kann.«
»Das muss ich gewesen sein, und hätte ich gewusst, dass du noch ein Teenager bist, hätte ich den Mund gehalten.« Ein lockeres, anzügliches Lächeln. »Also diese Band … ihre Musik kann ziemlich anschaulich werden, verstehst du? Zu sehr für ein kleines Küken wie dich.«
Es ist fast schon zum Greifen nah, ich kann es mir unmöglich jetzt entwischen lassen. Einen kurzen Moment habe ich einen Vorgeschmack auf die Taubheit verspürt, die darin liegende Sicherheit und Erleichterung. Ich habe es heute Morgen nur deshalb aus dem Bett geschafft, weil es da diese Möglichkeit gab, den Sturm in meinem Kopf zum Schweigen zu bringen.
»Fünf Minuten«, sage ich ihm. »Wenigstens das können Sie mir zugestehen.«
»Nein, geht nicht. Dire ist ein vielbeschäftigter Mann. Ich kann seine Zeit nicht vergeuden, indem ich ihm irgend so eine *nutzlose* …«
»Ich gehe nicht, bevor ich nicht mit ihm gesprochen habe«, knurre ich, da ich bereits Gefahr laufe, ins Betteln zu verfallen. Und die Vorstellung, diese Person anzubetteln, die bestimmt nichts weiter als irgendein verdammter Wächter ist, ein Pförtner …
»Raus hier!« Hestors Blick schweift kurz nach links und rechts, er ist sich der anderen Kunden hier drin bewusst. Ganz offensichtlich ist das keine Unterhaltung, an der er sie teilhaben lassen will. »Bevor ich dich rauswerfe.«
»Nein. Ich gehe nicht«, wiederhole ich. »Ich will ihn sehen.«
»Tja, wir haben geschlossen. Also beweg deinen nutzlo-

sen Hintern hier raus.« Er legt eine Hand auf meine Schulter, will mich zur Tür drehen.
Es geschieht ganz schnell. Schneller, als ich es je für möglich gehalten hätte. All die Stunden, Tage, Jahre des Übens – wenigstens dafür reichen sie aus.
Ich hole mit dem Arm aus und schlage seine Hand zur Seite. Dann stoße ich ihn fest gegen die Brust. Aber dass so ein dicker Mann nach hinten umfällt, ist wohl eher seinem heillosen Schock als meiner Kraft zuzuschreiben.
Er starrt mich vom Boden aus an, sein Gesicht ist rot, platt gedrückt und sieht ziemlich mordlustig aus. »Okay, jetzt reicht's, ich werde …«
Meine Hand greift nach der Pistole in meiner Tasche …
»Hestor.« Eine tiefe, rauhe Stimme, die sich anhört wie Sand, der auf Kies knirscht. »Was ist hier draußen los?«
Ich drehe mich um und erblicke einen Mann, der so breit und untersetzt ist wie ein Ochsenfrosch. Kleine blaue Augen, ein kurzes Gestrüpp aus aschblondem Haar, am Kinn ein Ziegenbärtchen derselben Farbe.
Ein einziger Blick reicht mir, um festzustellen, dass sein Gewicht nicht wie bei Hestor vom Fett herrührt. Es sind pure Muskeln. Und er steht so, dass er uns vor den Blicken der anderen im Laden abschirmt. Ich sitze in der Falle, außer Reichweite der Tür.
»Diese … diese junge *Göre* wollte dich sehen, Dire«, sprudelt Hestor hervor. »Sie hat nach *der Band* gefragt.« Die letzten beiden Wörter sind ein empörtes Zischen. »Aber als ich gesehen habe, wie jung sie ist, habe ich gesagt, kommt nicht in Frage. Und jetzt fängt sie an, Stunk zu machen, weil sie nicht gehen will.«
Dire mustert mich unverhohlen. Ich habe überhaupt kein Gespür dafür, was er denkt, und das macht mich ziemlich nervös. Ob er mir eine Chance geben wird oder nicht, mich rauswirft oder etwas anderes mit mir anstellt, was

ich mir gar nicht vorstellen will … was auch immer denen eben so zustößt, die zu viel erfahren haben.
»Bewegst du dich immer so schnell?«, fragt er mich, seine Worte ein schroffes Kratzen.
Ich weiß es nicht. »Ja, immer.«
Nach einem Augenblick des Schweigens folgt ein kurzes Nicken. »Okay, aber unten, nicht hier.« Dire wirft einen prüfenden Blick durch den Laden, offensichtlich zufrieden, dass niemand die Unterhaltung mit angehört hat. »Hestor, an die Arbeit.«
Mühsam kommt Hestor wieder auf die Beine. »Dire, das ist doch eine völlig bescheuerte Idee. Das Mädchen ist noch so unerfahren, sie könnte genauso gut ein …«
»Nicht unerfahrener, als mir lieb ist.« Dire dreht sich zu mir um und macht eine vage Handbewegung. »Mir nach.«
Die Treppe befindet sich in einer hinteren Ecke, schmal, dunkel und eng. Mit jedem Schritt, den ich in eine Welt hinabsteige, die auf einmal viel zu real und kein Spiel mehr ist, weicht der Boden vor mir zurück.
Auch hier unten sind die Wände aus Beton, dabei jedoch feucht, von einer nasskalten Derbheit. Der Geruch erinnert mich an einen Garten, wenn man wirklich tief gräbt, Boden umpflügt, der noch nie das Sonnenlicht erblickt hat. Es gibt keine Fenster, nur drei nackte, schaukelnde Glühbirnen, die von der Decke hängen. Ein paar Metallstühle und ein verbeulter Metalltisch stehen auf dem Betonboden. Völlig unpassend dazu ein paar elegante Tablet-PCs, verdrahtet mit noch weiteren Maschinen, die ich nicht mal annähernd erkenne.
Und eine Frau. Sie sitzt an einem kahlen Tisch, blickt mich an, als ich den Raum betrete. Sie sieht genauso sehnig aus wie Dire und in etwa so angenehm wie Hestor. Schwarze Haare, dunkelhäutig, die Augen von auffallendem Grün. Auf dem Tisch vor ihr steht eine Pappschachtel.

Gegenüber der Frau zieht Dire einen Stuhl heran, lässt ihn über den Boden schrammen. Er hält ihn mir hin. »Nimm Platz«, sagt er zu mir.
»Ist das die von Baer?« Die Stimme der Frau ist sanft. Sie starrt mich noch immer an, als ich mich setze. Sie begutachtet mich nicht wie eine Mutter, sondern wie eine Schlange, kurz bevor sie zuschnappt. »Ich wusste nicht, dass wir sie jetzt schon so jung annehmen.«
»Tun wir nicht.« Dire setzt sich neben die Frau, sieht mich mit gerunzelter Stirn an und reibt sich sein Ziegenbärtchen. »Wie heißt du und wie alt bist du?«
»West Grayer.« Meine Worte sind wie Kugeln. Müssen so sein. Ich kann immer noch abgelehnt werden. »Ich bin fünfzehn und nicht zu jung.«
Er brummt. »Du hast deinen Auftrag also noch nicht erledigt?«
»Nein. Noch nicht.« Weil sich meine Hände in den Tisch vor mir krallen, setze ich mich auf sie.
»Also, warum willst du ein Striker werden, wo du doch jeden Tag deine eigene Aktivierung erhalten könntest? Gören in deinem Alter sind normalerweise viel zu sehr damit beschäftigt, sich auf den Mord ihrer eigenen Substitutin vorzubereiten, als dass sie sich um den von anderen kümmern könnten. Und das ist auch gut so. Eine vermurkste Aktion als Striker ist fast genauso tödlich wie eine während deines eigenen Auftrags.«
Ich nicke. »Das weiß ich. Ich bin hierhergekommen, um so stark zu werden wie nur irgend möglich. Und weil …« Ich halte inne. Die beiden Gesichter mir gegenüber sind wie Masken, steif und schon halb entschlossen, mich abzulehnen. Ich weiß, dass ihnen mein Schmerz nichts bedeutet. Er könnte sie sogar eher noch glauben lassen, dass ich nicht damit klarkomme. »Na ja, wie Baer gesagt hat, wegen dem Training …«

Dire schüttelt den Kopf, sein Mund eine schmale Linie. »Baer. Er hätte es besser wissen müssen, als mir eine Anwärterin zu schicken.« Seine blauen Augen funkeln wie Glas im Licht. »Aber es ist das erste Mal, dass er sich überhaupt dazu herablässt anzuerkennen, dass ich noch existiere. Oder vielmehr anzuerkennen, was ich tue. Also, was sieht er in dir, Grayer, das ihn dazu gebracht hat, sein Schweigen zu brechen?«

Ich blinzele, bin mir nicht sicher, was er hören möchte. »Ich weiß es nicht.«

Die Frau lächelt. Das lässt sie wunderschön und zugleich noch viel beängstigender erscheinen. »Was ich weiß, ist, dass du keine Ahnung hast, in was du da hineingerätst«, sagt sie.

»Ich weiß, dass Sie Striker für die Ermordung von Substituten rekrutieren«, sage ich steif. »Ich weiß, dass keiner es wirklich wagt, über Sie zu sprechen, insbesondere diejenigen, die einen Striker für ihren Substituten anheuern. Und ich weiß, dass es Ihnen bislang gelungen ist, das Board zu unterlaufen und dass kein Striker jemals gefangen genommen wurde. Ansonsten hätte man Sie oder die Striker umgebracht, und das Board hätte dafür gesorgt, dass wir alle davon erfahren.«

»Und doch kannst du uns nichts über deine Substitutin oder deine eigene Vollendung sagen. Was du tun würdest, wenn es darauf ankommt, entweder zu töten oder getötet zu werden.«

Doch damit liegt sie falsch. Ich weiß alles über Substitute und Vollendungen. Wenn jeder um einen herum damit zu tun hat, ist es so, als wäre man selbst an der Reihe.

»Weißt du, genau das frage ich mich«, sagt Dire. »Wenn du selbst noch keine Vollendete bist, woher sollen wir wissen, wie du reagieren wirst? Die Wahrscheinlichkeit, dass du Erfolg hast, ist genauso hoch wie die, dass du abhaust – oder, noch schlimmer, dass du ein solches Chaos hinterlässt, dass das Board sauer wird und anfängt, gegen uns vorzugehen.«

»Ich wusste nicht, dass ich eine Art Test absolvieren oder einen ganzen Haufen schwachsinniger Fragen beantworten muss, um ein Striker zu werden.« Meine Stimme wird hart. »Und ich glaube, es sollte reichen, dass Baer mich geschickt hat.«

Bei Baers Namen verdüstert sich Dires Gesicht, und ich frage mich, warum die beiden nicht mehr befreundet sind. Beide bekämpfen das Board und die Aufträge, die es erteilt, beide bieten den Substituten die beste Überlebenschance, auch wenn das bedeutet, dass sie selbst Stellung beziehen müssen. Ist das der Grund, warum die beiden einander jetzt hassen? Dass Baer von Dire denkt, er gehe zu weit, und Dire von Baer, er gehe nicht weit genug?

»Es gibt keinen Test, den du absolvieren müsstest«, sagt Dire schließlich ebenso hart. »Und du musst uns auch deine Gründe nicht darlegen. Ich bin einfach nur neugierig.«

»Na gut. Ich brauche das Geld.«

»Du lügst«, erwidert die Frau sofort.

»Nein, tue ich nicht. Es ist besser bezahlt als jeder andere Job, den ich jetzt, da ich noch keine Vollendete bin, bekommen könnte.« Das sind zwei Behauptungen, und nur von einer kann ich mit Gewissheit sagen, dass sie stimmt. Tatsache ist, dass Anwärter für denselben Job schlechter bezahlt werden als Vollendete. Dagegen ist es schlicht ein Gerücht, dass man als Striker mehr verdient als bei den meisten anderen Jobs. *Wenn* man denn gut darin ist.

»Warum braucht ein Mädchen wie du so viel Geld?«, fragt Dire. »Fürs Elitetraining? Das brauchst du ja wohl nicht mehr, wenn du ein Striker bist.«

»Was für einen Unterschied macht das schon, solange Sie

die Provision für jeden Kunden bekommen? Wenn ich aufhören muss, weil ich meinen Auftrag erhalte, dann werde ich ja auch nicht weiterbezahlt. Und wenn es so läuft, wie ich es mir vorstelle, dann würden Sie einen neuen Job einfach an einen der anderen Striker geben.«

Er nickt langsam. »Da ist was dran. Ich nehme an, ich will nur sichergehen, dass auch du dir sicher bist. Es hat noch nie zuvor einen Anwärter oder aktivierten Substituten gegeben, der sich an uns gewandt hätte, musst du wissen.«

»Baer sagt, Sie tun das, weil Sie mit dem Board nicht einer Meinung sind«, sage ich. »Dass Sie nicht glauben, dass das System immer recht hat, und nicht einsehen, warum der eine Substitut sterben soll und nicht der andere.«

»Nur weil ein Substitut nicht glaubt, einen anderen umbringen zu können, bedeutet das nicht, dass er keine Chance verdient zu leben.«

»Aber das ist der Grund, warum Kersh so stark ist. Weil man die Schwachen eliminiert.«

»Es ist stark in Bezug auf Kämpfer und Krieg. Doch was ist mit den Dingen, die mehr aus uns machen als Maschinen, die uns menschlich bleiben lassen? Ein Gleichgewicht ist wichtig. Wenn schwach sein bedeutet, nicht in der Lage zu sein, mit der Gewissheit zu leben, jemanden umgebracht zu haben, dann ist Schwäche vielleicht etwas Gutes. Sich als würdig zu erweisen, sollte mehr bedeuten, als nur eine Pistole benutzen oder ein Schwert in der Hand halten zu können.«

»Wenn Sie also nur versuchen, das Board zu hintergehen, damit nicht der stärkere Substitut gewinnt, sondern der schwächere, warum lassen Sie dann den schwächeren dafür bezahlen?«, frage ich.

Dires Gesichtsausdruck wird hart, seine Augen füllen sich mit Spott und sind entleert von jedwedem anderen Ausdruck. Als hätte er sich rechtzeitig zurückgehalten und als müsse er erst wieder Haltung annehmen, einen Schritt zurück in die Wut machen, in der kein Raum für Schuld ist. Wen konnte er verloren haben, dass er eine solche Sicht auf die Dinge hatte, und wie schlimm muss es gewesen sein?

»Hey, entweder man lebt oder man stirbt«, sagt er. »Töte oder werde getötet. Wenn du deiner Familie nicht deine Leiche hinterlassen willst, dann bezahlst du. Und ich werde das Geld jedes einzelne Mal wieder annehmen.«

Wird es mir genauso gehen? Werde ich letztlich genauso hart werden wie er, weil ich das Striker-Dasein dazu benutze, um die Geister zu vertreiben, die mich heimsuchen, welche auch immer das sein mögen, so wie er seine Striker benutzt, um seine Gespenster zu vertreiben? Und wird das, solange ich weitermachen kann, überhaupt eine Rolle spielen?

»Verstehst du das alles, Grayer?«, fragt Dire und bringt mich auf einen Schlag in die Gegenwart zurück. »Verstehst und akzeptierst du, was es bedeutet, ein Striker zu werden?«

»Ja.« Ich sehe ihm in die Augen. »Ich akzeptiere alles.«

»Sie werden dich hassen, wenn sie es herausfinden, weißt du?« Hier redet man nicht lange um den heißen Brei herum, hier wird nüchtern dargelegt, wie mein Leben von jetzt an sein wird. »Nicht nur das Board, sondern auch Anwärter, Aktivierte, Vollendete – und im tiefsten Inneren sogar ein paar der Substitute, die dich anheuern, weil du sie an das erinnerst, was sie selbst nicht tun konnten. Jeder, der deine Male sieht, wird wissen, dass du das System hintergehst. Dass du nicht für irgendein übergeordnetes Wohl tötest, sondern nur, weil du es so gewollt hast.«

»Ja«, ist alles, was ich sagen kann.

»Gut. Bau keinen Mist.« Und damit ist es erledigt.

Ich wurde akzeptiert.
»Hast du die Ausrüstung fertig?«, fragt Dire die Frau.
Sie nickt, und ich spüre, dass sie über Dires Entscheidung, mich aufzunehmen, nicht glücklich ist. Ich bin so etwas wie ein neues Tier mit einer Menge Unbekannten, die auch so schon schwierig genug einzuordnen sind: ein jugendlicher Striker, dessen eigener Auftrag noch bevorsteht. Bin ich einfach nur jemand, der ihre Zeit vergeudet, gefangen im anfänglichen Adrenalinrausch, der einen erfasst, wenn man ein echter Striker wird? Jemand, der beim ersten Anzeichen von Gefahr den Schwanz einzieht? Raste ich, von den Gelegenheiten gierig geworden, total aus und bekomme eine verzerrte Wahrnehmung von Recht und Unrecht? Wird mich mein Auftrag lähmen oder mich mit neu entdeckten Zukunftsvisionen stärken?
Dire verlässt den Raum, als die Frau den Karton herüberschiebt, so dass er zwischen uns beiden auf dem verschrammten Tisch steht. Sie hebt den Deckel an, und ich spähe hinein. Ich weiß bereits, was ich sehen werde, und dennoch wappne ich mich.
Eine Tätowierpistole. Keine Kugeln, die in mein Fleisch eindringen werden, doch stattdessen etwas anderes: das Mal eines Strikers. Bezahlung, genau wie Dire gesagt hat.
»Die Pistole ist für zwei Dinge da«, sagt mir die Frau. »Zunächst einmal wird der Laser eine Kerbe unter deine Haut ritzen und so einen Pfad für das Zeichen schaffen. Dann wird dieser Pfad mit einer Tinte geflutet, die bestimmte Partikel enthält. Die Eigenschaften dieser Tinte erlauben es uns, dich im Auge zu behalten, für den Fall, dass du die Vermittlungsgebühr vergisst und wir dich kontaktieren müssen. Unser eigenes Überwachungssystem, wenn man so will.« Ihre Mundwinkel kräuseln sich leicht. Nicht um mich zu beruhigen, sondern um mich wissen zu lassen, dass sie ihre Macht genießt, ganz egal,

ob sie damit einverstanden ist, mich aufzunehmen, oder nicht.
»Fangen Sie schon an«, sage ich ihr.
Das Lächeln gleitet von ihrem Gesicht, wie Öl aus einer Pfanne. »Es wird weh tun. Schrei, und ich werde dich knebeln.«
Ich schreie nicht. Trotzdem kommen mir die Tränen, sie rinnen über meine Wangen, heiß wie Flammen – meine erste Feuerprobe.
Als sie fertig ist, ist der Geruch nach verbranntem Fleisch nicht nur in meiner Nase, sondern auch in meiner Kleidung, meinem Haar. Ich drehe meine Handflächen nach oben, um mir meine Striker-Male anzusehen.
Zwei gekringelte Schwaden in blassgrauer Tinte, der Farbe von abgenutzten Kriegsschiffen. Ich berühre einen mit dem Finger, bin mir sicher, dass es höllisch brennen wird, obwohl sie mir gesagt hat, dass sie fast unverzüglich heilen. Sie hat nicht nur Tinte und ein Art Suchsender in meine Haut injiziert, sondern auch eine starke Dosis Bindemittel, überladen mit Teilchen, die Wunden von innen heraus heilen, indem sie sich in Proteine und neue Hautzellen verwandeln.
Ich runzle die Stirn. Nicht nur, weil ich keinen Schmerz wahrnehme – ich habe fast überhaupt kein Gefühl mehr. Weniger als zuvor.
Ich krümme meine Finger, balle sie zu Fäusten. Dieses Mal drücke ich fester zu. Noch immer nichts.
»Das ist die Wirkung der Tinte«, sagt Dire, der wie ein Bulle zurück in den Raum getrampelt kommt. »Aber der Großteil deines Gefühls kommt wieder zurück.«
»Der Großteil? Warum haben Sie mir das nicht gesagt?«
Eine sich kräuselnde Welle der Angst, es könnte nicht besser werden, überkommt mich. Dass die ganze Zeit, die meine Brüder mit mir trainiert haben, umsonst gewesen

ist. Dass ich, wenn es darauf ankommt, niemals so gut bin, wie sie sich für mich gewünscht haben.

Er zuckt mit den Schultern. Die Bewegung ist fast schon elegant für jemanden, der gebaut ist wie ein Güterzug. »Hätte das deine Meinung geändert?«

Nein, hätte es nicht. Erneut untersuche ich meine Zeichen. Es ist verwirrend, wie wenig sich ihre spiralförmige Form von der verschlüsselten Auftragsnummer unterscheidet.

»Sei vorsichtig mit den Zeichen. Wir haben es nicht geschafft, die Tinte heller zu bekommen, also musst du sie verstecken«, sagt Dire kurz angebunden. »Striker kennen sich untereinander nicht, aber ihr alle kennt mich. Wenn du deine wertvollsten Werkzeuge nicht abhacken willst, dann musst du jetzt mit diesen Zeichen leben. Du hast keine Möglichkeit, dich von uns abzusetzen. Ein Striker ohne Hände ist keine besonders gute Voraussetzung. Und wenn du stirbst, während du einen Auftrag ausführst, wird dem Sender signalisiert zu versagen, sobald kein Blut mehr durch deine Adern fließt. Das Board kann dich nicht zu uns zurückverfolgen.«

Er zieht sich einen Stuhl heraus und setzt sich wieder mir gegenüber. »Jetzt zu den Details. Du bist immer erreichbar, zu jeder Zeit. Abgesehen von besonderen Umständen, ordnen wir die Kunden den Strikern zu, die gerade verfügbar sind. Wenn du diejenige bist, erhältst du eine SMS mit allem, was du benötigst: eine Info mit den Kontaktdaten des Kunden, ein Foto von ihm, deine Auftragsnummer und ein neues Datenblatt mit der Ortung des Substituten. Manchmal ist auch der Arbeitsplatz dabei, Gewohnheiten, Verhaltensmuster, je nachdem, wie lange die Substitute bereits ausgespäht wurden. Danach kontaktierst du den Kunden und gibst ihm deine Zahlungsbedingungen durch. Die meisten Striker verlangen das, was ein Anwärter in einem Monat bei einer neuen Arbeitsstelle verdient, und steigern sich dann. Wir nehmen 25 Prozent von dem, was du aushandelst, also achte darauf, dass du das überweist. Du hast 36 Stunden für die Vollstreckung. Wie du den Striker-Auftrag durchführst, ist deine Sache, aber wie das Board schon sagt, ist es am besten, es schnell, sauber und leise zu erledigen.« Dann lacht Dire, und der dunkle Unterton seines Lachens zeigt mir, dass ich aus einem Schatten herausgetreten bin, nur um im nächsten zu verschwinden. »Seltsam, oder? Wir und das Board ... wir wollen beide dasselbe von dir.«

»Ja, schon möglich.« Ich stehe auf, hoffe, dass mich die Kraftlosigkeit, die ich in den Beinen spüre, nicht zu Fall bringt. Ich laufe los und sehne mich nach hellerem Licht als dem, das von den nackten Glühbirnen in diesem Raum ausgeht. »Sie haben meine Handynummer, von meinem vorherigen Anruf.« Was kann ich sagen, das sich nicht gänzlich surreal anhört? Nichts.

Dire, der noch immer auf seinem Stuhl am Tisch sitzt, betrachtet mich, als ich an ihm vorbeigehe. »Für deinen ersten Auftrag, ja?«

»Wofür sonst?« Meine Handflächen brennen etwas, nur ein leichtes Surren direkt unter der Haut.

»Grayer.«

Ich bin bei der Tür. »Was?«

»Deinen ersten Auftrag bekommst du jetzt.«

Mein Herz galoppiert in meiner Kehle und schmeckt nach Angst. *Nein, nicht jetzt. Ich bin noch nicht so weit.* Langsam drehe ich mich um und gehe zum Tisch zurück. »Ich höre.«

Dires Augen sind zusammengekniffen, sehen aus wie eine kalte blaue Flamme. »Hier wird sich nicht erst langsam herangetastet – wir werfen dich sofort ins kalte Wasser.

Und es wäre besser, wenn du schwimmst und nicht untergehst.«
»Ist das der Test?«, frage ich, meine Stimme ein trockenes Kratzen. »Reicht es nicht, mir das Zeichen zu verpassen?«
»Im Vergleich zum Töten sind deine Zeichen ein Kinderspiel. Also beweise mir, dass ich falschliege und Baer recht hat. Und schau auf dem Weg nach draußen auf dein Handy.«
Damit weiß ich, dass es angefangen hat.

✖✖✖

Ihr Haus liegt in der Nachbarschaft von Jethros allerunterstem Ende, bevor der Bezirk im Süden in Leyton übergeht. Auf der ruhigen Seite, dort, wo das Durchschnittseinkommen gleich hoch ist wie in den restlichen Vororten von Jethro. Vielleicht ein kleines bisschen höher, nach den Häusern hier zu urteilen, deren heruntergekommene Fassaden und müde Rasen auf Vordermann gebracht worden sind. Aber noch immer weit entfernt von einem Wirtschaftsbezirk wie Leyton.
Das erklärt, warum sie sich keinen Striker nehmen konnte. Nicht, dass Geld zwangsläufig der einzige Grund dafür wäre. Grundsätze, Stolz, Dickköpfigkeit, Zuversicht, Teilnahmslosigkeit … das alles kann eine Rolle spielen. Aber letztlich ist das egal. Denn es ändert nichts an der Tatsache, dass ich hier bin.
Ich schleiche am Haus entlang, um die vordere Ecke, wo eine Reihe Buchsbaumsträucher steht. Die Sträucher sind voll und stehen dicht genug, dass ich mich niederkauern und verstecken kann. Die Gegend beobachten und darauf warten kann, dass sie entweder herauskommt oder hineingeht.
Darauf baue ich in jedem Fall. Der Auftrag ist noch frisch

genug – laut der Vertragseinzelheiten auf meinem Handy keine 24 Stunden alt –, und die Chancen stehen relativ gut, dass sie noch immer zu Hause ist, es sei denn, sie stellt eine Ausnahme in der überwältigenden Statistik typischer Verhaltensmuster von frisch aktivierten Substituten dar. Sich darauf vorbereiten, sich zu verstecken, sich darauf vorbereiten zu kämpfen. Wie auch immer, es beginnt hier.

Das Datenblatt ist lächerlich kurz. Zunächst habe ich mich gewundert, warum Dire nicht auf mehr Vorarbeit von Seiten des Kunden gedrängt hat, aber dann wurde mir klar, dass er es mir nicht einfach machen wollte. Genau wie das Board will er mich ausmustern, wenn es mir nicht gelingt, das hier zu Ende zu bringen.

Ich berühre die Pistole in meiner Jackentasche. Ich werde nie vergessen, wozu sie in der Lage ist, ganz egal, wie oft ich sie abfeuere. Das zu tun, würde bedeuten, mich selbst zu verlieren, mehr Striker zu sein als ich selbst.

In der anderen Tasche habe ich ein weiteres Messer. Dann noch eines in der Hosentasche meiner Jeans. Wahrscheinlich zu viel des Guten, aber ich bin nervös und ich kann noch nicht genau sagen, wie das hier vonstattengehen wird.

Also warte ich. Der Tag vergeht, ganz langsam. Jede Sekunde zieht sich in die Länge, als würde sie nicht in die darauffolgende übergehen wollen. Minuten verstreichen unendlich langsam, Stunden verweilen endlos. Noch nie zuvor hatte ich einen Grund, mich so lange nicht von der Stelle zu rühren. Es ist, als würde man gegen die Schwerkraft ankämpfen, alles in meinem Körper protestiert dagegen.

Meine Augen sind völlig ausgetrocknet. Sie brennen. Mein linkes Bein und mein rechter Fuß haben jegliches Gefühl verloren. Wie noch nie zuvor überfällt mich ein Kribbeln und sticht mich überall.

Außerdem habe ich Hunger, ein dumpfes Schmerzgefühl wie anschwellende Wellen in meinem Bauch.
Träge durchwühlt mein Geist vergangene Kampfstunden, fragt sich, ob irgendetwas Brauchbares dabei war. Etwas über den menschlichen Körper, während er sich im mentalen Prozess einer Überwachung befindet, der Tortur des sich *Nicht*-Bewegens.
Aber mir fällt nichts ein.
Konzentrier dich, West – auf alles, was nicht du bist. Sei taub, ein Striker.
Aber wie? Unmöglich, wenn das ganze Sein aus schmerzenden Muskeln und bebenden Knochen besteht; aus angespannten Nerven und einer durch Hunger verursachten Benommenheit.
Die Sonne steht tief am Himmel, die Temperaturen nähern sich ihren abendlichen Werten, die typisch für den fortgeschrittenen Herbst sind, als sich plötzlich die Eingangstür öffnet. Sie fällt zu. Dann Schritte.
Meine Augen sind weit aufgerissen, mein Mund ist trocken, mein Puls flattert wie Fahnen im Sturm.
Als sich die Schritte meinem Versteck nähern, weiß ich, dass es nicht sie sein kann. Der Gang ist zu locker, nicht annähernd ängstlich genug für eine frisch aktivierte Substitutin.
Eine Frau geht über den Rasen zu einem Wagen, der am Bordstein geparkt ist. Ihrem Aussehen nach zu urteilen, ist sie vermutlich die Mutter meines Striker-Subjekts. Sie ähnelt dem Foto meiner Kundin zu stark, um nicht zur Familie zu gehören.
Die Eingangstür öffnet sich erneut. »Mom, warum kann ich nicht einfach …?« Die Stimme eines vierzehnjährigen Mädchens, bettelnd und bockig. Meine Schultern straffen sich. Das muss sie sein.
»Linde, mach dir Tür zu und bleib drinnen!« Die Stimme

der Frau ist zugleich wütend und ängstlich. »Ich habe dir doch gesagt, dass jetzt nicht der Moment ist, um meine Geduld auf die Probe zu stellen.«
»Aber mir ist *langweilig!* Ich will nicht den ganzen Tag drinnen bleiben! Warum kann ich nicht einfach …«
»Immer noch besser, sich zu langweilen, als tot zu sein, findest du nicht? Es ist noch kein Tag vergangen, seitdem du deinen Auftrag erhalten hast, und schon müssen wir uns darüber streiten?«
»Ich streite mich nicht mit dir …«
»Wie kann ich dir nur begreiflich machen, dass man sich bei einem Auftrag nicht einfach entscheiden kann, ihn nicht auszuführen? Das ist nicht so, wie ein T-Shirt im Kaufhaus umzutauschen, bei allem, was recht ist!«
»Ich bin nicht *dumm,* Mom.«
»Linde.« Ein langgezogener Seufzer, der mich an meine eigene Mutter erinnert, wie sie sich damals mit uns herumgeschlagen hat. »Ich bin gleich wieder zurück, okay? Und dann überlegen wir uns etwas.«
»*Na gut.* Aber Xave kommt mich trotzdem besuchen! Du kannst mich nicht daran hindern, meinen Freund zu sehen, das weißt du.«
»Geh einfach wieder rein, Linde! Und schließ die Tür ab!«
Die Tür schlägt zu, die Frau steigt in den Wagen und fährt weg.
Die Pistole in der Hand, rapple ich mich auf und überlege rasch, ob mir genug Zeit bleibt, ins Innere des Hauses vorzudringen, bevor die Mutter wieder zurück ist, oder ob ich stattdessen einfach klingeln und darauf hoffen soll, dass mir die Substitutin ohne nachzudenken öffnet. Plötzlich geht die Eingangstür erneut auf.
Mein Striker-Subjekt rennt aus dem Haus über den Rasen, doch ihre Mutter ist bereits zu weit weg, als dass Linde sie noch hätte aufhalten können.

»Mom, warte! Warte. Ich hab vergessen ...!« Sie bleibt mitten auf der Straße stehen und starrt in die Richtung, in die ihre Mutter davonfährt. Sie atmet heftig, die Hände auf den Hüften. »Das ist doch echt *zum Kotzen!*«

Ihre Worte sind überraschend deutlich, trotz der Entfernung zwischen uns, und mir wird klar, wie ruhig es hier draußen ist. Friedlich. Gedanken überschlagen sich in meinem Kopf, und – richtig oder falsch – ich entscheide mich dafür, dass meine Pistole für diese Familien in diesen Häusern in dieser ruhigen Nacht zu laut ist. Ich nehme die Pistole in die linke Hand, reiße das Messer aus meiner vorderen Hosentasche und lasse es aufschnappen.

Doch das kostet Zeit. Hätte ich mich schneller bewegt, hätte ich es schon werfen können, als sie noch in meiner Nähe war. Ich hätte nicht danebengetroffen, und sie hätte gerade zur Seite geblickt. Sie wäre gestorben, ohne zu realisieren, was passiert war. Sie wäre gestorben, und ich hätte ihr nicht ins Gesicht schauen müssen.

Aber sie dreht sich um, geht zurück zum Haus und sieht mich. Ihr Gesicht ist wie das meiner Kundin, das Foto auf dem Handy, das ich mir eingeprägt habe.

Große, verwunderte und wunderschön gesprenkelte haselnussbraune Augen. In ihnen verschlüsselt schwarze Spiralen mit ihrer Auftragsnummer. Butterblondes Haar, zu einem Pferdeschwanz gebunden, modisch dick mit geflochtenen Strähnchen und dekorativen Federn. Sie trägt Jeans und ein schulterfreies T-Shirt. Gewebte Freundschaftsbändchen bedecken ihre Arme von den Handgelenken bis zu den Ellbogen wie ein Regenbogen.

Sie bemerkt die Klinge nicht sofort, und ich sehe, dass sich ihre Lippen fragend kräuseln. Aber dann erhaschen ihre Augen einen Blick auf das Messer. Furcht macht sich auf ihrem Gesicht breit, lässt es aschfahl werden. Ihre Augen werden noch größer, leuchtende Tümpel der Panik.

Sie öffnet den Mund, ein luftleeres *Oh!*, doch alles, was ich höre, ist das Rauschen des Blutes in meinen Ohren. Die Welt besteht nur noch aus der Entfernung zwischen ihr und mir.

Dann bewegt sie sich wieder, stolpert in ihrer Eile davonzukommen ein paar Schritte rückwärts, ehe sie dazu ansetzt, sich umzudrehen …

Ich werfe. Spüre, wie die Muskeln in meinem Arm wieder zum Leben erwachen, als sich meine Finger von dem Metall lösen.

Die Klinge durchbohrt ihre Brust. Dringt tief in sie ein, beharrt darauf, stecken zu bleiben. Sie schwankt, stolpert, fällt. Ein Wirrwarr aus verletztem Fleisch, blondem Haar und Jeans. Der Blutfleck auf der Vorderseite wird immer größer, wirkt im Licht der Abenddämmerung fast schwarz.

Ungläubig stehe ich da. Es kommt mir unwirklich vor, jetzt gerade auf dieser Straße zu sein, wie eine außerkörperliche Erfahrung. Ich habe soeben mein erstes Striker-Subjekt erledigt, meinen ersten Substituten ermordet, meinen ersten Auftrag erledigt … und ich fühle nichts.

Ein Mann tritt aus einem der Häuser heraus und geht die Straße entlang. Er ist übergewichtig, hat Flecken in den Achselhöhlen seines T-Shirts. Ein Vollendeter, der vergessen hat, wie glücklich er sich schätzen kann, am Leben zu sein.

Er wirft einen Blick auf die Leiche zu seinen Füßen, dann auf mich. Auf die Pistole, die sich noch immer in meiner linken Hand befindet. Seine Augen werden zu Schlitzen.

»Du bist nicht ihre Substitutin, das ist schon mal sicher«, grunzt er. »Was bist du also?« Er betrachtet meine Hände eingehender. Als er plötzlich begreift, zieht sich der Knoten in meinem Magen zusammen.

Noch ein Fehler – ich hatte Dires Ermahnung vergessen,

meine Zeichen zu verdecken. Ich versuche, meine Ärmel herunterzuziehen, aber es ist zu spät. Selbst mir ist klar, dass es unmöglich sein kann, dass er die Tinte nicht gesehen hat.

»Du bist also ein Striker.« Die Abneigung in seiner Stimme könnte nicht offensichtlicher sein.

Ich packe die Pistole weg und stecke meine Hände in die Jackentaschen. »Ja.« Was sollte ich auch sonst sagen?

»Hm, hättest du das nicht woanders erledigen können? Das ist eine Gegend für Familien. Hier in der Straße wohnen Kinder.«

»Tut mir leid.« Plötzlich komme ich mir selbst wieder wie ein Kind vor, das man bei etwas erwischt hat, was es nicht tun sollte.

Er beugt sich über die Leiche. Blickt sie prüfend an. Macht einen Satz nach hinten. »Oh, Mann, Mann, *Mann!* Sie ist nicht tot.«

Mein Kopf schnellt nach oben. »Was?«, flüstere ich.

»Sie ist nicht tot.« Er hört sich zugleich empört und schockiert an, so als hätte er noch nie von einem Striker gehört, der schon einmal versagt hätte. »Komm hier rüber und sieh dir das selbst an.«

Die wenigen Schritte, die ich mit meinen bleiernen Beinen mache, wären gar nicht nötig, um zu sehen, dass er die Wahrheit gesagt hat. Sie atmet noch, wenn auch schwach. Ihr Atem geht flach und stockend. Der Griff des Messers zuckt kaum merklich. Ist wohl in ihrer Lunge stecken geblieben. Wieder mal ein paar Zentimeter daneben.

»Bring es zu Ende.« Jetzt ist er wütend, seine Stimme barsch.

»Was?«, wiederhole ich, das Wort klingt dumpf. »Es zu Ende bringen?«

»Du kannst sie nicht so zurücklassen. Und ich werde diesen Job nicht für dich erledigen. Ich habe meinen Beitrag schon vor langer Zeit geleistet, außerdem bin ich kein Striker. Und ganz gewiss habe ich keine Lust, die Aufmerksamkeit des Boards auf mich zu lenken, wenn sie herausfinden, dass ich mit dir gesprochen habe.«

Ich mache noch einen Schritt, so dass ich direkt über ihr stehe. Eigentlich ist ihr Gesicht das Letzte, was ich sehen will, doch gegen meinen Willen blicke ich in ihre Augen. Sie starrt zurück, die verschlüsselte Nummernfolge in ihren Augen ist noch genauso dunkel wie zuvor. Furcht und Schmerz liegen in ihrem Blick, und mehr noch die Gewissheit, dass es bald mit ihr zu Ende gehen wird. Sie kann nichts mehr tun außer abwarten.

Wieder hole ich meine Pistole hervor. Beim nächsten Schuss begehe ich keinen Fehler.

»Oh, *verdammt*«, sagt der Mann stotternd. Er wischt sich mit der Hand über den Mund. Sein Gesicht ist fahl, seine Haut von einem glänzenden, klebrigen Schweißfilm überzogen. »Das ist *brutal,* einfach nur brutal.«

Wieder fehlen mir die Worte. Was auch immer ich sagen könnte, würde nicht ungeschehen machen, was er gesehen hat. Was ich getan habe. Langsam mache ich mich auf den Weg, unfähig, daran zu denken, das Messer aus dem Körper herauszuziehen oder den Gedanken daran auch nur zu ertragen. Es ist für immer befleckt – nicht nur mit Blut, sondern mit einem Beinahversagen.

Der Mann läuft protestierend hinter mir her. »Warte, warte, was ist mit ihr? Rufst du das Säuberungsteam? Oder willst du das etwa mir überlassen? Ihr Striker seid doch nichts als Betrüger!«

Ich laufe los, versuche die Mörderin aus mir herauszurennen. Als könnte ich es nicht länger in meiner eigenen Haut aushalten.

»Du bringst uns alle in Gefahr, weißt du das eigentlich?«

Schließlich verklingt seine Stimme. Was bleibt, ist die Erinnerung an ihn, der einem Soldaten so unähnlich ist wie nur irgend möglich. In meinem Kopf dreht sich alles. Wie kann es sein, dass das Board ein solches Endprodukt akzeptiert, nicht aber das, was Dires Methoden hervorbringen? Inwiefern ist das eine besser als das andere?

Eine Straße verschwimmt mit der nächsten, ein Block mit dem danach, bis ich nicht mehr genau weiß, wo ich bin. Ich könnte überall oder nirgendwo sein, es wäre egal. Helle, haselnussfarbene Augen und butterblondes Haar sind alles, was ich sehe, gemischt mit einem endlosen Bürgersteig und gesichtslosen Häusern. Nur die Erschöpfung lässt mich innehalten. Ich kollabiere auf einem Bordstein und sitze einfach nur keuchend da. Ich beuge mich vor und übergebe mich, spucke aus, was immer sich in meinem Magen befindet, Galle, die bitter schmeckt.

Ich weiß nicht, wie lange ich dort so sitze. Erst als die Straßenlaternen aufflackern, merke ich, dass es langsam spät wird. Der Himmel ist aschgrau, der gewölbte Rand der eisernen Grenze schlängelt sich am Horizont entlang. Aus den Fabriken in Jethro steigen Rauchwolken in unzähligen Säulen nach oben. Darunter stille Häuser, die sich in schattige Untiefen zurückziehen. Zweige schaukeln im Wind. Auffahrten warten darauf, gereinigt zu werden.

Es ist eine nichtssagende Nachbarschaft, die nicht im Gedächtnis bleibt. Ich kann an nichts anderes denken als an die erste Ausführung eines Auftrags, der ich beigewohnt habe. Sie hatte an einem Ort, ähnlich wie diesem hier, stattgefunden. Einem Ort, dazu geschaffen, im Hintergrund zu bleiben, als wollte er sicherstellen, dass die Akteure in meinem Geist an seiner statt lebendig bleiben.

✖✖✖

»West, wach auf!« Eine Hand rüttelte mein Bein unter dem Laken, und ich trat nach ihr. Es war noch viel zu früh, um aufzustehen.

»Komm schon, wir müssen los«, zischte Luc neben meinem Ohr, »bevor Mom und Dad aufwachen.«

Ich öffnete die Augen, war plötzlich hellwach. Mein Magen zog sich in einer üblen Mischung aus Erwartung und Angst zusammen. Ich hatte bisher nur Teile von Auftragsausführungen gesehen, aber noch keine von Beginn an.

Durch das pinkfarbene Licht der Dämmerung konnte ich Ehms schlafende Gestalt im Bett neben mir ausmachen.

Ich betrachtete Luc genauer. »Warum bist du angezogen?«, flüsterte ich laut. »Und warum bist du überhaupt wach? Aave hat gesagt, du sollst hierbleiben.«

Er zuckte mit den Schultern. »Ehm schläft noch«, meinte er. »Sie wird nicht mal merken, dass wir weg sind. Abgesehen davon ist es ja nicht so, als hätte ich noch nie zuvor eine Ausführung gesehen.«

Wohl wahr. Luc hatte das bereits letztes Jahr durchgemacht. Mit zehn hatte mein Vater ihn zu seiner ersten Vollstreckung mitgenommen. Jetzt war ich an der Reihe, denn ich war fast alt genug, um den Auftrag zu erhalten, und Aave hatte beschlossen, er sei alt genug, um mich selbst dorthin zu bringen.

Schon in Jeans und Kapuzenshirt, schwang ich meine Füße aus dem Bett. Ich hatte mich letzte Nacht in meinen Klamotten schlafen gelegt, da ich wusste, dass wir so leise wie möglich sein mussten. Meine Eltern hätten nicht gewollt, dass wir allein dort hingehen, und hätten wir die Sache gründlich durchdacht und die Gefahr von KMs ernsthaft in Betracht gezogen, dann hätten wir vielleicht gar nicht mehr dort hingehen wollen. Doch als Anwärter hatten wir noch immer unseren kindlichen Sinn der Unsterblichkeit. Nichts konnte uns etwas anhaben, außer unseren Substituten, und auf diese würden wir am heutigen Tag nicht treffen.

»Okay, aber raste nicht aus, sollte Aave nein sagen«, sagte ich zu Luc, als wir uns die Treppen nach unten schlichen.

»Wird er nicht«, entgegnete er. »Und wer weiß, wann wir das nächste Mal eine Auftragsausführung von Anfang bis Ende verfolgen können? Eine, von der wir schon im Vorhinein wissen.«

»Das soll eigentlich keinen Spaß machen, Luc«, murmelte ich, als ich mir die Turnschuhe anzog.

Selbst im Halbdunkel konnte ich sehen, wie er die Augen verdrehte. »Mensch, West, du weißt doch, was ich meine!«

Ja, das tat ich, aber ich fühlte mich noch immer schlecht, wenn mich beim Tod eines Substituten keine tiefe Trauer überkam. Es war schwierig, solche Gefühle zu hegen, wenn der Substitut ein Fremder war. Irgendwie war das alles real, ohne *wirklich* real zu sein. Und da bislang keiner meiner Brüder seinen Auftrag erhalten hatte, war jede Auftragsvollstreckung, der sie beiwohnten, wie ein weiterer Panzer, den sie sich umlegten, eine weitere Technik, die sie sich zu eigen machen konnten.

Wir schlichen uns durch die Hintertür nach draußen, so leise wie Diebe in der frühmorgendlichen Dunkelheit. So wie wir uns eines Tages verstecken und uns als Aktivierte mit einem Auftrag in der Dunkelheit bewegen würden.

Aave wartete bereits draußen. Und auch Chord. Das war keine Überraschung. Chord war sehr gut mit meinen beiden Brüdern befreundet und duldete Ehm und mich, doch da er so alt war wie Luc und sie dieselbe dämliche Leidenschaft für elektronische und technikaffine Dinge teilten, hingen sie meistens zusammen. Die Tatsache, dass er nur fünf Türen weiter wohnte, verstärkte das noch.

Chord schob mir die Kapuze vom Kopf. Meine ungekämmten Haare bauschten sich zu einem noch größeren Wirrwarr auf. »Guten Morgen, Prinzessin.« Grinsend rubbelte er mit den Fingerknöcheln über meinen Kopf.

Ich schlug nach seiner Hand, verzog das Gesicht und machte eine Show daraus, mein Haar zu glätten. »Was machst du hier, Chord? Gehst du nie nach Hause?«

»Da war ich schon. Jetzt bin ich wieder da.«

»Na toll! Wir können uns glücklich schätzen!« Doch es machte mir nicht wirklich etwas aus. Chord war ganz okay … meistens jedenfalls.

Aave runzelte die Stirn. Mit dreizehn war er noch immer ein Kind, aber manchmal wirkte er viel älter. »Luc, du solltest eigentlich auf Ehm aufpassen.«

»Ach komm, Aave, sie schläft«, meckerte Luc. »Und ich will mitkommen. Außerdem nimmst du ja auch Chord mit.«

»*Irgendjemand* muss aber auf Ehm aufpassen. Und ich habe Chord gebeten mitzukommen, weil ich mir Sorgen gemacht habe, dass West zusammenbricht oder so …«

»Hey!«, ich stieß Aave in die Seite.

»… und ich dann das Problem habe, dass ich sie alleine nach Hause schaffen muss.«

»Ich bin kein Baby, Aave!«

»Ehm wird noch *stundenlang* weiterschlafen«, sagte Luc. »Jetzt *komm schon …*«

Aaves Augen verengten sich, und er seufzte. »Na gut. Aber ich bin nicht schuld, wenn man uns dabei erwischt, dass wir sie allein gelassen haben.«

Luc schnaubte. »Du hättest mich sowieso nicht abhalten können.«

Aave ging nicht auf ihn ein und drehte sich zu mir um. Seine dunkelbraunen Augen wurden ernst. »Bist du so weit, West?«

Ich nickte und versuchte, meine aufsteigende Nervosität zu ignorieren. »Ich denke schon.«
»Dann lass uns losgehen.« Seine langen Beine verschafften ihm einen kleinen Vorsprung. Ich fiel zurück und lief neben Luc und Chord her.
»Ich nehme an, deine Tante weiß nicht, dass du hier bist?«, fragte ich Chord.
Er schüttelte den Kopf. »Um Himmels willen, sie würde mich umbringen, wenn sie das wüsste.«
»Ich nehme an, Taje war noch nicht so weit …«, fing ich an. Nicht, dass Taje noch nicht so weit gewesen wäre, einer Vollstreckung beizuwohnen – mit seinen acht Jahren hätte er das gut verkraftet –, aber er war vielleicht noch nicht so weit, wieder draußen herumzuhängen. Seine und Chords Eltern waren erst vergangenes Frühjahr gestorben, und Taje fiel es schwer, sich damit abzufinden. Ein Teil seiner Gedanken hielt ihn in dem Wagen gefangen, ließ ihn sich vorstellen, was es bedeutete, wenn man die Kontrolle verlor und über den Trennstreifen in den entgegenkommenden Verkehr schlitterte.
»Noch nicht«, erwiderte Chord nach einem kurzen Moment. Wir sahen uns in die Augen. »Aber bald, glaube ich.«
Luc kickte eine grüne Dose auf den Bordstein. Ich zitterte, als sie über den Asphalt schrammte, und blickte mich verstohlen um, fühlte mich aus irgendeinem Grund schuldig. Was auch immer es war – das langsam heller werdende Licht, die kühle, feuchte Luft –, das alles hier kam mir plötzlich vor wie die morbideste aller Schatzsuchen. Wir vier auf der Jagd durch die verträumten Straßen von Jethro an diesem Morgen.
Luc musste gesehen haben, wie ich schauderte. »Sag nicht, dass du Angst bekommst, West«, zog er mich auf. »Du kannst dich hinter mich stellen.«

»Ich habe keine Angst«, sagte ich. »Ich habe nur nachgedacht.«
»Worüber?«, wollte Chord wissen.
»Na ja, es ist nur …« Ich steckte meine Hände in die Hosentaschen, überlegte, wie ich es am besten formulieren sollte. »Denkst du bei einer Vollstreckung eher daran, dass ein Substitut sterben muss, oder daran, dass einer überleben wird?«
»Verstehe ich nicht«, sagte Luc stirnrunzelnd. »Das ist doch dasselbe.«
»Ist es nicht!«
»Doch, ist es. Einer packt es, der andere nicht. Punkt.«
»Du meinst, dass man es auf zwei unterschiedliche Weisen betrachten kann«, kam Chord mir zu Hilfe. »Das halbvolle Glas, richtig?«
Ich streckte die Hand nach oben, um den tief herunterbaumelnden Zweig eines Ahornbaumes zu ergreifen. Ich schüttelte ihn, so dass die sterbenden roten, orangefarbenen und gelben Blätter auf uns herabregneten. »Ja, ich glaube schon. Aber ich kann mich nicht entscheiden, ob eins richtiger ist als das andere.«
»Vielleicht ist es ja irgendetwas dazwischen«, sagte Luc. Er gähnte. »Weiß auch nicht. Das ist zu viel für mein Hirn. Es ist zu früh, um so scharf nachdenken zu müssen.«
Chord beugte sich zu mir herüber und zupfte ein Blatt aus meinen Haaren, zerbröselte es in kleine Krümel und ließ sie auf mich herunterfallen. »Vielleicht sollten wir einfach nur unser Bestes versuchen, was auch immer das ist«, sagte er, »und hoffen, dass, was immer passiert, auch passieren soll.«
Ich schüttelte ihn ab und zog mir meine Kapuze wieder über den Kopf. »Ich glaube, Luc hat recht. Es ist noch zu früh.«

Luc vergrub sich tiefer in seiner Jacke. »Wie auch immer. Alles, was ich weiß, ist, dass ich mir hier den Arsch abfriere!«

Genau in diesem Moment fuhr ein außerbezirklicher Zug an uns vorbei, wehte mir die Kapuze wieder vom Kopf und zerzauste Lucs und Chords Haare. Der unerwartete Windstoß ließ mich blinzeln, und plötzlich wurde mir bewusst, wie weit wir bereits gelaufen waren.

Wir waren da.

Aave stand schon an der Haltestelle neben der Straße. Auf der einen Seite der Metallrahmenkonstruktion, welche die lange Bank überwölbte, war ein abgenutztes Schild angebracht: VERGESSEN SIE NICHT DASS ALLE AKTIVIERTEN SUBSTITUTE DAZU ANGEHALTEN SIND EINEN AUFTRAG AUF DISKRETE UND VERANTWORTUNGSVOLLE WEISE ANZUNEHMEN UND DURCHZUFÜHREN VIELEN DANK DAS BOARD.

Wir gingen darauf zu und blieben neben Aave stehen.

»Ist Hoult sich sicher?«, fragte ihn Chord. »In Bezug auf die Zeit und alles andere?«

Ich hatte den Namen schon mal gehört. Hoult war ein Mitschüler von Aave. Das heißt, er war es gewesen, bis er vor ein paar Wochen seinen Auftrag erhalten hatte.

Aave nickte. »Er hat ihm nachgespürt. Er sagt, sein Substitut nimmt jedes Wochenende um diese Zeit den außerbezirklichen Zug, mal samstags, mal sonntags. Gestern war er nicht hier, also muss es heute sein.«

Sie sprachen leise, weil wir nicht die Einzigen an der Haltestelle waren. Selbst sonntags kam es wegen der Frühschichten zu einem morgendlichen Ansturm auf den Zug.

Ein Mann mit Anzug und Aktentasche, das Handy ans Ohr gepresst.

Eine Frau im Kellnerinnenoutfit.

Eine weitere Frau mit Laborkittel, die eine Art Matchbeutel bei sich hatte.

»Warum sollte sein Substitut denselben Zug zur immer selben Zeit nehmen, wenn er gerade erst seinen Auftrag erhalten hat?«, fragte Luc. »Niemand ist so dumm. Er muss wissen, dass Hoult irgendwo da draußen ist und nach ihm sucht.«

»Hoult sagt, sein Substitut hat den IQ eines Junikäfers. Er hinkt schon zwei Jahre hinterher. Zwischen Samstag und Sonntag abzuwechseln bedeutet für ihn, dass er sich nicht dumm anstellt.«

Luc schüttelte den Kopf. »Wow, da hat Hoult aber wirklich Glück gehabt, oder?«

»Gut«, sagte Aave ruhig, »so wie es aussieht, sind wir startklar.« Er warf mir einen Blick zu. »Vergiss nicht, West. Es geht um das, was man tut, aber auch um das, was man nicht tut. Kapiert?«

»Kapiert.« Ich stand neben Luc und Chord, und wir alle gaben vor, zusammen mit dem Mann und den beiden Frauen auf den Zug zu warten.

Nach wenigen Minuten stieß Aave leise zwischen den Zähnen hervor: »Okay, da ist er.«

Vom anderen Ende der Straße näherte sich ein großer Teenager. Er war um die Taille herum füllig, sein Haar war hellbraun wie Milchschokolade, er trug eine Brille, Jeans, eine graue Jacke und hatte ein Buch in der Hand. Er las sogar, während er lief, und sein Mund bewegte sich dabei.

»Wow«, sagte Aave ungläubig. »Was für ein Idiot. Er verdient es nicht anders. Das wird ein Kinderspiel für Hoult.«

Ich blickte zu Chord, der mich ansah, und dann blickten wir beide zu Luc hinüber. Er starrte uns an. Aaves Worte hallten in unseren Köpfen wider. Ich wusste, dass wir alle

dasselbe dachten. Wenn es nur Platz für ihn oder Hoult geben konnte, dann musste der Schwächere gehen.
Der Substitut las im Gehen weiter, sah nicht einmal auf, um zu sehen, ob Hoult in der Nähe sein könnte.
Mir war übel. Übel, weil ich wusste, dass er kurz davor stand zu sterben, dass ziemlich sicher er sterben würde und nicht Hoult. Übel, weil er noch immer so sehr wie ein kleines Kind aussah, viel zu gefangen von der Welt, die er in Händen hielt, als dass er sich um die Gefahren in dieser hier, in der realen, hätte kümmern können. In der einzigen, auf die es im Endeffekt ankam.
Achte auf das, was zu tun ist, und auf das, was nicht zu tun ist.
Eine Bewegung auf der anderen Straßenseite, direkt gegenüber der Stelle, wo Hoults Substitut auf dem Bürgersteig stand, zog meine Aufmerksamkeit auf sich. Ein Rascheln im Gebüsch, ein Erzittern von immergrünen Blättern und spindeldürren, braunen Ästchen.
Hoult brach daraus hervor, das Haar wild, die Augen noch wilder. Ich hatte ihn noch nie gesehen, aber ich wusste, dass es Hoult war, weil sein Gesicht genau wie das seines Substituts aussah. Auch er trug eine Brille, allerdings mit dünnerer Fassung. Und Hoults Körperumfang rührte mehr von voluminösen Muskeln her als von massigem Fett. Ein Beweis dafür, dass sich Substitute aufgrund ihres Umfelds und ihrer Gewohnheiten in unterschiedliche Richtungen entwickeln konnten. Hoult trainierte regelmäßig, sein Substitut nicht.
Hoult hielt eine Waffe in der Hand. Klein und effizient, sie verschwand fast gänzlich in seiner Hand.
Mein Atem war in meiner Kehle gefangen, saß in der Falle wie ein Käfer in einer geschlossenen Faust, dessen Flügel furchtsam zitterten.
Eine der Frauen auf der Bank, die Kellnerin, stieß einen

kurzen, überraschten Schrei aus. Sofort hielt sie sich den Mund zu, Bestürzung machte sich auf ihrem Gesicht breit. Sie ließ sich halb in die Hocke fallen. FLUW, fallen lassen und unsichtbar werden.

Das nun merkte Hoults Substitut. Er sah von seinem Buch auf und zur Haltestelle hinüber. Sein Mund stand offen, sein Gesicht war völlig ausdruckslos. Ich starrte auf seine Lippen, die langsam ein Wort formulierten, obwohl ich ihn von dort, wo ich stand, nicht wirklich hören konnte.

Was …

Hoult schoss. Das Geräusch der Waffe war hell und laut. Es roch nach Rauch und Feuer.

Auf zehn Meter Entfernung hatten die meisten aktivierten Substitute eine gute Chance, ihr Ziel wenigstens zu streifen, selbst wenn sie nur wenig trainierten. Hoult musste gerade mal sechs Meter abdecken. Und er verfehlte sein Ziel nicht.

Sein Substitut stürzte. Ein angepikster Ballon. Sein Buch flog durch die Luft, die Seiten flatterten im Wind. Seine Brille zersplitterte beim Aufprall in glänzende Scherben, die sich über den Bürgersteig verteilten. Sein Kopf zerbarst wie ein zu Boden gefallener Kürbis.

Ich sah zu, konnte endlich wieder atmen, doch nur flach. Ich fühlte mich benommen, als Hoult sich über die Leiche seines Substituts beugte. Zwei Mal vergewisserte er sich, dass dieser tot war, ehe er zurückwich, endlich in Sicherheit, endlich ein Vollendeter.

»Gehen wir«, sagte Aave mit fester Stimme. »Bevor der Säuberungstrupp kommt.«

Luc sah ihn an. »Willst du ihm nicht gratulieren oder so?«

Aave schüttelte den Kopf. Warf einen kurzen Blick in meine Richtung. »Nein, nicht jetzt. Ich werde ihn früh genug wiedersehen.«

Wir alle drehten dem Schauplatz den Rücken zu und ließen die Haltestelle hinter uns. Keiner von uns hatte viel zu sagen. Es fühlte sich merkwürdig an, dass alle so still waren. Aber Worte ließen sich nur schwer finden, wenn sich eine Szene im Kopf wieder und wieder abspielte. Irgendwann setzten die Sirenen der Säuberungskolonne ein, wurden lauter, je näher sie dem Tatort kamen. Es hörte sich an wie Weinen, das Jammern von jemandem, der trauerte. Ich fühlte mich eigenartig, als wäre die Welt kräftig geschüttelt und dann wieder abgesetzt worden, so dass sie nicht mehr dieselbe war wie zuvor. Irgendwie chaotischer, zerrütteter.

»Alles in Ordnung bei dir, West?«, fragte mich Chord. Die Sorge in seinen Augen war offenkundig. »Vielleicht war es zu früh für …«

Ich schüttelte den Kopf. Versuchte, das plötzliche Brennen in meinen Augen wegzublinzeln. »Nein, ich musste es irgendwann mal von Anfang bis Ende sehen, nicht wahr?«

»Und Hoult ist jetzt in Sicherheit, genau das, was wir wollten«, sagte Luc. »Sein Substitut hatte keine wirkliche Chance, also denke ich mal, dass es so sein sollte.«

»Wahrscheinlich wird er morgen wieder zur Schule kommen«, sagte Aave. Aber seine Stimme wirkte hölzern, als würde er das nur sagen, um überhaupt etwas zu sagen.

»Freust du dich für ihn, Aave?« Ich griff nach seinem Arm, wollte, dass er mir bestätigte, dass Hoults Weiterleben mehr bedeutete als nur den Tod seines Substituten. »Da er doch dein Freund ist?«

Aave nickte. Er schien erleichtert, aber auch traurig. Vielleicht dachte er an die zersplitterte Brille von Hoults Substitut auf dem Boden, die gläsernen Scherben. Hatten sie für ihn auch wie Tränen ausgesehen? »Ja, ich bin froh, dass er es geschafft hat. Es war so vorherbestimmt.«

Ich lief mit gesenktem Kopf weiter, meine Augen brannten noch immer. Aave klang so sicher. Nach dem, was ich gesehen hatte, war ich mir auch sicher. Aber warum hatte ich dann so ein mulmiges Gefühl im Magen?
Chord kam näher, zog mir liebevoll die Kapuze über den Kopf und erlaubte es mir, mich auf dem Weg nach Hause an ihn zu schmiegen.

✖✖✖

Ein Ball saust an meinen Füßen vorbei, lässt mich aus meinen Gedanken hochschrecken. Meine Augen folgen ihm, bis er in die Schatten eines nahe gelegenen Rasens verschwindet.
Ein Junge rennt ihm nach und hebt den Ball hoch. Weiter unten höre ich, wie jemand ihm zuruft, er solle vorsichtig sein. Die Stimme ist jung, also wahrscheinlich ein Bruder oder ein Freund. Dann erklingt eine dritte Stimme, dieses Mal die eines Mädchens.
Wir haben auch so gespielt, als wir noch Kinder waren. Als die Welt ins Halbdunkel getaucht war und die Sterne gerade erst am Himmel auftauchten. Dazu die allgegenwärtige Absperrung, die sich drohend am Rand des Gebiets abzeichnete. Wenn wir mit dem täglichen Training fertig waren, rannten wir vier die Straßen rauf und runter, über die Höfe der Nachbarn, spielten unter dem gelblichen Glanz der Straßenlaternen, wonach uns gerade der Sinn stand, während Fahrer uns von ihren Autos aus beschimpften.
Das Mädchen, das ich damals war, als ich meine erste Vollstreckung gesehen habe … Es war entsetzt von dem, was nur natürlich schien: ein Substitut, der seinen Substituten umbrachte. Wie würde es auf das, was ich eben getan hatte, reagieren? Was würde diese West von mir denken?

Ich muss daran glauben, dass ich mit jedem Striker-Auftrag nicht nur jemanden umbringe, sondern einem anderen das Leben ermögliche. Dass ich das Leben eines anderen rette.

Es ist völlig dunkel, als ich endlich aufstehe und weitergehe. Aber die Sterne sind noch nicht zu sehen, und ich muss meinen Weg nach Hause ohne sie finden.

4

Es klingelt an der Tür. Ich kann es unter dem laufenden Wasserstrahl kaum hören.

Wer könnte das sein? Nicht Chord. Ich habe ihm bereits vor Wochen gesagt, dass ich von jetzt an zur Schule laufen will. Und zwar alleine.

Er ist ganz still geworden, und an dem Ausdruck in seinen Augen habe ich erkannt, dass er besorgt und wütend war. Aber er hat nicht mit mir diskutiert. Sosehr er auch verstand, wie schwer es für mich war, ihn nach allem, was mit Luc passiert war, zu sehen, kämpfte er doch immer noch damit, dass ich jetzt ein Striker war. Dieses Richtig oder Falsch und was immer ich sonst brauchte, konnte ich bei ihm nicht finden. Was es auch für ihn schwer machte, mich zu sehen.

Mein Blick huscht zur Uhr über dem Ofen. Fast neun. Ich wasche mir die restlichen Blutspritzer von den Händen und drehe den Wasserhahn zu. Werfe einen Blick auf das Schnappmesser auf dem Tresen. Ich war gerade am Saubermachen.

Es muss etwas Wichtiges sein. Ich kann mir nicht vorstellen, dass Chord sonst einfach so vorbeikommen würde. Nicht nach unserem letzten Abschied, als ich es abgelehnt habe, mit ihm im Auto zur Schule zu fahren.

Als ich aus der Küche renne, kicke ich meinen Rucksack aus dem Weg und erinnere mich daran, dass ich mir noch etwas zum Mittagessen einpacken sollte. Gleichzeitig ziehe ich mir die Ärmel meines Pullis über die Hände und stecke meine Daumen in die Löcher, die ich hineingeschnitten habe. Diese Bewegung ist mir fast schon in Fleisch und Blut übergegangen. In der Schule und ganz besonders in Chords Nähe achte ich sehr darauf, meine Zeichen zu verbergen.

Schon wieder die Klingel.

Als ich öffne, steht nicht Chord vor mir, sondern ein Operator des Boards.

So wie er angezogen ist, weiß ich sofort, dass er dem Level 3 angehört – dem standardmäßigen Auftragserteilungsprogramm. Seine Mitarbeiter befinden sich auf der Karriereleiter noch auf dem Weg nach oben und sind diejenigen, die losgeschickt werden, um Anwärtern die Neuigkeit zu überbringen, dass sie ab sofort Aktivierte sind. Von Kopf bis Fuß, von den Aufschlägen seiner Hose bis zu den Schulterklappen seiner Tweedjacke, ist er in dunkles Grau gekleidet. Ein seidenes Tuch in der linken Brusttasche ist der einzige Farbspritzer. Leuchtend rot, die Farbe von Mohn, Granatapfel und frischem Blut, das ist das Zeichen dieses speziellen Levels innerhalb des Boards.

Alles an mir ist taub. Und doch nehme ich jedes Detail in mich auf.

Die Morgensonne scheint auf seine Kopfhaut, die durch die tägliche Rasur, die man ihm abverlangt, glänzt. Seine Nägel sind ganz kurz geschnitten. Natürlich trägt er keinerlei Schmuck – das spräche ja für ein kleines bisschen Individualität. Er lässt seinen Blick bewusst ausdruckslos erscheinen, genau wie man es ihnen beigebracht hat.

Seine Schuhspitzen sind leicht abgewetzt.

Wie ist es möglich, dass das Board das übersehen hat, als sie ihn losgeschickt haben, frage ich mich verwirrt. Selbst für Mitglieder des Level 3 ist es wichtig, die Uniform peinlich sauber zu halten. Es muss an der ganzen Lauferei liegen, sage ich mir. So früh es auch ist, ich bin wahrscheinlich nicht der erste Auftrag, den er heute überbringt.

Mir wurde gesagt, wenn es endlich so weit sei, habe man das Gefühl, dabei zuzusehen, wie sich die Welt verdunkelt, wie all ihre Lichter in nur einem Atemzug erlöschen. Dass ich plötzlich nicht mehr in der Lage sein würde zu atmen, so als läge ich bereits im Sterben. Dass ich aller Wahrscheinlichkeit nach erstarren und mich den Tatsachen nicht stellen würde – dass ich weder angreifen noch mich verstecken würde, sondern nur das Verlangen hätte, das Unvermeidliche abzuwenden.

»West Grayer?«, fragt der Operator. Seine Stimme ist ausdruckslos, völlig wertfrei, ohne auch nur irgendetwas von sich preiszugeben, was über den Grund seiner Anwesenheit hinausginge. Über das, was er hier repräsentiert.

Sie haben gesagt, dass es so sein würde. Aber sie hatten unrecht.

Denn Chords Gesicht taucht in meinen Gedanken auf. Eine schreckliche Gewissheit, die mich bis ins Mark trifft, dass ich niemals mehr von ihm wissen werde als das, was ich bereits weiß. Und dass das bei weitem nicht genug ist.

Und der Kummer über meine verschwundene Familie, der mich wie eine Klinge durchbohrt. Es ist so ungerecht, dass sie alle zuerst gestorben sind. Was habe ich nur getan, dass alles so ungerecht wurde?

Es ist das Gesicht meiner Substitutin, das mir entgegenstarrt. Mein eigenes Gesicht.

Ich werde sterben.

»West Grayer?«

Ich zucke zusammen und nicke. Blinzele mich selbst weg und starre ihn an. »Ja. Ich bin sie. Ich bin West.«

Er hält mir sein Handy vor die Augen. Ein leuchtendes Blitzlicht blendet mich ein paar Sekunden lang, gefolgt von einem brennend heißen Blitz, der über meine Pupillen zuckt. Die Aktivierungssoftware in dem Gerät piepst,

um zu signalisieren, dass meine Auftragsnummer ordnungsgemäß ausgelöst wurde.
Meine Augen sind jetzt mit einer spiralförmigen Nummernfolge versehen, die ich mit meiner Substitutin gemein habe. Wo auch immer sie sich gerade aufhält, ihr eigener Level-3-Operator kann nicht weit weg sein.
»Handy, bitte.« Der Operator streckt seine Hand aus.
Langsam ziehe ich mein Handy aus meiner Hosentasche und reiche es ihm. Ich kann die Blutflecke sehen, die sich noch immer auf dem Nagelbett meiner Finger befinden, ein sichelförmiger Beweis für meinen Striker-Auftrag letzte Nacht. Ich war gezwungen, eines meiner Messer zu benutzen – aus nächster Nähe, nicht aus einer größeren Entfernung, da mir die Vorstellung, es zu werfen, noch immer zu bitter aufstößt, als dass ich es erneut hätte versuchen können –, und das Chaos ist dementsprechend größer als bei einer Pistole. Und weil ich so spät nach Hause gekommen war, habe ich heute Morgen aufräumen müssen.
Er hält mein Handy an seines, so dass die Übertragung meiner Auftragsdetails beginnen kann. »Alles, was Sie benötigen, finden Sie in dieser Datei«, sagt er. Ein weiteres Piepsen. Er gibt mir mein Handy zurück. »Stellen Sie gemäß der Anweisung des Boards bitte sicher, dass Sie sie ganz durchlesen.«
Irgendwie bringe ich mich dazu zu nicken und nehme mein Telefon zurück.
Der Operator gibt etwas in sein Handy ein, um das Dokument zu schließen und dem Board die erfolgreiche Auftragszuteilung zu melden. Fein säuberlich steckt er es dann wieder ein.
»West Grayer, ab diesem Moment haben Sie 31 Tage, um Ihren Auftrag zu erfüllen. Wenn innerhalb von 32 Tagen weder Sie noch Ihre Substitutin den Auftrag ausgeführt

haben, wird die in Ihren Substituten-Codes integrierte genetische Zeitschaltuhr herunterzählen und sich selbst entzünden.«

Wieder nicke ich. Das ist alles, was ich tun kann.

»Sei die eine, erweise dich würdig.«

Und damit ist er verschwunden, ein graues Phantom mit nur einem blutroten Tupfer über dem Herzen, der sich in mein Gedächtnis einbrennt und mich daran erinnert, dass er tatsächlich existiert.

Das ist es also. Ich habe meinen Auftrag erhalten. Dass ich mit fünfzehn beides, sowohl eine Aktivierte als auch ein Striker sein würde, ist das Letzte, was ich für möglich gehalten hätte.

Auch wenn ich nur eines davon freiwillig bin.

Ich wanke von der Tür weg, gehe irgendwo anders hin, wohin auch immer. Mein stumpfsinniger Blick fällt auf meinen Rucksack, der noch immer mitten im Flur herumliegt, noch immer darauf wartet, dass das Mittagessen darin eingepackt wird an einem Tag, an dem nichts so läuft wie geplant.

Du musst raus hier, West. Du weißt, dass du gehen musst, wenn du eine Chance haben willst. Das ist meine Stimme da in meinem Kopf … auch wenn darin Fetzen von Lucs auftauchen … von meiner ganzen Familie, Baer … Chord.

Ich kenne alle Statistiken, Nummern und Wahrscheinlichkeiten. Ganz besonders als Striker. Doch jetzt gerade bin ich am Ertrinken, und nichts davon scheint mehr so wichtig. Sicherheit habe ich in der Welt des Mordens gefunden, darin, im Dunkeln zu bleiben. Erinnerungen wurden stumm, wenn nicht ich, sondern irgendein anderer Substitut sterben musste.

Ich gehe in die Küche zurück, betrachte das Schnappmesser, das ich gerade eben gereinigt habe. Dort, wo die Klinge

an den Griff anschließt, ist noch immer Blut, tief im Gelenk. Ich frage mich, ob ich es wegscheuern kann, wenn ich es nur lange und kräftig genug probiere. Wenn ich versuche, es zu entfernen, bevor es zu tief eingedrungen ist.
Ich drehe das Wasser wieder auf und halte das Schnappmesser unter den Strahl.
Ein lautes Rumpeln an der Eingangstür, ehe sie krachend auffliegt. Chord rennt auf mich zu, seine dunklen Augen blicken in meine, und ich weiß, was er sieht. So gut ich im Leugnen auch sein mag, angesichts seiner Reaktion wird es unmöglich.
»Du solltest nicht hier sein, West«, flüstert er heiser. »Warum bist du noch immer hier?«
Beim Klang seiner Stimme zittere ich. Wenn Gefühle allein ein Leben retten könnten, wären wir niemals in Gefahr.
»West, was tust du da?« Eingehend betrachtet er das fließende Wasser, das Spülbecken und das Messer. »Ich habe gesehen, wie ein Operator dein Haus verlassen hat!« Mit einer schnellen Bewegung dreht er das Wasser zu.
Ich atme aus, trockne das Schnappmesser mit dem Zipfel meines T-Shirts ab, ehe ich es zusammenklappe und in meine Hosentasche stecke. Da ist sie wieder – dieselbe Mischung aus Schmerz und Freude, ihn so nah bei mir zu haben. »Du kommst zu spät zur Schule, Chord«, sage ich ihm.
»Red keinen Scheiß, West!«, sagt er, ja, er schreit es geradezu. »Was ist bloß mit dir los?«
»Nichts.« Hinter meiner Antwort steckt kein wirklicher Gedanke. Nur die routinemäßige Bewegung von Lippen, Zunge und Luft. Seine Haare stehen wild ab, sein Mund ist eine harte, unbeugsame Linie. »Es geht mir gut.«
Er kommt zu mir, öffnet meinen Rucksack und leert dessen Inhalt auf dem Boden aus.

Mein Mund steht offen. »Hey, Chord, warte mal …«
Doch er ist bereits auf der Mitte der Treppe, den leeren Rucksack in der Hand. Als er das letzte Mal dort gestanden hat, hat er mich gebeten, einen Schuss abzufeuern, bevor er gegangen ist. Was will er wohl dieses Mal, ehe er wieder sicher und von mir befreit ist?
Chord bleibt nicht stehen, und als ich hinter ihm her tappe, komme ich am Schlafzimmer meiner Eltern vorbei. Das Bild von den restlichen Schlaftabletten meines Vaters, die Flasche, die noch immer im Arzneischrank steht, blitzt vor meinem geistigen Auge auf. Die Tabletten, mit denen er sich absichtlich den Tod verabreicht hat, wobei er, nachdem meine Mutter als Opfer eines KMs starb, ohnehin schon fast so weit war. Dass sie überlebt hat und eine Vollendete geworden ist, nur um dann trotzdem getötet zu werden, war zu viel für ihn, als dass er es hätte vollständig erfassen können.
Doch dann ist Chord in meinem Zimmer, und alle Gedanken an die Tabletten verflüchtigen sich.
Ich trete ein und sehe, dass er den Rucksack auf mein Bett geworfen und dann die Tür von meinem Kleiderschrank aufgerissen hat. Beim Geräusch der aneinanderschlagenden billigen Metallkleiderbügel, die hin- und hergeschoben werden, schließe ich die Augen. Das Rascheln von Gegenständen, die von den Regalen geworfen werden und auf dem Boden landen. Jedes Geräusch ein Zeugnis von Chords Frustration, seiner Angst.
Pullis, Jacken, Jeanshosen, alles landet auf meinem Bett und bildet dort einen kleinen Haufen. Er schleudert ein Paar Schuhe quer durch das Zimmer. Ein weiteres Paar landet auf meinem Schreibtisch und verschiebt einen Stapel Skizzenblöcke. Sie kippen über eine Dose, die ich für die Aufbewahrung von Stiften, Pinseln und Farbtuben benutze. Einiges davon rollt über den Tisch und fällt auf den Boden.

»Was machst du da?«, frage ich hinter ihm. Obwohl ich ganz genau weiß, was er tut. Das, was ich hätte tun sollen. Er dreht sich um, starrt mich an. »Wonach sieht es denn aus?«

»Geh weg von meinem Kleiderschrank, Chord«, sage ich. Meine Stimme hört sich matt an, selbst in meinen Ohren. »Hör auf, in meinen Sachen herumzuwühlen.«

»Ich kann dich gerade nicht einmal ansehen«, sagt er, seine Empörung über mich ist viel zu stark, als dass er sie verbergen könnte. »Da.« Er schiebt mir den Rucksack zu. »Pack zusammen. Nimm alles, wovon du glaubst, du könntest es brauchen. Ich gebe dir so viel Bargeld, wie ich bei mir habe, damit du dir kaufen kannst, was du brauchst. Pack einfach zusammen und geh weg von hier.« Ich drücke den Rucksack in meinen Händen zusammen, bevor ich ihn auf den Boden fallen lasse.

»Ich brauche dein Geld nicht«, sage ich ihm. Meine Lippen fühlen sich taub an. »Ich habe gearbeitet, du erinnerst dich?«

Der Gedanke an meinen Striker-Status macht ihn nur noch wütender. »Ich weiß, dass du nicht so dumm bist, das, was du hast, anzurühren, wenn du es irgendwo eingezahlt hast. Zumindest dann nicht, wenn du nicht willst, dass es als Eintrag im Logbuch für Substitute erscheint.«

Er hat recht, natürlich.

Das Logbuch für Substitute ist die Datenbank des Boards, das die Handlungen der Aktivierten registriert. Sobald ein Auftrag im System aktiviert wird, erfordern alle Transaktionen ein Augenscanning des Substituten. Die Informationen – Auftragsnummer, Ort, Zeit – werden in dem Logbuch festgehalten. Aktivierte Substitute können dann vom Terminal aus, Kershs Checkpoint, darauf zugreifen.

Seit heute Morgen bin ich aktiviert. Jedes meiner Bankgeschäfte erfordert ab sofort einen Augenscan. Und das würde meiner Substitutin den ersten Hinweis geben … darauf, wo ich war, wohin ich gehe und wo ich sein könnte.

Selbst wenn ich Dires bestbezahlter Striker wäre, würde das keinen Unterschied machen. Abgesehen von ein paar Scheinen, die ich nach meinem letzten Striker-Auftrag in meinem Nachttisch versteckt habe, bin ich pleite. Es war so falsch und dumm zu glauben, dass ich auch nur *annähernd* bereit dafür wäre …

Chord schnappt sich den Rucksack, der noch immer zu meinen Füßen liegt, und fängt an, eine Handvoll Klamotten nach der anderen hineinzustopfen. »West, beweg dich! Worauf wartest du noch? Auf *sie* vielleicht? Willst du ihr persönlich vorgestellt werden, oder was?«

Ich kann nur den Kopf schütteln, fange an, vor Wut zu kochen, angestachelt von Chords Zorn. »Nein, ich …«

»Ich habe keine Ahnung, was los ist und warum du noch hier bist. Weshalb wir überhaupt darüber reden müssen. Aber du hast keine Zeit mehr. Hast du dir überhaupt die Mühe gemacht, die Auftragsdetails in deinem Handy zu lesen?«

»Ja.« Mit jeder Lüge scheint sich das Gewicht des Handys in meiner Hosentasche zu verdoppeln, schwerer zu wiegen.

Chords Augen werden schmal, und er verzieht das Gesicht. »Hast du nicht, oder? Du weißt nicht, wie weit weg sie ist – oder wie nah. Wenn sie gemacht hat, was du unterlassen hast, könnte sie jede Minute hier sein.«

»Du weißt, dass sich keiner so schnell entscheidet. Fast immer …«

»*Wir* haben es getan, West. Erinnerst du dich? Wir haben sofort beschlossen, meinen Substituten aufzusuchen.«

Und Luc ist gestorben, oder etwa nicht?

»Was wir getan haben, ist untypisch«, insistiere ich, schiebe die Erinnerung an den Tag, das Zimmer, von mir. »Die meisten neu Aktivierten brauchen eine Zeitlang, bis sie sich entscheiden …«

»West, willst du jetzt wirklich über Zahlen sprechen?« Chord schaut an mir herunter, sieht, wie mein Handy die Jeans leicht ausbeult. Er lässt den halbvollen Rucksack fallen. »Lass es mich lesen, wenn du es nicht kannst«, sagt er heiser. »Du darfst nicht länger warten.«

Ich rühre mich nicht von der Stelle. Meine Nerven summen und surren, drängen die aufkommende Panik zurück. Eine Rückblende zu dem Moment, als wir in dem Restaurant im Grid saßen, als ich seine Auftragsaktivierung gelesen und ihn dazu bekommen habe nachzugeben. Als ich diejenige war, die es zugelassen hat, dass sein Substitut den ersten Schuss abfeuert.

»West, gib mir dein Handy«, sagt er grimmig. »Lass mich nicht darum betteln.«

»Wenn du gehst, dann werde ich es tun, versprochen«, sage ich ihm. Ich gebe mir nicht die Zeit, darüber nachzudenken, ob ich es auch wirklich so meine. Ich würde alles tun, um ihn fernzuhalten, von mir … von ihr.

Sein Gesicht verdüstert sich, wird hart. Wieder greift er nach mir, so schnell wie eh und je.

»Chord, nein!« Ich stoße ihn und seine Entschlossenheit, mir zu helfen, von mir.

Er tritt zurück, fährt sich mit den Händen durchs Haar. Schwarzes Feuer in seinen Augen. »Nichts von alldem bedeutet irgendetwas, wenn es ihr gelingt, als Erste hierherzukommen. Also beweg dich!«

»Ich habe gesagt, dass ich es tun werde!«, schreie ich ihn an.

Er packt mich am Arm, fester, als ihm vermutlich bewusst ist, und er flucht leise: »An dem Tag, an dem ich meinen Auftrag erhalten habe, war ich mehr als nur erschreckt.

Ich habe angefangen zu denken, dass vielleicht *nicht ich* derjenige bin, der überleben soll, der gewinnen soll. Und du warst diejenige, die uns dazu gebracht hat, loszuziehen und meinen Substituten zu finden. Nicht ich, nicht Luc, *du*, West. Mir fehlt diese West.« Er lässt los und ballt seine Hand zur Faust. »Zu der musst du wieder werden.«

Chords Worte durchbohren mich, sind ein Widerhall von etwas, das ich bereits weiß. Doch wie auch immer ich sein Leben unter Umständen gerettet habe, Lucs habe ich verwirkt.

»Schon in Ordnung, Chord«, sage ich ihm, jetzt wieder ruhig. »Ich werde das alleine durchziehen ... wenn ich bereit dazu bin. Ich habe dir gesagt, dass ich dich nicht hierhaben will, erinnerst du dich? Ich brauche dich nicht.«

Tue ihm weh, dann wird er gehen wollen.

»West ...«

Ich schiebe ihn weg. »Geh!« Meine Stimme bricht, mehr kann ich nicht sagen.

Im Raum herrscht Stille, nur unser Atmen ist zu hören. Dann ist er weg.

Ich stehe da, erstarrt, will die verstreichende Zeit aufhalten. Den Anfang des Endes zum Stillstand bringen. Trotzdem kann ich es spüren. Ich werde näher zu meiner Substitutin gezogen und sie zu mir. Es gibt nur drei mögliche Ausgänge: mein Ende oder ihres – oder das von uns beiden.

Ich friere, obwohl Tageslicht in die Wohnung fällt. Die Morgensonne steht jetzt schon viel höher am Himmel, der Tag geht in den Nachmittag über. Bald wird es Abend sein, dann Nacht, und dann wird es weitere dreißig Mal von vorn losgehen.

Ich kann das, was passieren muss, nicht aufhalten, genauso wenig, wie ich die Erde davon abhalten kann, sich zu drehen.

Und mir bleiben weniger als sieben Stunden, bevor es draußen dunkel ist.

Ich schleudere meinen eben erst gefüllten Rucksack zurück aufs Bett.

Chord hat bei allem das Verkehrte ausgewählt, natürlich. Ihm ist nie so kalt wie mir. Ich brauche mehrere Lagen. Der große Test steht in ein paar Wochen an, wenn die Temperaturen nachts drastisch sinken.

Wenn ich so lange durchhalte.

Ich stopfe die Thermosachen in meinen Rucksack. Einen dicken Fleecepullover, als zusätzliche Schicht über meiner Jacke. Eine ganz leichte Regenjacke. Eine Jeans, denn obwohl Jeansstoff schwer ist, ist er gleichzeitig warm und robust. Socken und Unterwäsche, ausreichend, um ein paar Tage auszuhalten, ohne waschen oder irgendwo welche klauen zu müssen.

Ich beuge mich vor, sammle die Stifte, Pinsel und Farbtuben ein, die von meinem Schreibtisch heruntergefallen sind, und stelle sie zurück in die Dosen, die ich ebenfalls wieder aufstelle. Dann staple ich meine Skizzenblöcke übereinander.

Ich knie mich auf alle viere und ziehe mein altes Schmuckkästchen unter dem Bett hervor. Ehm hatte vor Jahren vergnügt behauptet, es würde ihr gehören. Als sie gestorben ist, habe ich es mir wiedergeholt, einen Teil von ihr zu meinem gemacht.

Vorsichtig öffne ich den Deckel und ziehe das alte T-Shirt weg, das ich darübergelegt habe, um den eigentlichen Schatz zu verbergen.

In dem Kästchen liegt Lucs Pistole – *meine* Pistole –, gesäubert und bereit für den nächsten Auftrag. Daneben Aaves alte Messertasche, die ich jetzt benutze, um meine eigenen Klingen darin aufzubewahren. Sie sind nichts Besonderes, aber mehr als ausreichend.

Mit Messern bin ich nicht so gut wie meine Geschwister. Vor allem nicht so gut wie Aave, der der Beste in seiner Klasse war. Aber ich werde stärker. Meine Klinge zittert nicht mehr, wenn ich sie durchziehe. Mein Handgelenk verkrampft sich bei der schnellen Bewegung nicht mehr. Das verdanke ich jahrelangem Training mit meinen Brüdern. Dazu kommt nun noch meine Arbeit als Striker ... Und das alles nur, um etwas vorzubereiten, was gerade mal wenige Sekunden in Anspruch nehmen wird.

Einzig und allein das Zielen klappt noch nicht so gut. Es ist meine Schwachstelle, etwas, was mir von Haus aus Mühe bereitet, wofür ich hart arbeiten muss, wenn ich mithalten will.

Die Messer wandern in meinen Rucksack – das Messer, das noch in meiner Hosentasche steckt, und das andere in meiner Jackentasche nicht mitgerechnet. Die Pistole nehme ich ebenfalls an mich. Zusammen werden sie das sein, was mich am Leben erhält. Sie ganz allein, nicht das Essen, die Kleidung und auch nicht die wenigen Geldscheine in meiner Hosentasche. Worauf wird das alles hinauslaufen, wenn ich sie schließlich vor mir sehe? Wenn sie mich sieht?

Aus Gewohnheit gehe ich durch alle Räume im Haus, schließe die Fenster und die Hintertür. In der Garage ziehe ich Abdeckplanen über die größten Wartungsgeräte meines Vaters, über die Bauteile und über seinen Tablet-PC. Nachdem ich die schwere Metalltür zur Auffahrt verriegelt habe, lasse ich in jedem Zimmer die Rollläden runter, lösche überall das Licht, wische das Spülbecken aus und werfe die restliche Milch weg, die hinten im Kühlschrank gestanden hat. Lauter solche Kleinigkeiten. Ganz normale Dinge.

Und das wäre es dann. Ich bin damit fertig, mich von meinem Haus zu verabschieden ... und ich bin nicht mal am

Boden zerstört. Wahrscheinlich ist es wirklich einfach nur ein Haus. Ein Gehäuse aus Beton, Holz und Gipskarton. Ich habe hier gelebt, aber es steht schon lange leer, und zwar in jeder Hinsicht. Seit Aaves Tod ist das Leben durch die Wände abgeflossen wie Blut aus einer Wunde, hat sich geweigert aufzuhören, bis wirklich kein Blut mehr da war. Jetzt ist es ausgetrocknet. *Ich* bin ausgetrocknet.
Ich öffne die Eingangstür und trete nach draußen. Schließe die Tür hinter mir, indem ich den Code eingebe.
Er sitzt auf der untersten Stufe. Doch alles, was ich gerade tue, läuft mechanisch ab, ohne wirklich etwas wahrzunehmen, also wäre ich fast über ihn gestolpert. Bei seinem Anblick durchzuckt mich ein Schmerz, von Kopf bis Fuß. Vielleicht, weil ich wirklich geglaubt habe, er wäre gegangen. Der Grad der Intensität trifft mich unvorbereitet, raubt mir den Atem.
»Chord.« Ich steige die Stufen hinunter, stelle mich neben ihn, meine Augen unverwandt auf sein Gesicht gerichtet. »Was machst du denn immer noch hier?«
Er steht auf. »Ich dachte, ich bleibe besser hier, bis ich weiß, dass du gegangen bist. In Sicherheit bist.«
Ich verstelle die Schulterriemen meines Rucksacks. Schon jetzt fühlt er sich viel zu schwer an. Ich habe zu viel eingepackt. »Was hat dich glauben lassen, dass ich gleich gehen würde? Ich habe nie gesagt, dass ich so weit bin. Du hättest den ganzen Tag hier rumsitzen können.«
Das kurze Aufblitzen eines Lächelns, liebevoll, niedergeschlagen, verzweifelt und unglücklich. Ich weiß, dass mich dieser Anblick eine sehr lange Zeit verfolgen wird.
»Du warst schon immer bereit, West«, sagt er. »Du hast es nur ein bisschen vergessen, das ist alles.«
Mir fällt nichts ein, was ich sagen könnte, aber irgendwie ist das in Ordnung. Die Stille zwischen uns ist nicht unangenehm oder angespannt, sondern fast schon zitternd

und zerbrechlich, eine quälende Verletzlichkeit, während deren wir einfach glücklich sind, zusammen zu sein, und über nichts anderes nachdenken wollen.

Nach ein paar Sekunden ist es vorbei. »Chord, ich muss …«

»Nimm das«, sagt er unvermittelt. Er streckt eine Hand aus. Ich kann ein Bündel Banknoten darin erkennen, ein Handy. Und eine dünne schwarze Scheibe von der Größe einer Münze, die ich nicht identifizieren kann.

»Ich brauche dein Geld nicht«, sage ich und schüttle den Kopf.

»Doch, das tust du. Komm schon, stell dich nicht so an. Nimm, was du kriegen kannst. Deine Dickköpfigkeit bringt dich nicht mehr weiter.«

»Du solltest es behalten, Chord. Du weißt nicht, wofür du es noch brauchen kannst.«

»Ich brauche es hierfür. Hörst du jetzt endlich auf, mit mir herumzudiskutieren! Nimm es einfach.« Er greift nach meiner Hand und drückt mir das Geld, das Handy und die Scheibe hinein. Er sagt nichts zu dem Ärmel, den ich darübergezogen habe, auch wenn er genau weiß, was sich darunter verbirgt.

»Was ist das für ein Handy?«, frage ich ihn. »Das gehört dir nicht.«

»Nein, das ist einfach nur eins, das bei mir herumgelegen hat. Ich habe bloß damit … herumgespielt. Du weißt doch, dass du mich immer damit aufziehst, weil ich diesen ganzen technischen Plunder im Haus habe.«

»Na ja, dein Zimmer sieht aus wie ein Ersatzteillager.«

Er lächelt. »Wie auch immer, behalte es als Reserve, für den Fall, dass deins kaputtgeht. Es hat keinen Schnickschnack, aber zum Telefonieren und SMS-Schreiben sollte es reichen.«

Ich halte die schwarze Scheibe hoch. Das Material ist

nicht richtig fest, sondern aus einem maschenartigen Geflecht. Ein feines Netz aus dem dünnsten schwarzen Draht, den ich je gesehen habe. »Und das hier?«

»Das ist ein Tastencode-Disruptor.«

»Das sagt mir nicht wirklich was, Chord.«

»Damit kannst du Schlösser umgehen«, sagt er. »Wenn du mal irgendwo reinmusst. Oder wenn du einfach von der Bildfläche verschwinden willst … dich verstecken.«

»Wie funktioniert …?«

»Halte es mit der Hand gegen die Blende des Schlosses. Es wird deine Striker-Zeichen lesen, sie verschlüsseln und kurzzeitig den Tastencode der Tür durcheinanderbringen, wenn das Signal übertragen wird. Das ist viel leiser und schneller, als wenn du mit Gewalt da eindringen müsstest.«

»Ah. Danke, dass du daran gedacht hast.«

Er runzelt die Stirn. »Eigentlich hatte ich keine Wahl.«

Ich weiß nicht, wie ich seine Sorgen sonst noch zerstreuen kann, also bringe ich die Scheibe in einem verschließbaren Außenbeutel meines Rucksacks unter, so dass ich schnell rankomme. Das Handy kommt ins Hauptfach, das Geld in meine Hosentasche. Rein gefühlsmäßig weiß ich, dass es zu viel ist und trotzdem nicht reichen wird.

Plötzlich kann ich nichts anderes mehr tun als ihn ansehen. Wann werde ich ihn das nächste Mal zu Gesicht bekommen? Wann auch immer das sein wird, es wird zu früh sein. Ich will ihn nicht um mich haben. Nicht, solange ich eine lebende Zielscheibe bin.

»Dann lass uns mal losgehen«, sagt er.

Mir wird eiskalt. »Wovon redest du?«

Seine Augen werden hart. Leuchten gegen das Licht der Sonne, als sie mein Gesicht eindringlich mustern. »Ich gehe mit dir.«

Ich lache, aber es liegt kein Humor darin. »Kommt nicht in Frage.«

»Warum nicht? Es gibt keinen Grund für mich, hierzubleiben.«
»Die Schule«, sage ich hastig. »Sie würden es merken, wenn du plötzlich nicht mehr da auftauchst.«
Chord zuckt mit den Schultern. »Ich bin über fünfzehn«, sagt er schlicht. »Ich kann der Verwaltung mitteilen, dass ich mich abmelde, um irgendwo zu arbeiten.« Er atmet tief ein. »Und Luc hätte gewollt …«
»Schon wieder Luc? Chord, ich habe dir gesagt, dass du das nicht für ihn tun musst. Und du brauchst es auch nicht für *mich* zu tun.« Noch während ich die Worte ausspreche, hallt Lucs Bitte in meinem Kopf wider. Wie er mich gezwungen hat, ihm zu versprechen, Chord nicht im Ungewissen zu lassen, mich nicht von ihm abzuwenden.
Ich drücke eine Hand auf meine Brust. Ich spüre einen Schmerz, der durch die Erinnerung an seine Stimme geweckt wird. Und noch schlimmer als das ist die Erkenntnis, dass ich mein Versprechen ihm gegenüber nicht halten kann.
Es tut mir leid, Luc. Aber du bist schon gegangen, und Chord ist noch da.
»Er hätte nicht gewollt, dass du dich allein auf den Weg machst«, sagt Chord. »Nicht, wenn es nicht unbedingt sein muss. Und, West … ich habe es ihm versprochen, weißt du?« Seine Stimme ist belegt, voller Erinnerungen, die auch in meinem Kopf herumgeistern, und gleichzeitig voller Entschlossenheit. »Als er gestorben ist, habe ich ihm gesagt, dass ich mich um dich kümmern werde. Wie kann ich ihn da jetzt im Stich lassen? Ich darf nicht schon wieder Mist bauen. Also komme ich mit dir.«
Ich kenne diese Stimme … ich weiß, dass ich ihn noch mehr verletzen muss. Denn ganz egal, wie eigensinnig er auch sein mag, seine Dickköpfigkeit ist nichts im Ver-

gleich zu meiner. Und ich bin in den letzten Monaten zu einer sehr guten Lügnerin geworden.

»Na schön.« Ich achte darauf, dass ich mich so richtig undankbar anhöre. Das ist das, was er erwartet hat, und ich kann es mir nicht leisten, dass er denkt, ich führe etwas anderes im Schilde. »Dann halt die Augen offen, während ich noch schnell eine Tasche für dich hole. Wenn du mich schon begleitest, dann werde ich das alles auf keinen Fall alleine schleppen.«

»Zeit.« Chords Uhr verarbeitet seine Anweisung sofort und spuckt die Nummern stoßweise aus. Fast elf Uhr vormittags. Ich denke an Lucs Uhr, die ich sorgsam an meinem eigenen Handgelenk befestigt habe.

Er zieht die Stirn in Falten, ihm ist bewusst, dass ich schon ein paar wertvolle Stunden verloren habe. »Okay, aber beeil dich, ja? Wir brauchen einen ordentlichen Vorsprung.«

Ich erlaube mir nicht, ihn anzusehen, sosehr ich das auch möchte. Er könnte mir vom Gesicht ablesen, was er nicht weiß, nicht wissen darf – dass das hier für mich ein Abschied sein muss.

Ich renne zurück ins Haus, laufe auf schnellstem Weg hindurch, bis ich auf der anderen Seite wieder herauskomme, diesmal aus der Hintertür. Wenn ich nur eine Sekunde zögern und zurückgehen würde, würde ich mich an Chord klammern und ihn nicht wieder loslassen, bis einer von uns tot wäre: mein Alt, ich oder Chord, der irgendwie zwischen die Fronten geraten ist.

Ich gehe durch die Hintertür, schließe sie hinter mir und durchquere geräuschlos den Garten, bis ich am hinteren Zaun angekommen bin.

Zwei Latten von links, drittoberstes Brett. Ich wage gar nicht zu glauben, dass ich mich noch daran erinnere.

Ich zähle die Bretter mit den Fingern ab. Eins, zwei, drei.

Das dritte Zedernbrett wackelt etwas. Es ist dehnbarer als die anderen, das war schon immer so. Ich schiebe es zur Seite, bis ein Loch im Zaun entsteht. Das Loch ist gerade mal vierzig Zentimeter breit, aber ich weiß, dass ich mich durchquetschen kann. Ich habe keine andere Wahl, als mich durchzuquetschen.

Eine schreckerfüllte Sekunde lang stecke ich fest, mein Rucksack bleibt hängen. Aber ich bekomme ihn frei und plaziere die losen Bretter so, dass der Zaun wieder ganz normal aussieht.

Schnell laufe ich durch den Garten der Nachbarn – vorbei an dem Zuckerahorn, der das alte Baumhaus beherbergt, das Hauptgebäude entlang, durch ein Gewirr aus Gebüsch –, um schließlich auf einer gänzlich anderen Straße zu landen. Chord hat es eilig. Jeden Moment wird er ins Haus gehen, um herauszufinden, warum ich so lange brauche. Ich kann das Risiko nicht eingehen, dass er mich sieht.

Meine Augen brennen, als ich die Straße hinunterrenne. Schon bald bin ich vor Tränen ganz blind. Meine Kehle steht in Flammen von dem zurückgehaltenen Schrei, meine Brust ist schmerzvoll zugeschnürt.

Es tut mir leid, Chord. Bleib in Sicherheit. Bleib weg von mir.

5

Noch zehn Tage.

Das dünne, klagende Pfeifen eines Düsenjägers weckt mich. Es ertönt in weiter Ferne, irgendwo tief im Surround, wahrscheinlich mehrere Kilometer von der Grenze entfernt. Bloße Routineabläufe, die bei weitem nicht laut oder nah genug sind, um Kersh in Alarmbereitschaft zu versetzen.

Als ich die Augen öffne, ist der Himmel schon hell – das düstere, unheilvolle Grau eines Wintermorgens, aber trotzdem hell.

Ich habe zu lange geschlafen.

Langsam setze ich mich auf, meine Beine sind von der kalten Luft und von meiner verkrampften Liegeposition ganz steif. Bei all den Vorräten in der Kabine des Lieferwagens hatte ich nicht mehr viel Platz gehabt, um mich auszustrecken.

Immerhin war es sicher und billig. Es hatte nicht viel gebraucht, um den Besitzer der Lagerhalle rumzukriegen, und mir war klar, dass er nicht zum ersten Mal Geld angenommen hatte, um einen Aktivierten in einem seiner Lieferwagen im Hinterhof nächtigen zu lassen.

Als ich mich zum Aussteigen fertig mache, gleitet meine Hand automatisch über meine Jackentasche, um die Pistole zu ertasten, dann zur anderen Seite, zu dem Messer. Ich klopfe meine Hosentasche ab, um mich zu vergewissern, dass sich auch dieses Messer noch an Ort und Stelle befindet. Als ich nach meinem Rucksack greife, stößt meine Hand gegen ein zugeklebtes Päckchen, das obenauf liegt. Als ich eingeschlafen bin, war es noch nicht dort. Mit zusammengebissenen Zähnen verfluche ich Chord,

wie ich es immer tue, wenn er so etwas macht. Nicht so sehr, weil er mir folgt, sondern vielmehr, weil es ihm scheinbar so leichtfällt. Wie *macht* er das nur?
Es wäre ein Fehler, die Rechnung ohne seine Technikkenntnisse zu machen. Und er scheint diese Kenntnisse irgendwie zu nutzen, auch wenn er nicht übertrieben hat, als er sagte, das Handy verfüge über keinerlei Schnickschnack. Soweit ich das beurteilen kann, hat es keine Software, die einem Überwachungssystem ähnelt. Wenn es ihm also tatsächlich einfach so möglich ist, mir ohne Hilfsmittel zu folgen, dann könnte es gut sein, dass es für *sie,* meine Substitutin, genauso einfach ist.
Ich schiebe den Gedanken beiseite, ehe er sich festsetzen kann, und wandle meine kalte Angst in Ärger um, weil das einfacher ist. Chord und seine kleinen Carepakete. Ich bin dankbar für seine Aufmerksamkeiten, gleichzeitig hasse ich sie jedoch, weil ich weiß, dass er in Gefahr ist. Weil er sich weigert, mir fernzubleiben. Während ich mich frage, ob er mich von weitem beobachtet, reiße ich das Päckchen auf.
Darin befindet sich das Übliche: Geld und ein neues, aufgeladenes Handy. Sein Timing ist – wie immer – beängstigend perfekt, weil mein altes Handy fast leer ist. Ich brauche nur einen kurzen Augenblick, um alle Daten von einem auf das andere zu übertragen. Sobald ich alles von meinem alten Handy gelöscht habe, stopfe ich es für später in einen Außenbeutel meines Rucksacks. Das neue kommt ins Hauptfach. Das Geld teile ich auf: Die eine Hälfte trage ich bei mir, die andere kommt in den Rucksack. Ich kann mir keine Gedanken darüber machen, dass es eigentlich Chord gehört. Nach ein paar Wochen auf der Flucht habe ich das hinter mir. Ich kann mir damit kaufen, was auch immer ich brauche: Essen, Kleidung … – alles das, was mit meinem Geld nicht möglich ist.

Ich frage nach der Zeit, und als mir meine Uhr mitteilt, dass es Viertel nach acht ist, wird mir klar, wie knapp ich kalkuliert habe. Laut der technischen Daten des Striker-Auftrags, den ich gestern Abend angenommen habe, muss ich jetzt los, wenn ich mein Striker-Subjekt noch dort vorfinden will, wo ich es aufsuchen sollte.

Ich stopfe mein widerspenstiges Haar in meine Kapuze, damit ich halbwegs passabel aussehe, klettere aus dem Lieferwagen, greife nach meinem Rucksack und hänge ihn mir über die Schultern. Ich bahne mir einen Weg durch das dunkle, geschäftige Gedränge, das zur morgendlichen Stoßzeit im Grid herrscht, durch die Betriebsamkeit und die anschwellende Zahl der Menschen, die alle einen Ort haben, zu dem sie gehen, an dem sie sein wollen.

Ich halte inne, sehe nach, wo ich bin, und vergewissere mich, dass ich die richtige Adresse habe.

Einen Block weiter und dann noch einen nach unten. Wenn mein Zeitplan stimmt, dann müsste der Laden gerade aufmachen. Und er sollte lieber mal stimmen – ich habe nur ungefähr eine Minute, bis das Zeitfenster, das ich mir eingeräumt habe, wieder schließt. So lange dürfte er brauchen, um vom Auto zur Hintertür seines Ladens zu kommen. Ich habe die technischen Daten über den Substituten meines Kunden so oft gelesen, dass ich sie auch im Schlaf herunterrasseln könnte. Ganz besonders den Teil über seine alltäglichen Abläufe.

Er ist (genau wie ich) achtzehn und beendet gerade seinen Vertrag bei Lear & York Barristers *in Calden Ward. Morgens arbeitet er außerdem in* Tweed's Schreibwarenladen *in der Mathers Street in Jethro. Momentan wird er von beiden Seiten unter Druck gesetzt:* Lear & York *will wissen, wie seine Karrierepläne aussehen, wenn er ein Vollen-*

deter wird. Sein Vater, der sich mit seiner Frau früh zur Ruhe setzen will, möchte, dass er das Tweed's *Vollzeit führt.*
Ich bin ihm vier Tage gefolgt. Er ist zu fertig, als dass er sich darüber Gedanken machen würde, wie leicht sein Tagesablauf nachzuvollziehen ist.
Sein Auto ist ein schwarzer Kleinwagen, Nummernschild C4D9P7X7.
Seine Waffe der Wahl ist eine Pistole.

Bei Grün überquere ich die Straße. Über dem Meer aus wogenden Köpfen kann ich ihn sehen.
Tweed's Schreibwarenladen besteht aus einer Schaufensterfront und einer antiken Papierpresse im Hinterzimmer, mit der noch immer besondere Schriftstücke hergestellt und unter dem Slogan vertrieben werden, der auf dem Ladenfenster unter dem Namen eingraviert ist. Es ist altmodisch, bezaubernd und einer der Orte, an denen ich Stunden hätte zubringen können, versunken in die steifen Stoffe, in die sauberen Linie und den Geruch von Lasur und Tinte.
Doch das ist jetzt nicht mehr möglich. Es ist ein anderes Leben, zu einer anderen Zeit.
Ich betrete die Gasse, die hinter dem Ladenblock verläuft, und sehe auf den ersten Blick, wie eng es hier werden wird, wie wenig Platz es gibt, um sich zu bewegen. Nicht genehmigte kleine Müllhalden sammeln sich in dieser Gegend des Grids ziemlich häufig an, und manchmal dauert es Monate, bis der Bezirk sie endlich beseitigt. Diese Gasse hier ist zu beiden Seiten vollgemüllt mit Schrottautos, ein gewundener, kaputter Zug von Fahrzeugen, die sich über den gesamten Block ziehen. Einige davon sind schon ganz orange vor Rost, ausladende, städtische Sonnenuntergänge im Betondschungel.

Der scharfe Geruch von Verfall steigt mir in die Nase, als ich mich zwischen zwei Autos kauere. Von hier aus, hinter dem Schreibwarenladen und gegenüber der Gasse, ist die Visierlinie zwischen mir und meinem Subjekt am besten.

»Zeit«, frage ich, während ich die Riemen des Rucksacks auf meinen Schultern festzurre.

08:42.

Noch achtzehn Minuten, bevor er auftaucht. Der Laden öffnet um neun.

Doch plötzlich fährt ein riesiger Abschleppwagen durch die Gasse, langsam und knatternd. Dahinter ein zweiter, dann ein dritter und noch ein vierter. Sie stellen die Motoren erst ab, als sie quasi direkt vor mir stehen. Keine Chance, das *Tweed's* von hier aus zu sehen. Stattdessen beobachte ich ungläubig, wie vier Typen aus den Abschleppwagen steigen und sich unter viel Getöse daranmachen, die verwaisten Autos zur Räumung anzuketten.

Ich weiß nicht, ob sich je ein Striker zurückziehen musste, weil etwas im letzten Moment so richtig schieflief, aber ich will definitiv nicht die Erste sein. Wenn ich keine Lösung finde … wenn meine Substitutin mich auf irgendeine Weise unvorbereitet antrifft und ich keinen Weg finde, mich in Sicherheit zu bringen …

»Zeit.« Ich stehe auf, blicke mich prüfend um und drehe mich einmal, zweimal um die eigene Achse. Visierlinien auf Augenhöhe sind nicht mehr praktikabel, also suche ich weiter oben, an der Dachlinie der Gebäude um mich herum.

08:47.

Noch dreizehn Minuten. So langsam verzweifle ich, meine Kehle ist wie zugeschnürt. Ich suche nach etwas, irgendetwas – und da sehe ich es.

Die Feuerleiter an der Seite eines vierstöckigen Gebäudes,

schräg gegenüber von dem Hinterhof des *Tweed's.* Teile davon stecken nicht mehr in ihrer Verankerung, ob nun aus Nachlässigkeit oder gewaltsam entfernt, kann ich nicht beurteilen. Jedenfalls ist sie noch immer ausreichend intakt, um bis nach oben aufs Dach zu klettern.

Ich laufe hin, bahne mir einen Weg durch das dichte Labyrinth aus knarzendem Stahl. Ich springe auf das Dach des nächsten Wagens, trete auf den kleinen Steg der Treppe und fange an hochzusteigen.

»Zeit«, schnaube ich, als sich der Boden unter mir immer weiter entfernt. Meine Kehle brennt, nicht länger vor Panik, sondern deswegen, weil mir bewusst ist, dass ich noch nie zuvor einen Striker-Auftrag ausgeführt habe, bei dem ich so plötzlich umdisponieren musste. So wenig Vorbereitung, keine gründliche Basis, so ungewisse Aussichten.

08:51.

Sobald meine Füße das Dach unter sich spüren – eine flache, dunkelgraue Ebene, in der Mitte leicht eingesunken und noch immer feucht vom Regen der letzten Nacht –, renne ich zum Rand und spähe nach unten. Die Entfernung beträgt etwa zehn, vielleicht sogar fünfzehn Meter und dann noch mal sechs Meter bis zum Laden. Das ist weiter weg, als ich es gewohnt bin, aber nicht zu weit, als dass es eine Rolle spielen dürfte.

Die Arbeiter unten sind immer noch damit beschäftigt, die Abschleppwagen zu beladen.

Ein Kleinwagen, schwarz und staubig, bahnt sich einen Weg durch die Gasse. Als er an mir vorbeifährt und auf den Platz hinter dem *Tweed's* fährt, habe ich schon die Pistole gezückt und ziele.

Nummernschild *C4D9P7X7.* Richtig.

Die Person, die aus dem Wagen aussteigt, ist dieselbe wie die auf dem Foto meines Kunden. Der Junge sieht älter aus als achtzehn, auf seinen Gesichtszügen zeichnet sich

noch immer Schlaf ab, das strähnige, braune Haar ist genauso dünn wie der Körper. Schwarze Hose, graues T-Shirt, marineblaue Bomberjacke.
Seine Pistole steckt in einem Holster, das viel zu locker um seine Hüften gebunden ist. Es schwingt vor und zurück und stößt gegen sein Bein, als er sich in meine Richtung dreht und dann zum Kofferraum läuft. Sein Kopf ist ungeschützt. Verwundbar.
Als scharfer, kalter Wind aufkommt und einzelne Strähnen meines Haars aus der Kapuze löst, so dass sie mir seitlich ins Gesicht und gegen die Lippen peitschen, denke ich über nichts nach.
Meine Kugel ist ein einziges Donnern. Sie saust durch die Luft wie eine brennstoffbetriebene Rakete. Sie surrt ein einminütiges Vibrato, als sie an seinem Kopf entlangschrammt. Er schreit auf, fällt auf die Knie und presst sich eine Hand an die Wunde. Seine andere tastet bereits nach der Pistole.
Ich hätte mir über die Entfernung zwischen uns klar sein sollen. Er ist weiter weg, als ich es gewohnt bin. Ich hätte wissen müssen, dass eine Kugel über eine solche Distanz durch einen Windstoß vom ursprünglichen Weg abgebracht werden kann. Dass eine Kugel der Schwerkraft über eine solche Strecke nicht trotzen kann.
Doch ich habe nicht daran gedacht. Ich habe danebengeschossen. Nur wenige Zentimeter, vielleicht sogar nur einen, aber das reicht, um zu versagen.
Ich habe einen Knoten im Bauch, als ich wieder und wieder abdrücke. Erst dann liegt er endlich reglos da.
Einen sehr langen Moment ist alles ruhig, und ich kann fast so tun, als hätte dieser Striker-Auftrag noch gar nicht stattgefunden. Als gäbe es noch immer die Möglichkeit, sorgfältiger zu planen, zu zielen, besser zu sein.
Die zu mir herauftönenden Schreie der Arbeiter holen

mich zurück in die Gegenwart. Ich stecke die Pistole in meine Jackentasche und klettere die Feuerleiter nach unten. Egal wie stümperhaft ein Job ausgeführt wird, er muss zu Ende gebracht werden. Der Tod muss überprüft werden.

Während ich die Gasse überquere, spüre ich die Blicke der Arbeiter auf mir ruhen. Ich höre ihre Wörter »Striker«, »Auftrag« und »Verräter« selbst dann noch, als sie wieder dazu übergegangen sind, die stählernen Skelette an die Abschleppwagen anzuhängen. Der Tag schreitet weiter voran. Das Leben geht weiter.

Ich nähere mich dem reglosen Körper und versuche, nicht mit dem Blut in Berührung zu kommen, während ich seinen Puls fühle. Als ich nichts spüre, ziehe ich ein Augenlid nach oben. Die Pupille ist klar, die Auftragsnummer verschwunden.

Eine SMS an meinen Kunden, in der ich die Anweisungen für die ausstehende Bezahlung formuliere, braucht nur wenige Sekunden. Genau wie ihn daran zu erinnern, den Säuberungstrupp zu kontaktieren.

Als ich mich wegdrehe, spüre ich die Hitze, die der Kühler von dem Wagen meines Subjekts absondert. Ich kann nicht anders und halte meine Hände in die Wärme. Eine Wohltat in der fröstelnd kalten Luft … dem Frösteln in mir.

Los, beweg dich.

Als ich Chord auf der anderen Straßenseite erblicke, erschrecke ich mich derart, dass ich fast über meine eigenen Füße stolpere.

Er sieht zu, wie ich mich von dort entferne. Der müde Hintergrund des alten Gebäudes hinter ihm, abgestumpft von den vielen Schichten industrieller Abgase und Smog, lässt ihn umso lebendiger wirken. Ich weiß nicht, wie lange er schon da steht … oder wie viel er gesehen hat.

Die Vorstellung, er könnte mir bei meiner Arbeit zugesehen haben, ist mir unangenehm und vermittelt mir ein Gefühl, das dem der Schuld viel zu sehr ähnelt. Ich mag es nicht, wie es sich anfühlt, wie eine schmierige Last, die sich an einen hängt, und ich schüttle sie verärgert ab. Ich muss aufhören, mir darüber Gedanken zu machen, was er davon hält, dass ich ein Striker bin. Ich muss aufhören, mir etwas aus ihm zu machen. Ich ziehe die Schultern in meiner Jacke hoch und weigere mich, ihn anzusehen. Als ich an ihm vorbeiwill und offensichtlich wird, dass ich vorhabe, ihn zu ignorieren, versperrt er mir den Weg.

»Bleib weg von mir, Chord«, sage ich ihm. Ich gehe um ihn herum, wende mich der Straße zu.

Er folgt mir. »Du weißt, dass ich das nicht kann.« Er stockt. »Können wir fünf Minuten miteinander reden?«

»Nein, ich denke ...«

Er packt mich am Arm, trotz seiner Vehemenz überraschend sanft. »Wunderbar, es freut mich, dass du endlich mal denkst. Rede mit mir, aber nicht hier. Das Aufräumkommando wird bald da sein.«

Also hat er mir bei der Ermordung zugeschaut. Das Wissen, dass er mich wahrscheinlich nie mehr so sehen kann wie zuvor, dass ich in neue, unaussprechliche Tiefen gefallen bin, versetzt mir einen Stich.

Schon gehen wir in der Menge unter, schwimmen im Strom, während wir den Block entlanglaufen. Ich sehe mich um, wachsam, frage mich, ob wir wirklich so anonym sind, wie ich hoffe.

Meine Gedanken rasen, wollen Distanz zwischen uns schaffen, und ich sage steif: »Luc ist tot. Er wird es nicht sehen, wenn du dich von mir fernhältst.«

Chord seufzt, lässt seine Hand an meinem Arm nach unten gleiten, so dass sie meiner Hand näher ist. »Lass es gut sein, West. Das habe ich schon viel zu oft gehört, als dass es mich noch stören würde.«

Ich versuche es erneut: »Ich meine es ernst, hör auf, mir zu folgen! Was, wenn du nachlässig wirst, einen Fehler machst und sie auf meine Spur bringst?«
Chord schüttelt den Kopf. »Selbst wenn sie mich sehen würde, was dann? Sie hat keinen Grund, darüber nachzudenken, wer ich bin.« Er sieht zu mir herunter, zieht mich näher an sich, seine Hand ist verkrampft. »Ich habe sie gesehen«, sagt er, »heute Morgen, ganz früh.«
Mein Magen zieht sich zusammen. »Woher willst du wissen, dass du nicht mich gesehen hast?«, frage ich. Meine Stimme klingt schwach, selbst in meinen Ohren, ist über die anderen Gespräche um uns herum kaum hörbar.
»Ich weiß es einfach«, ist alles, was er dazu sagt.
»Wir sehen genau gleich aus.« Ich schüttle seine Hand ab. Er ist mir wieder einmal viel zu nah. Ich schlinge die Arme um mich. »Oder zumindest so ähnlich, dass dir ein Fehler unterlaufen sein könnte.«
»Ihre Augen …« Sein Grinsen ist schief. »Ob du es glaubst oder nicht, sie wirken noch kälter als deine. Selbst, wenn du mich so ansiehst wie jetzt gerade.«
Ich werfe ihm einen Blick zu. »Na, dann sollte ich wohl ›danke‹ sagen.«
»Sie ist dir einen Schritt voraus, West. Du musst raus aus dem Grid. Du solltest gar nicht in Jethro sein – nicht, bis du weißt, wie du sie erledigst.«
Wir kommen an einem Dessous-Laden vorbei. Ich nutze die Gelegenheit und schlüpfe hinein. Ich weiß, das Chord mir folgen wird. Er ist viel zu starrsinnig, um es nicht zu tun, doch ich hoffe, er fühlt sich dort so unwohl, dass er nicht lange bleibt. Ich hoffe, dass er unsere fünf Minuten von ganz alleine verkürzt.
»Ist das alles, was du mir sagen wolltest?« Ich beuge mich vor und gehe ein paar hauchdünne, schwarze BHs an einem Ständer durch. Ich sehe unsere Spiegelbilder in dem langen

Spiegel, der an der Wand entlangläuft. Fast könnte ich glauben, wir seien einfach nur irgendein Paar, das herumalbert und Zeit miteinander verbringt. »Sonst noch was?«
Chord sieht mich unablässig an. Zu meinem Ärger sind keine Anzeichen von Verlegenheit auf seinem Gesicht zu entdecken. Oder er ist einfach nur gut darin, sie zu verstecken. »Du hast soeben rausgefunden, dass sich deine Substitutin hier im Grid rumtreibt. Das schien mir ziemlich wichtig.«
»Tja, also, danke, dass du es mich hast wissen lassen.« Ich halte mir den durchsichtigen Stoff an die Brust. »Wenn du mir sonst nichts mehr zu sagen hast …«
»Wie wäre es damit: Warum nimmst du immer noch Striker-Aufträge an, wo du doch inzwischen selbst eine Aktivierte bist?«, fragt er. Er hört sich noch nicht mal wütend an. Nur verwirrt, fast gekränkt. »Ums Geld kann es dabei nicht gehen. Keine Chance, dass man dich einfach so bar bezahlt. Selbst *ich* weiß, dass Striker keinen persönlichen Kontakt mit ihren Kunden aufnehmen. Außerdem, solltest du Nachschub brauchen, weißt du ja, dass du jederzeit fragen kannst …«
»Ich brauche dein Geld nicht, also hör auf, mir welches zu geben.« Ich halte den BH höher, damit er ihn sich ansehen kann, und bin mir der anderen Kunden und Verkäufer dabei nur allzu bewusst.
Chord schlägt ihn verärgert zur Seite. »Du brauchst was zum Essen, oder nicht?«
»Das ist nicht dein Problem.« Dann zögere ich, denke an all die Aktivierten, die gezwungen sind, in vom Board gesponserten Kiosken zu essen, wo ein Augenscan einem nicht nur ein billiges Essen beschert, sondern auch einen Eintrag ins Logbuch der Substitute. Ich sehe mich, wie ich mir an anderen Orten etwas zu essen besorge, wo ein zusätzlicher Schein von Chord sehr hilfreich ist, damit

man meine Augen großzügig übersieht. »Aber du hast recht. Ich brauche es. Also, danke, okay?«
Schweigen, dann fragt er: »Was ist mit den Handys? Irgendwelche Probleme bei der Benutzung?«
Ich schüttle den Kopf. Seine Stimme klingt angespannt. Ich nehme an, weil ich die Handys hauptsächlich dazu verwende, um mit Dire und meinen Striker-Kunden Kontakt aufzunehmen. Mit jedem außer ihm. »Nein, alles in Ordnung«, erwidere ich. Ich halte etwas nach oben, das ganz besonders durchsichtig ist, und schwinge es mit voller Absicht durch die Luft.
Ich glaube nicht, dass er es überhaupt bemerkt, er ist viel zu sehr darauf konzentriert, mich zu beobachten. »Kannst du mir also sagen, warum du noch immer Aufträge annimmst? Ich hätte gedacht, wenn du erst deinen eigenen Auftrag erhältst … wenn du erst dazu bereit wärst, dich mit dem, was mit Luc passiert ist, auseinanderzusetzen … dass du dann anders über das Striker-Dasein denken würdest.«
Ich entferne mich ein paar Schritte und mache eine riesige Show daraus, wie ich die Ständer mit völlig unpraktischen Spitzenhöschen durchsehe. Meine Hände zittern, sind derb und unbeholfen in den Wolken transparenter Stoffe. »Es ist genau, wie Baer gesagt hat, das ist alles. Es ist das beste Training, das ich bekommen konnte. Warum sollte ich mich jetzt davon abwenden?«
»Ach komm, West«, erwidert er scharf. »Das war lange genug, du hast genug *gelernt.* Du musst jetzt deine eigene Substitutin umbringen, also hör auf wegzulaufen!«
»Ich laufe nicht weg. Ich versuche einfach nur weiterzumachen!«
»Inwiefern hilft es dir bitte schön, eine Mörderin zu sein, um weiterzumachen?« Der Tonfall seiner Stimme zwingt mich dazu, ihm in die Augen zu sehen.

Der Ausdruck darin ist herzzerreißend. Eine Mischung aus vollkommener Fassungslosigkeit, Wut und Gekränktsein. Es nagt an mir zu wissen, dass ich diejenige bin, die all das in seine Augen hat treten lassen – dass wir beide so etwas möglich gemacht haben. Als würden uns alle Ereignisse seit Lucs Tod dazu zwingen, einander wieder zum ersten Mal zu begegnen, Fremde, die völlig bei null anfangen.

»Weil ich sonst über nichts anderes nachdenken will«, flüstere ich. Ein dumpfes Dröhnen ertönt in meinem Kopf. Meine Hände sind zu Fäusten geballt und viel zu grob für diese feinen Stoffe. »Weißt du, wenn ich schon früher ein Striker geworden wäre, hätte ich sie alle erledigt. Auch deinen Alt. Dann wäre Luc nicht auf diese Weise gestorben.«

Chord öffnet meine Fäuste und nimmt meine Hände in seine. Er blickt auf meine Ärmel, die weit über meine Handflächen gezogen sind, auf meine Daumen, die durch die Löcher, die ich mit der Messerspitze hineingebohrt habe, herausschauen.

»Du bist jetzt an der Reihe«, sagt er ruhig, »nicht sie oder ich. Du hast immer gesagt, wenn du an der Reihe wärst, würdest du nicht wegrennen oder dich verstecken. Ich hätte gedacht, dass gerade dir, bei allem, was du zurzeit so tust, klar sein müsste, dass dir die Zeit ausgeht.« Er neigt den Kopf nach unten, als er mein Kinn anhebt. »Zehn Tage, West. Das ist alles.«

Es überrascht mich nicht, dass auch er gezählt hat.

»Kannst du mich die zehn Tage nicht um dich haben?«, fragt Chord. Leise und mitfühlend, so erweicht er mich.

Dann fällt mein Blick auf den Spiegel an der hinteren Wand, und ich sehe mein Gesicht, das mich anstarrt, Chords Hinterkopf, seine breiten Schultern, seinen Rücken. Mit einem einzigen Wimpernschlag bin ich nicht mehr ich, sondern meine Substitutin … So verdammt nah an ihm dran, nah genug, um ihn zu verletzen, zu töten.

Ich darf diesen Fehler nicht machen.

Ich trete zurück. »Ich … ich muss los«, stammle ich.

Frustriert presst er die Kiefer aufeinander. »West …«

»Ich kann nicht.« Meine Hände schnellen nach vorn, um ihn abzuwehren, während ich zurückgehe. Ich will nicht, dass er mich berührt. Ich bin aus Glas und spüre, wie ich anfange, Risse zu bekommen. »Ich muss los«, sage ich erneut. »Mach's gut, Chord.«

Ich stolpere durch die Tür auf die Straße, tauche augenblicklich in der Menge unter und versuche, den Widerhall seiner Stimme in meinem Kopf nicht zu hören, der mich zurückzieht. Nicht, dass die kommende Zeit weniger schwierig sein würde. Die leeren Stunden des Wartens zwischen Strikes sind die lautesten, diejenigen, die einem zu nahe kommen und Erinnerungen wach werden lassen, die direkt unter der Oberfläche lauern.

Und wenn das, was Chord sagt, stimmt, dann bin ich schon viel zu lange am selben Ort gewesen. Es ist an der Zeit zu verschwinden, nicht länger West Grayer zu sein, sondern eine andere.

Du musst raus aus dem Grid.

Plötzlich macht sich Wut auf Chord in mir breit. Sie wächst mit jedem Schritt, bis ich schließlich blindlings drauflosmarschiere, überhaupt nicht mehr weiß, wohin ich eigentlich gehe. Ich will nicht wissen, dass meine Substitutin hier ist. Ich habe mein Zuhause schon einmal verlassen, und jetzt sagt Chord, dass ich wieder gehen soll. Im Grid kenne ich mich aus – wenn ich mich von ihr vertreiben lasse, könnte das für mich das Ende bedeuten.

Als mir schließlich bewusst wird, wo ich bin, ist es zu spät, um wegzulaufen. Es taucht vor mir auf, ein Gebäude, so breit wie der ganze Block.

Kershs Terminal. Der Einfall eines alten Level-1-Operators. Es soll aktivierten Substituten als Unterschlupf dienen. Essen, Betten, ein Dach überm Kopf. Doch da man ohne Augenscan nicht reinkommt, kann das Gebäude selbst zur Todesfalle werden. Visierlinien und Kollisionsmöglichkeiten gibt es hier jede Menge, genauso wie mögliche Bereiche, in denen man aufeinandertreffen könnte. Die Gefahr, seinem Substituten in die Arme zu laufen, schießt schlagartig in die Höhe, wenn man sich im Terminal aufhält. Fast die Hälfte aller Aufträge wird hinter diesen Mauern vollstreckt.

Zwei Arten von Substituten kommen hierher: diejenigen, die zerbrechen und akzeptieren, dass sie sterben werden, egal was sie tun. Und diejenigen, die nichts außer Selbstvertrauen kennen – sich als würdig zu erweisen ist für sie selbstverständlich. Ein Gefühl sagt mir, dass meine Substitutin, wenn sie je in diesem Terminal war – oder vielleicht sogar gerade dort ist, während ich hier auf der gegenüberliegenden Straßenseite stehe –, zur zweiten Sorte gehört. Dass sie keinerlei Zweifel oder Furcht hegt.

Seit der Aktivierung meines Auftrags habe ich mich nicht so nah an das Terminal herangetraut wie jetzt.

Ich lungere noch ein paar Minuten dort herum. Auf morbide Weise ist es interessant, so wie auch ein Autounfall interessant sein kann. Viele aktivierte Substitute, die man an ihren verstohlenen Schritten und ihr gehetzten, rückwärtsgewandten Blicken aus den verschlüsselten Augen erkennen kann, wuseln vor der Eingangstür des Terminals herum. Nur wenige gehen tatsächlich hinein.

Mein Magen knurrt. Ich gehe zu einer Sandwichbar, zwei Blocks von der Hauptstraße entfernt, und setze mich in eine Nische, von der aus ich die Straße einsehen kann. Der Anblick ist etwas verschwommen und erinnert mich daran, dass ich aus gutem Grund hinter einem kugelsicheren Fenster sitze. Ich spüle mein Mittagessen mit Tee hinunter, der bitter und schwach ist, weil man ihn zu lange hat ziehen lassen. Mit jedem Schluck stoße ich einen stillen, widerwilligen Toast auf Chord aus und versuche, mir nicht vorzustellen, wie er hier bei mir sitzt.

Irgendwann kommt eine Gruppe Studenten von der Kunstuniversität herein. Sie lassen sich direkt an dem Tisch hinter dem breiten Fenster nieder und essen, ohne sich um irgendetwas zu kümmern.

Es sind immer diese Vollendeten – solche, die kaum älter sind als ich –, denen es gelingt, mich eifersüchtig zu machen. Ich nehme ihren Anblick in mich auf, ein Leben außerhalb meiner Reichweite. So, wie sie ihre Ledertaschen vom Campusladen über die Stühle hängen, voller Fachbücher, Romane und Flexi-Reader, voll ordentlicher Zeilen mit Wissen. Wie sie nach einer völlig anderen Welt riechen – danach, vollstreckt zu haben und endlich mit dem Leben anfangen zu dürfen, niemals mehr einen Blick über die Schulter nach hinten werfen zu müssen, um ihr eigenes, mordlustiges Gesicht zu sehen, das auf sie zustürzt.

Meine Ledertasche hätte ein helles Beige. Und sie wäre immer voll. Nicht nur mit Büchern über Kunst und Maltechniken und mit ausgesuchten Romanen von meinen Lieblingsautoren, sondern auch mit dicken Zeichenblöcken, Dosen und Tuben mit Pigment- und Pastellfarbe. Und sie wäre immer durchdrungen vom beißenden Geruch von Verdünnungsmitteln. Ich hätte keine Messertasche. Kein Bündel dreckiger Kleidung, die ich für den Fall des Falles bei mir trage. Ich hätte kein Handy mit Auftragsdaten in der Hosentasche. Keine Pistole. Kein Geruch nach Verzweiflung würde an mir haften, nach verbrauchtem Rauch, getrocknetem Blut.

Mittlerweile braucht es nie lange, bis sich die Eifersucht

mit Hass vereint – Hass auf sie, auf mich. Selbst wenn ich überleben und eine Vollendete werden sollte, würde das meine Striker-Zeichen nicht auslöschen. Ich kann meine Wahl nicht rückgängig machen.

Als ich mit dem Essen fertig bin, kann ich die Tatsache nicht länger ignorieren, dass es an der Zeit ist, mich mit neuen Vorräten zu versorgen. Der Laden liegt drei Blöcke weiter unten um die Ecke und dann noch einen Block weiter. Ich brauche mehr Munition.

Das gläserne Aushängeschild ist nur halb erleuchtet. Die meisten Buchstaben sind fast bis zur Unkenntlichkeit zersplittert, sind gerade noch lesbar. Aber ich erkenne ihn trotzdem. Dire hat mich hierhin verwiesen – und das nicht nur wegen der Waren, die sie verkaufen, sondern auch wegen dem, was sie geflissentlich übersehen. Einmal habe ich den Fehler begangen und aus Versehen meine Zeichen enthüllt, und als das keinen geschert hat, wusste ich, dass ich mich zumindest in diesem Laden frei bewegen kann.

Nur, dass ich ihn dieses Mal nicht bloß als Striker, sondern auch als Aktivierte betrete.

Drinnen ist es noch genauso düster, wie ich es in Erinnerung habe. Als wäre die Luft und auch das meiste Licht herausgesaugt worden. Es braucht einen speziellen Laden, um die Leute mit Waffen zu versorgen, finde ich. Einen, der eine gewisse Brutalität ausstrahlt, in dem man nicht leugnen kann, dass man sich der Waren bedienen wird.

Der Verkäufer ist derselbe alte Mann wie immer. Ich kann nicht mit Sicherheit sagen, dass er mich wiedererkennt, aber ich glaube, er tut es. Genau wie die besten Dealer ihre Junkies kennen, wenn diese auf der Suche nach mehr Stoff zurückkommen. Außerdem ist es fast gänzlich unüblich, dass ein Striker so jung ist wie ich.

Ohne ihm in die Augen zu sehen, zeige ich auf die Wand hinter ihm. »Zwei Schachteln. Diese da: zweite Reihe.« Ohne etwas zu sagen, dreht er sich um, zieht die Schachteln mit der Munition heraus und legt sie auf den Ladentisch.

Endlich sehe ich ihm ins Gesicht und offenbare damit meinen Status als Aktivierte.

Ein kurzes Aufblitzen in seinen Augen. Das ist alles. Als er weiter nichts tut oder sagt, schiebe ich ihm langsam zwei Scheine zu. Einen, um die Ware zu bezahlen, und einen, den ich genau für solche Situationen aufgehoben habe.

Er nimmt das Geld und schiebt mir die Schachteln zu. Sagt immer noch nichts.

Meine Hand zittert, als ich die Tür aufstoße.

Wenn ich an die vor mir liegende Nacht denke, wird mir klar, dass ich immer noch einen Schlafplatz finden muss. Jetzt, wo sich meine Substitutin im Grid aufhält, beiße ich die Zähne zusammen und nehme einen innerbezirklichen Zug zu den Vororten von Jethro. Ich bezahle den vollen Fahrpreis, nehme den kostenlosen Durchlass für Aktivierte, für den man sich die Augen scannen lassen muss, nicht in Anspruch. Ich würde gerne glauben, dass Chord mich mindestens genauso sehr zum Gehen antreibt wie sie, doch ich kann nicht verhehlen, dass auch meine Angst dahintersteckt. Ich werde verfolgt, und das, wo ich doch diejenige sein sollte, die verfolgt.

Als ich aus dem Zug steige, ist es, als würde ich eine blassere, weniger pulsierende Welt betreten. Die Geräuschkulisse hier in den Vororten ist gedämpft, leise, ein Flüstern im Vergleich zu dem permanenten Geschrei im Grid. Hier gibt es mehr Raum, um sich zu bewegen, Raum, um Luft zu atmen, die nicht der noch warme Atem eines anderen ist.

Ich war seit dem Tag nicht mehr hier, an dem ich meinen

Auftrag erhalten habe. Als ich von zu Hause weggelaufen bin, von Chord. Jetzt komme ich mir fast wie eine Fremde vor … und angreifbarer hier draußen im Freien, als ich mich je im verrückten Chaos des Grids gefühlt habe.

Ich wandere herum, sehe zu, wie die Sonne langsam untergeht, und stoße entlang einer der Nebenstraßen auf einen Graben. Ich klettere nach unten. Es ist steiler, als es aussieht, das Immergrün blüht noch. Ich bin bei weitem nicht die Erste, die diesen Platz entdeckt: Auf dem Weg nach unten sehe ich überall abgebrochene Zweige, plattgetretene Pflanzen und hin und wieder etwas Abfall. Doch jetzt bin ich allein.

Unten ist das Laubdach am dichtesten – der perfekte Ort, um auf die Dunkelheit zu warten.

Ich öffne meinen Rucksack, ziehe den Beutel mit den Messern daraus hervor und wähle ein Schnappmesser. Schüttle mein Handgelenk.

Schon zu Beginn des Trainings hat Aave gesehen, dass ich keine Begabung fürs Messerwerfen habe. Sowohl Luc als auch er gaben ihr Bestes, damit ich mich verbesserte. Und es hat funktioniert … ein bisschen zumindest.

Das Bild meines ersten Auftrags als Striker, das Mädchen, das von mir weggerannt ist, blitzt in meinem Kopf auf. Mein Messer hat sie verfehlt. Genau diese wenigen Zentimeter sind der Unterschied zwischen einem schnellen, sauberen Tod und einem, bei dem der Nachbar sagt, dass ich nicht getan habe, was ich hätte tun sollen, dass ich mich als nicht würdig erwiesen habe.

Seitdem habe ich mich nur noch bei Morden mit direktem Körperkontakt an ein Messer gewagt. Es wird mich im Stich lassen, wenn ich nicht nahe genug an mein Subjekt herankomme, das weiß ich. Ich werde mich im Stich lassen. Also werfe ich jetzt, ein ums andere Mal. Schon bald bleibt das Messer kaum mehr in dem Stamm stecken, den ich als Zielscheibe ausgewählt habe, so weich und splittrig ist er schon. Meine Finger schmerzen, weil ich die metallene Klinge immer wieder aus ihm herausziehen muss. Das sich wiederholende Klacken von Stahl, der auf einem Zielobjekt aufschlägt, und das Knirschen beim Herausziehen wecken Erinnerungen.

✖✖✖

»Komm schon, West!« Aave zog das Schnappmesser heraus und gab es mir zurück, den Griff voraus. »Was soll das hier sein? Mach es noch mal, okay? Und vielleicht könntest du dieses Mal, du weißt schon, *zielen.*«

Ich verfluchte ihn und kickte eine leere Bierflasche über den Asphalt, so dass sie die Gasse hinunterschlitterte. Sie rollte immer weiter, hinaus auf eine Straße im Grid. »Halt die Klappe, Aave. Ich *habe* gezielt.«

»Jemand muss dich damit aufziehen. Ginge es nach dir, käme es nur auf die Pistole an. Aber mit dem Messer umgehen lernen ist auch wichtig. Messern gehen niemals die Kugeln aus.«

»Das *weiß* ich.« Ich fummelte an der Klinge herum, achtete darauf, mich nicht zu schneiden. Ich wusste, dass Aave recht hatte. Nicht, dass es das einfacher gemacht hätte, sich anhören zu müssen, wie grottenschlecht ich war. Aave war so gut mit dem Messer, dass ich manchmal das Gefühl hatte, seine Zeit zu vergeuden. Und meine. Wieder und wieder auf die Mitte einer Zielscheibe zu zielen – die wir dieses Mal auf einer Kompostmülltüte festgeklebt hatten, wie sie an der Rückwand eines Restaurants in unzähligen Ausgaben standen – war schwieriger, als es aussah. An manchen Tagen funktionierte es besser als an anderen. Heute war kein guter Tag.

Blöde Zielscheibe. Normalerweise war es nicht so schwer,

sie ins Visier zu nehmen, sie anzupeilen. Doch heute hätte sie genauso gut Kilometer weit weg stehen können, ein durchtriebener Vogel, der durchs Geäst hüpft. Dass das Messer von seinem Kurs abkam, wollte ich einer Windböe zuschreiben, einem verabscheuungswürdigen Staubkorn im Auge, einem Muskelzucken im falschen Moment.

Aber nichts davon wäre wahr gewesen.

Wütend sog ich die Luft ein. Dieses Mal stand es vier zu neun gegen mich. Total daneben. Noch ein letzter Wurf.

Ich nahm meinen rechten Arm nach oben hinten und zog dann durch, wartete, bis er sich auf einer Linie mit meinem Ziel befand. Ich ließ das Messer gerade noch rechtzeitig los, um meine Armmuskeln nicht zu überstrecken, und achtete darauf, dass mein Handgelenk nicht abknickte, das verräterische Zeichen, dass man die Klinge eine Millisekunde zu lange festgehalten hatte und das Messer völlig unkontrolliert losschlingerte.

Wie einen Silberblitz schleuderten meine Finger die Klinge.

Ich lag mehr als eine Handbreit daneben. Zehn Zentimeter, mindestens. Weit genug daneben, um nichts von dem zu treffen, was mein eigentliches Ziel gewesen wäre.

Ich lief zu der Einschlagstelle und zog die Klinge heraus, bevor Aave es tun konnte. Das nächste Mal würde ich besser sein – weil ich besser sein musste.

Ich ließ die Klinge einschnappen und warf Luc das Messer zu. »Hier – du bist dran. Ich kümmere mich jetzt um Ehm.«

Sie saß vornübergebeugt auf der anderen Seite des Platzes in einer Ecke und nahm keinerlei Notiz von uns, während sie ihre Kreide auf dem Betonboden zu buntem Staub zerbröselte. Zu warten, während wir abwechselnd auf die Ziele warfen, die Aave und Luc aufgestellt hatten, war der

Teil, der ihr am wenigsten gefiel. Am liebsten mochte sie es, wenn wir unterwegs waren, wenn wir jeden Winkel eines alten, feuchten Gebäudes erforschten und neue, versteckte Orte ausfindig machten.
Luc beschämte mich. Acht von zehn Treffern.
»Leck mich«, brachte ich zwischen zusammengebissenen Zähnen hervor.
Luc grinste, als er sich neben mich setzte, und fast wäre es mir gelungen, ihn mit einem wohl plazierten Tritt aus dem Gleichgewicht zu bringen. »Das nächste Mal mache ich dich fertig«, sagte ich ihm.
»Ja, klar doch.«
»Hey, Ehm«, rief Aave, als er die sich ablösende Zielscheibe an einer neuen Stelle auf dem Müllsack plazierte. »Komm. Du bist dran.«
Sie seufzte, bevor sie zu uns herüberkam. In den Fäusten hielt sie ihre Kreidestücke, ein gelb-, grün-, pinkfarbenes Sträußchen, das aus all dem Grau unserer Umgebung hervorstach. Aus den alten Betonwänden der Gebäude, dem feuchten Asphalt unter unseren Schuhen, aus der klammen Nachmittagsluft des Frühlings in Kersh.
»Such dir was aus, Kleine«, sagte Aave. Er hielt ihr seine ältesten Schnappmesser hin, die aufgefächert in seiner Faust steckten, sein eigenes ungewöhnliches Sträußchen. Obwohl die Messer nicht nach viel aussahen, wusste ich aus eigener Erfahrung, dass sie hervorragend verarbeitet waren. Stabil und zuverlässig, aus starken, unedlen Metallen. Das mussten sie auch sein, um uns alle zu überdauern.
Drei von zehn Treffern. Nicht viel besser als bei ihren letzten Versuchen. Doch Ehm war das egal. Mit ihren sieben Jahren war die Erteilung ihres Auftrags noch Lichtjahre entfernt.
Aave zuckte mit den Schultern. »Das wird schon«, sagte

er an uns gewandt. »Luc, du warst am Anfang auch ziemlich katastrophal. Und West, du bist immer noch nicht besonders gut.«

Luc richtete sich auf. »Hey!«

Ich sagte nichts, sondern schnitt nur eine Grimasse in Aaves Richtung, während er Ehm für den nächsten Wurf Hilfestellung gab.

»Noch drei Jahre«, sagte Luc zu mir. »Wahrscheinlich hat sie die Zeit auf ihrer Seite. Aber trotzdem … was, wenn all das nicht reicht?«

Ich schüttelte den Kopf. Es machte keinen Sinn, sich etwas Unmögliches zu wünschen. »Du weißt, dass wir uns kein Training leisten können. Mom und Dad haben kein Geld dafür.«

Er seufzte resigniert. »Ich weiß. Dann müssen wir wohl einfach abwarten, nehme ich an. Kinetik, Kampf und Waffenkunde.«

»Es ist nicht mehr so furchtbar lange hin, Luc.«

»Lange genug«, murmelte er.

»Warum so schlechte Laune heute?«

»'tschuldige. Ich bin ja schon ruhig. Lass uns einfach weitermachen, damit wir hier wegkönnen.« Luc öffnete Aaves Messertasche und ließ seine Finger über die Messer gleiten, ordentlich aufgereihte Soldaten in Habtachtstellung. Er zog eines heraus und reichte mir die Tasche. »Der erste Treffer gewinnt. Wir spielen zwei Minuten lang.«

»Abgemacht«, erwiderte ich und suchte mir ein Messer aus. Der Erste, der den anderen vor Ablauf der Spielzeit traf, würde die Hausarbeiten des anderen bis zur folgenden Woche übernehmen müssen, wo das Ganze dann wieder von vorne losgehen würde.

»Ich mache es dir einfacher, weil du ein Mädchen bist«, sagte Luc grinsend. Er legte seinen rechten Arm auf den

Rücken und umfasste das Messer mit der linken, schwächeren Hand.
Ich schnaubte und ließ ein Schnappmesser aufspringen. Inzwischen war der Nieselregen in ein beständiges Prasseln übergegangen, und einzelne Tropfen hüpften von der polierten Oberfläche der Klinge. Ich musste aufpassen, ihn nicht wieder zu stark zu verletzen. Beim letzten Mal war er kurz davor gewesen, genäht werden zu müssen. Mein Fehler, ich hatte mich hinreißen lassen. Neben dem Zielen mit dem Messer war dies noch etwas, an dem ich arbeiten musste – ich musste meinen instinktiven Trieb, über den anderen herzufallen, beherrschen. »Von wegen«, fauchte ich. »Ich brauche keine Almosen. Ich hoffe nur, ich bringe dich nicht wieder zum Weinen.«
Er lachte. »Achte einfach auf die Stöße. Oder versuch lieber, mich zu ritzen – das geht nicht so tief.«
Und dann legten wir los. Wir wichen einander aus, schlichen umeinander herum, umkreisten uns, waren mal Jäger, mal Gejagte. So verbrachten wir vier diesen Sonntagnachmittag – und viele andere. In einer Seitengasse, mit einem harten, grauen Boden unter und dem unversöhnlichen Himmel über uns … Wir spielten, kämpften, überlebten.

✖✖✖

Über mir durchbricht das schrille Krächzen einer Krähe die Luft, lässt mich aufschauen, während ich die Messer wechsle. Die Farbe des Himmels hat sich fast gänzlich von kühlem, poliertem Stahl in Schwarz verwandelt.
Es ist an der Zeit, weiterzugehen.
Ich klettere wieder nach oben in die Zivilisation und mache mich mit geübtem Auge an meine nächtliche Suche.
Es hat mir schon immer widerstrebt, ein Grundstück wi-

derrechtlich zu betreten. Selbst wenn ich dank Chords Tastencode-Disruptor kein Fenster einwerfen und an keinem Schloss herumfingern muss, um ins Innere zu gelangen, fühlt es sich noch immer falsch an, irgendwo drinnen zu sein. Als würde ich eine Art heiligen Boden betreten, einen Ort, der immer noch die Anwesenheit kürzlich Verstorbener ausdünstet. Doch an einem verlassenen Gebäude vorbeizukommen – einem Haus, das von der Säuberungskolonne nach dem Tod seines Bewohners übernommen wird, um später an die Familie überzugehen oder einem Makler zum Verkauf übertragen zu werden – lässt jegliches Zögern nur zu leicht verstummen. Es ist schwer genug im Grid, bei der bienenstockartigen Dichte von Alts, die allein leben und von billigen Mieten und Einstiegsjobs mit Schichtarbeit angelockt werden. Hier in den Vororten, wo die meisten verstorbenen Substitute Familien zurücklassen, die weiter in deren Wohnungen bleiben, ist es so, als würde man das große Los ziehen, wenn man auf ein verlassenes Haus trifft.

Unzählige Blocks von beleuchteten Häusern später verfluche ich Chord dafür, dass er mich hier raus gejagt hat. Dafür, dass er mich meine Angst so intensiv spüren lässt, während ich vor ihr wegrenne, unfähig, auch nur daran zu denken, ihr ins Gesicht zu sehen, ganz zu schweigen davon, gegen sie anzukämpfen.

Das weiße Fähnchen schwingt sanft am Türgriff, ruft mich zu sich.

Wäre der buschige Buchsbaum auf dem Treppenabsatz auch nur wenige Zentimeter versetzt worden, hätte ich es gar nicht gesehen. So wie es aussieht, weiß ich sofort, dass es sich um ein Fähnchen der Säuberungskolonne von Jethro handelt – und dass das Haus leer steht. Das letzte Glied einer ganzen Reihe von Stadthäusern. Es ist hoch und schmal, seine Quadratmeterzahl in der Höhe größer als in der Fläche. Die Fenster sind alle dunkel, sowohl im oberen als auch im unteren Stockwerk. Eine der Glühbirnen auf der Veranda ist durchgebrannt.

Ich renne über die Straße und erklimme die kurzen, steilen Treppen, die mich zur Eingangstür bringen. Ich reiße das Fähnchen mit den Worten BESITZ DER SÄUBERUNGSKOL. VON JETHRO NICHT ENTFERNEN ab. Jetzt kann man dem Haus nichts mehr ansehen. Und es ist spät genug, um sicher zu sein, dass ich den Rest der Nacht nicht mehr gestört werde – weder von der Familie noch vom Makler.

Chords Disruptor bereits in der Hand, halte ich die dünne schwarze Scheibe gegen die Blende des Schlosses. Eine Reihe von Klicks und ein Klacken, dann öffnet sich das Schloss. Ich trete ein.

Den kurzen Augenblick, den meine Augen benötigen, um sich an die Dunkelheit zu gewöhnen, stehe ich ganz ruhig da und atme durch den Mund, so dass ich auch wirklich kein Geräusch verursache. Als ich den Raum schließlich erkennen kann, leer und still, die Möbel wie schwarze, höckerige Tiere in einem grauen Dschungel, wage ich, wieder zu blinzeln. Ich hänge das Fähnchen innen an die Tür, damit ich nicht vergesse, es morgen wieder außen anzubringen, ehe ich gehe.

Drinnen ist es fast genauso kalt wie draußen. Ich nehme an, dass die Heizung abgedreht wurde, und frage mich, wie lange der Substitut wohl schon tot ist. Ich gehe durch den Raum, lasse meine Finger über den Couchtisch gleiten. Keine Spur von Staub.

Also ist es noch nicht lange her. Höchstens ein paar Tage. Ich schnappe mir die Kristallvase auf dem Kaminsims. Je größer und schwerer, desto besser. Dann entdecke ich noch eine, sie ist kurz und dick. Im Mondlicht, das durch die Jalousien hereinfällt, wandert mein Blick über ein paar gerahmte Fotos, die neben der Vase stehen und mir eine Geschichte erzählen. Darauf sind ein sehr alter Mann und eine Frau zu sehen, die neben einem jungen Mädchen stehen. Vielleicht ihre Großeltern, zu denen sie nach dem Tod ihrer Eltern geschickt wurde. Irgendein Unfall, wie bei Chords Eltern. Sie sterben und lassen sie mit dem Haus zurück. Und dann erhält sie ihren Auftrag, zieht zum letzten Mal den Kürzeren, und jetzt steht das Haus ein für alle Mal leer. Beinahe zumindest, wenn ich nicht hier eingedrungen wäre.

Kein Grund zur Besorgnis, Sie werden gar nicht merken, dass ich überhaupt hier war.

Ich gehe zurück zur Eingangstür, stelle die schlanke Vase direkt davor und die dicke vorsichtig obendrauf. Wenn jemand versucht hereinzukommen, sollte das Geräusch von Kristall, das auf dem Boden aufschlägt, laut genug sein, um mich zu wecken.

In der Küche betätige ich den Lichtschalter, hoffnungsvoll wie immer. Der Raum bleibt dunkel. Ich drücke ihn noch ein paar Mal, obwohl ich weiß, dass es aussichtslos ist. Es kommt selten vor, dass der Strom noch funktioniert. Aber manchmal habe ich Glück, und die Säuberungskolonne steckt fest, so dass ich ein verlassenes Haus finde, das sie noch nicht ganz stillgelegt haben.

In der Speisekammer fülle ich meinen Rucksack mit den nahrhaftesten Dingen, die ich finden kann. Vakuumverpacktem Thunfisch, Lachs und ein wenig Chili. Ich stopfe Erdnussriegel in meine Taschen. Alles, was ich aussuche, ist reich an Proteinen und kalorienhaltig. Doch ich muss aufpassen. Das Extra-Gewicht soll sich lohnen. Aber dieses Mal kann ich damit leben, es etwas zu übertreiben, weil vieles hier Sachen für Vollendete sind, wahrscheinlich Überbleibsel der letzten paar Trips der Großeltern zum Supermarkt.

Ich reiße eine große Dose mit Orangenspalten auf und esse mit den Fingern. Mein Körper zittert bei der unerwarteten Zufuhr von Süßem. Da ein Großteil des Vorrats von Kersh für die Vollendeten reserviert ist, ist es schon eine Weile her, dass ich das letzte Mal Zucker zu mir genommen habe. Dann öffne ich eine Packung von dem, was Aave immer als »Eichhörnchen-Kräcker« bezeichnet hat, weil sie so voller Nüsse und Samen sind, dass sie beim Reinbeißen zwischen den Zähnen hängenbleiben. Eine Handvoll Multivitamine. Eine Büchse gesalzenen Schinken, den ich mit Leitungswasser, das nach Rost schmeckt, hinunterspüle. Der ungleichmäßige Strahl, mit dem es in meine Hand spritzt, erinnert mich daran, dass es nicht mehr lange dauern kann, bis Gaslight – der Bezirk, der für die Wasserverteilung in Kersh zuständig ist – die Versorgung des Hauses unterbindet.

Als ich schließlich satt bin, verlasse ich die Küche und gehe zur Treppe.

Wo ich wie angewurzelt stehen bleibe.

Ich spüre einen Luftzug von oben. Er fährt über meine Wangen und spielt mit den Strähnen meines Haars.

Zwei Gedanken stürzen auf mich ein, so schnell wie Vögel, die die Flucht ergreifen. Erstens: Jemand muss oben ein Fenster aufgelassen haben. Einer von der Säuberungskolonne vielleicht, oder der Makler, der sich einen Überblick verschaffen wollte, oder ein Familienmitglied, das nach etwas suchte. Jemand, der einen guten Grund gehabt hat, hier gewesen zu sein. Zweitens: Ich bin nicht allein. Die Chancen stehen gut, dass es nicht meine Substitutin ist, denn sie hätte nichts davon, wenn sie sich als Erste hier herumtreiben würde. Aber jemand anders könnte es sein.

Instinktiv taste ich nach meiner Jackentasche, nach der Pistole. Ich gehe die Treppen nach oben und gebe mir keine Mühe, leise zu sein. Wenn jemand oben ist, dann muss er mich unten in der Küche gehört haben.

Genau genommen …

Ich gebe einen Schuss in die Wand ab. So. Jetzt ist es eindeutig. Ich bin bewaffnet. Die Frage ist, ob sie es sein wird.

Es ist eiskalt da oben. Ein Schauer läuft mir über den Rücken, und ich will nicht zugeben – ja nicht mal vor mir selbst zugeben –, dass er nicht nur von dem Temperaturabfall herrührt.

Zwei Schlafzimmer. Der Luftzug kommt aus dem linksseitigen und breitet sich durch den Gang nach unten aus. Ich nähere mich langsam und spähe hinein, so, wie ich in eine Höhle spähen würde – darauf gefasst, dass sich etwas auf mich stürzt.

Ein Junge sitzt rittlings auf dem Sims eines geöffneten Fensters. Er trägt eine Tasche über der Schulter. Sein Körper ist angespannt und bereit hinauszuklettern. Seine Augen sind weit aufgerissen und voller Furcht, seine Auftragsnummer windet sich schwarz über seine Pupillen. Sein Atem klingt wie ein fiependes Akkordeon.

Ich stecke die Pistole zurück in meine Jackentasche.

Wenn jemand alle Anzeichen eines kürzlich Aktivierten zeigt, dann dieser Junge. Die kugelsichere Weste unter seiner Kleidung ist viel zu schwer und zu unförmig, als dass er sich hätte frei bewegen können. Die Tasche über seinen Schultern platzt aus allen Nähten. Und im Gesicht ist er noch nicht ausgezehrt genug, um schon lange auf der Flucht zu sein.

Ehe er mir noch ohnmächtig wird und aus dem Fenster fällt, sage ich schnell: »Keine Sorge, alles in Ordnung. Ich bin nur eine Aktivierte. Genau wie du.« Fühlt es sich so an, jemanden zu überreden, nicht zu springen? Ich hätte gedacht, ich würde mir wie ein Held vorkommen, doch stattdessen fühle ich mich mehr als nur ein bisschen schuldig. Zu wissen, dass ich ihn genauso erschreckt habe, wie wenn ich wirklich sein Substitut gewesen wäre … Die unheilvollen Geräusche, die von unten heraufgedrungen sind, das Knarzen der Stufen, der Schuss aus der Pistole. Er kann nicht älter als elf, höchstens zwölf sein. Nicht viel älter, als Ehm heute gewesen wäre, hätte sie vollstreckt.

Meine Schultern hängen schlaff herunter. Jetzt, wo ich weiß, dass ich nicht in Gefahr bin, verschwindet das Adrenalin und lässt nichts als Erschöpfung zurück, die mein Gehirn überschwemmt, so dass ich kaum einen klaren Gedanken fassen kann. Alles, was ich will, ist ein Bett finden und schlafen.

»Ich tue dir nichts«, sage ich und mache einen Schritt nach hinten, um meine Worte zu untermauern. »Ist es in Ordnung, wenn ich dieses verlassene Haus mit dir teile?«

Es wäre nicht das erste und bestimmt auch nicht das letzte Mal, dass ich eins mit einem anderen Aktivierten teile. Und es kann nicht so schlimm sein wie damals, als ich mit einer dreizehnjährigen Aktivierten in einem drei mal drei Meter großen Apartment gelegen habe, die die ganze Nacht durchgeweint hat und eine Pistole umklammert hielt, die viel zu groß für ihre kleinen Hände war. Ich habe auf dem Boden geschlafen, in der entgegengesetzten Richtung vom zitternden Lauf ihrer Waffe.

»Also?« Ich bleibe in der Tür stehen. »Geht das klar?«

Ein langsames Nicken, die Augen noch immer riesig. Er ist nicht sehr gesprächig. Ein Teil von mir fragt sich, ob das daher kommt, dass er irgendwie Bescheid weiß, obwohl er meine Zeichen in der Dunkelheit und unter den Ärmeln versteckt nicht sehen kann.

Wenn Ehm sich anstelle dieses Jungen in einem verlassenen Haus mit einem anderen Aktivierten befunden hätte, dann würde ich auch nicht wollen, dass sie einen Grund

gehabt hätte, vor ihm oder ihr Angst zu haben. Nicht, wenn ihre eigene Substitutin dafür völlig ausgereicht hatte.
»Wenn du das Haus nächstes Mal mit keinem anderen Aktivierten teilen willst, dann nimm das Fähnchen von der Tür«, sage ich ihm. »Danach halten wir alle Ausschau, okay?«
Ein weiteres Nicken. Dann schwingt er sein Bein vorsichtig zurück ins Innere des Raumes. Ich bin erleichtert. Wenigstens *seinen* Tod würde ich nicht auf dem Gewissen haben.
»Noch eine Sache.« Ich zeige zum Fenster. »Von hier oben geht es ziemlich tief runter. Wenn du ausrutschst und dich verletzt, wird dich das ganz schön ausbremsen. Aber in der Nähe eines Ausgangs zu schlafen, ist immer eine gute Idee.«
Ohne eine Antwort abzuwarten, drehe ich mich um und gehe in das andere Schlafzimmer. Der große Eichenbaum vor dem Fenster ist perfekt. Die Äste sind dick genug und können meinem Gewicht ohne weiteres standhalten, wenn ich abhauen muss.
Ich ziehe die Tür hinter mir zu und schließe sie ab. Dann streife ich mir die Riemen von den Schultern und lege meinen Rucksack neben das Kissen aufs Bett. Noch immer vollständig bekleidet, schlüpfe ich unter die Decke, wobei mich die ungewaschenen Bettbezüge nicht kümmern. Was ist schon Schmutz, wenn man selbst bereits schmutzig ist? Außerdem mag ich es nicht, mich im Dunkeln zu duschen. Das werde ich morgen machen, ganz früh. Und dann werde ich beschließen, wohin ich als Nächstes gehe und wohin mein nächster Auftrag mich führt.
Aber ich kann nicht schlafen.
Ich stehe vom Bett auf, weiß bereits, was an mir nagt, was mir keine Ruhe lassen wird, bis es erledigt ist. Mit einer

Hand schnappe ich mir den Rucksack und öffne die Tür mit der anderen.
Die Tür zum anderen Schlafzimmer ist geschlossen, also klopfe ich an.
Ein schlurfendes Geräusch, dann steht der Junge im Türrahmen und sieht zu mir auf. Die Anspannung in seinen Schultern sagt mir, dass er noch immer etwas Angst vor mir hat, und das Schuldgefühl, das ich versucht habe zu ignorieren, um schlafen zu können, meldet sich mit voller Wucht zurück.
»Du hättest die Tür nicht öffnen sollen«, sage ich und versuche mein Bestes, meine Stimme unbeschwert klingen zu lassen.
Er blinzelt. »Häh?«
»Du hättest sagen sollen, dass ich reinkommen kann, und dann darauf warten müssen, dass ich das tue. Mich diejenige sein lassen, die nicht weiß, was sie erwartet.«
»Oh, ich verstehe.« Der Junge hebt die Hand und kratzt sich am Kopf. Lächelt mich schüchtern an. »Dann werde ich wohl beim nächsten Mal daran denken?«
Ehm hätte dasselbe gesagt, darauf könnte ich wetten. Doch ich bin mir nicht sicher, ob sie es dann auch tatsächlich gemacht hätte. Genau wie ich mir nicht sicher bin, ob dieser Junge wirklich daran denken wird.
Ungeschickt halte ich meinen Rucksack in die Höhe. »Lust auf ein bisschen Training?«
»Äh, was meinst du?«
»Deine Messer?« Ich schüttle den Rucksack. »Die hast du doch auch dabei?«
»Also, ich habe nur das eine. Aber ich nehme an, ich könnte …«
»Du machst Witze, oder?«, frage ich. *Mach ihm keine Angst, West. Lass es nicht so klingen, als wäre das ein Problem.*

Aber das ist es. Gerade bei Messern. Sie brechen, verbiegen sich, gehen verloren. Du willst dich nicht ohne ein Ersatzmesser überraschen lassen, niemals. Selbst zwei sind wirklich das absolute Minimum. Hab eine Reserve für die Reserve dabei, wann immer es irgendwie geht.

»Ich habe eine Pistole«, sagt er. Er sagt es nicht verteidigend, nicht selbstgefällig, sondern er benennt einfach nur eine Tatsache. Weil er denkt, das würde reichen.

»Und das ist also die Waffe deiner Wahl?«, frage ich ihn.

Er zuckt mit den Schultern. *Ja, klar.*

»Ich habe sie nicht in deiner Hand gesehen, als ich dich überrascht habe.«

Jetzt sieht es aus, als wollte er sich verteidigen. Er zuckt erneut mit den Schultern. Sieht mich böse an. »Ich hatte keine Gelegenheit, sie aus meiner Tasche zu holen, bevor du reingekommen bist. Sonst hätte ich sie in der Hand gehabt.«

Es ist wirklich unfair von mir, so barsch über ihn herzufallen. Er ist nicht alt genug, um schon ins Trainingsprogramm der Substitute aufgenommen worden zu sein. Was auch immer er also tut, was auch immer er für Fähigkeiten besitzt, alles ist besser als nichts.

Doch ob es ihm passt oder nicht, er ist jetzt ein Aktivierter. Und sein Substitut wäre mehr als erfreut darüber, ihn unvorbereitet anzutreffen.

Ich schüttle den Kopf und versuche es mit einem Lächeln, einem, das dieses Mal echter ist. Ihm ist es schließlich auch gelungen, trotz seiner Furcht. Außerdem ist er noch ein Kind, noch ganz jung, ohne auch nur den Bruchteil der Erfahrung, die ich besitze. Umstände, Alter, Glück – darauf kommt es nicht an, wenn es so weit ist.

»Komm«, sage ich ihm. »Lass uns nach unten gehen und etwas finden, das wir kaputt machen können. Ich habe ein paar zusätzliche Klappmesser, die du dir borgen kannst.«

»Ich … ja, okay.«
»Aber nimm die kugelsichere Weste ab, ja? Sie passt nicht, und das bedeutet, sie wird dich eher verletzen als dir von Nutzen sein.«

✖✖✖

»Nein, du hilfst zu sehr mit dem Arm nach«, sage ich ihm. »Du wirst dir noch etwas zerren.«
»Aber das letzte Mal hast du gesagt, ich würde das Messer zu *früh* loslassen, West.«
»Das hast du auch.« Auf dem Boden des Wohnzimmers sitzend, werfe ich einen Blick auf die Schnappmesser, die zwischen uns liegen, und überlege, welches ich für meinen nächsten Wurf nehme. Da die Stromversorgung abgestellt wurde, erlaubt uns nur das Licht der Straßenlampen zu sehen, was wir da überhaupt tun. Ich bin eigentlich erleichtert, dass wir nur so wenig Licht haben, ich will nicht, dass Dess die Striker-Zeichen auf meinen Handflächen sieht.
Dess seufzt. »Ich bekomme den richtigen Dreh nie raus«, jammert er. Er geht zur Wand und zieht sein Messer mühsam daraus hervor. Er hat das Ziel verfehlt. Ein improvisiertes, das wir mit einem dicken schwarzen Stift aus einer Schublade in der Küche an die Wand gemalt haben. Aber er lag bei jedem seiner drei Würfe nur etwas mehr als eine Handbreit daneben. In der vorherigen Runde war er sehr viel weiter vom Ziel entfernt, eher drei Handbreit bei jedem Wurf. Alles in allem nicht schlecht für einen Neuling … aber nicht toll für jemanden mit einem bereits eine Woche alten Auftrag. Er muss weiter üben.
Genau wie ich. Denn er zielt nicht viel schlechter als ich, obwohl ich ihm jahrelanges Training vorausgabe.
Eine mir nur allzu bekannte Furcht macht sich in meinem

Magen breit. Sie versäumt es nie, genau dann aufzutauchen, wenn ich der Tatsache ins Auge sehen muss, dass ich nicht wirklich besser werde. Dass ich mein größtmögliches Potenzial beim Zielen schon ausgeschöpft habe, dass ich nie mehr über die besondere Beziehung zwischen Arm und Handgelenk, Auge und Klinge erfahren werde. Ich erinnere mich, wie verdammt gut Aave war, wie seine Fähigkeit, Messer und Ziel aufeinander abzustimmen, fast schon übernatürlich schien. Der frappierende Unterschied zwischen ihm und mir – und auch zwischen ihm und Luc, wenngleich nicht ganz so ausgeprägt – ließ erkennen, dass er dieses Talent von seinen anderen Eltern geerbt haben musste. Denen, die er mit seinem Substituten teilte, nicht denen, die er mit mir, Luc und Ehm gemeinsam hatte.

»West? Willst du, oder soll ich noch mal?«

Hastig greife ich nach dreien der Messer und stehe auf. »Nein, ich komme schon. Mein Arm ist jetzt lockerer, also sollte ich dieses Mal nicht so weit danebenliegen.« Ich sage das laut, damit es auch wahr wird. Im Grunde genommen kann es doch gar nicht so schwer sein.

»Ja, vielleicht«, sagt Dess, setzt sich und beobachtet mich aufmerksam, versucht jeden Rat, den ich ihm geben kann, in sich aufzusaugen, jede Finte, die ich ihm zeigen kann. »Ich hoffe es. Ich wette, die meiste Zeit bist du so richtig gut.« Ein Hauch Bewunderung liegt in seiner Stimme. Ich bin verlegen und beschämt. Wer bin ich, ihn glauben zu machen, etwas Übung könne einen unbesiegbar machen? Einen Substituten kreieren, der zu gewieft ist, um zu sterben, zu wertvoll, um vergeudet zu werden?

Als jeder meiner Würfe das Ziel noch weiter verfehlt als in der vorherigen Runde, ist seine Enttäuschung offensichtlich. Aber sie ist nichts im Vergleich zu meinem eigenen Elend. Ich komme mir fast schon so vor, als würde ich mich zurückentwickeln. Als würde ich jeden Tag weniger. Die Erinnerung an meinen ersten Auftrag ist noch lebendig in meinen Gedanken, eine wunde Stelle, die immer wieder aufs Neue aufbricht.

»Ach, das ist schon in Ordnung«, sagt Dess und versucht ganz offensichtlich, mich aufzubauen, damit ich mich nicht so schlecht fühle. »Mach's einfach noch mal. Das war Pech.«

War es nicht. »Wie wäre es, wenn wir für heute aufhören? Es ist schon fast elf, und ich werde langsam müde. Ich könnte schwören, wir machen das jetzt schon seit Stunden.«

»So fühlt es sich gar nicht an. Noch ein kleines bisschen vielleicht?«

»Nein, tut mir leid.« Ich weiß, wann ich aufhören muss, etwas zu forcieren, was nicht forciert werden kann.«

»Ach, ehrlich? Jetzt schon? Das ist doch bescheuert.« Sein Gesichtsausdruck wirkt auf einmal so niedergeschlagen, dass es fast schon wieder komisch ist.

Wahrscheinlich liegt es an dem Gedanken, wieder allein zu sein. Es ist ja schon für ältere Aktivierte schlimm genug, einen Monat fast ohne Gesellschaft zu verbringen. Ich kann mir nicht vorstellen, wie es für jemanden in Dess' Alter sein muss. So viel weniger Zeit, sich vorzubereiten, und das in allen Bereichen.

»Warte mal, Dess. Noch eine Sache. Gib mir die Schnappmesser.«

Er separiert sie von den beiden anderen, die ich ihm aus meiner Messertasche geliehen habe, und reicht sie mir. »Hier bitte.«

Wir setzen uns wieder auf den Fußboden, und ich lege sie vor ihn hin. Daneben lege ich die drei Messer, die ich gerade benutzt habe, dazu die beiden, die noch in der Messertasche stecken. Es kostet mich einen Moment, sie aufschnappen zu lassen. »Du kannst nicht länger mit nur einem Messer unterwegs sein. Also nimm zwei von mir.«

Seine Augen werden groß. Er sieht viel zu jung aus, um hier zu sein, um zu lernen, wie man tötet. »Wirklich?«

Ich nicke. »Ja, ich meine es ernst. Ich habe noch genug.«

»Oh, wow, danke!« Dess starrt die Klingen an, versucht, die Wirkung, die man mit ihnen erzielen kann, so gut es geht abzuschätzen, denn er hat sie ja nur kurz benutzt. Messer sind auf ihre Art merkwürdig. Fast scheinen sie eine Art eigene Persönlichkeit zu entwickeln, je länger man sie benutzt. Eines beispielsweise tendiert dazu, immer in eine ganz bestimmte Richtung abzudriften, und das andere funktioniert am besten mit einer ganz bestimmten Handhaltung.

»Ähm, dieses hier … und … dieses da?« Er hält mir die beiden Messer hin, die in Frage kommen, wie um sich zu vergewissern, dass ich meine Meinung nicht ändere und das Angebot zurücknehme.

»Alles klar, sie gehören dir. Sorg dafür, dass du so viel übst, wie du kannst, okay?«

»Aber sicher. Danke, West!« Er zieht seine Tasche zu sich heran und bringt die Messer darin unter. Dieses Mal weiß ich, dass er nicht vergessen wird, sie sicher und in greifbarer Nähe bei sich zu tragen.

Ich stehe auf. »Hilf mir, das Bild wieder aufzuhängen, ja?« Jeder von uns schnappt sich eine Hälfte der schweren, gerahmten Leinwand, und gemeinsam hieven wir sie vom Flurboden hoch, wo sie die ganze Zeit gestanden hat, und hängen sie wieder an den Nagel in der Wand. Das Bild mit dem tanzenden Paar verdeckt die Schnitte und Einkerbungen perfekt.

»Okay, wir sollten jetzt wirklich eine Runde schlafen«, sage ich, als wir beide nach oben zu unseren Zimmern gehen. »Ich will morgen nicht zu spät los.«

Wie er so vor seiner Tür steht, kann Dess nicht verhehlen, dass er sich nicht auf den Abschied von mir freut. Ein weiterer mürrischer Gesichtsausdruck, diesmal, um nicht anzufangen zu weinen. Seine Augen sind viel zu glänzend. »Okay, na dann. Ich muss morgen auch los. Mein Substitut … lebt drüben in Gaslight, also sollte ich mich wohl dahin auf den Weg machen. Die Orte, an denen er sich möglicherweise aufhält, gründlich unter die Lupe nehmen.«

Die Erwähnung seines Substituten bringt mich zurück in die Realität. Und die Realität, das sind nicht wir, die wir Messer gegen eine Wand in einem leeren Haus in Jethro werfen, sondern die Tatsache, dass Dess nicht mehr lange leben könnte.

Fast hätte ich es ausgesprochen – ihm angeboten, seinen Substituten für ihn umzubringen –, aber ich kann mich gerade noch zurückhalten. Ich will nicht, dass Dess mehr in mir sieht als nur eine Aktivierte. Dass er weiß, dass Striker tatsächlich existieren, dass wir Regeln brechen. Dass er aus Protest sagt, wir würden Substituten nicht wirklich helfen, sondern sie nur beim Betrügen unterstützen.

Und auch, weil er etwas Neues an sich hat. In der Hauptsache wahrscheinlich die Erkenntnis, dass er nicht so hilflos ist, wie er gedacht hat. Und während es zum Teil daran liegen könnte, dass ich ihm die Messer gegeben habe, ist da jetzt auch ein verstärkter Antrieb, den Auftrag erfolgreich zu beenden, zu *beweisen,* dass er der eine ist.

»Hey, Dess, wo hast du dein Handy?«, frage ich.

Er zieht es aus der Hosentasche. »Hier, warum?«

Ich nehme es ihm aus der Hand, speichere unter hektischem Tippen ein paar Daten ein. »Ich habe gerade meine Handynummer eingegeben. Ich will, dass du mich anrufst, wenn du deinen Auftrag ausgeführt hast, okay?«

Wahrscheinlich war es eine dumme Idee, nicht einfach die Klappe zu halten – ja, in der Tat, eine sehr dumme Idee. Aber in Erfahrung zu bringen, ob er seinen Auftrag ausgeführt hat, ist auf einmal unglaublich wichtig für mich.

Er nimmt sein Handy wieder an sich. »Was, wenn ich nicht …«

»Denk einfach nur daran, dass, nicht ob.«

Seine Augen sind jetzt voller Tränen. »Aber was ist mit dir, West? Wie soll ich je erfahren, wie es dir ergangen ist? Rufst du mich an?«

Langsam schüttle ich den Kopf. »Der einzige Weg, wie du das herausfinden kannst, ist, deinen Auftrag erfolgreich zu erledigen. Denn wenn du anrufst, werde ich entweder drangehen – oder eben nicht.«

»Hey, das ist nicht fair!«

»Ich weiß.« Ich kann ihm nicht sagen, warum. Ich kann ihm nicht sagen, dass ich es nicht ertragen könnte, seine Nummer zu wählen und keine Antwort zu erhalten. Da würde es immer noch besser sein, über der Frage zu grübeln, ob er es vielleicht einfach vergessen hat oder es ihm nicht länger wichtig ist, mich anzurufen. Und wenn mich das zu einem Feigling macht, dann ist es eben so. »Tut mir leid.«

»Schon in Ordnung. Ich weiß, du versuchst nur, mir zu helfen.«

In der kindlichen Offenheit seines Gesichts sehe ich viel von Ehm. Spuren von Luc, einen Anflug von Aave. Ich muss schnell blinzeln, um nicht selbst in Tränen auszubrechen. »Geh schlafen, Dess.«

Er nickt nur.

»Und lass deine Pistole nicht mehr in deiner Tasche, okay? Dazu gibt es Hosen- und Jackentaschen.«

Wieder nickt er und kickt wütend gegen die Wand.

Das ist es also. Zwei Aktivierte sagen einander auf Wiedersehen, wünschen sich viel Glück, ermahnen sich, der eine zu sein, sich als würdig zu erweisen.
Zurück im Schlafzimmer, umgeben vom Leben eines Fremden, schlafe ich schließlich ein … aber nicht richtig. Zu viele Träume, in denen alles etwas lauter ist, als ich es tagsüber zulasse. Sie kommen aus ihren Verstecken, wenn ich am verletzlichsten bin. Erinnerungen an meine Familie. Chord. Die Notwendigkeit, meiner Substitutin einen Schritt voraus zu sein. Immer.

✖✖✖

Ich schrecke auf, bin plötzlich hellwach. Meine Augen sind weit aufgerissen, mein Herz rast, mein Mund ist trocken. Meine steifen Finger lösen sich von der Pistole, die ich die ganze Nacht über umklammert gehalten habe. Instinktiv greife ich nach meinem Rucksack neben dem Kissen. Immer noch da.
Es ist mein Handy, eine neu eingegangene Textnachricht. Die Daten für einen neuen Auftrag, für meinen Auftrag, wenn ich ihn annehme. Ich akzeptiere, fast ohne darüber nachzudenken, lasse Erleichterung aufkommen und die Oberhand gewinnen. Etwas Neues, auf das ich mich konzentrieren kann. Ich kann mich damit beschäftigen, wie ich die Sache angehen, wie ich angreifen werde …
Das Handy noch immer in der Hand, setze ich mich auf und erinnere mich an Dess und seinen Auftrag. Dass er seinen Substituten allein ausfindig machen muss. Dann fallen mir plötzlich Chords Worte ein: *Es geht jetzt um dich, also hör auf wegzurennen!*
Ich stecke mein Handy ein. Erledigt. Auftrag angenommen.
Die Dämmerung hat eingesetzt. Graues Licht fällt durch

die billigen Stoffgardinen, und trotz der Decken, die ich über mich gezogen habe, ist es eisig kalt im Zimmer. Jetzt ist es wirklich Winter.
Mir bleiben noch acht Tage.
Zuerst duschen. Dann ist es Zeit, von hier zu verschwinden. Das ist eine der wenigen Regeln, die ich mir nicht zu brechen erlaube: Nie zweimal am gleichen Ort schlafen, ganz egal, wie einfach es wäre, wie praktisch es sein könnte. Es würde sich nicht lohnen, irgendwann die Schritte des eigenen Substituten zu vernehmen, nur weil man nachlässig geworden ist.
Noch bevor ich meine Schlafzimmertür öffne, weiß ich, dass Dess bereits gegangen ist. Die Atmosphäre im Haus ist zu geistlos und still, als dass noch jemand anderer hier sein könnte.
Traurigkeit gesellt sich zu Zufriedenheit, als ich das Zimmer verlasse. Gut. Er hat gelernt, dass er immer weiterziehen muss. Dass Stehenbleiben der Bitte gleichkäme, ein weiterer Unvollendeter zu werden. *Geh immer weiter, Dess.*
Ein Zettel haftet an seiner Schlafzimmertür, eine Nachricht für mich. Ich reiße sie ab und kann mir ein Lächeln nicht verkneifen, als ich sehe, dass er ein Stück Kaugummi als Kleber verwendet hat.

West, hier ist meine Handynummer. Ich weiß, dass du sie nicht haben wolltest, aber für den Fall, dass du deine Meinung änderst … Eigentlich wollte ich sie dir unter der Tür durchschieben, aber ich hatte Angst, du könntest es hören und würdest auf mich schießen. Dein Freund Dess.

Unter seinem Namen steht die Nummer, groß und deutlich. Es wäre ein Leichtes, sie einfach wegzuwerfen und im Ungewissen zu bleiben. Stattdessen falte ich den Zettel sorgsam zusammen und stecke ihn in meine Tasche.

Als ich zurück in der Küche bin, zittere ich noch immer von der kalten Dusche. Ich steche auf die Mikrowelle ein, einfach, weil ich es kann. Während ich an das weniger werdende Geldbündel von Chord denke, esse ich das komplette Fach einer Kekspackung leer. Selbst, wenn die Kekse nicht mehr ganz frisch sind, können sie mühelos mit allen Marken der Anwärter mithalten. Noch etwas mehr Dosenfrüchte, dieses Mal Pfirsiche. Ich werfe eine Handvoll Vitamine ein. Viel zu viele, aber es besteht wohl keine Gefahr, auf diesem Weg umzukommen.
Dess hat die Vasen von der Eingangstür schon wieder auf den Kaminsims gestellt. Nachdem ich das Gemälde über der geringfügig zerkratzten Wand geradegerückt habe, hänge ich das weiße Fähnchen wieder außen an den Türgriff.
Als ich durch die Hintertür ins Freie schlüpfe, würde ich am liebsten abschließen. Ich tue immer alles erdenklich Mögliche, um ein verlassenes Haus so zurückzulassen, wie es war – unberührt und ganz und gar ungestört. Ich muss daran glauben, dass ich so weitermachen kann wie bisher und mich nicht zu sehr verändere, nicht zu viel von mir selbst zurücklasse.

6

Ich habe meinen Striker-Auftrag gerade ausgeführt und gleite vom Toilettenfenster eines Buchladens im zweiten Stock zurück auf die Straße, als ich einen ersten flüchtigen Blick auf sie erhasche.

Ich dachte, es wäre, als würde ich in einen Spiegel blicken und mich selbst ansehen, aber so ist es nicht. Nicht ganz. Der Unterschied ist so gering wie der zwischen dem eigenen Spiegelbild, das man betrachtet, und der Art, wie andere einen sehen. Es ist, als wären deine beiden Gesichtshälften verkehrt zusammengesetzt, so dass kein Anblick der richtige ist. Als ich sie entdecke, denke ich: So also sehen mich die anderen.

Eine Nasenspitze, die etwas nach oben zeigt. Leicht schrägstehende Augen vom selben dunklen Braunton wie meine, nur einen Hauch heller als Schwarz. Dieselbe Haut, mit derselben Pigmentierung und so. Auch ihre Haare haben dieselbe Farbe, sind aber viel länger. Schwarz wie Tinte und glatt wie ein Wasserfall hängen sie auf einer Seite über ihr Auge. Wie der Flügel einer Krähe.

Meine Substitutin anzusehen ist etwas, an das ich mich nie gewöhnen werde. Es ist, als würde man in Augenschein nehmen, was wir beide an uns hassen und fürchten. All dies wird im selben Augenblick in uns wach. Dass wir die Tatsache, dass diese Eigenschaften existieren, nicht mehr ändern können, genauso wenig wie sie etwas an unserer Existenz ändern können. Bilder von Ehm und von Luc blitzen in mir auf. Das, was mit Chords Substitut passiert ist. In meinem Kopf spinnen sie sich zu Erinnerungen zusammen, wie der schlimmste aller Alpträume.

Ich ziehe den Kopf ein und entferne mich langsam von

dem Obststand, an dem ich die letzten Herbstäpfel begutachtet habe, und frage mich, ob ich mich ungesehen unter die gehetzten Arbeiter mischen kann. Unauffällig gehe ich die wenigen Meter bis zu dem Kaffeestand nebenan und betrachte die Schlange stehenden Kunden. Links von ihnen befindet sich ein Präsentationsständer mit abgepacktem Kaffee, der geradewegs vom Lkw des Bezirks Calden stammen muss. Rechter Hand am Tresen wimmelt es von Menschen, die mit kurzen, energischen Bewegungen auf ihre Handys eintippen.

Es ist schrecklich überfüllt. Ich setze mich wieder in Bewegung, gehe hinter das Kaffeeregal. Ich verhake die Daumen in meinen Rucksackträgern, ziehe sie automatisch straff. Ich berühre die vordere Hosentasche meiner Jeans, um mich zu vergewissern, dass sich das Messer noch immer darin befindet, und dann meine Jackentasche, um das zweite Messer zu ertasten. Meine Hand gleitet in die andere Jackentasche und schließt sich um die Waffe darin. Ich lasse sie dort, in der Tasche versteckt, als ich mich ans Regal presse und versuche, selbst unsichtbar zu werden.

Mein Herz rast, jeder Schlag ein dumpfes Donnern in meinen Ohren. Unter Strom stehende Nerven, wie elektrisiert in einem Moment, der mich dem Tod so nahe bringt wie nie zuvor. Ein kalter Schweißfilm entlang meines Haaransatzes. Anspannung macht sich in meinem Arm breit, als eine durchdringende Klarheit meine Sinne erfasst. Alles andere fällt von mir ab: Es gibt nichts mehr – nur *sie.*

Ich muss daran glauben, dass die Pistole reichen wird, obwohl das Messer mehr ist als nur ein angemessener Plan B – aber nur, wenn ich ihr nahe genug komme. Es zu werfen kommt im Moment nicht in Frage.

Ich spähe um das Regal herum, um einen Blick auf meine Substitutin zu erhaschen.

Sie geht den Gehsteig hinunter, das Gesicht erst nach links, dann nach rechts gewandt. Dann erneut nach links. Sie versucht die Tatsache, dass sie nach jemandem sucht, nicht zu verbergen. Ich habe nicht den leisesten Zweifel, dass es sich dabei um mich handelt.

Als sie näher kommt, stehe ich vor einer schrecklichen Entscheidung. Soll ich bleiben und es zu Ende zu bringen, egal auf welche Weise? Oder soll ich mich umdrehen und noch eine Weile am Leben bleiben? Unentschlossenheit und Panik lassen meine Hand um die Waffe ganz schweißig und zittrig werden.

Noch zwanzig Meter.

Fünfzehn.

Zehn.

Fünf.

Ich kann ihre präzisen Bewegungen beobachten. Keine vergeudete Energie. Kein überflüssiges Schwingen der Arme. Kein nachlässig schlaffer Gang. Chord hatte recht. Ihre Augen wirken unglaublich kalt und entschlossen. Der Wille zu überleben so atemberaubend und vernichtend – ein Blick, der eigentlich in meinen Augen liegen sollte.

Noch drei Meter.

Ihre Hand steckt unter ihrem Arm, als würde sie dort etwas griffbereit halten. Meine Hand zuckt in meiner Tasche. Eher ein Muskelkrampf als eine kontrollierte Bewegung, und es lässt Furcht in mir aufblühen. Ich knicke ein.

Ich kann nicht.

Ich kann nicht.

Ich kann nicht.

Feige kauere ich mich zusammen. Die plötzliche Kaffeewolke ist überwältigend. Der Atem löst sich langsam und in einem stummen Zittern aus meiner Kehle. Mehr kann ich nicht tun, um ruhig zu bleiben. Angesichts meines

Versagens schwankt und verzerrt sich die Welt um mich herum.

Meine Substitutin geht an mir vorbei. *Meine Substitutin.* Und ich lasse sie entwischen, bin erstarrt und entsetzt, fühle mich wieder wie ein Kind. Das Selbstvertrauen, das ich hatte, bevor Luc mich verlassen hat, scheint mir abhandengekommen. Ich weiß nicht weiter.

Eine rauhe Hand legt sich auf meinen Arm, lässt mich aufspringen. Mein Zeigefinger krümmt sich um den Abzug meiner Pistole.

»Hey, du kannst dich hier nicht verstecken.« Einer der Mitarbeiter des Kaffeeshops. Auf seinem Schild steht der Name des Ladens: *Market Strip Brew.* Darunter sein eigener: *Otto.* Sein Blick ist hart und undurchdringlich wie Stein.

»Geh damit woandershin«, knurrt er. »Aufträge, die hier vollendet werden, sind schlecht fürs Geschäft, und ich will nicht, dass so etwas in meinem Laden passiert.«

»Ich bin nicht ... es tut mir ...«

»Mach einfach 'ne Fliege, und zwar schnell.«

Ich renne die Straße hinunter in die entgegengesetzte Richtung, in die meine Substitutin geht. Ich weiß nicht, wohin ich laufe, aber ich muss in Bewegung bleiben. Wenn ich nur schnell genug bin, höre ich meine Gedanken vielleicht nicht mehr. Das war meine Chance, und ich habe kläglich versagt. Nicht nur, was mich selbst, sondern auch was meine Familie und all diejenigen betrifft, die mir jemals wichtig waren. Mir noch immer wichtig sind.

***

Ich starre auf die Produkte im Regal der Drogerie hinunter und frage mich, ob es möglich ist, noch ratloser zu sein als ich es sowieso schon bin.

Ich hätte nie gedacht, dass ich es so weit kommen lassen würde. Oder dass »Blond« in mehr als drei Schattierungen erhältlich ist.

Mit einem Seufzer greife ich mir eine Schachtel, die verspricht, meinen Haarton in eine Farbe zu verwandeln, die sich »Cinderella« nennt. Und da mein Haar so dunkel ist, weiß ich, dass ich es zunächst einmal bleichen muss. Also greife ich auch noch nach einem Bleichmittel. Und natürlich nach einer Schere.

Es ist unmöglich, das Schild, das am unteren Ende des Regals hängt, zu übersehen: DENKEN SIE DARAN DASS ES ANWÄRTERN UND AKTIVIERTEN SUBSTITUTEN VERBOTEN IST SICH DRASTISCHEN PROZEDUREN ZU UNTERZIEHEN DIE VORÜBERGEHENDE ODER DAUERHAFTE KOSMETISCHE VERÄNDERUNGEN MIT SICH BRINGEN KONTAKTIEREN SIE UNS FÜR WEITERE INFORMATIONEN VIELEN DANK DAS BOARD.

Bis man ein Vollendeter ist, sind kosmetische Gesichtsbehandlungen tabu: Knochentransplantate, Muskelimplantate, Tätowierungen oberhalb des Halses. Bei Aktivierten sind auch temporäre Maßnahmen wie Sonnenbrille, Kontaktlinsen und Piercings nicht gestattet.

Nagellack ist in Ordnung, ebenso wie nicht deckendes Make-up, das den Hautton nicht verändert. Auch Haarschnitte und Haarfärbemittel sind erlaubt, da das Board entschieden hat, dass sich das Gesicht eines Substituten dadurch nicht so sehr verändert, als dass man es nicht mehr erkennen könnte.

Ich hoffe, sie liegen falsch. Ich muss zu jemandem werden, der nicht nach uns aussieht.

Es ist nicht mehr viel Geld übrig. Aber ich weigere mich, Chord um mehr zu bitten, weil es ihm nur beweisen würde, dass er recht hat – dass ich *noch immer* davonlaufe.

Bei dem Gedanken, sie heute Morgen gesehen zu haben, rinnt mir ein eiskalter Schauer über den Rücken. Wie nahe sie mir war … und wie dumm ich war zu glauben, bereit zu sein.

Als ich bezahlt habe, stopfe ich meine Einkäufe in meinen Rucksack. Alles das erkauft mir Zeit, bis ich wieder halbwegs zu der werde, die ich eigentlich bin.

Ich brauche nicht lange, um zu einer nahe gelegenen, innerbezirklichen Zugstation zu gelangen. Ich nehme die Treppe, die mich nach unten zu den öffentlichen Toiletten bringt.

Die Damentoilette ist schäbig, und die Züge, die darüber hinwegdonnern, bringen sie wie ein billiges Bett in einem heruntergekommenen Stundenhotel zum Vibrieren. Doch für mein Vorhaben reicht es. Alles, was ich benötige, sind fließendes Wasser und ein Waschbecken.

Als ich eine Handvoll meines fast schwarzen Haars abschneide, eine Mischung aus dem Erbe meiner beiden Eltern und dem, was von den Eltern meiner Substitutin auf mich übergegangen sein könnte, mustern mich neugierige Augenpaare. Junge Mädchen – sowohl Anwärterinnen als auch Aktivierte –, Hausfrauen und Arbeiterinnen auf dem Weg nach Hause. Ich weigere mich, einer von ihnen in die Augen zu sehen, und werde damit belohnt, von keiner einen Kommentar zu hören.

Ich sitze in einer Kabine, die Tür geschlossen, während ich darauf warte, dass das Bleichmittel seine Aufgabe erfüllt, ehe ich zum Färben übergehe. Immer wieder wird der Raum erschüttert, die losen Griffe und Schlösser klappern wie wackelige Zähne in einem fauligen Mund. In Gedanken zähle ich die Minuten, die man benötigt, um zu jemand anderem zu werden.

Dann, als das Bleichmittel seine Aufgabe so gut wie möglich erfüllt hat, halte ich meinen Kopf unter den Wasserhahn und wasche den Rest der chemischen Substanz heraus. Sie den Abfluss hinunterfließen zu sehen erfüllt mich mit dem merkwürdigen Gefühl, das man bei einem traurigen Anlass verspürt. Als würde ich mich von der West Grayer verabschieden, die ich zumindest verstanden, wenn nicht gar gemocht habe. Als wäre ich nun gezwungen, eine neue zu treffen, von der ich sicher weiß, dass ich sie nicht mögen werde, die ich aber trotzdem akzeptieren muss.

Fasziniert starre ich in den Spiegel. Ich bin keine völlig Fremde, aber auch nicht mehr ganz ich selbst.

Ich habe keine schwarze Mähne mehr, sondern eine Kappe aus blonden Haaren, die nach Stroh aussieht und sich auch so anfühlt. Ein trockenes, sprödes, brüchiges Gefühl. Und mein Haar ist kürzer als jemals zuvor. Es löscht die Erinnerung an mein Gesicht, lässt es unscheinbar wirken. Unauffällig.

Es ist perfekt.

Ein weiterer Bezirkszug rollt über mich hinweg, und erst als das metallische Geräusch abebbt, höre ich ein Weinen. Ein ersticktes Schluchzen aus der anderen Hälfte des Raumes. Eine Reihe von Waschbecken und Spiegeln trennt mich davon.

Die leisen Worte einer Frauenstimme hallen sanft von den Fliesen und dem Beton wider. »Ich weiß, aber es ist noch nicht vorbei, sie hat noch fast bis Mitternacht Zeit.«

»Nein, es ist zu spät.« Die Worte werden von erneut einsetzendem Weinen unterbrochen. »Es bleibt nicht mehr genug Zeit, um das gutzumachen, was sie bereits verspielt hat. Sie ist immerzu davongerannt.«

»Sag ihr, dass sie es noch versuchen kann.« Die Stimme der ersten Frau klingt unsicher, selbst für meine Ohren. »Du bist ihre Mutter. Du musst mit ihr reden.«

»Sie hört nicht auf mich«, jammert die weinende Mutter.

»Was bitte soll ich ihr sagen? Was hast du deinen Kindern gesagt hast, als sie an der Reihe waren?«
Schweigen. »Dass es nur einen Ausweg gibt: sich als würdig zu erweisen. Ganz egal, wie sie es anstellen.«
»Sie sagt, ihre Substitutin wäre die bessere Soldatin für Kersh.« Die Schluchzer werden leiser, schicksalsergebener. »Denn wenn sie wirklich dazu bestimmt wäre zu gewinnen, würde sie nicht solche Angst haben.«
Ich will nichts mehr hören. Der Schmerz in der Stimme der Mutter klingt zu sehr nach Trauer. Sie weiß bereits, dass ihre Tochter kurz davor ist, in die Luft gesprengt zu werden, dass 31 Tage des Verleugnens aller Wahrscheinlichkeit nach nicht mit ein paar Stunden wilden Um-sich-Schlagens ausradiert werden können.
Ein letzter Blick in den Spiegel, und ich werfe meinen Rucksack über die Schulter und renne aus der Toilette, bahne mir einen Weg durch eine neue Welle hereinströmender Menschen, die aus dem letzten Zug gestiegen sind. Als meine Füße den Gehsteig berühren, schreite ich zügig voran, will die Stimmen hinter mir lassen. Es gewittert, und ich versuche, mir nicht vorzustellen, was meine Mutter sagen würde, wenn sie heute hier wäre. Mich nicht zu fragen, ob sie noch einmal davon sprechen würde, wie es war, die Eltern meiner Substitutin zu treffen.

✖✖✖

Es war vor sechzehn Jahren, als meine Eltern zum Labor des Boards gingen, um meine Genkarte aufsetzen zu lassen. Das neue Baby, das sie erschaffen wollten. Das nächste Paar, das ebenfalls ein Kind zeugen wollte, bestand – natürlich – aus den Eltern meiner Substitutin.
»Es hätte nie passieren dürfen, dass wir aufeinandertreffen«, sagte meine Mutter. Ich erinnere mich, wir waren

gemeinsam Klamotten kaufen, organisierten alles für mein kommendes Schuljahr und machten zum Mittagessen halt in einem Café im Grid. Ich weiß noch, dass ich mir ein paar Kleinigkeiten von ihrem Teller klauen durfte. Das erlaubte sie mir immer, weil wir aus verschiedenen Speisekarten bestellen mussten.

»Warum nicht?«, fragte ich.

»Im Labor hat sich ein ... Zwischenfall ereignet. Eine Mutter hat eine andere attackiert, um zu verhindern, dass deren Kind geboren würde. Nicht, dass das etwas gebracht hätte. Denn in diesem Fall wäre einfach das nächste Paar zu den Eltern des Substituten geworden. Damals war es aber so, dass die Empfangsdame ihren ersten Tag hatte. Sie war nervös und aufgeregt und ... na ja, wir wurden alle demselben Raum zugeteilt. Ich, dein Vater und die beiden anderen. Sie waren ... normal. Normal und nett und überhaupt keine schrecklichen Leute. Du hast ihre Nase, West. Diese kleine Stupsnase, die sonst keiner in der Familie hat. Auch dein Kinn ist rundlicher als unseres. Und die hohen Wangenknochen hast du von deinem anderen Vater.«

Meine Hand fuhr nach oben, berührte meine Nase, mein Kinn, meine Wangen, all die Formen und Rundungen, die mir schon mein ganzes Leben lang vertraut waren. Ich weiß noch, wie fremd sie sich plötzlich anfühlten, als gehörten sie mir nicht, als wären sie nicht wirklich ein Teil von mir.

Der Gesichtsausdruck meiner Mutter wurde hart. »Ich lächelte und nickte ihnen zu, und dann unterhielten wir vier uns über das Wetter, den ausgezeichneten und sauberen Zustand des Labors. Das war das Einzige, was ich tun konnte, um nicht die Hand nach ihnen auszustrecken, ihr die Augen auszukratzen und ihn so richtig heftig zu verprügeln. In einem Raum mit diesen Leuten eingepfercht zu sein, die eine unserer größten Feindinnen zur Welt bringen und erziehen würden, jemanden, der uns den größtmöglich vorstellbaren Schmerz zufügen könnte … Da habe ich nur zu gut verstanden, warum die andere Mutter so reagiert hat.«

Sie sprach niemals mehr darüber, und ich tat es auch nicht. Ich nehme an, ihr hat es genügt, mich wissen zu lassen, dass sie mich hatte verteidigen wollen, auch wenn sie nie zu denen gehört hatte, die das Aussonderungssystem des Boards in Frage stellten. Und was mich betraf, so wollte ich dieses Gefühl nicht noch einmal durchleben. Das Gefühl, genauso sehr aus denen zu bestehen, die ich nicht kannte, wie aus denen, die ich kannte.

✖✖✖

Die ersten Regentropfen fallen auf mein frisch gefärbtes Haar, dorthin, wo die Kopfhaut immer noch empfindlich ist. Der ozonhaltige Geruch von Regen, der auf Asphalt fällt, steigt mir in die Nase. Ich schaue in den Himmel.

Er ist vollkommen dunkel, das Ende eines weiteren Tages. Die Wolken sind dick, setzen sich endlos fort, und ich weiß, dass ich das Ende des Sturms nicht abwarten kann. Es ist an der Zeit, einen Schlafplatz für die Nacht zu finden, denn die Ankunft des nächsten Morgens bedeutet, dass mir keine acht Tage mehr bleiben, sondern nur noch sieben …

Ich flitze über die Straße zur Bibliothek. Chords Warnung, so schnell wie möglich aus dem Grid zu verschwinden, ist schnell vergessen. Der Funke einer unliebsamen Erinnerung in meinen Gedanken. Ich rede mir ein, dass ich auf ihn gehört hätte, wenn ich meiner Substitutin nicht begegnet wäre. Doch jetzt bin ich hier, und die Vorstellung, auf der Suche nach einem Unterschlupf im Regen herumzulaufen, ist alles andere als verlockend. Solange ich mich vergewissere, dass sie sich nicht hier aufhält, müsste es sicher genug sein. Zumindest für heute Nacht.

Ich ziehe die Eingangstür der Bibliothek auf und trete ein. Schnell wandert mein Blick von links nach rechts. Es sind immer die ersten paar Minuten, in denen alles möglich ist, dieses kurze Zeitfenster, in dem ich sie hier antreffen könnte, die alle meine Sinne auf Hochtouren bringen und meinen Puls nach oben jagen.

Seit ich aktiviert wurde, bin ich ein paar Mal hier gewesen, aber immer nur für ein, zwei Stunden, mit sorgsamer Unregelmäßigkeit, damit man mich nicht erkennt. Herauszufinden, inwieweit ich meine Gewohnheiten weiter verfolgen kann und dabei trotzdem in Sicherheit bin, ist so was wie eine Grauzone. Herauszufinden, wie ich anonym bleibe, nur ein weiterer Substitut auf der Flucht vor Kälte und Regen. Doch das herauszufinden bedeutet, einen weiteren Tag zu überdauern.

Etwa zwei Dutzend Studenten sitzen an den Tischen, sie halten Handys in den Händen, vor ihnen liegen Flexi-Reader und Tablets. Eine Handvoll älterer Leute. Von den abgetrennten Studierkabinen sind nur wenige besetzt. Ich nehme den Anblick der mir zugewandten Rücken in mich auf, die Umrisse der Schultern, suche nach einem Hinweis auf Gefahr.

Nichts zu sehen.

Der Rest des Raumes erschließt sich mir nicht so ohne weiteres. Die Regale reichen fast bis zur Decke. Falls meine Substitutin sich irgendwo dazwischen versteckt haben sollte, werde ich sie nicht entdecken, ehe ich sie nicht alle abgeklappert habe.

Meine Hände greifen wieder in meine Jackentaschen, eine Geste, die ich mittlerweile schon im Traum mache. Die

eine Hand schließt sich um die Pistole, die andere um das Schnappmesser. Allzeit bereit.
Ich gehe den breiten Gang hinunter, laufe mit angehaltenem Atem an den Regalen vorbei. Jedes von ihnen, das ich hinter mir lasse, vergrößert meine Sicherheitszone. Meine Schritte sind lautlos, wohlüberlegt und bedacht, meine Nerven zum Zerreißen gespannt, und es ist, als würde ich ein paar Schritte vor mir selbst hergehen. Noch bevor ich den Kopf ganz drehe, kann ich alles sehen, und ich komme zu Schlussfolgerungen, noch ehe ich alles in mich aufgenommen habe.
Erste Reihe links von mir: eine Mutter mit ihren drei kichernden Mädchen. Sie legt einen Finger an ihre Lippen, um sie zum Schweigen zu bringen.
Dritte Reihe rechts von mir: ein alter Mann mit Stock. Er benutzt ihn, um ein Buch aus dem obersten Regal zu holen.
Drei Reihen weiter, wieder zu meiner Linken: ein Teenager, der seine Baseballmütze tief ins Gesicht gezogen hat.
Ich gehe weiter, bis ich bei der gegenüberliegenden Wand angelangt bin.
Ein kurzer Abstecher auf die Toilette, und ich habe das Stockwerk vollständig überprüft. Dann geht es nach oben, wo die Computer, Tablet-PCs und die Druckbestände stehen. Auch hier Entwarnung. Ich spüre, wie meine Schultern heruntersacken und sich meine Hände in meinen Taschen ein kleines bisschen entspannen.
Ich brauche nicht lange, um zum richtigen Bereich zu gelangen. Es sind nur wenige Monate vergangen, doch nach allem, was passiert ist, fühlt es sich viel länger an. Fünfte Reihe im Regal linker Hand. Meine Finger gleiten über die weichen, ausgebleichten Buchrücken. *Substitute: Die ganze Geschichte. Substitute im Kampf.* Sie füllen die Regale um mich herum.

Ich ziehe ein Buch heraus. Es ist dünn, blau und alt. Die Ahnung, wie alt die Worte darin tatsächlich sein müssen, trifft mich wie ein Schlag. Ich ziehe die verblichene Tinte auf dem Umschlag mit dem Finger nach. *Jenseits des Boards.*

Was hatte er noch mal gesagt? *Kompletter Schwachsinn.* Ein düsteres Lächeln umspielt meine Lippen. Ich höre noch immer die kühle Verachtung in Baers Tonfall, die abgehackten, abschätzigen Worte. Für Baer oder Dire hat das Board nicht mehr einfach nur unsere Leben in der Hand, es hat sich auch daran gewöhnt, Blut an den Händen zu haben.

Ich sehe auf meine Hände hinunter. Vor meinem geistigen Auge sehe ich meine Zeichen unter den heruntergezogenen Ärmeln. Tinte auf meinen, Blut auf ihren … inwiefern unterscheide ich mich wirklich vom Board? Verändere ich nicht die Dinge, genauso wie sie es tun?

Ich will das nicht denken. Ich will glauben, dass mein Striker-Dasein ganz einfach das ist, was ich tun kann, um zu gewinnen. Dass ich davonrenne, weil ich noch nicht genügend Aufträge als Striker ausgeführt habe, noch nicht genug gelernt habe oder hart genug geworden bin. Und dass es nichts mit meiner Angst zu tun hat.

»Was für eine Lüge«, stoße ich wütend und an niemand Bestimmten gerichtet hervor. Grimmig schiebe ich das Buch an seinen Platz zurück.

Wenigstens in dieser einen Sache hat Baer recht. Dieses Buch, diese ganzen Bücher können mir nichts bieten, außer mich in falscher Sicherheit zu wiegen. Nichts darin wird mir helfen, den ersten Schuss abzufeuern oder zum ersten Mal mit dem Messer zuzustoßen, wenn meine Substitutin mich schließlich findet.

Eine Hand berührt meine Schulter, und sofort wirble ich herum. Allerdings viel zu unüberlegt und panisch. Blind

vom Adrenalin, das mich bereits durchströmt, fährt meine rechte Hand in meine Hosentasche, greift hinein …
Ich bin noch nicht so weit, verdammt, ich bin nicht so weit!
… und tastet ungeschickt nach der Pistole.
»Hey, langsam, immer mit der Ruhe!« Der Schreck in der Stimme des Mannes vertreibt jede Panik, so dass ich wieder klar sehen kann.
Es ist der Bibliothekar. Klein, schlaksig, ungefährlich. Sein Namensschild baumelt munter an der Kordel um seinen Hals. Wie um seine Kapitulation zu signalisieren, hat er die Arme in die Höhe gerissen. Er heißt Saul und ist kalkweiß.
Das war nicht so haarscharf, wie es hätte sein können. Wäre ich vorbereitet gewesen, wäre ich nicht aus dem Hier und Jetzt abgetaucht, so wie ich es die ganze Zeit habe vermeiden wollen … Ich entspanne meinen Kiefer und ziehe langsam meine Hand aus der Hosentasche. Ich muss ihm zeigen, dass ich nichts darin verstecke, das gibt mir sein Blick unmissverständlich zu verstehen.
»Entschuldigung, Sie haben mich einfach … völlig überrascht.« Ich spüre, wie mein Mund sich bei dem Versuch zu lächeln verzieht. Es fühlt sich grauenvoll an. Saul blinzelt mich an, blinzelt noch mehr, als er einen Blick auf meine Augen wirft. »Wir schließen gleich.« Seine Stimme klingt angespannt und dünn, als er zitternd weiterspricht: »Noch zehn Minuten.«
Natürlich. Ich habe ganz vergessen, wie spät es bereits war, als ich hergekommen bin.
»Tut mir wirklich leid«, entschuldige ich mich erneut. »Ich habe die Zeit vergessen. Ich gehe schon.«
Ein gestelztes Nicken, dann ist Saul verschwunden. An der hastigen Steifheit seines Gangs kann man erkennen, wie unwohl er sich fühlt. Hätte ich kein so schlechtes Gewissen, wäre es fast lustig, ihn derart erschreckt zu haben.

Doch jemanden aus Versehen umzubringen, aus Achtlosigkeit; jemanden, der kein Striker-Subjekt oder meine Substitutin ist – allein bei dem Gedanken wird mir übel. Niemals. So könnte ich niemals Frieden mit mir schließen.

Ein Türknallen irgendwo im Gebäude lässt mich aufschrecken. Keine Zeit mehr. Ich muss weiter.

In wenigen Augenblicken bin ich wieder unten im Hauptgeschoss. Doch statt geradeaus zum Haupteingang zu gehen, biege ich unten an der Treppe scharf nach rechts ab und gehe weiter. Ich verlangsame mein Tempo nur so weit, dass ich irgendein x-beliebiges Buch aus einem Regal in der Nähe herausziehen kann, ehe ich durch eine Seitentür hinausschlüpfe.

Die Tür gehört zu der Sorte, die sich von innen selbst verriegelt. Mit meinem Zeh halte ich sie einen Spalt auf, so dass sie nicht zufällt. Dann reiße ich vorsichtig eine Seite aus dem Buch heraus. Nicht aus der Mitte, sondern von hinten. Eine leere Seite, damit keines der Worte dran glauben muss. Schließlich gibt es sowieso nur eine begrenzte Anzahl an Büchern aus Papier. Ich falte die Seite einmal auf die Hälfte und dann noch einmal.

Mit einer Hand halte ich das gefaltete Papier über das Loch im Türpfosten, genau dorthin, wo der Türriegel einrastet. Mit der anderen Hand drehe ich den Türknopf, bis der Bolzen wieder in der Tür verschwunden ist. Erst dann ziehe ich meinen Fuß vorsichtig heraus und lasse die Tür zufallen, so dass sie sich erneut in den Rahmen legt. Vorsichtig löse ich den Knauf aus seiner Umdrehung.

Für einen kurzen Moment habe ich den Eindruck, dass das Papier nicht halten wird. Dass es zu dünn ist und der Bolzen es entweder herauspressen oder aber direkt durch es hindurchschlagen wird. Doch das passiert nicht. Alles in Ordnung.

Ich habe diese Seitentür gewählt, da die andere an der Hinterseite des Gebäudes direkt nach draußen auf den Parkplatz der Bibliothek führt und die Tür auf der linken Seite zu einer Gasse, über die man direkt zur Hauptstraße gelangt. Es liegt auf der Hand, dass die Angestellten der Bibliothek die beiden letzteren nehmen werden, um das Gebäude zu verlassen. Doch keiner würde meinen Ausgang wählen, den einzigen, der zu einem Bürogebäude führt, das sich zu dieser abendlichen Stunde rasch leert.
Ich lege mein Ohr an das kühle Metall der Bibliothekstür und warte ab. Lauter und leiser werdende Stimmen. Allerlei Schlurfen, Klappern und Knallen. Der Klang eines leeren Raumes. Das unverkennbare, dumpfe Geräusch von sich öffnenden und schließenden Türen, die für die Nacht abgeschlossen werden.
Die nächsten zehn Minuten dringt nichts als dichte, vollkommene Stille aus dem Inneren der Bibliothek nach draußen. Schließlich trete ich vorsichtig einen Schritt zurück und drücke die Tür auf, drehe den Türknauf vorsichtig, damit der Bolzen nicht plötzlich herausspringt und einrastet. Das gefaltete Papier fällt auf den Boden, ich hebe es auf und stecke es in meine Hosentasche. Es würde nichts nützen, es ins Buch zurückzulegen – der Schaden könnte so nicht ungeschehen gemacht werden.
Als ich erneut eintrete, empfängt mich eine Dunkelheit, die noch stärker als zuvor nach alter Feuchtigkeit riecht. Ich nehme den Geruch intensiv wahr, um das zu kompensieren, was ich nicht sehen kann. Mein Atmen ist das einzige Geräusch. Es ist zugleich aufregend und unheimlich, allein in einem so riesigen, leeren Raum zu sein. Doch was auch immer für Geister sich hier herumtreiben mögen, sie scheinen damit einverstanden, ihn mit mir zu teilen.
Ich warte eine Minute, damit meine Augen sich an die Dunkelheit gewöhnen, schiebe dann das Buch zurück an

seinen Platz im Regal und wähle eine Studierkabine in der Nähe des Notausgangs, damit ich schnell verschwinden kann, wenn es sein muss.
Nachdem ich den Inhalt einer verbeulten Thunfischbüchse und einen zerquetschten Riegel von ganz unten aus meinem Rucksack gegessen habe, lege ich meinen Kopf auf den Schreibtisch und verschränke die Arme als notdürftiges Kissen unter meiner Wange. Dabei geht ein Arm durch die Riemen meines Rucksacks, der neben mir auf dem Tisch liegt.
Metalllatten schneiden mir in die Kniekehlen und in die Rippen. Es macht mir nichts aus, es erinnert mich vielmehr daran, dass ich noch am Leben bin.
Regen trommelt gegen das kleine Fenster in der Brandschutztür, und das plätschernde Geräusch schläfert mich schließlich ein. Wie tief ich mich im Traum verliere, kann ich nicht mit Gewissheit sagen. Doch ich weiß, dass ich von einem Gesicht träume, das meinem eigenen viel zu sehr ähnelt, von den beiden Müttern in der Toilette auf dem Bahnsteig und von Chords Gesicht, als ich ihn verlassen habe. Als der Regen kurz vor Tagesanbruch langsam nachlässt, ist es die Rückkehr der Stille, die mich mit einem Ruck auffahren lässt.
Obwohl ich geschlafen habe, bin ich noch immer ziemlich erledigt und sehe zu, wie der Raum nach und nach heller wird, wieder zum Leben erwacht. Erst als ich höre, wie die Hintertür geöffnet wird, stehe ich auf, werfe meinen Rucksack über die Schultern und schlüpfe durch den Seitenausgang, den ich zuvor benutzt habe, nach draußen.
Draußen ist es kalt. Außerdem fängt es wieder an zu regnen, ein fürchterlicher grauer Nieselregen, der in mir die Sehnsucht nach einem Kaminfeuer und einem heißen Essen weckt, das mir die Zunge verbrennt. Ich ziehe die Schultern hoch, ziehe mir die Kapuze tiefer ins Gesicht

und stecke meine Hände in die Jackentaschen. Dass ich in beiden Taschen Stahl berühre, ist mein einziger Trost, als ich mich in den von winterlicher Feuchtigkeit geschwärzten Straßen verliere.
Noch sieben Tage.

✖✖✖

Am Nachmittag noch immer keine Spur von ihr. Ich habe den Terminal aus allen möglichen Richtungen beobachtet, aus allen erdenklichen Blickwinkeln, doch ohne Ergebnis. Sie geht nicht hinein und kommt auch nicht heraus.
Ich kaue an meiner Lippe und betrachte die Passanten. Regen fällt auf ihre vornübergebeugten Körper, und es stellt sich die Frage, ob ich nur meine Zeit vergeude, auch wenn ein Teil von mir fest davon überzeugt ist, dass sie hier sein muss. Nicht als eine der Substitutinnen, die kapitulierend nach Schutz suchen, sondern wie eine, die der Herausforderung unnachgiebig standhält, die auf Kampf aus ist.
Der einzige Weg, wie ich herausfinden kann, ob sie sich hier aufhält, ist, selbst hineinzugehen. Ich atme tief ein, kämpfe gegen meine grauenerregende Furcht an und nähere mich dem Haupteingang.
Das Foyer ist weitläufig, sauber und gut beleuchtet. Ein zentral gelegener Aufzug führt zu den anderen Etagen, zu Logstationen für Substitute und kabellosen Zugangspunkten, zu Getränke- und Essensautomaten, Wasch- und Schlafräumen. Es sieht noch genauso aus wie das letzte Mal, als ich hier war, vor zwei Jahren, während eines Schulausflugs in meinem ersten Jahr. Das scheint so lange her zu sein … Schon komisch, daran zurückzudenken, zu begreifen, wie unschuldig wir da alle noch waren.

Ich, meine Freunde und unsere übrigen Schulkameraden. Uns war nicht klar, dass wir bei unserem nächsten Besuch in Todesgefahr schweben würden.

Ich spähe ins Licht. Hier drin ist es viel zu hell. Das ist gut, um die anderen in Augenschein zu nehmen, aber schlecht, wenn man selbst im Dunkeln bleiben möchte.

Die Empfangsdame hinter dem Tresen blickt von ihrem Computer auf. »Ja bitte, kann ich Ihnen behilflich sein?«

»Darf ich mal eben ins Logbuch der Substitute schauen? Ich bin auch ganz schnell.«

Sie hält ihre Augenscanner-Pistole nach oben. »Treten Sie bitte nach vorne für den Registrierungsvorgang.«

Instinktiv mache ich einen Schritt zurück. »Nein, bitte … kann ich nicht dieses eine Mal um den Scan herumkommen? Ich brauche nur eine Minute.«

Die Empfangsdame schüttelt den Kopf. »Tut mir leid. Sie wissen, dass das nicht erlaubt ist.« Sie hört sich gelangweilt an, und ich kann es ihr nicht verübeln. Wie oft hat sie diese Bitte wohl schon gehört, wie viele Substitute haben wohl schon versucht, sich auf diese Weise hier einzuschleichen?

»Nur eine Minute, mehr nicht.« Ich bettle, klinge verzweifelt und hasse es. »Bitte.«

»Tut mir leid, das kann ich nicht tun.« Die Empfangsdame wendet sich wieder ihrem Bildschirm zu.

»Könnten Sie dann für mich nachsehen?« Ich denke an die letzten Scheine in meiner Tasche, frage mich, ob es Sinn macht, sie ihr zu zeigen. Aber da sie eine Angestellte des Boards ist, zögere ich.

Sie lässt ihren Kaugummi knallen. Ein schaler Geruch nach Minze schwebt zu mir herüber. »Tut mir leid.« Dann sieht sie mich mit gerunzelter Stirn an. »Außerdem waren Sie doch erst heute Morgen hier.«

Ich schüttle den Kopf. »Nein, ich …«

»Sie sollten die Abläufe inzwischen kennen. Keine Sonderrechte, kein Rein- oder Rauskommen ohne Scan.«
Dann begreife ich endlich. Eine Adrenalinwoge durchflutet mich. »Danke«, sage ich beinahe atemlos, versuche, mich wenigstens annähernd normal anzuhören, wenn auch höchstwahrscheinlich vergeblich. Meine Substitutin. Sie spricht von meiner Substitutin.
»Das Wetter schlägt um«, fährt die Empfangsdame fort. »Wenn Sie ein Bett wollen, dann kommen Sie besser rechtzeitig. Geöffnet wird hier um 18:00 Uhr.« Ihr Lächeln ist nichtssagend. Doch ihre Augen leuchten verräterisch auf, und ich verstehe, weshalb. Sie kann nicht anders, sie muss mir einfach zu verstehen geben, dass sie weiß, dass sie mir geholfen hat.
Dann war das also kein Versehen. Erinnere ich sie an jemanden, den sie mal kannte? Warum hätte sie mir sonst eine solche Auskunft geben sollen?
Sie entlässt mich mit einer achtlosen Geste, als könnte sie meine Gedanken lesen. Sie ist bereits gelangweilt von mir, ich bin einfach nur eine weitere Substitutin, die in den Terminal gekommen ist. »Tja, du brauchst alle Hilfe, die du kriegen kannst.« Wieder lässt sie eine Kaugummiblase platzen. »Deine Augen sind überhaupt nicht wie ihre. Viel Glück, du wirst es brauchen.«
Auf wackeligen Beinen verlasse ich den Terminal. Eine feuchte, beißende Kälte schlägt mir entgegen, doch ich spüre sie nicht. Ich bin zu sehr damit beschäftigt, über das nachzudenken, was ich gerade erfahren habe. Da ich nun weiß, dass meine Substitutin hier gewohnt hat, hoffe ich, dass sie zurückkommt. Wenn ich Glück habe, tut sie das. Andernfalls könnte sie überall im Grid sein, irgendwo innerhalb der Grenzen von Kersh.
Als ich ein Mädchen auf dem Gehsteig sehe, nimmt eine Idee in meinem Kopf Gestalt an. Ich weiß jetzt, wie ich

eine Vorstellung davon bekomme, was im Kopf meiner Substitutin vorgeht, was sie denkt und plant.
Das Mädchen ist etwas jünger als ich, vielleicht 13 oder 14. Ihr Gesichtsausdruck ist offen, eine erst kürzlich Aktivierte, noch nicht so abgebrüht, wie sie es in ein, zwei Wochen sein wird, falls sie so lange durchhält. In ihren Augen liegen zu große Erwartungen und zu wenig Furcht. Doch ich darf nicht zu nett sein – genau diese Schwäche muss ich zu meinem Vorteil nutzen.
Ich werfe einen schnellen Blick auf ihre Kleidung, ihre Haut und ihr Haar. Ihre Klamotten sind noch relativ sauber, für diese Jahreszeit aber nicht warm genug. Sie ist nicht darauf vorbereitet, wie kalt es nachts werden kann. Sie ist blass, ihre Haare hängen herunter und sind ungewaschen. Und sie sieht hungrig aus.
Ja.
Als sie an mir vorbeigeht, bleibe ich mit ihr gleichauf. »Hey, hast du ein paar Minuten Zeit?«, frage ich so leise, dass nur sie mich hören kann.
Sie bleibt stehen, ruckelt nervös an den Riemen ihres Rucksacks herum. Er ist zu groß für sie, und ich könnte wetten, dass er noch dazu sehr schwer ist. Sie sieht sich um, ehe ihr Blick an mir haften bleibt. Ihre spiralförmigen Zahlen sind sehr dunkel.
»Worum geht es?«, fragt sie.
»Gehst du in den Terminal?«
»Vielleicht. Ich denke noch darüber nach. Warum?«
»Ich würde dich gerne um einen Gefallen bitten.«
»Und was für einen?«
Jetzt geht es ums Ganze: »Kannst du etwas für mich im Logbuch der Substitute nachsehen?« Ich ziehe die Seite aus meiner Hosentasche, die ich letzte Nacht aus dem Buch in der Bibliothek gerissen habe. Darauf ist meine Auftragsnummer gekritzelt, eine Folge von Ziffern, die

ich noch im Schlaf vor mir sehe: 574 206 918 344. »Kannst du das eingeben und prüfen, was dabei angezeigt wird?«
Unverhohlenes Begreifen flackert in ihren Augen auf. »Du willst wissen, ob deine Substitutin hier gewesen ist.«
»Genau«, antworte ich, auch wenn ich bereits weiß, dass sie hier war. Ich muss mehr erfahren: Wann und wie oft war sie hier, welchen Mustern und Gewohnheiten folgt sie? Ich muss irgendein Zeichen von Schwäche finden.
Sie sieht mich an, ist offensichtlich verwirrt. »Du hast jederzeit die Möglichkeit, das Logbuch zu konsultieren, der Terminal steht allen Aktivierten offen. Kannst du das nicht einfach selbst machen?«
»Bei *der* Empfangsdame heute Abend, *der* Lady da drin?« Ich zeige auf die Lobby des Terminals und achte darauf, meine Stimme gleichgültig klingen zu lassen, ihr nicht zu zeigen, wie wichtig es für mich ist, dass sie mir glaubt. Wenn sie dahinterkommt, dass ich versuche, den Augenscan zu vermeiden, wird sie über alle Berge sein, bevor ich bekomme, was ich brauche. »Sie ist immer noch sauer auf mich, weil ich gestern Abend das System lahmgelegt habe, obwohl das echt nicht meine Absicht war. Deshalb habe ich gedacht, ich gebe ihr etwas Zeit, damit sie sich beruhigen kann, bevor sie mich wiedersieht.«
Das Mädchen ist sich noch immer nicht sicher, aber darauf bin ich vorbereitet. Ein Aktivierter macht nur selten etwas umsonst. Ich lasse sie einen Blick auf Chords restliche Scheine in meiner Hand erhaschen. »Hier, die gehören dir. Davon könntest du dir etwas zu essen kaufen, wenn du das für mich erledigst.«
Sie bekommt große Augen, während sie darüber nachdenkt. Der Hunger umgibt sie wie ein Parfum, das sich wellenartig ausbreitet. Doch sie zögert noch immer, und mir ist klar, dass sie begriffen hat, wer hier die Oberhand

hat. »Viel kann ich mir davon nicht kaufen …«, fängt sie an, ehe sie verstummt. Was hätte sie auch sonst noch sagen sollen?
Sie ist nicht annähernd so leichtgläubig, wie ich dachte. Mein Magen fühlt sich hohl an, und ich kann es ihr noch nicht einmal übelnehmen – weil mir bewusst ist, dass ich genau dasselbe tun würde.
Nach einer langen Minute löse ich Lucs Uhr von meinem Handgelenk. Ich spreche weiter, weil ich weiß, dass er mir den Hintern versohlen würde, wenn ich es nicht täte: »Die kriegst du auch noch, okay?«, sage ich steif, als ich sie ihr gebe. Ich verspüre einen scharfen Stich in der Brust und atme die Schmerzen weg. »Hier in der Nähe gibt es einen Laden, wo du sie verkaufen kannst. Sie ist nicht viel wert, aber immer noch besser als nichts.«
Sie stopft die Uhr in ihre Hosentasche. »Okay, ich mache es.« Ihre Stimme klingt fast überrascht, als hätte sie nicht erwartet, mehr zu bekommen, ja als hätte sie nicht mal geahnt, dass sie in der Lage ist, nach mehr zu verlangen. »Warte hier, ich komme gleich zurück.«
Ich reibe über die jetzt nackte Haut meines Handgelenks und sehe dabei zu, wie sie den Terminal betritt. Es ist großartig und schrecklich zugleich, denn ihr Wagnis ist mein Vorteil. Es scheint, als hätte Chord unrecht gehabt, als er sagte, ich sei nicht berechnend genug. Vielleicht wäre sie auch so reingegangen … vielleicht … Aber sie hätte sich auch dazu entschließen können, es nicht zu tun.
Nach nur wenigen Minuten kommt das Mädchen zurück und hält mir einen Ausdruck hin. Darauf befinden sich eine Reihe Daten und Uhrzeiten, und obwohl ich das Blatt viel zu schnell überfliege, spüre ich, wie sich mein Herzschlag beschleunigt.
Ja.
Meine Substitutin war in der vergangenen Woche immer

wieder im Terminal. Mein Blick fällt auf die letzten Einträge auf der unteren Hälfte der Seite, und ein Muster beginnt sich abzuzeichnen:

Vor drei Tagen:
Morgens (1 Gepäckstück) Abmeldung 0853
Inanspruchnahme Bett (1 Gepäckstück) Anmeldung 1817
Abmeldung 1856
Anmeldung 2033
Abmeldung 2149
Anmeldung 2213

Vor zwei Tagen:
Morgens (1 Gepäckstück) Abmeldung 0927
Anmeldung 1335
Abmeldung 1351
Inanspruchnahme Bett (1 Gepäckstück) Anmeldung 1849
Abmeldung 1916
Anmeldung 2054

Vor einem Tag:
Morgens (1 Gepäckstück) Abmeldung 0843
Inanspruchnahme Bett (1 Gepäckstück) Anmeldung 1802
Abmeldung 1912
Anmeldung 2235

Dann etwas früher am heutigen Tag:
Morgens (1 Gepäckstück) Abmeldung 0803

Sie hat die letzten drei Nächte hier verbracht. Das ist vielleicht noch nichts Endgültiges, aber wenigstens etwas. Da mein Leben auf weniger als 168 Stunden zusammengeschrumpft ist, könnte das den Durchbruch bedeuten.
Ich schrecke auf, als das Mädchen zu sprechen beginnt. In

meiner Aufregung habe ich sie völlig vergessen. »Ähm, du wolltest mich noch bezahlen?«
Ich stopfe den Ausdruck in meinen Rcuksack, ehe ich ihr meine letzten Scheine überreiche. Jetzt habe ich nur noch etwas Kleingeld, das auf dem Boden meines Rucksacks herumrollt. Ziemlich bescheuert von mir, nicht mehr für mich zu behalten, doch ich muss das jetzt tun. Auch wegen meines Schuldgefühls, die Naivität des Mädchens trotz ihres erwachenden Überlebensinstinkts ausgenutzt zu haben. Alles Weitere ist nur noch verbissene Akzeptanz. Akzeptanz, eine unsichtbare Grenze überschritten zu haben.
Sie ist darauf bedacht, meine Finger nicht zu berühren, als sie das Geld nimmt. Ihre Nägel sind bis aufs Fleisch heruntergekaut. Noch immer sind rote Halbmonde aus Nagellack darauf zu sehen.
»Super, danke!« Vorsichtig steckt sie das Geld in die Tasche ihrer Jeans. Sie ist im Begriff, sich umzudrehen und zu gehen, als sie noch einmal stehen bleibt, tief einatmet und mir dann etwas reicht. »Hier. Ich glaube, du brauchst sie mehr als ich.«
Überrascht nehme ich ihr Lucs Uhr aus der Hand. »Bist du dir sicher?«, frage ich mit tauben Lippen. Der Stich in meiner Brust ist wieder da.
»Ich bin mir sogar sehr sicher, dass du sie dringender brauchst als ich.«
Und wenn schon? »Ich glaube, da liegst du falsch«, sage ich leise, als ich die Uhr umbinde und mich wieder etwas gewappneter fühle. Nur eine Uhr, ein bisschen Metall, Plastik und ein paar winzige Teile. Und doch so viel mehr, ob das nun logisch klingen mag oder nicht.
Das Mädchen zuckt mit den Schultern. Der Ausdruck in ihren Augen kommt Mitleid ziemlich nahe, also genau dem, was ich für sie empfinde. Das ist mir unangenehm.
»Ich kriege das schon auf die Reihe«, sagt sie. Ohne ein

weiteres Wort verschwindet sie in der dahineilenden Menge, lässt mich zurück, und ich starre ihr hinterher.
Sie erinnert mich ein wenig an Ehm, wenn auch nur aufgrund ihres Alters. Und ich erkenne etwas von der kindlichen Unschuld in ihr, die auch Ehm besaß und von der Dess so stark durchdrungen war, bevor er ging. Doch was auch immer ich in diesem Mädchen sehe, es ist schon am Verklingen, ist schon fast vergessen. Muss es auch. Es muss stählerner Grausamkeit Platz machen, die sie in sich finden sollte, wenn sie länger leben will als Ehm, um ihren Auftrag erfolgreich abzuschließen.
Wahrscheinlich erinnert sie mich auch deshalb ein wenig an mich selbst.
Nur hätte ich die Uhr nicht zurückgegeben.
Ich drehe mich um und gehe weiter, bereite mich darauf vor, dass sich mir bald die beste Gelegenheit bieten wird, meine Substitutin umzubringen. Jetzt gibt es Hoffnung … auch wenn sie nur an ein paar Ziffern und Buchstaben auf einem Blatt Papier hängt, an einer Chance, die so klein ist, dass sie eigentlich unbedeutend ist. Unbedeutend wäre, wenn meine Verzweiflung sie nicht von Minute zu Minute, von Stunde zu Stunde wichtiger werden ließe.

7

Noch mehr Regen.
Die Feuchtigkeit vermischt sich mit der frostigen Luft, um durch meine Jacke, meinen Pulli und mein Unterhemd bis zu meiner Haut vorzudringen. Stunden des Wartens. Ich habe mich noch nie zuvor so durchgefroren gefühlt.
Schon fast elf Uhr nachts, und meine Substitutin verhält sich nicht so, wie sie sich verhalten sollte. Sie durchbricht ihr Muster.
Ich sitze unter dem Vordach eines Reparaturladens für Handys gegenüber dem Terminal, zittere und versinke tiefer in meiner Jacke. Leute gehen an mir vorbei, ohne mich eines Blickes zu würdigen, ein beständiger Strom von Menschen, der trotz der vorgerückten Stunde und der Dunkelheit nicht nachgelassen hat. Voller Erschöpfung suche ich nach etwas, das mir heute Nacht als Bett dienen könnte. Es muss hier in der Nähe sein. Ich darf nicht das Risiko eingehen, sie zu verpassen. Nicht für etwas so Unbedeutendes wie Schlaf.
Die Gasse neben mir kommt nicht in Frage, obwohl der Ort ideal wäre. Er bietet eine gute Sicht auf den Eingang des Terminals, ist jedoch viel zu ungeschützt und breit genug, so dass auch noch jemand anderer auf die Idee kommen könnte, die Nacht dort zu verbringen.
Auch die Eingänge zu den Geschäften eignen sich nicht. Sie sind zwar tief genug, so dass ich nicht auf dem Gehsteig liegen müsste, aber viel zu leicht zugänglich für jemanden, der daran vorbeigeht …
Meine Gedanken brechen plötzlich ab, und in der nächsten Sekunde ringe ich um Atem. Meine Augen werden zu

schmalen Schlitzen. Ich ziehe mich weiter unter das durchnässte Schild meiner Kapuze zurück.

Ich sehe sie.

Der Gang meiner Substitutin ist gleichbleibend unbeirrt, als sie sich einen Weg durch das Gedränge auf dem Gehsteig bahnt. Ihr vertrautes Profil hebt sich vom Licht des Terminals hinter ihr ab, während sie sich nach drinnen begibt.

Durch das Fenster sehe ich den Empfangstresen. Dahinter sitzt dieselbe Dame, mit der ich heute Morgen gesprochen habe. Ich betrachte ihr Gesicht, während meine Substitutin mit ihr redet und die Frau ihr den Augenscanner hinhält. Nichts an ihrem Ausdruck ist sonderbar, es gibt kein Anzeichen dafür, dass irgendetwas anders ist als sonst. Wenn überhaupt, dann wirkt sie noch müder und gelangweilter als vorher. Kann es sein, dass sie sich nicht mehr an unsere Unterhaltung erinnert? Wer war ich denn schon? Nur eine weitere Substitutin mit einer verzweifelten Bitte und einem noch verzweifelteren Ausdruck in den Augen.

Die beiden unterhalten sich noch etwas, und als das Gespräch länger dauert, nimmt meine Nervosität zu.

Was will ich tun? Was will ich, dass *sie* tut? Bin ich bereit? Oder will ich einfach nur, dass sie da drinnen bleibt, damit ich mehr Zeit habe, nur noch ein kleines bisschen mehr Zeit? *Ich schwöre, das nächste Mal bin ich bereit, mehr als bereit, sie umzubringen und meinen Auftrag erfolgreich abzuschließen.*

Sie gibt der Empfangsdame ihre Tasche zur Verwahrung und stößt die Eingangstüren erneut auf. Mir bleibt keine Zeit mehr, um nicht vorbereitet zu sein.

Meine Substitutin verlässt den Terminal. Und sie kommt genau auf mich zu.

Noch ehe mein Herz wieder normal schlagen kann, bleibt

sie plötzlich stehen und spricht laut mit sich selbst, will wahrscheinlich wissen, wie spät es ist. Dann hat sie mit einem Mal ihr Handy in der Hand und spricht hinein, als sie auf dem Absatz kehrtmacht und die Straße hinuntergeht, weg von mir.

Ich atme tief ein, mache mich auf den Schmerz gefasst und beiße mir so fest auf die Zunge, dass sie blutet. Jetzt bin ich wieder hellwach, habe einen Geschmack nach alten Münzen und menschlicher Schwäche im Mund. Nie wieder will ich das schmecken.

Also folge ich ihr.

Meine Hände sind tief in meinen Jackentaschen vergraben. Mit der linken Hand umklammere ich mein Schnappmesser, mit der rechten die Pistole, deren Lauf beruhigend gegen meinen Bauch drückt.

Sie geht vier Blocks geradeaus und biegt dann für drei weitere nach rechts ab. Dann geht sie wieder fünf oder sechs Blöcke lang nach links. Mit wem spricht sie da die ganze Zeit? Ich verdränge die Frage. Ein Scheinwerfer leuchtet um eine Ecke und verschwindet dann schnell wieder. Es darf keinen Unterschied für mich machen. Auch wenn die Vorstellung, dass die andere Person sie am Telefon sterben hört, entsetzlich ist, würde sie nicht reichen, um mich aufzuhalten.

Ein paar Minuten später hat sie das Gespräch beendet, und ihr Handy verschwindet aus meinem Blickfeld, lässt uns allein in der Menge zurück. Drängelnde Körper umgeben uns, und ich muss aufpassen, dass sie uns nicht auseinandertreiben.

Wir haben uns durch Jethro gekämpft und sind jetzt in Gaslight, dem heruntergekommensten von Kershs vier Bezirken. Hier befindet sich die Wasseraufbereitungsanlage der Stadt, und wir gehen an unzähligen verglasten Solardestillationszentren vorbei. Auffangvorrichtungen

für Regenwasser bedecken die meisten Dächer, egal ob Geschäftsblöcke oder Wohnhäuser. Über das westliche Randgebiet von Gaslight verstreut glänzen die Kuppeln der Entsalzungsanlagen, in die ununterbrochen Meerwasser aus dem Pazifik gepumpt wird.
Das Tempo meiner Substitutin verlangsamt sich merklich. Ob das nun daran liegt, dass sie mit dieser Umgebung nicht vertraut ist oder dass sie mich irgendwie spürt, kann ich nicht sagen. Ich habe keine andere Wahl, als mein Tempo ebenfalls zu drosseln und den Abstand zwischen uns zu vergrößern, obwohl alles in mir danach schreit, in ihrer Nähe zu bleiben. Hier, in dieser dichtgedrängten Menge, müsste es eigentlich schwieriger sein, sie zu verfolgen. Ist es aber nicht. Ihr Rhythmus, die Art, wie ihr Haar bei jedem Schritt hin und her wippt … tief in mir erkenne ich das alles wieder.
Ich hätte es nicht für möglich gehalten, aber der Himmel verdunkelt sich noch mehr und wird zu einem undurchdringlichen Schwarz. Die Gitterroste, die sich auf den Gehsteigen von Gaslight aneinanderreihen und zischenden Dampf ausstoßen, kämpfen mit den hellen Neonlichtern über Fenstern und Türen um Aufmerksamkeit. Die Lichter erleuchten die Gesichter der Passanten, ihre Kitschigkeit spiegelt sich in den Rollläden aus verzinktem Metall, die heruntergelassen wurden, um die verschlissenen Ladenfronten zu schützen. Die meisten Läden hier draußen können sich nicht einmal die billigsten kugelsicheren Fenster leisten.
Das hier ist das Quad. Wenn Orte Substitute hätten, dann wäre das hier der Substitut vom Grid. So, wie das Grid das Zentrum des Jethro-Bezirks darstellt, ist das Quad das Zentrum von Gaslight. Als eine Mischung aus Wohnblöcken und Familienbetrieben hat sich das Quad ursprünglich aus vier ethnischen Einwohnergruppen her-

ausgebildet, die in Kersh auch dann noch stark vertreten waren, als die Tore bereits errichtet wurden. Nach all den Jahren sind die Grenzen zwischen diesen Kerngruppen verschwommen und haben ein undeutliches Mosaik aus allen möglichen Farben gebildet. Und was einst nur wenige kleine Blocks umfasste, dehnt sich jetzt auf über einen Quadratkilometer aus.

Das Quad tickt auf seine ganz eigene, einzigartige Weise. Es zeichnet sich nicht durch erzwungene Gewalt und kompromissloses Verlangen aus, sondern durch jahrhundertealte Tradition und ausufernde, mehrere Generationen umfassende Familien, die das Herzstück der Nachbarschaft ausmachen. Als wir klein waren, haben meine Brüder und ich das Quad fast genauso intensiv erkundet wie das Grid. Wir haben ramponiertes Spielzeug gekauft, das wir in unseren Pulten in der Schule aufbewahrten, um es zu tauschen oder jemanden damit zu bestechen – splittrige Fingerfallen zum Beispiel, Pokerchips-Rollen aus Plastik, Stink- oder Furzbomben. Wir haben uns mit billigem Essen vollgestopft, das wir bei Straßenhändlern erstanden haben, die es sonst an Anwärter verkauften, mit süßen Teilchen und Gebäck sowie gesäuberten und frittierten Meeresfrüchten von dem Strandstück, wo die Eisenbarriere entlang des Ozeans verläuft.

Nichts davon ist mir neu, doch ich kann sehen, wie fasziniert meine Substitutin ist. Sie wird noch langsamer, ist abgelenkt von den Rufen der Verkäufer und den elektrischen Lampen, die überall herumhängen. Mehrere Male zieht irgendetwas ihre Aufmerksamkeit auf sich, und wenn sie den Kopf dreht, um es sich anzusehen, erscheint mir die Vertrautheit ihres Profils zugleich logisch und merkwürdig.

Platz ist hier etwas sehr Wertvolles. Die Leute müssen hintereinander hergehen, um zwischen den Verkaufsständen und den geparkten Autos auf der Straße hindurchzukommen. Es ist der ultimative Engpass, und ich werde nervös. Ohne den Schutz der Menge fühle ich mich nackt, von beiden Seiten ungeschützt und angreifbar. Doch mir bleibt nichts anderes übrig, ich muss an ihr dranbleiben. Ich kann nur hoffen, dass sie sich nicht umdreht, um einen Blick hinter sich zu werfen. Mir ist mehr als bewusst, dass ich diejenige bin, die hier auffällt. Mein billig blondgefärbtes Haar, das unter der Kapuze hervorschaut, kommt mir vor wie Unkraut in einem Garten voller dunkler Orchideen. Ich fasse mir an die Wange, um eine Strähne zurückzustreichen, die mich kitzelt. Ich habe mich noch nicht an den Anblick gewöhnt. Daran, dass es jetzt so kurz ist. Noch ein Grund, warum ich mir so entblößt vorkomme.

Ich bin knappe 30 Meter von ihr entfernt, als sie an einem Lebensmittelstand stehen bleibt. An den Bambuskörbchen kann ich erkennen, dass sie sich etwas zu essen kauft. Mein Magen knurrt, und ich drücke den Knauf meiner Pistole dagegen, damit er Ruhe gibt.

Jetzt. Los.

Während sie mir den Rücken zuwendet, sprinte ich über die Straße und ducke mich in eine enge Gasse, die entlang eines mehrstöckigen Bürogebäudes verläuft. Es ist nach Feierabend, alle Fenster sind geschlossen, dahinter regt sich nichts.

Ich gleite ich in die leere Stille der dunklen Gasse, kauere mich zusammen. Als Tarnung ist das mehr als ausreichend. Meine Substitutin steht direkt gegenüber von mir, hinter den auf der Straße geparkten Autos. Ich kann ihr schwarzes, seidiges Haar und die kompakten Schultern ausmachen. Das ist nicht viel, doch es muss reichen. Ich habe meine Zielobjekte schon unter schlechteren Bedingungen zur Strecke gebracht.

Es so weit geschafft zu haben ist fast enttäuschend. Das soll es also gewesen sein? Ich soll sie einfach so aus meinem Leben entfernen, wie einen quälenden Dorn? Ich denke an den Moment, als ich sie zum ersten Mal gesehen habe – als ihr Anblick mich wie angewurzelt innehalten ließ und mich auf ein nutzloses, minderwertiges, unwürdiges Etwas reduziert hat.

Ich atme ein, dann tief aus. Das wird nicht wieder vorkommen. Ich werde es nicht zulassen.

Langsam ziehe ich die Pistole aus meiner Jackentasche. Sie wiegt fast nichts in meiner Hand, als hätte sie schon immer darin gelegen. Ich hebe meinen Arm, felsenfest, unerschütterlich. Mein Puls ist ein gleichmäßiges Trommeln in meinen Handgelenken, an meinem Hals und in meiner Brust.

Das Fadenkreuz auf ihrem Rücken fordert mich heraus. Meine Augen fokussieren sich, so dass ich nur noch sie sehe.

Ich ziele, mein Finger ist bereits am Abzug, legt sich um ihn herum, krümmt sich, und dann …

Eine hastige Bewegung.

Meine Substitutin zieht ihr Handy wieder hervor. Sie spricht und sieht fast irritiert und aufgeregt aus, als sie von einer Seite zur anderen blickt. Sie bewegt sich fahrig und unkoordiniert. Ich fluche frustriert vor mich hin. Ein nicht statisches Ziel stellt eine Gefahr für die Umstehenden dar, ganz egal, wie ruhig der Schütze seinen Arm hält. Dies gilt besonders für einen so vollgestopften, überlaufenen Ort, wo ein FLUW nicht in Frage kommt. Ich würde gerne glauben, dass ich ruhig genug wäre, um niemand anderen zu treffen. Aber das wäre gelogen.

Meine Hand zittert, die Waffe bebt. Ich spüre, wie mir ein Schweißtropfen vom Haaransatz bis zum Kiefer herabrinnt. Er ist kalt, noch kälter als die Luft um mich herum.

Sie starrt nach links, spricht noch immer hektisch in ihr Handy.
Plötzlich geraten die Dinge in Bewegung, so schnell und verzweifelt wie wahnsinnige, tollwütige Tiere, die versuchen, einander zu zerfleischen.
Das Handy entgleitet meiner Substitutin und schlägt auf dem Boden auf. Unfähig, mich zu bewegen, sehe ich dabei zu, wie sie in einer geschmeidigen Bewegung, die ihr Haar in einer perfekten Pirouette um sie herumfliegen lässt, den Kopf dreht und mich direkt anstarrt.
Unsere Blicke treffen sich im selben Augenblick. Ihre Überraschung grenzt an Ahnungslosigkeit, die jemand Jüngerem besser zu Gesicht stünde. Meine Hand zuckt, als mein Finger abdrückt. Die Kugel fliegt durch die Luft. Und ich weiß, dass sie ihr Ziel verfehlt.
Sie streift ihre Wange, reißt sie auf, ehe sie in die übereinandergestapelten Bambuskörbchen hinter ihr einschlägt. Dampf steigt auf, Brot und Fleisch fliegen in alle Richtungen, und ich verliere sie zu lange aus den Augen.
Ich habe sie nicht getroffen.
Ein paar Leute rennen weg, wenige schreien. Man hört sogar spöttischen Jubel. Ein paar der jüngeren Anwärter nehmen tatsächlich die FLUW-Stellung ein. Doch die meisten zucken nicht einmal mit der Wimper und machen einfach ganz normal weiter. Das ist für sie nichts Neues.
Sanft pfeifend schießt etwas an mir vorbei.
Angehaltener Atem. Keine Zeit nachzudenken. Ich kenne dieses Geräusch nur zu gut.
Reflexartig lasse ich mich flach auf den Boden fallen, um der nächsten Kugel auszuweichen. Und während ich falle, bin ich völlig perplex von dem, was ich da vor mir sehe: Meine Substitutin starrt mich noch immer an. Doch jetzt liegt etwas anderes als Überraschung in ihrem Blick. Es steht ihr ins Gesicht geschrieben, als könnte sie es auf kei-

nen Fall für sich behalten: Genugtuung, Erleichterung, Euphorie.
Aber sie hält keine Waffe in der Hand.
Was zum Teu…
Heillose Verwirrung macht sich in mir breit. *Wenn sie nicht auf mich schießt, wer dann? Ich kann nicht …*
Ein weiterer Schuss, der neben meinem Bein einschlägt. Automatisch ziehe ich es an, mache mich kleiner, während mein Gehirn auf der Suche nach einer Antwort immer mehr auf Touren kommt.
Nur eine ergibt einen Sinn.
Sie hat einen Striker auf mich angesetzt.
Der Gedanke hat sich mir kaum offenbart, als das verräterische Knallen der Schüsse auch schon wieder einsetzt. Dieses Mal trifft die Kugel, bohrt sich tief in meine linke Schulter hinein, durchdringt Fleisch, Muskel und Sehne auf ihrem zerstörerischen Weg. Der Schmerz ist heiß, schrecklich.
Ich gebe keinen Laut von mir, denn das wäre der Anfang vom Ende. Langsam entgleitet mir die Kontrolle, und das macht mir am meisten Angst. Ich kann nicht hier sterben. Nicht hier, auf dem Boden, und so hilflos wie ein gefangenes Kaninchen im Wald. Nur ein stumpfer Rest Bewusstheit verhindert, dass sich meine rechte Hand von der Waffe löst und sie in den Kies fallen lässt. Ein dürftiges Überbleibsel Vernunft unter dem sich ausbreitenden Schmerz.
Ich sollte versuchen, die Blutung zu stoppen. Das weiß ich. Das ist angeboren, ein uralter Trieb, um zu überleben, das Erste, was getan werden muss. Stattdessen ignoriere ich ihn und drücke meine Schulter fest an die Wand des Gebäudes neben mir.
Neue, heftige Wellen des Schmerzes strahlen in meinen Arm aus. Doch es funktioniert, ich bewege mich, mein

Kopf wird wieder klar. Ich lasse mich auf allen vieren nieder und krieche weiter in die Gasse hinein. Dann stehe ich auf, atme schwer, sauge die Luft ein, als könnte ich nicht genug davon bekommen. Die Vorderseite meiner Jacke ist voller Blut, Matsch und Regen. Mein Rucksack hängt schief auf meiner unversehrten Schulter, aus der verletzten Seite sickert das Blut viel zu schnell und viel zu heiß heraus.

Ich entdecke die Wunde in ihrem Gesicht, die meine Kugel hinterlassen hat. Ein dicker roter Strich, der in der elektrisch beleuchteten Nacht so schwarz wie Tinte aussieht. Das gibt eine Narbe. *Sehr schön.*

Ich hebe die rechte Hand, um erneut zu zielen. Ich will gar nicht wissen, wie langsam ich mich bewege, dass mein Arm wie der eines Junkies auf Entzug zittert, völlig aus dem Gleichgewicht gebracht durch den Blutverlust und den außerordentlichen Schock, den mein Körper erlitten hat. Mein Finger drückt ab, macht den Abstand zwischen Abzug und Pistole zunichte, bis nichts mehr bleibt außer dem Wunsch, dass sie stirbt.

Doch das passiert nicht.

Jemand stellt sich neben sie. Ein Junge, in etwa so alt wie wir beide. Sein Gesicht ein furchterregender Mond im Neonlicht. Er hat annähernd blondes Haar, helle Augen, eine große Nase und ein Grübchen am Kinn. Er hält seine Waffe direkt auf mich gerichtet. Ihr schwarzes Auge ist riesengroß und gewaltig.

Doch dann …

Irgendetwas weiter unten auf der Straße bringt meine Substitutin dazu, sich umzudrehen. Panik huscht über ihr Gesicht, und sie wendet sich dem Jungen zu, schreit ihn an, zerrt an ihm, damit er sich bewegt, *los jetzt!*

Dann sind sie weg, gehen in der weiterdrängenden Menge unter wie Luftgeister.

Ich brauche eine geschlagene Minute, bis ich das alles

vollständig realisiere. Vielleicht kommt es mir auch bloß so vor. Gut möglich, dass es nur Sekunden sind. Die Zeit ist undeutlich und verschwommen, seltsam verformt. Und hinter dem Nebel meine vollständige Fassungslosigkeit … Warum sind sie abgehauen …? Was hat mich gerettet …? Warum empfinde ich zugleich Erleichterung und Enttäuschung?

Ich taumele noch weiter in die Gasse hinein. Die Pistole baumelt an meinen Fingern, ehe sie herunterfällt. Ich höre noch nicht einmal das Geräusch, als sie auf dem Boden aufschlägt. Plötzlich bin ich ganz benommen, weiß, dass ich mich irgendwo hinsetzen muss. Nur für ein paar Sekunden. Dann werde ich mich um einen Schlafplatz kümmern, meine Schulter mit dem versorgen, was ich finden kann. Ein Krankenhaus kommt nicht in Frage. Sie würden einen Augenscan vornehmen, und das darf ich nicht zulassen.

Mein Rücken und meine Schulter stoßen gegen einen Maschendrahtzaun. Hier geht es nicht weiter. Ich kann nirgendwo hin, nur das Stahlgewebe hinauf, doch mit meinem Arm ist es mir nicht möglich zu klettern. Wenn ich mich einfach nur ein kleines bisschen ausruhe, dann gelingt es mir vielleicht.

Ich gleite nach unten, bis ich auf dem staubigen, körnigen Kies zum Sitzen komme. Ich lehne mich zur Seite, um mein Gesicht an die Wand des Gebäudes zu legen, und schließe die Augen. Nur ein paar Minuten, sage ich mir. Das ist alles, was ich brauche.

✖✖✖

Ich fluche leise, als eine Hand vorsichtig meine Schulter abtastet, und versuche, sie wegzuschieben. Es tut höllisch weh, und ich habe meine Augen gerade erst zugemacht. Nicht lange genug. Nicht mal annähernd.

Eine leise, sorgenvolle Verwünschung dringt an mein Ohr. Dieses Mal lasse ich die Hand gewähren, weil ich weiß, dass es sich nur um eine Person handeln kann.
Langsam öffne ich die Augen. Sie fühlen sich geschwollen und schwer an, doch ich kämpfe dagegen an, erneut wegzudämmern.
Chord sitzt in der Hocke vor mir. In der schattendurchtränkten Dunkelheit der Gasse erkenne ich seine vertraute Silhouette sofort.
»Wenigstens ist es nicht mein Schussarm, oder?«, krächze ich. Ich kann nicht leugnen, dass ich mich freue, ihn zu sehen.
Einen kurzen Moment lang sagt er gar nichts. Dann, ganz leise: »Findest du das wirklich lustig, West?«
Ich atme ein. Atme aus. »Nein. Ich weiß, dass es nicht lustig ist. Aber es geht mir nicht so besonders, und mir ist absolut nicht danach, schon wieder mit dir zu zanken.«
»Ich bin nicht derjenige, der immerzu einen Streit vom Zaun bricht«, sagt er. »Was war los?«
Ich will mit den Schultern zucken und wimmere dabei vor Schmerz auf. »Ähm, ich bin angeschossen worden?«
»Ach, sag bloß. Das konnte ich mir schon selbst zusammenreimen.« Seine Hand liegt noch immer auf meiner Wunde. So heiß die Verletzung auch ist, seine Haut ist noch heißer. Ich spüre sie durch die Kleidung und durch die kalte Luft hindurch, die um uns herumweht.
»Chord, das war nicht sie.« Die Worte purzeln aus mir heraus, ehe ich weiß, wie mir geschieht. »Meine Substitutin, meine ich.«
Schweigen. »Ich weiß.«
»Was soll das heißen?«, frage ich langsam.
»Ich habe ihn gesehen, West. Genauso deutlich, wie ich dich jetzt sehe.« In der Dunkelheit werden seine Augen ausdruckslos. »Den Striker, den sie auf dich angesetzt hat.«

Ich schüttle den Kopf, versuche wieder ganz klar zu werden. Irgendetwas stimmt hier nicht.
»Aber als ich sie ausfindig gemacht habe, hat sie nicht mal nach mir gesucht«, sage ich ihm. »Ich habe sie völlig unvorbereitet angetroffen. Woher sollte sie wissen, dass ihr Striker ausgerechnet in diesem Moment gebraucht würde? Warum war sie überhaupt mit ihm zusammen? Striker treffen sich nicht mit ihren Kunden, das gibt nur Chaos.«
Ich runzle die Stirn, lasse mir das alles durch den Kopf gehen, wäge ab, denke laut nach: »Und sie war fast die ganze Zeit am Handy. Vielleicht hat sie ihm gesagt, wo sie sich gerade aufhält …«
Jetzt schüttelt Chord den Kopf. »Keine Ahnung, West. Alles, was ich weiß, ist, dass er versucht hat, dich umzubringen, und dass er mit deiner Substitutin zusammen war. Und wenn dir nicht noch ein paar andere Leute einfallen, die dir nach dem Leben trachten und von denen du mir nichts erzählt hast, dann ergibt das alles einen Sinn. Sie sind zusammen weggerannt, weißt du … als ich Jagd auf sie gemacht habe.«
»Dann hast du sie also verscheucht.« Das hätte ich mir denken können. »Woher … wusstest du Bescheid? Woher wusstest du, wo du hinmusst?« *Dass ich dich brauchte?*
Für einen langen Moment schaut Chord weg, als müsste er etwas im Stillen erörtern, bevor er mir wieder in die Augen sieht. Unverblümte Dickköpfigkeit liegt in seinem Blick, ohne ein Anzeichen von Bedauern. »Die Handys, die ich dir gegeben habe …«, sagt er leise.
Ich nicke, ein neuer Knoten formt sich in meinem Bauch. »Ja, was ist damit?«
»Die sind mit einem Chip versehen, der mit meinem Computer zu Hause verbunden ist. Und mit meinem Handy.«
Ich hole tief Luft. »Du hast mich verfolgt!«
»Ja, habe ich«, gibt er mit rauher Stimme zu. Seine Augen

sind so dunkel wie Onyxe und leuchten sogar jetzt, ganz ohne Licht. Hinter seiner Wut erkenne ich Schmerz. »Ich würde es wieder tun, wenn dich das am Leben erhält, West.«

Damit hat er mir einfach so den Wind aus den Segeln genommen. Mich bezwungen. Denn wäre er auf der Flucht gewesen, ich hätte genau dasselbe getan.

»Warum habe ich das Gefühl, dass ich mich immer bei dir bedanke, obwohl du mich eigentlich auf die Palme bringst?«, murmele ich. »Wie hast du das überhaupt angestellt? Ich habe auf keinem der Handys ein Überwachungssystem gefunden.«

»Als Luc und ich die Telefone in die Finger bekommen haben, hatten sie nichts drauf. Außerdem hätte ich gar keine Zeit gehabt, ein entsprechendes System auf dem ersten Handy zu installieren, das ich dir gegeben habe. Und als mir klarwurde, dass du wahrscheinlich danach suchen würdest, habe ich mich stattdessen für einen Chip entschieden.«

»Na ja, in jedem Fall hat es funktioniert. Ich hätte nie gedacht, dass du so etwas Altmodisches tun würdest.«

»Manchmal ist die einfache Lösung die bessere.« Er zuckt mit den Schultern und lächelt. »Und du musst dich nicht bei mir bedanken. Du sollst einfach nur … wissen, dass ich da bin, okay?«

Ich nicke. Ich bin mir nicht sicher, bis zu welchem Punkt ich das zulassen kann, ehe ich wieder lügen muss.

»Vielleicht fragst du deine Substitutin beim nächsten Mal einfach nach ihrem neuen Freund«, sagt Chord beiläufig.

Ich lächle. Es fühlt sich unförmig auf meinem Gesicht an. »Vielleicht. Aber nicht heute. Ich habe keine Lust, ihr so bald wieder zu begegnen.«

Meine Augen haben sich in der Zwischenzeit an die Dunkelheit gewöhnt, so dass ich ihn deutlich erkennen kann:

sein Gesicht mit den hohen Wangenknochen und der ausgeprägten Kinnlinie, den großen dunklen Augen, die von dichten Wimpern umrahmt sind. Es wird plötzlich weich, als er eine Strähne meines neuerdings blonden Haars berührt. »Darf ich ehrlich sein und dir sagen, dass ich es vorher lieber mochte?«

Ich bin so überrascht, dass ich unumwunden lospruste, was mich vor Schmerz zusammenzucken lässt. Ich greife nach seiner Hand, die immer noch auf meiner Wunde liegt. »Hilf mir beim Aufstehen, ja? Ich muss irgendwo nach drinnen gehen. Den Mist hier säubern und versuchen, etwas zu schlafen.«

Darauf achtend, keinen Druck auf meine Schulter auszuüben, legt Chord einen Arm um meine Taille und zieht mich hoch.

Die Welt schwankt, und in der eisigen Luft klappern mir die Zähne. Vielleicht klappern sie auch, weil am Rande meines Bewusstseins noch eine ganz andere Befürchtung lauert – der erste Anflug von Fieber, der von meiner Schulter auf den Rest übergreift. Chord zieht mich fester in seinen Arm, um mir Halt zu geben.

»Ich komme mit dir«, sagt er, »und mach dir gar nicht erst die Mühe, nein zu sagen. Du kannst ja kaum stehen, geschweige denn gehen.«

Ich bin zu müde, um zu streiten. Außerdem ist er warm und unversehrt, und ich denke, ich kann es mir erlauben, dieses eine Mal schwach zu sein. »Na gut. Aber nur, bis ich irgendwo untergekommen bin. Ich möchte deine Gewohnheiten nicht durcheinanderbringen. Ich meine, wie willst du mich verfolgen, wenn du schon mit mir zusammen bist?«

»Du kannst es einfach nicht lassen, oder, West?«, murmelt er. Doch in seiner Stimme schwingt Erleichterung mit, nicht Ärger.

Wir gehen die Straße hinunter, er hat noch immer den Arm um meine Taille gelegt, um mich zu stützen.
Das Quad ist überfüllt, doch die Gehsteige lichten sich allmählich, der Verkehr wird langsamer, die Leute machen sich auf den Weg nach Hause. Das Gefühl, Platz zu haben, ist fast schon unheimlich. Als würde man plötzlich auf freiem Feld stehen, ohne die Menge, in der wir untergehen können.
»Wir müssen so schnell wie möglich einen Unterschlupf finden«, sage ich. Die Worte kommen leise und stockend über meine Lippen. »Es ist zu spät, um noch draußen zu sein.« Ich gehe, so schnell ich kann, habe das Gefühl, auf Stelzen zu laufen, unbeholfen, kurz davor, zu fallen. Es ist bescheuert, mich zu hetzen und dadurch noch mehr zu schwächen, aber plötzlich befinde ich mich im Panikmodus, und eine Stimme in meinem Kopf rät mir, mich zu beeilen.
Auf einmal legen sich Chords Arme um mich. Er hebt mich hoch, so dass ich an seiner Brust lehne.
»Chord, lass los.« Ich verschränke die Arme, bin zugleich aufgeregt und beschämt. »Im Ernst.«
»So geht es schneller, gib es zu. Also lass *du* jetzt mal zur Abwechslung los.« Seine Stimme klingt überraschend ernst, und ich runzle die Stirn. Ich weiß nicht so recht, was ich erwidern soll, weiß nicht, was ich überhaupt will. Noch immer unsicher, zwinge ich mich schließlich, ein wenig zu entspannen.
Wir sind beide still. Man hört nichts außer dem Geräusch unseres Atems, dessen Rhythmus etwas Beruhigendes hat. Schneller als erwartet drängen meine Augen darauf, sich schließen zu dürfen, mein Kopf sinkt nach vorne, und meine Arme legen sich um seinen Nacken. Der Schmerz in meiner Schulter und in meinem Arm hat sich in ein stetes, dumpfes Brennen verwandelt.

»Schon in Ordnung, West. Schlaf, wenn du willst. Wir sind bald da.« Seine Stimme lullt mich ein, bringt mich dazu, meinen Kopf an seine Brust zu legen. Sein sauberer Geruch steigt mir in die Nase und erfüllt meine Gedanken.

Zum ersten Mal seit langem schlafe ich ein, ohne mich allein zu fühlen.

***

Der Halbmond zwinkert uns durchs Fenster zu und offenbart das Elend unserer Umgebung. Den Schmutz und die Betagtheit des winzigen Schlafzimmers hier, in dieser fremden Wohnung, und mittendrin das durchhängende Bett. Wir beide sitzen darauf, denn angesichts der fehlenden Stromversorgung bekommt man hier am meisten Licht ab. Und wir brauchen so viel Licht wie möglich, wenn wir tun wollen, was getan werden muss.

Noch nie zuvor in meinem Leben war ich verlegener oder nervöser als jetzt. Die Tatsache, dass Chord eigentümlich ruhig geworden ist, sagt mir, dass es ihm ähnlich gehen muss.

Wenigstens profitiere ich von der ansehnlichen Dosis des Schmerzmittels, das durch meine Adern pulsiert. Ich spüre bereits, wie es anfängt zu wirken. In dem Arzneikästchen, das Chord unter dem Waschbecken gefunden hat, war eine Flasche davon, und als Einstimmung darauf, dass die Kugel schnellstens aus meiner Schulter entfernt werden muss, habe ich mir gerne ein paar von den Pillen eingeworfen. Wenn es mich umhaut und ich dummes Zeug rede, habe ich wenigstens keine Probleme, einen Schuldigen zu finden.

Chord räuspert sich. »Ich könnte einfach den Ärmel abtrennen. Wenn du das willst, meine ich.«

»Das geht nicht«, murmele ich. Ein Gefühl merkwürdiger Leichtigkeit erfüllt mich, anscheinend wirkt das Schmerzmittel jetzt so richtig. »Ich habe kein anderes Hemd.«
Mehrere Sekunden des Schweigens verrinnen, spannungsgeladen und elektrisierend. »Dann leg dich aufs Bett«, ertönt Chords Stimme im Halbdunkel. »Es geht schneller, wenn ich es mache.«
Also lege ich mich auf den Rücken. Ich kann nicht atmen, als er mein Hemd aufknöpft. Seine Hände sind warm, selbst durch den Stoff hindurch. Mein Blick ist auf sein Gesicht gerichtet, während er sich vorarbeitet, und an seinem angespannten Kiefer erkenne ich, dass auch er nicht atmet.
Als er so weit ist, zieht er die eine Hälfte des Hemdes vorsichtig über meine Schulter und über meinen Arm, nur so weit, dass er die Schusswunde sehen kann. Verlegen versuche ich, meinen BH so gut es geht mit der anderen Seite des Hemds zu bedecken. Warum muss es auch ausgerechnet einer der durchsichtigeren sein, der, der fast dieselbe Farbe wie meine Haut hat? Mein Gesicht ist heiß wie Feuer. Chord achtet darauf, nicht hinzusehen, als er in dem Arzneikästchen herumwühlt, das auf dem Bett neben ihm steht.
»Bist du bereit, West?«, fragt er, als er mir schließlich den Blick wieder zuwendet. Er hält etwas Leuchtendes, Silberfarbenes in der Hand. Eine Pinzette. Sie sieht spitz aus.
»Ja«, lüge ich. »Das wird weh tun, oder, auch mit dem Schmerzmittel?«
»Wahrscheinlich. Ich hoffe aber nicht. Tut mir leid.«
Ich schüttle den Kopf. »Nicht deine Schuld. Schon in Ordnung.«
Nachdem ich mein Winseln ein paar Minuten lang unterdrückt habe, kann ich mich nach einem besonders hefti-

gen Stoß nicht länger beherrschen. Ich schnappe nach Luft. »Bist du dir sicher, dass du das kannst?«
»Ja, bin ich.«
Ich stöhne vor Schmerz und beiße die Zähne zusammen, kämpfe gegen das Gefühl an, dass meine Schulter von innen nach außen gestülpt wird. Ich will mehr Schmerzmittel, habe aber bereits so viele Pillen genommen wie irgend möglich, ohne eine Überdosis zu schlucken. Eine weitere, lange Minute verstreicht. »Wo hast du das noch mal gelernt?«, frage ich.
Ein tiefes Grunzen äußerster Konzentration. »Ich habe es nicht gelernt.«
»Nimmst du mich auf den Arm? Bitte sag mir, dass du mich auf den Arm nimmst!«
»Entspann dich, West. Ich habe schon eine SIMU davon gesehen.«
»Eine *was?*«
»Eine SIMU. Du weißt schon, eine Simulation, ein Lehrmodell. Außerdem habe ich dieses RS die ganze Zeit mit Luc gespielt …«
»Dieses RS?«
»Rollenspiel, West. Wie kannst du das nicht wissen …?«
»Chord.«
»Also, eine meiner Hauptfiguren war ein Chirurg für Extremfälle. Glaub mir, das hier ist nichts dagegen.«
»Ich nehme an, wer auch immer gesagt hat, Videospiele taugen nichts, hat unrecht«, sage ich stockend.
Chord lacht, aber ganz leise, damit weder seine Hand noch meine Schulter zittern. »Wahrscheinlich schon.«
Ich muss daran denken, wie Luc und er Stunden damit zugebracht haben, unaussprechliche Bauteile auseinanderzunehmen und neu zusammenzusetzen, an ihre Fingerfertigkeit, als sie mit winzigen Werkzeugen, Chips und kleinen Teilchen hantierten. Wie sie mit merkwürdigen

Worten um sich geworfen haben, einer Sprache, die ich nie lernen wollte. »Parallaxenlaufwerke«, »Klinkensteckerkabel«, »syntaktische Platinen«.

»Ich weiß ja nicht, ob es dasselbe ist, mit einer Pinzette herumzuspielen, die ein Getriebe und Kabel und weiß der Geier was hat«, sage ich ihm.

»Ich bin deine einzige Chance.« Er nimmt sich einen kurzen Moment, um mich anzugrinsen. »Obwohl ich keinen Zweifel habe, dass du es besser treffen könntest, wenn du nicht schon so verkorkst wärst.«

»Da sind wir uns ja mal einig«, sage ich.

»Wunderbar. Dann hör auf zu jammern.«

»Du schabst eine Kugel aus meiner Schulter«, wende ich ein. »Da werde ich ja wohl noch jammern dürfen.«

»Nicht bei mir«, sagt er. »Ich will nichts davon hören. Und hör auf, so herumzuzappeln.«

»Ich zapple gar nicht herum.«

Ein weiteres sanftes Lachen. Ich lasse ein paar Sekunden verstreichen, bevor ich sage: »Danke übrigens. Dass du das machst, meine ich.«

»Du solltest dich lieber noch nicht bedanken. Auch wenn wir fast fertig sind.«

Eine letzte Woge des Schmerzes erhebt sich über die besänftigende Wolke aus Schmerzmittel-Taubheit, in der ich schwebe, und bringt meinen ganzen Arm zum Krampfen. Ich stoße ein leises Stöhnen aus und kämpfe gegen das Verlangen an, mich auf die Seite zu rollen, um meine Schulter vor weiterem Schaden zu bewahren.

Chord atmet hörbar aus. Die Anspannung, die von ihm abfällt, ist deutlich zu spüren.

»Okay, ich hab sie.« Er hält die Pinzette vor den Mond im Fenster. Zwischen ihren Metallspitzen klemmt ein kleines, silbernes Etwas. Die Kugel wäre schön und glänzend, wäre sie nicht überzogen von meinem Blut.

Ich nehme sie entgegen, diese kleine Kugel Sterblichkeit. Rolle sie zwischen meinen Fingern herum, bin dankbar, erleichtert und außerdem angewidert, weil ich es zugelassen habe, dass es so weit kommt.

Ich lasse die Kugel auf den dreckigen Teppichboden fallen. Man hört nichts, als sie zwischen den billigen Plastikfasern verschwindet.

»Bring es zu Ende, Chord«, sage ich leise. »Bitte.«

Der Rest verläuft wesentlich schneller. Das Arzneikästchen ist erstaunlich gut ausgestattet. Zusätzlich zu dem Schmerzmittel gibt es noch Desinfektionsmittel, eine abgepackte antibiotische Salbe, eine Rolle Mull und ein Fläschchen mit abgelaufenem Penicillin, von dem ich ein paar Pillen schlucke. Allerdings gibt es nichts für die Stiche, die ich Chords Meinung nach benötige, also behelfen wir uns mit viel Mull und Klammerpflastern.

»West, wenn die das hier nicht zusammenhalten …« Er führt den Gedanken nicht zu Ende, während er das letzte H-förmige Pflaster auf meine Schulter klebt. Aber ich weiß, was er denkt. *Wenn die das nicht zusammenhalten, müssen wir wahrscheinlich ins Krankenhaus.*

Kein Krankenhaus. Keinen Eintrag darüber, wie ich am Ende noch betäubt werden muss, um behandelt werden zu können. Nicht, dass sie mich ausfindig machen kann und mich dann wehrlos vorfindet. »Die werden halten, das wird schon«, sage ich.

Er erwidert nichts. Zögerliches Verständnis für meine Angst. Vorsichtig hilft er mir, das Hemd wieder über die Schulter zu ziehen. Als er es zuknöpft, sieht er nur mein Kinn an, sonst nichts.

Als der letzte Knopf zu ist, streicht Chord mir mit erhitztem Blick und einem tiefen Seufzer meine schrecklichen Haare zurück. Er sagt nichts, sondern fängt an, um mich herum aufzuräumen. Ich bleibe auf dem Bett. Trotz der

Medikamente pocht meine Schulter, und mein Blick schweift in dem Bemühen, mich abzulenken, durchs Zimmer.

Es gibt nicht wirklich viel zu sehen. Wir haben eine Erdgeschosswohnung im Westen von Gaslight gefunden. Der Wind frischte auf, als wir daran vorbeigingen, und das weiße Fähnchen am Türknauf winkte uns entgegen wie eine Fahne der Kapitulation. Obwohl ich weiß, dass Chord nicht in der Nähe des Ortes bleiben wollte, wo sie uns zuletzt gesehen hat, gab es keinen Zweifel, dass ich nicht in der Lage war, noch weiter zu suchen.

Und da sind wir also. Die Wohnung ist älter als alt, der Grundriss beengt und altmodisch. Ein Wohnzimmer, vollgestopft mit billigem Kitsch und Regalen voller vergilbter, eselsohriger Bücher. Ein sehr kleines Badezimmer, eine Küche, in der Platz fehlt, um sich darin zu bewegen, ganz zu schweigen zu kochen. Der vorherige Besitzer muss schon vor einer Weile verschwunden sein, denn die Luft ist abgestanden. Trotzdem glaube ich nicht, dass er ein aktivierter Substitut war, die Einrichtungsgegenstände der Wohnung passen einfach nicht zum Profil eines jungen Arbeiters oder Studenten. Ich glaube, es war einfach nur eine Person, die alleine gelebt hat und alleine gestorben ist. Und auch wenn man ihre Leiche schnell weggeschafft hat, ist die Wohnung wohl auf der Strecke geblieben. Entweder war die Säuberungskolonne von Gaslight im Verzug oder hoffnungslos unterbesetzt.

Vor lauter Hunger habe ich Bauchschmerzen. Mein Magen knurrt.

Chord kommt zu mir herüber. »Ich gehe schnell nach draußen und hole dir etwas zu essen. Du wirst besser schlafen, wenn du etwas im Magen hast.«

»Wohin willst du denn gehen?« Meine Eingeweide ziehen sich zusammen – ob es nun der Hunger ist, die Angst, allein gelassen zu werden, oder einfach nur, ihn gehen zu sehen, kann ich nicht sagen.

»Weiter unten in der Straße gibt es einen Laden, der rund um die Uhr aufhat. Die haben bestimmt etwas Warmes, selbst wenn es nur aus dem Speisewärmer ist. Vielleicht wäre ja auch etwas Kaffee ganz gut?«

Ich sehe ihn an, und ich glaube, ich bin überraschter als er, als sein Gesicht verschwimmt. Ich weine, habe aber keine Lust, mir die Tränen wegzuwischen. Ich weiß nicht genau, warum. Vielleicht, weil es nichts als ein alberner Versuch wäre, sie vor Chord zu verstecken.

»Was ist los?«, fragt er leise. Ich kann sehen, dass er verlegen ist. Er ist nicht daran gewöhnt, sich mit Tränen auseinanderzusetzen, welcher Art auch immer. Ich glaube nicht, dass sein Bruder Taje viel geweint hat. Vor allem nach dem Unfall ihrer Eltern hat er sich abgekapselt und sich geweigert, Gefühle zuzulassen.

Ich muss es ihm sagen. Er wird es sowieso bald genug herausfinden. Aber es ist so schwer. Ich weiß, wie gründlich ich das verbockt habe, ganz egal, welche Entschuldigung ich vorzubringen habe. »Chord, ich habe die Pistole verloren.«

»Die Pistole?«

»Lucs Pistole. Meine, will ich sagen.« Ich kann immer noch spüren, wie er sie mir in die Hand gedrückt hat. »Ich habe sie liegen lassen. In der Gasse, nachdem ich sie gesehen habe. Ihn, die beiden.« Meine Worte stürzen in einem befreienden Schwall aus mir heraus, lassen mich leer und hohl zurück. »Ich glaube, ich stand völlig unter Schock, wegen dem Blut und so. Ich kann mich nicht einmal genau daran erinnern, wie ich … ich kann nicht glauben, dass ich jemals …«

Luc, es tut mir so leid. Du bist in dem Glauben gestorben, dass sie mich beschützen würde.

Chord setzt sich neben mich aufs Bett. Er ist jetzt ganz unbeholfen, als bestünde er nur aus Ecken und Gliedmaßen und ungeschickten Bewegungen. Das erinnert mich daran, als er klein war, bevor er in sich selbst hineingewachsen ist, so geworden ist wie jetzt. Groß, geschmeidig, noch immer hoch aufgeschossen, zugleich aber auch muskulös, mit einer Art Widerstandskraft, die er damals noch nicht hatte.

Er greift hinter sich, zerrt an etwas, das unter seiner Jacke steckt. Er zieht es hervor und legt es in meine Hand.

Einen kurzen Moment fühlt sich die Pistole fast fremd an, fast fehl am Platz. Doch dann ist dieses Empfinden ganz schnell verflogen, und sie schmiegt sich perfekt in meine Handfläche, spreizt meine Finger vom Daumen ab.

Wenigstens wurde ich nicht in den rechten Arm getroffen. Sonst wäre der jetzt nutzlos. *Ich* wäre nutzlos.

»Danke.« Ich lege die Pistole auf das Bett neben mich. Fast kann ich meinen Augen nicht trauen. Ich war mir so sicher, sie verloren zu haben. »Noch mal: Ich bin dir was schuldig.«

Chord schüttelt den Kopf. »Du bist mir nichts schuldig, West«, sagt er und hört sich dabei fast schon wütend an. Er wendet sich ab, um etwas anderes als mich anzusehen. »Ich habe ein Versprechen gegeben, aber das ist nicht der einzige Grund, aus dem …«

»Du musst das nicht tun«, platze ich heraus. Es erschreckt mich zu sehen, wie sehr dieses Versprechen auf ihm lastet. Aber warum lasse ich mich davon so runterziehen? »Ich brauche dich nicht.« Eine Lüge, viel zu ungeheuerlich, als dass einer von uns sie noch glauben würde.

Sein Mundwinkel zuckt, und als er sich zu mir umdreht, ist der Ausdruck auf seinem Gesicht wütend und frustriert. Voller Not. »Doch, das tust du, aber du willst es nicht, und das macht mich fertig! Weißt du, was mein erster Gedanke war, als ich gesehen habe, dass du die Pistole fallen gelassen hast?« Chords Stimme ist leise, sanft und gefährlich. »Ich hätte sie am liebsten da liegen lassen. Ich hätte sie am liebsten in den Ozean geworfen, oder in den Surround. Ich hätte sie gerne so tief vergraben, dass selbst Luc nicht hätte sagen können, wo sie sich befindet. Sie hätte überall sein sollen, außer in deinen Händen. Irgendwo so weit entfernt, dass du sie niemals wiederfinden würdest.«

Ich kann kaum klar denken. »Warum würdest du …«

»Weil du dir dann vielleicht helfen lassen würdest. Weil du dann vielleicht wollen würdest, dass ich bleibe.« Er stößt einen bebenden, langgezogenen Seufzer aus, dann wendet er sich von meinem kühlen Blick ab, blickt zu Boden und fährt sich mit den Händen durchs Haar. Als er meinen Namen ausspricht, klingt er heiser und gequält. »West.«

Etwas in mir zerbricht. »Warum hast du die Pistole dann mitgenommen?«

»Darum.« Sein Gesicht wirkt gehetzt, zu alt. »Was, wenn das Ganze nach hinten losgegangen wäre? Du hättest die Pistole nicht gehabt, um dich zu schützen … und mich würdest du immer noch nicht sehen wollen.«

»Ich will dich sehen«, flüstere ich.

Chord sagt nichts. Ich nehme an, er versucht herauszufinden, ob das diesmal die Wahrheit ist oder wieder eine Lüge. Es ist beides.

»Ich war gar nicht so weit von dir weg, weißt du«, sagt er vorsichtig. Er hat seine Gefühle wieder im Griff. »Und als ich gesehen habe, dass du sie gefunden hast, bin ich dazu übergegangen, sie zu beobachten. Nicht weil ich mir Sorgen um dich machte, sondern weil ich mich gefragt habe, was sie wohl tun würde, wenn sie dich sieht.«

»Vielleicht bin ich ihr nur gefolgt. Nicht um sie anzugreifen, sondern um herauszufinden, was sie vorhat.«

Er lacht, rauh und bitter. »Nie im Leben. Ich kenne dich. Das Überraschungsmoment war auf deiner Seite. Es sähe dir nicht ähnlich, ihn nicht zu nutzen. Abgesehen davon halte ich an dem fest, was ich vorher gesagt habe«, fährt Chord fort. »Dass sie ganz anders ist als du, obwohl ihr gleich ausseht.« Bei der Erinnerung verdüstert sich sein Blick, und seine Stirn ist gerunzelt. »Als sie dort mit ihm stand, ihrem Striker – deinem Striker, meine ich –, und wir einander in die Augen geblickt haben … ich glaube nicht, schon jemals jemanden gesehen zu haben, der so …«

»Kalt war«, beende ich den Satz für ihn. »Ich erinnere mich, dass du das schon mal gesagt hast. Bevor das passiert ist.«

»Es ist nicht nur so, dass sie kalt war. Da war nichts anderes. Die Leere in ihrem Gesicht, zu sehen, wie unglaublich es *deinem* ähnelte …« Abrupt bricht er ab, ehe er fortfährt: »Selbst als ich dich bei diesem einen Striker-Auftrag töten gesehen habe, hättest du nie so sein können.«

»Ich sollte aber so sein«, sage ich, noch ehe ich mich zurückhalten kann.

Er blinzelt mich an. »Was meinst du damit?«

»So *sollte* ich sein, Chord.« Es laut auszusprechen lässt es realer wirken. Dass sie mich mit bloßem Willen schlagen kann. »Es war keine Leere, die du in ihrem Gesicht gesehen hast, es war Zielstrebigkeit. Mich umzubringen, bevor ich sie umbringen kann. Und sie zweifelt nicht daran, dass es ihr gelingen wird.«

»Moment …«

»Chord, wenn ich versage, dann verrate ich in gewisser Weise auch meine Familie. Ich bin die Letzte, die noch übrig ist. Was, wenn mein Bestes nicht gut genug ist? Was, wenn ihr Überlebenswille einfach … stärker ist als meiner?« Ich schlucke und zwinge mich weiterzusprechen.

»Was, wenn sie tatsächlich diejenige ist, die zum Überleben bestimmt ist, und ich die Schwächere bin?«

Seine Augen leuchten im schwachen Mondlicht. »Du bist nicht schwach, West. Du bist schon immer eine Kämpferin gewesen, seit ich dich kenne. Seit wir Kinder sind. Du bist wie ein … ich weiß nicht … wie eine Bulldogge, die sich weigert loszulassen.«

»Eine Bulldogge.«

»Also, ja. Du bist schon immer unfassbar dickköpfig gewesen. Selbst jetzt mache ich mir die ganze Zeit Sorgen, weil ich glaube, dass dies der Wesenszug ist, der irgendwann dazu führt, dass dir weh getan wird.«

Oder dir, wenn du dich vor mich stellst oder in meiner Nähe bist. Meine Brust schnürt sich zusammen.

»Hier.« Ich strecke ihm die Pistole mit dem Griff nach vorne hin. »Nimm sie mit, wenn du gehst. Nur zur Selbstverteidigung. Sie könnte irgendwo da draußen sein. Oder der Striker, den sie angeheuert hat. Sofern er ein Striker ist. Nimm sie mit, auch wenn du nicht so gut schießen kannst.«

»Ich brauche sie nicht.« Er zeigt auf seine Jackentasche. »Ich habe meine eigene.«

Ich bin überrascht. Chord ist ein Vollendeter. Er braucht keine … »Die trägst du mit dir herum? Warum?«

»Ich habe wieder damit angefangen, als ich dir gefolgt bin.« Er lächelt schief. »Selbst wenn ich der ›schlechteste Schütze in ganz Kersh‹ bin, wie Luc immer gesagt hat, so war sie doch gut genug, um die beiden in die Flucht zu schlagen. Wenn irgendein Durchgeknallter mit einer Waffe in der Hand die Straße runterrennt und direkt auf einen zukommt, dann sagt einem der Instinkt für gewöhnlich, dass es besser wäre zu verschwinden. Selbst dann, wenn die eigene Substitutin direkt vor einem steht.«

Ich ziehe eine Augenbraue hoch, mein Blick wandert

über Chords Gesicht. Ich versuche mir vorzustellen, wie es wohl ausgesehen haben muss, um ihr so große Angst eingejagt zu haben.

Chords braune Augen, die je nach Licht mehr ins Bernsteinfarbene changieren. Sein großzügiger Mund, der sich ebenso bereitwillig zu einem Lachen verzieht, wie er bei Ärger zu einer schmalen Linie wird. Er hat ein breites Kinn, einen kantigen Kiefer und dunkle Haare, die immer verwuschelt sind. Ich kenne sein Gesicht so gut. Und es ist nur seines, das von keinem anderen. Nichts daran könnte mir wirklich ernsthaft Angst machen.

Mein Magen knurrt wieder, ruiniert den Moment. »Bleib nicht lange weg, ja?«, sage ich.

Eine ganze Minute lang sieht er mich einfach nur an. Dann steht er auf und geht Richtung Tür.

»Jetzt spuck's schon aus, Chord.« Ich spüre, dass ihm etwas im Kopf herumschwirrt, etwas, das ihn so sehr umtreibt, dass er es aussprechen möchte, sich aber gleichzeitig fragt, ob er das wirklich sollte.

An der Tür bleibt er stehen, starrt sie an, als könnte sie ihm sagen, was zu tun sei. Dann dreht er sich zu mir um. »Das, was du über sie gesagt hast … dass sie entschlossener ist als du …«, sagt er langsam. »Dass sie es verdient hätte, ihren Auftrag erfolgreich abzuschließen, wenn sie es mehr will als du …«

Ich nicke steif, unbehaglich.

»Das stimmt nicht, West. Für mich bist du schon immer eine der stärksten Personen gewesen, die ich kenne. Doch es gibt einen Haken: Der Unterschied zwischen dir und ihr liegt darin, dass du nicht nur Entschlossenheit empfindest – du empfindest viel zu viel von allem, die ganze Zeit. Und ich glaube nicht, dass du weißt, wie du das ändern könntest. Schau doch nur, wie oft du sauer auf mich bist. Diese ganzen Sorgen. Die Schuld.« Eine kurze Pau-

se, und seine Augen werden einen Tick dunkler. »Sogar Liebe.«
Meine gesunde Hand gräbt sich in das Bettlaken.
Er muss gehen, bevor er mich dazu bringt, vollkommen die Fassung zu verlieren. Es macht mir Angst, dass es vielleicht schon zu spät ist, dass ich versuche, ihn auszuschließen, obwohl er meinen letzten Widerstand bereits niedergerissen hat. Und noch schlimmer ist, dass ein Teil von mir anscheinend gar nicht mehr dagegen ankämpfen will.
Doch da ist noch diese andere Vorstellung, die mich ebenfalls erschreckt. Die Vorstellung, nicht mehr allein zu sein, so dass alles wieder zum Leben erweckt würde. Alles würde wieder weh tun.
Ohne ihn anzusehen, sage ich leise: »Wenn du zurückkommst, kannst du mich dann schlafen lassen? Mein Arm fühlt sich besser an, du brauchst also nicht zu bleiben.«
Eine sehr, sehr lange Pause. »West, ich …«
»Wir sehen uns, Chord.« Hastig blinzele ich gegen die aufkommende Hitze in meinen Augen an. Ich atme durch die Schmerzen in meine Lungen.
»Was habe ich …?«
»Du hast gar nichts gesagt, okay? Es liegt an mir. So wie immer. Das solltest du in der Zwischenzeit wissen.«
Er sagt nichts. Wenige Sekunden später höre ich ein leises Klicken, als sich die Tür hinter ihm schließt.
Ich bin am Ende, liege eingerollt auf dem Bett. Die Tränen kommen nicht. Stattdessen nagen sie an mir wie eine Bestrafung.

8

Ich schlafe ein, ehe Chord zurückkommt, und wache auf, nachdem er bereits wieder gegangen ist.

Jetzt, wo er weg ist, wirkt die enge Wohnung fast schon geräumig. Und viel zu ruhig. Das Anfahren und Anhalten der Autos draußen und das laute Dröhnen unzähliger Schritten auf dem Betonboden sind die einzigen vernehmlichen Geräusche. Sie dringen durch die dünnen Wände wie ein unhöflicher Weckruf. Der Tag ist bereits in vollem Gange.

Verärgert über mich selbst, inspiziere ich das Essen, das er mir dagelassen hat. Natürlich ist es in der Zwischenzeit eiskalt, aber das ist mir egal, denn es stammt aus dem Vollendeten-Regal des Ladens. Pizza mit echten Tomaten und Käse. Ein Schokomuffin mit richtigen Schokosplittern. Eine Banane ohne Druckstellen. Echter Orangensaft. Im Stillen sage ich Chord ein aufrichtiges »Danke«, weil er die Privilegien seines Status missbraucht hat, damit ich etwas zu essen habe.

Als ich das Chaos aufräume, schaue ich gleichzeitig, ob er mir irgendwo eine Nachricht hinterlassen hat. Nur für den Fall, dass er mir noch etwas sagen wollte. Zum Beispiel, wann ich ihn wiedersehe.

Ich finde nichts.

Wütend werfe ich die zerknitterten Verpackungen in den Müll. Ich weiß noch nicht einmal, warum ich sauer bin. Es ist nicht unbedingt typisch für ihn, eine Nachricht zu hinterlassen, ganz besonders wenn er weiß, wie die Chancen stehen, dass ich sie überhaupt lese.

Na ja, dieses Mal hätte ich es wohl getan. Egal, wie wir die Dinge letzten Abend belassen haben, durch die Unterhal-

tung mit ihm ist mir klargeworden, wie sehr ich es vermisse …
Das reicht. Schluss damit.
Ich seufze. Schiebe den Gedanken fürs Erste zur Seite. Später werde ich Zeit haben, das alles zu analysieren und herauszufinden, was es für uns beide bedeutet. Aller Wahrscheinlichkeit nach in der Nacht, wenn ich allein im Dunkeln liege und versuche, zu schlafen und nicht an ihn zu denken.
Ich überprüfe den Verband. Chord hat ganze Arbeit geleistet. In jedem Fall hat er es besser gemacht, als ich es je hätte tun können. Für den Fall der Fälle klebe ich noch eine Schicht Klebeband darüber und bewege vorsichtig den Arm, um zu prüfen, wie es meiner Schulter geht. Wenigstens wurde der Knochen nicht getroffen.
Der Schmerz lässt mich aufstöhnen, obwohl er mich nicht wirklich überrascht. Eine Kugel ist wie eine scharfe Axt, die durch einen frisch gepflanzten Wald fährt. Junge Bäume zersplittern, brechen, fallen zu Boden. Ich kann mir nur zu gut vorstellen, welchen Schaden die Kugel angerichtet hat, als sie meine Muskeln zerfetzt und anderes Weichgewebe durchschlagen hat. Ich verdiene es nicht anders. Weil ich daran gescheitert bin, meine Substitutin umzubringen, als ich die Gelegenheit dazu hatte. Weil ich den Auftrag nicht ausgeführt habe. Ich Unwürdige.
Es regnet wieder. Ich muss irgendwo eine richtige Regenjacke auftreiben. Was ich jetzt gerade trage, ist noch ganz durchnässt von letzter Nacht. Eigentlich muss ich mir insgesamt mehr Kleidung besorgen, Punkt. Ich habe nichts zum Wechseln. Meine Finger streichen über die Vorderseite meines Hemds, über die Knöpfe, die Chord berührt hat, ehe er gegangen ist. Jetzt ist er weg, genau das, was ich wollte.

Mein Handy summt. Eine eingegangene Nachricht. Sie reißt mich aus meinen trostlosen Gedanken. Ich ziehe das Handy hervor und lese sie.
Ein neuer Striker-Auftrag. Während die Einzelheiten durchgegeben werden, flackert eine helle Flamme des Zweifels in mir auf. Ich zögere, höre Chords Worte in meinem Kopf widerhallen. Die Worte, die er sagte, als wir uns in jenem schäbigen Wäscheladen im Grid befanden und er mich rundheraus fragte, warum ich noch immer als Auftragskillerin arbeitete. Ich höre noch seine Bitte ganz am Anfang in Baers Klassenzimmer, als ich mich dazu entschlossen habe, ein Striker zu werden.
Ist es so schwer, daran zu glauben, dass du diejenige sein wirst, die gewinnt, wenn du deinen Auftrag erhältst?
Es war schwer in Worte zu fassen. Es ist schwer zu sagen, inwiefern jeder von mir getötete Substitut diejenigen, die von mir gegangen sind, weniger lebhaft, ihre Gesichter schwächer, ihre Stimmen leiser erscheinen ließ. Inwiefern es mir geholfen hat, meinen Verstand mit nichts anderem zu beschäftigen als mit dem nächsten Auftrag. Es hat mir geholfen, meine Schuld an Lucs Tod zu betäuben, zu vergessen, inwiefern Chord daran beteiligt gewesen ist. Inwiefern die mechanischen Abläufe meine Stunden gefüllt und es mir fast schon leicht gemacht haben.
Fast.
Denn sie ist nie sehr weit weg. Ich muss nur in einem Fenster einen kurzen Blick auf mein Gesicht erhaschen, einen Blick in den Spiegel werfen, ehe alles wieder über mich hereinbricht. Meine Substitutin ist noch immer da draußen, und Chord ist jetzt viel mehr in das alles involviert, als ich es jemals gewollt habe.
Noch sechs Tage.
Ohne jegliche Gefühlsregung nehme ich den Auftrag an, obwohl meine Schulter stark genug pocht, um mich daran

zu erinnern, dass ich nicht noch einmal versagen darf. Die Daten treffen innerhalb weniger Sekunden ein. Ich lese sie durch, verinnerliche sie und bin schon dabei, mich durch sie hindurchzuarbeiten.

Es ist an der Zeit zu gehen. Ich habe bis nach der Dämmerung geschlafen, und der Anblick meiner Umgebung bei Tageslicht gibt mir ein Gefühl der Ruhelosigkeit und der Missstimmung. Doch bevor ich gehe, muss ich noch etwas erledigen. Jetzt, wo ich weiß, wonach ich suche, dürfte es nicht zu schwer werden.

Ich benutze die Spitze meines dünnsten Messers, um die Rückseite meines Handys aus ihrer Verschalung zu lösen. Dann schnipse ich einen winzigen, silberfarbenen Chip heraus und lasse ihn auf den Teppich fallen. Genau wie die Kugel letzte Nacht verschwindet er geräuschlos. Ich klippe die Rückseite wieder an und stecke das Handy ein.

✖✖✖

Ich bin gerade erst im Bezirk Leyton angekommen und würde am liebsten schon wieder verschwinden. Mit meinen billig gefärbten, unordentlichen Haaren, den fleckigen, dürftigen Klamotten und dem skeptischen Blick, der überall Schatten entdeckt, falle ich auf wie ein bunter Hund. Ich stehe auf dem Gehsteig und spüre die Bewegungen der Menschenmassen um mich herum, geschmeidig, kontrolliert. Die Menge hier ist anders als zu Hause. Weniger dicht. Weniger unübersichtlich und ruppig, nicht so sehr von dem einfachen Verlangen angetrieben, zu überleben, als vielmehr von dem Drang, die Dinge so zu lassen, wie sie sind. Ich nehme das minimalistische Straßenbild in mich auf, die sauberen, sterilen Linien der Gebäude, die Ladenfronten aus geschweißtem Stahl, gebürstetem Aluminium, leuchtender Bronze. Die Fenster sind vollkommen durchsichtig, hauchdünn und ohne irgendeine erkennbare Kräuselung – nur erstklassiges kugelsicheres Glas für die Läden hier draußen.

Leyton ist Kershs reichster Bezirk. Während Jethro die industriellen Bedürfnisse der Stadt erfüllt – genau wie Gaslight die wasserbezogenen und Calden die landwirtschaftlichen –, produziert Leyton nichts. Die Einzigen, die einen Beitrag für Kersh leisten, sind Büroangestellte, da die Geschäfte hier hauptsächlich im Finanz- und Technikwesen beheimatet sind. Und Geld stellt ganz eigene Ansprüche. Nahrungsmittel werden erst hierher geliefert, bevor man die restlichen Stadtbezirke anfährt. Die obligatorischen Stromausfälle dauern hier nicht so lange, das Wasser scheint frischer, die Hitze heißer und das Licht heller.

»Vorsicht, ich muss hier durch, 'tschuldigung.« Die Stimme unterbricht meine Gedanken, und ich wäre fast über einen Aktivierten gestolpert, der vor mir auftaucht, um die Straße zu überqueren.

Er hat es eilig, aber nicht so sehr, als dass ich ihn nicht in Augenschein nehmen könnte. Alles an ihm erinnert mich daran, dass sich Leytons Geld auf mehr als eine Weise bemerkbar macht. Seine sicheren, schnellen Bewegungen lassen auf gut trainierte Muskeln schließen. Seine Kleidung besteht aus dem modernsten, fortschrittlichsten Gewebe, ist so getarnt, dass sie ganz normal aussieht, dabei jedoch dünn genug ist, um atmungsaktiv zu sein, und fest genug, um das Durchdringen einer Messerspitze zu verhindern. Und die Pistole, die aus seiner Jacke herauslugt, ist eine, die ich nie haben werde: eine authentische Ronin, dieselbe, die auch Level-2-Operatoren des Boards tragen, diejenigen, die auf Einsätze vor Ort und auf taktische Vorgehensweisen spezialisiert sind. Die Pistole zu verpfänden würde wahrscheinlich genug Geld einbrin-

gen, um jemanden ein Jahr lang über Wasser zu halten, ganz zu schweigen von einem mickrigen Monat.
Ich beobachte ihn dabei, wie er um die Ecke verschwindet, und bin mir ziemlich sicher, dass er seinen Substituten besiegen wird. Die Chancen für Teenies aus Leyton stehen gut. Sie können sich ein sogenanntes Elitetraining leisten, das weit über den normalen Kurs »Fertigkeiten für Substitute« hinausgeht, den das öffentliche Schulsystem anbietet. Das bedeutet, dass sie in der Lage sind, die qualifiziertesten Vollendeten als Privatlehrer anzuheuern oder sich in Kurse einzuschreiben, in denen nur spitzenmäßiges Material für den Unterricht verwendet wird, das auf dem neuesten Stand ist.
Diesbezüglich unterscheidet sich das Board in keiner Weise von uns Strikern. Genau wie wir Geld akzeptieren, um die Armen umzubringen, lassen sie Rang und Vermögen den Ausschlag geben, welcher Substitut gewinnt. Für uns beide wird Geld zum bestimmenden Faktor, ob das nun fair ist oder nicht. Es macht die Dinge wett, die man nicht kaufen kann: ein angeborenes Talent bei der Anpeilung eines Ziels, einen Instinkt, zu jagen und nicht gejagt zu werden, und einen Hang zu Gewalt.
Statistiken ploppen im meinem Kopf auf, vor langem auswendig gelernte Zahlen, die Leytons Vorteil darlegen. Hiesige Substitute beenden ihre Aufträge in 69 Prozent der Fälle erfolgreich. Die Rate ändert sich, je nachdem, aus welchem Bezirk ihr jeweiliger Substitut stammt.
Bei Calden fällt die Rate zum Beispiel auf 63 Prozent, Gaslight hingegen jagt sie auf 74 Prozent nach oben. Wenn Substitute einander gegenüberstehen, von denen keiner aus Leyton kommt, ist die Chancengleichheit größer, ja sie liegt nahezu bei 50 zu 50.
Das eigentliche Problem ist, dass nicht nur Geld, Informationen oder Technologie diesen Bezirk steuern, son-

dern auch die Tatsache, dass Leyton das Zuhause des Boards ist. Von allen vier Bezirken des Kershs kann man seinen Einfluss und seine Macht hier am deutlichsten spüren.

Ich muss nur in Richtung Horizont blicken, um den Zentralturm der Hauptverwaltung des Boards zu sehen, der sich über das ausladende Bauwerk des Hauptgebäudes erhebt. Er ist glatt und glänzend und lässt mich an Kugeln und Klingen und den blechernen Geschmack von Blut denken. Oben auf dem Dach ist das Symbol des Boards angebracht, das Porträt zweier identischer, einander zugewandter Teenager. Es ist elegant, fast schon filigran und dennoch stark, wie ein Spinnennetz. Es wurde aus demselben schwarzen Eisen geschmiedet, das man auch für die Barriere verwendet hat, und besteht nur aus Kurven, Krümmungen und Windungen, ohne irgendeine gerade Linie. Statt Augen prangen schwarze Spiralen in ihren Gesichtern, und nur wenn man nahe genug herankommt, kann man erkennen, dass es sich um eine lange Zahlenreihe handelt. Das Ganze thront wie eine Galionsfigur auf dem Bug eines Schiffes und lenkt den Lauf des Aussonderungssystems des Boards.

Ich sollte mich sicher fühlen, wenn ich dieses Symbol sehe. Doch stattdessen fühle ich mich nur verwundbar. Gejagt.

Die Sirene eines Fahrzeugs der Säuberungskolonne lässt mich nach der Zeit fragen.

Halb fünf Uhr nachmittags.

Mein Kunde ist ein Angestellter. Er müsste noch eine halbe Stunde in seiner Bürobox bleiben, was bedeutet, dass sein Substitut ihn danach am Ausgang erwartet. Was bedeutet, dass ich *ihn* dort erwarte – den Substituten meines Kunden. Ich bin der kleine Vogel, der die Spinne essen muss, die die Fliege verschlingen will.

Doch zuerst sollte ich mich noch umziehen. So wie ich aussehe, kann ich nicht in die Nähe des Geschäftsviertels von Leyton vordringen, geschweige denn in die Nähe meines Striker-Subjekts. Das getrocknete Blut auf meinem Hemd und meiner Jacke sind die sichtbaren Überbleibsel meiner Schussverletzung, und mehr als einer hat sich bereits danach umgedreht.

Rein- und rausschleichen. Niemandem im Gedächtnis bleiben. Keine Spuren hinterlassen.

Das Gewicht der neuen Scheine, die Chord in der beengten Wohnung in Gaslight in meinen Rucksack gestopft hat, lockt mich. Es wäre nicht allzu kompliziert, in einen Laden zu schlendern und mir damit ein neues Outfit zu kaufen. Doch ich bin unwillig, das Geld sofort auszugeben. Noch sechs Tage. Zu lange und zu kurz.

An der Ecke befindet sich eine Kleider-Boutique. Nicht die Art Laden, die man an der Market Strip im Grid vorfinden würde, sondern aufgehübscht mit raffinierten Auslagen und noblen Marken. Blickdichte Innenwände und ein verwirrendes Labyrinth aus silberfarbenen, fahrbaren Regalen helfen dabei, mich zu verdecken, als ich einen gestrickten Pulli und eine dunkle Jeans in meinen Rucksack stecke. Die Sicherheitsetiketten sind mit einem dünnen Draht daran befestigt und halten einem geschickten Schnipser mit meinem Springmesser in keiner Weise stand.

Auf der gegenüberliegenden Straßenseite gibt es ein Bezirksgrillrestaurant, und ich mache mich auf den Weg dorthin. Von außen ist es viel zu sauber und das Licht viel zu grell. Die mit Leder ausgeschlagenen Sitzgruppen sind geschmeidig und ganz und gar unbeschädigt. Der Kontrast zwischen dieser Örtlichkeit und dem Bezirksgrill im Grid ist frappierend.

Auf der Toilette schlüpfe ich in die neue Kleidung. Ich erkenne die Marke nicht, aber schon allein aufgrund dessen, wie sie sich anfühlt, weiß ich, dass es sich hier um bessere Qualität handelt, als ich sie je besaß. Ich wünschte, ich hätte daran gedacht, mir auch ein neues Paar Schuhe zu schnappen, doch das kann ich jetzt nicht mehr ändern. Ich werfe meine alten Klamotten in den Müll. Weitere Teile meiner Vergangenheit – verschwunden. Bei meinem Hemd zögere ich kurz, denke an Chords Hände und werfe es dann auch weg. Nur nicht zurückblicken.

Die Tür geht auf, und ein paar Mädchen treten nacheinander ein. Sie sind in etwa so alt wie ich. Sie sehen noch nicht einmal auf, als sie den langen Spiegel für sich beschlagnahmen, sich herrichten und zurechtmachen.

Ihre Gesichter sind faszinierend, fast zu glatt, um wahr zu sein. Ihr Haar zu glänzend, zu gesund, ihre Kleidung zu sauber und maßgeschneidert. Und auch wenn sie meinen Freunden in Jethro überhaupt nicht ähneln, fühle ich mich doch an sie erinnert. An das Gefühl der Zugehörigkeit zu einem Freund, einer Gruppe, einem Ort. Plötzlich spüre ich einen Stich der Einsamkeit. Wieder so zu leben, die pure Normalität, als Nicht-Aktivierter …

Über ihre Schultern erhasche ich einen Blick auf mein Spiegelbild.

Im Vergleich zu ihnen sehe ich dreckig und krank aus. Fast schon gebrochen. An den Stellen, an denen meine Haut nicht zerkratzt oder gequetscht ist, ist sie blass. Meine Haare sind ein einziger Alptraum, und ich kann deutlich sehen, dass ich sie in den nächsten Tagen nachfärben muss. Während sich die Mädchen in abgehacktem, schrillem Kreischen und Gekichere unterhalten, komme ich zu dem Schluss, dass sie noch nicht alle Vollendete sein können. Es ist unwahrscheinlich, wenn man ihr Alter bedenkt und die Tatsache, dass sie zu viert, nein, zu fünft hier aufgetaucht sind. Ein paar von ihnen müssen also Anwärterinnen sein. Doch ich kann sie nicht von den anderen un-

terscheiden. Keine von ihnen hat ein ängstliches oder sorgenvolles Auftreten, keine von ihnen scheinen Zweifel zu plagen.
Sie alle haben die Möglichkeit, Striker anzuheuern – ist das ihr Geheimnis? Oder glauben sie, dass sie aufgrund ihres jahrelangen Elitetrainings jederzeit bereit sind? Sind sie nur übermäßig optimistisch, oder ist es schlicht eine Tatsache, dass es für sie einfacher ist, unkomplizierter?
Letzten Endes läuft trotzdem alles nur auf eine Kugel oder einen Messerstich hinaus. Geschicklichkeit oder Glück ... im Angesicht des Todes macht das keinen großen Unterschied.
Ich überprüfe ein zweites Mal, dass ich alles habe. Klopfe meinen Rucksack ab, meine Hosen, spüre den tröstenden Umriss meiner Waffen. Das Geräusch der Mädchenstimmen wird schwächer, als ich in den Empfangsbereich trete, wo ich sofort von einem schweren Geruch nach Fett eingehüllt werde. Er klebt an meiner Haut wie eine zweite Schicht. Und lockt meinen Hunger aus seinem Versteck.
Ich sollte etwas essen.
Ich stelle mir etwas aus der Speisekarte der Anwärter zusammen: einen Burger mit Pommes und mit Wasser verdünnten Sirup. Alles davon schmeckt fade, macht satt, aber nicht wirklich zufrieden. Und ich frage mich, warum ich so angestrengt versuche, am Leben zu bleiben, wenn ich doch sowieso nur völligen Mist esse. Trotzdem stopfe ich alles in mich hinein, darauf getrimmt, nichts zu vergeuden. Beim Essen kann ich die Schrift auf dem Set des Tabletts nicht übersehen: DENKEN SIE DARAN NACH DER AUSFÜHRUNG EINES AUFTRAGS DIE SÄUBERUNGSKOLONNE IHRES BEZIRKS ZU BENACHRICHTIGEN VIELEN DANK DAS BOARD.
Als ich fertig bin, werfe ich alles von meinem Tablett in den Müll, das Set inklusive.

Die Arbeitsstelle meines Kunden ist nur fünf Blocks die Straße runter und drei weiter rüber. Ich bin in wenigen Minuten dort.
Forester Finance ist nur eines der vielen Unternehmen, die in dem riesigen Gebäude vor mir untergekommen sind. Ein Blick sagt mir, dass es aus mindestens 30 Etagen besteht. Normalerweise würde ich mir Sorgen machen, wenn ich so hoch hinaufmüsste, denn je höher ich gehe, desto länger brauche ich, um wieder nach unten ins Freie zu kommen. Doch da reinzugehen ist keine Option – nicht dieses Mal, bei diesem Striker-Auftrag.
Der Auftrag ist bereits zehn Tage alt. So lange ist mein Kunde seinem Substituten gefolgt, ehe er beschlossen hat, den Auftrag nicht selbst ausführen zu können. Nicht dass die Zeit umsonst gewesen wäre, seinem Datenblatt hat er sehr viele Informationen beigefügt, um mir zu helfen, den Jäger zu jagen. Die Inhalte spulen sich vor meinem inneren Auge ab, wie ein häufig gelesenes Buch, doch es sind seine Anmerkungen zu den letzten fünf Tagen, die am bedeutendsten sind:

Er geht täglich all die Orte ab, die ich regelmäßig aufgesucht habe: Forester Finance *an der Garden Street; das* Boomerang Café *auf der gegenüberliegenden Straßenseite, wo ich zu Mittag esse; der Lebensmittelladen* Freshery *einen Block hinter dem* Sees, *wo ich auf meinem Heimweg einkaufe; die innerbezirkliche Haltestelle an der Fortis Street, dem schnellsten Weg in die Vororte von Leyton. Aber niemals in derselben Abfolge. Er ist sehr darauf bedacht, selbst keine nachvollziehbaren Handlungsabläufe zu entwickeln.*
Er wird mich aufspüren, aber dann werden Sie da sein.

Ja, das werde ich – ich muss nur noch das »Wo« eingrenzen. »Zeit«, sage ich laut, während mein Blick noch ein-, zweimal suchend über den Platz schweift.
16:48.
Noch zwölf Minuten bis zum Ende des Arbeitstags ... und ich weiß, die Gelegenheit für mein Striker-Subjekt ist viel zu günstig, um sie verstreichen zu lassen. Gewohnheit hin oder her, wenn er dieses Gebiet überwacht, dann käme er niemals auf die Idee, *nicht* vor der Arbeitsstelle meines Kunden zu warten. Er hat nichts zu verlieren, wenn er sich rückversichert, ein paar Minuten hier verbringt, um zu überprüfen, ob sein Substitut auch wirklich nicht zur Arbeit erschienen ist.
Ich setze mich auf eine von drei nebeneinanderstehenden Bänken am Ende eines Weges, der zum Haupteingang führt. Von hier habe ich freie Sicht auf das, was auf der gegenüberliegenden Straßenseite passiert – und auf jeden, der ebenfalls von der freien, unversperrten Sicht profitiert, um die Lage zu beobachten und darauf zu warten, dass eine ganz bestimmte Person *Forester Finance* verlässt.
Es wäre besser, wenn die Bänke leer wären, aber das sind sie nicht. Eine Frau und zwei Männer sitzen darauf. Drei Leute, die ich davon überzeugen muss, dass ich jemand bin, der ich nicht bin. Jemand, der sich die Zeit vertreibt. Jemand, der auf einen Freund oder seinen Liebsten wartet. Kein Striker, der nach seinem Zielobjekt Ausschau hält.
Zwei schnelle, diskrete Stiche mit der Spitze meines Schnappmessers, das ich aus der Hosentasche ziehe, während ich dorthin gehe. Ich lasse meine Daumen in die Löcher der Ärmel meines neuen Pullis gleiten und ziehe an ihnen, so dass sie sich über meine Zeichen legen, ganz offensichtlich da und doch versteckt. Ich setze mich, lege affektierte Langeweile an den Tag, lasse meinen Rucksack nachlässig an einem Arm herunterhängen, den Blick acht-

sam abgewendet. Als Aktivierte erkannt zu werden wäre akzeptabel, und als Anwärterin wäre ich sogar noch unauffälliger. Ich hole mein Handy hervor, fange an, eine SMS an mich selbst zu schreiben. Während der ganzen Zeit behalte ich die Drehtür zu meiner Rechten, die gemächlich nach drinnen und draußen gehenden Leute und die Schaufenster links auf der anderen Straßenseite im Blick: eine Bank, ein Tablet-Automat, ein auf Handys spezialisierter Laden und eine Zughaltestelle.
Die Sonne steht tiefer, leuchtet orangefarben und wird von den Dachholmen reflektiert. Der obere Rand der Eisenbarriere ragt in den Himmel, weit entfernt am Horizont, ein riesiger schwarzer Reif.
Noch weniger als zehn Minuten.
Ein Zug aus dem Bezirk von Leyton fährt in die Haltestelle gegenüber der Straße ein und lädt ein Dutzend Leute ab. Um mich herum leeren sich die Bänke, als die Dame und die beiden Männer aufstehen, um die Straße zu überqueren und in den Zug zu steigen. Ich bemerke es kaum, da ich mich auf ein Pärchen konzentrierte, das den Weg vom Zug hierher kommt. Sie setzen sich auf eine der jetzt leeren Bänke, flüstern und lachen miteinander. Ihre Einkaufstaschen gleiten zu Boden, als er sie in den Arm nimmt. Sie sind jung, aber nicht jünger als zwanzig. Vollendete also. Fangen ihr Leben an, die Welt liegt ihnen zu Füßen.
Es wäre so leicht für mich, etwas zu sagen. Dass es nicht zwangsläufig bedeutet, dass alles perfekt sein wird, egal wie sehr wir das auch glauben wollen. Dass das Leben einem immer noch einen Strich durch die Rechnung machen kann, dass Unfälle passieren können oder man schlicht und einfach Pech haben kann.
Aber natürlich tue ich das nicht. Weil ich sie betrachte und an Chord denke und an all das, was für uns immer noch möglich wäre … wenn ich es nur zulassen könnte.

Meine Schulter schmerzt. Ich wünschte, ich hätte daran gedacht, die Flasche mit dem Schmerzmittel aus der Wohnung in Gaslight mitzunehmen. Ich würde gerne glauben, dass ich es getan hätte, wäre ich mit meinen Gedanken an Chord nicht so abgelenkt gewesen.
Dann verschwinden alle Gedanken, werden sorgfältig für einen anderen Moment verwahrt. Ich sehe nur noch eine einzige Person, die am Bahnsteig steht.
Der Substitut meines Kunden. Seine Augen sind halb verdeckt von einem Hut, den er sich tief in die Stirn gezogen hat, die Wangen etwas eingefallener als die auf dem Foto. Als er den Arm hebt, um seinen Hut zurechtzurücken, sehe ich, wie der Griff einer Pistole aus dem Bund seiner Jeanshose hervorragt. Er verheimlicht nicht, dass er das Gebäude neben mir beobachtet.
Ganz langsam und bedächtig verstaue ich das Handy in meinem Rucksack. Mache den Reißverschluss zu, fahre prüfend mit den Fingern über meine Jackentaschen und die vordere Hosentasche, wie immer. Ja, alles da. Ich stehe auf, hänge mir den Rucksack über die Schulter, schaue nach links und rechts und trete über den Bordstein.
Ich bin noch immer hin- und hergerissen, selbst als ich bereits loslaufe. Soll ich die Pistole benutzen, eine sichere Distanz wahren, die Aufmerksamkeit auf mich ziehen? Oder soll ich das Messer benutzen, einen schnellen, sauberen Stich setzen oder mein Objekt aufschlitzen, in der Hoffnung, dass es mich nahe genug herankommen lässt? Oder … soll ich meine Klinge werfen? Es besteht keine Gefahr eines KMs, da er allein ist. Kein explosiver Knall. Nur eine Drehung meines Handgelenks, das Schleudern von Stahl und dann ganz einfach das Herausziehen der Waffe. Etwas, das ich schon viele Male zuvor gemacht habe.
Nur …

Nur …

Ich weiß nicht, ob ich dazu in der Lage bin.

Ich kann noch immer den Ausdruck in ihren Augen sehen – in den Augen meines ersten Striker-Subjekts –, als ich weiß, dass sie sterben wird, aber nicht schnell und sauber, sondern langsam und schmerzhaft, durch meine Hand.

Meine Hand zuckt an meinem Bein. Gleitet aus dem Ärmel und greift in meine Jackentasche.

Nach der Pistole.

Die Entscheidung kommt so schnell wie ein Atemzug, ist so frisch wie eine neue Prellung, und ich bin nur noch drei Meter von ihm entfernt. Meine Hand liegt bereits um den Griff der Waffe, zieht sie hervor und hält sie hoch, mein Finger schließt sich langsam um den Abzug. Nichts behindert meine Sicht, ich sehe nur die Verletzlichkeit seines Brustkorbs. Dann plötzlich …

Ein Mädchen springt aus dem Laden hinter ihm hervor, rennt los, lacht, ruft den Namen meines Kunden und stürzt dabei auf seinen Substituten zu …

Als er sie hört, wendet er sich um, ein reflexartiges Herumschnellen des Kopfes, als er versucht, sie aufzufangen …

Beide beugen sich nach vorn; mein Subjekt, er ist abgelenkt …

Und für mich ist es zu spät, um es rückgängig zu machen, zu spät, um die Kugel aufzuhalten. Sie trifft das Mädchen in die Taille. Die Wucht des Einschlags lässt sie herumwirbeln, zu Boden gehen und mein Striker-Subjekt unter sich begraben.

Als ich auf sie zurenne, um zu sehen, was ich verbrochen habe, pocht mein Herz wie wild unter meiner mit Makeln behafteten Haut, wird kaum von meiner minderwertigen Muskulatur zurückgehalten und genauso wenig von meinen Knochen, den Knochen einer Verräterin. Noch nie habe ich so danebengelegen, mich noch nie so schrecklich verkalkuliert, dass dabei ein KM herausgekommen wäre. Wie bei Taje ... wie bei meiner Mutter.

Doch ich kann aufatmen. Sie ist nicht tot oder am Sterben, nur verletzt. Eine oberflächliche Fleischwunde, nicht tödlich. Ihre Hand umklammert ihre Taille, Blut rinnt zwischen ihren Fingern hervor, doch sie versucht bereits, sich aufzusetzen und herauszufinden, was eigentlich passiert ist. Trotz des benommenen Ausdrucks, mit dem sie mich verblüfft ansieht, ist sie noch ziemlich klar im Kopf.

Mein Striker-Subjekt blickt auf, schaut mir in die Augen, als ich mich zu ihm drehe. Ich merke, dass er alles andere als verwirrt ist, sich nicht zu fragen scheint, wer ich bin und warum ich hier bin.

Wieder hebe ich meine Waffe, ziele erneut. Ich verfehle ihn kein zweites Mal.

Jegliche Erleichterung, die ich eventuell verspürt haben mag, verschwindet augenblicklich. Das muss sie auch, um stumpfer, mühseliger Entschlossenheit Platz zu machen, dem abstoßendsten Gefühl einer Auftragsausführung.

Ich beuge mich nach unten, um zu überprüfen, ob er noch Puls hat. Hat er nicht. In der vollkommenen Entspannung des Todes fühlt sich sein Nacken so weich an wie der eines kleinen Jungen. Und seine Augen sind wieder völlig klar.

Ich verlasse diesen Ort, schreibe meinem Kunden eine SMS bezüglich der ausstehenden Zahlung und erinnere ihn daran, die Säuberungskolonne zu informieren.

Der Himmel ist anthrazitgrau, fast schon ganz dunkel. Ich denke nicht an viel, nur daran, dass ich weitermuss. Schon bald habe ich das Geschäftsviertel verlassen und nähere mich den Vororten von Leyton. Es wäre schneller gegangen, hätte ich den Zug an der Fortis genommen, doch das ging nicht. Viel zu dicht am Tatort.

Ich beschließe, dass ich zu müde bin, um den Bezirk heute Abend zu verlassen. Ich kann genauso gut hier irgendwo schlafen. Wahrscheinlich ist das sogar noch sicherer … weiter vom Grid weg, weiter von ihr entfernt.

Jetzt muss ich einen Ort finden, wo ich mein Lager aufschlagen kann. Hier gibt es nicht viele Häuser, sondern hauptsächlich Luxusapartments und Wolkenkratzer. Ohne die separaten Haupteingänge gestaltet es sich schwierig, ein verlassenes Haus zu finden. Selbst wenn ich nach drinnen gelangte, müsste ich immer noch alle Etagen durchsuchen und das am Ende vielleicht noch ohne Erfolg. Ich gehe noch etwas weiter, frage mich, ob ich meine Müdigkeit vielleicht einfach ignorieren und mich auf den Rückweg nach Jethro machen soll. Da bemerke ich ein geparktes Säuberungsfahrzeug an der Ecke. Und davor einen Apartmentkomplex, der sehr gut der Ort einer kürzlich vollstreckten Auftragsausführung sein könnte.

Als ich näher komme, höre ich, wie sich die zwei Mitglieder des Trupps unterhalten, während sie ein paar Daten in ihre vom Board gestellten Handys eingeben. Sie stehen neben dem Laster, und als ich vorbeigehe, bleibe ich stehen, um mir den Schuh zu binden.

»Wir sind voll ausgelastet, und die übrigen Bezirksfahrzeuge sind bei anderen Einsätzen.« Eine Frau spricht, sie ist groß und dünn, ihre Stimme schroff. Sie tippt noch immer Informationen in ihr Handy ein, während sie mit ihrem Kollegen spricht, einem älteren Mann mit gegeltem Pferdeschwanz und Armen vom Umfang eines kleineren Baumstamms. »Dann müssen wir morgen früh wiederkommen.«

»Geht das mit der Leiche klar, wenn wir sie über Nacht

da drinlassen?«, grunzt er, als er eine belegte Bahre im Inneren des Wagens festzurrt, damit sie nicht hin und her rollt.
Sie zuckt mit den Schultern. »Na ja, sie wird nirgendwo mehr hingehen. Und ihre Substitutin ist bereits frei. Wir schließen einfach nur ab, hängen das Fähnchen an die Tür und kommen morgen zurück.«
»Wie du willst, Boss«, antwortet er. Er schnappt sich ein weißes Fähnchen von einem Haken im Laster und zwirbelt es um seinen Finger. »Bin gleich zurück.«
»Ich schicke gerade noch alles weiter«, sagt die Frau, als er sich zu den Türen ins Foyer begibt.
Doch ich höre sie kaum noch, da ich jetzt schnell weitergehe, um einen Vorsprung vor ihrem Kollegen zu haben. Meine Gedanken sind ein einziges Durcheinander. Nur noch wenige Sekunden, um mich fertig zu machen.
Als er bei der Tür ankommt, stehe ich direkt davor. Mein Rucksack hängt an einer Hand, mit der anderen wühle ich darin herum. Ich murmele vor mich hin, so dass er mich gerade so hören kann.
»Wo hab ich sie nur hingetan?« Verärgert über mich selbst, schüttle ich den Kopf. »Ich weiß, dass ich sie nicht drinnen gelassen haben kann. Wie dumm von mir …«
»Wohnen Sie hier?«, fragt er mich.
Ich blicke auf und hoffe, meine vorgetäuschte Überraschung spiegelt sich auch in meinem Blick. »Ähm, ja, aber ich kann meine Schlüssel nicht finden.«
»Ich muss da rein, also …« Er redet nicht weiter, wartet darauf, dass ich ihm Platz mache.
»Oh, ach!« Hastig trete ich zur Seite. »Entschuldigung, ich stehe Ihnen im Weg.«
»Schon in Ordnung.« Er gibt seinen Generalschlüsselcode vom Board ein, und das Schloss klickt, öffnet sich. Er tritt ein und hält mir die Tür auf.

Mit einem dankbaren Nicken folge ich ihm, spüre, wie sich Erleichterung wie eine kühle Welle in mir breitmacht. Fast geschafft. Er geht zu den Aufzügen, drückt auf einen Knopf, und ich bücke mich, gebe vor, weiter in meinem Rucksack zu wühlen. Erst als sich die Türen öffnen und er den Aufzug betritt, gehe auch ich hinein. Ich achte darauf, dass er zuerst den Knopf für seine Etage drückt.

Neunter Stock.

Wieder einmal nicht ideal. Höher bedeutet länger, sowohl nach unten als auch nach draußen.

Doch die Türen schließen sich bereits, und ich bin erschöpft. Ich drücke den Knopf für die zehnte Etage. Mir ist heute einfach nicht danach, noch mehr Treppen zu steigen.

Er steigt in der neunten Etage aus, ohne sich umzudrehen. Ich bin nicht wichtig, nur ein weiterer Bewohner eines weiteren Gebäudes, in dem eine Aktivierte zu einer Unvollendeten geworden ist und jetzt gekennzeichnet werden muss.

Als sich die Aufzugtüren im zehnten Stock öffnen, trete ich hinaus und gehe den Gang hinunter, bis ich zum Seitenausgang komme. Dort drücke ich die Tür auf und laufe ein Stockwerk nach unten. Gerade noch rechtzeitig betrete ich die neunte Etage, um zu sehen, wie das Mitglied des Trupps im Aufzug verschwindet. Die Türen schließen sich hinter ihm, und ich bin allein, kann ganz in Ruhe weitersuchen.

Apartment 934 stellt sich als das richtige heraus. Das weiße Fähnchen hängt schlaff an der Eingangstür. Ich muss Chords Disruptor nur kurz dagegendrücken, und schon springt das Schloss auf. Ich nehme das Fähnchen ab und hänge es innen an den Türknauf.

Der Eingangsbereich öffnet sich zu einer Küche und

rechts zu einem kleinen Wohnzimmer. Ein kurzer Gang führt nach links ins Schlafzimmer. Klein, aber sauber – keine Frage, von all den verlassenen Häusern, die ich bislang ausfindig gemacht habe, gehört es zu den schöneren.

Die Regale in der Küche sind ebenfalls nicht schlecht bestückt. Bevor ich gehe, muss ich daran denken, ein paar Vorräte einzustecken. Ich esse zwei Äpfel mit ein paar Druckstellen aus einer Obstschale auf der Theke und ein paar Scheiben Brot von einem Laib im Kühlschrank. Dann leere ich eine Tüte Mini-Brownies, in denen kein Gramm echte Schokolade steckt, und spüle alles mit gestreckter Milch hinunter.

Im Schlafzimmer liegt die Leiche der Unvollendeten zusammengesunken in einer Ecke, bedeckt mit einem Laken, so dass nur ihre Füße zu sehen sind. Um ihren großen Zeh hängt ein rotes Schild. Ihre Zehennägel sind mit lustigen schwarz-blauen Streifen bemalt.

Ich würde gerne glauben, dass sie nichts gegen einen Übernachtungsgast hätte.

Ich lasse mich auf die Couch im Wohnzimmer fallen und schließe die Augen. Mit meinem Rucksack auf dem Boden neben mir und der Pistole unter dem Couchkissen, das ich als Kopfkissen benutze, schlafe ich fast im selben Augenblick ein.

Als mich das Summen meines Handys weckt, bin ich mir zweierlei Dinge bewusst, und das, noch ehe ich überhaupt die Augen öffne. Erstens: Es ist mitten in der Nacht, auch wenn ich das Gefühl habe, es seien nur wenige Minuten vergangen, seit ich mich schlafen gelegt habe. Zweitens: Ich hätte Chord sagen sollen, dass ich in Leyton bin – und dass es mir gutgeht. Er hatte keine Möglichkeit herauszufinden, wo ich mich aufhalte, und muss inzwischen gemerkt haben, dass ich den Überwachungschip entfernt

habe. Wie sonst wäre es zu erklären, dass ich noch immer in der Wohnung in Gaslight bin?
Ein weiteres Summen. Mein Schuldgefühl lässt mich das Handy aus meiner Hosentasche ziehen.
wo bist du?, schreit mir das Display entgegen.
Chord.
Ich reibe mir den Schlaf aus den Augen und schreibe zurück: *in Leyton bin morgen zurück.*
hab mir sorgen gemacht alles ok?
mir gehts gut bis bald. Noch einmal lese ich, was ich in das Display getippt habe. Zu spät, um es zu ändern. Ich tue so, als hätte ich nur deswegen zugegeben, ihn gerne sehen zu wollen, weil ich noch im Halbschlaf bin. Seit meinem Striker-Dasein habe ich seine Nähe nicht mehr gesucht … und noch weniger, seit ich aktiviert wurde.
Chords Worte leuchten mir entgegen: *hört sich gut an wir müssen reden treffen wir uns morgen?*
Die Vorstellung, Chord außerhalb dessen zu sehen, was zu unserer verrückten Gewohnheit geworden ist – dass er mich ständig beschattet, weshalb ich wütend auf ihn bin –, könnte sich viel zu leicht wieder ganz selbstverständlich anfühlen. Als wäre es niemals nicht so gewesen. Ich weiß nicht, ob wir immer noch glauben, uns vom jeweils anderen lösen zu können … oder ob wir das überhaupt noch wollen.
Eine lange Minute halte ich einfach nur das Handy in der Hand und starre auf Chords Nachricht. So etwas Einfaches, das viel zu schnell und zu heftig gewachsen ist, als dass ich jetzt damit umgehen könnte.
sorry kann nicht hab gerade anderen auftrag angenommen, schreibe ich zurück. Notwendige Lügen ändern nichts daran, dass es immer noch Lügen sind.
Er schreibt nicht sofort zurück, und ich weiß, er hasst mich für das, was ich glaube, tun zu müssen, und was er

nicht verstehen kann. Ich kann es selbst nicht ganz verstehen. Wie kann ich Substitute für Fremde umbringen, damit diese weiterleben, und gleichzeitig vor meinem eigenen davonrennen? Mein eigenes Überleben gefährden, selbst wenn ich damit meine Fertigkeiten verbessere?

Das Handy in meiner Hand surrt, als er antwortet.

gibst du bescheid wenn du zurück bist? Nichts davon, dass ich einen weiteren Auftrag angenommen habe. Als wüsste er, dass es sich nicht lohnt, sich mit mir zu streiten oder etwas anderes herausfinden zu wollen als das, was ich bereit bin preiszugeben. *ja* ist alles, was ich mich antworten lasse.

Eine schnelle, knappe Antwort: *na prima*

So wütend er auch sein mag, er kann nicht wütender auf mich sein, als ich es selbst bin.

Ich schalte mein Handy aus und schiebe es zurück in meine Hosentasche, als ein Geräusch vor dem Apartment zu hören ist.

Der Aufzug setzt sich in Bewegung.

Ein Flattern in der Magengegend, so sanft und verhalten wie der Atem eines Vogels.

»Zeit«, sage ich laut in die Dunkelheit hinein.

Zwanzig nach drei am Morgen.

Ich setze mich auf die Couch, stirnrunzelnd. Drücke eine Hand auf meinen Magen.

Es gibt so viele gute Erklärungen. Ein Besucher, ein Bewohner, ein Hausmeister. Alles davon klingt völlig vernünftig in einem solchen Apartmentkomplex.

Doch es ist drei Uhr zwanzig morgens. Und das hier ist Leyton. Im ganzen Bezirk ist die Sperrstunde mit Rücksicht auf das bedeutende Geschäftsviertel um 23 Uhr. Und der Bezirk fährt seine Betriebsamkeit dabei nicht nur herunter, sondern stellt sie *ganz* ein. Und ganz egal, wie sauber Leytons Hausmeister den Bezirk auch halten, sie arbeiten nicht mitten in der Nacht.

Ein entferntes Pling der Aufzugtüren, als sie sich auf dieser Etage öffnen … auf dieser Etage. Weiche, vorsichtige Schritte von Schuhen auf Teppichboden, die den Gang herunterkommen. Näher kommen.

Als das Geräusch direkt vor meiner Apartmenttür innehält, weiß ich, dass ich in der Klemme sitze.

9

Ich gebe mir dreißig Sekunden.
Im Nu bin ich auf den Beinen und verlasse die Couch. Blitzschnell schlüpfe ich in meinen Rucksack und stopfe die Pistole in meine Jacke.
Der Türknauf wird gedreht, probehalber. Das weiße Fähnchen, das auf meiner Seite herunterhängt, flattert ganz leicht.
Noch fünfundzwanzig Sekunden.
Ich renne den Gang rechts von mir zum Schlafzimmer hinunter und greife mir die Leiche auf dem Boden. Sie ist klein, also ist es nicht allzu schwierig, sie aufs Bett zu ziehen. Meine verletzte Schulter brüllt vor Schmerz, aber darauf kann ich jetzt keine Rücksicht nehmen.
Zehn.
Ich rücke sie noch ein wenig zurecht und ziehe dann die Laken über sie. Stecke sie um sie herum fest, aber nicht zu ordentlich. So. Das muss reichen.
Fünf.
Als ich an der Eingangstür vorbeikomme und um die Ecke in die Küche verschwinde, ziehe ich meine Pistole hervor, damit sie einsatzbereit ist.
Null.
Im Dunkeln höre ich, wie jemand erneut versucht, den Türknauf zu drehen, dieses Mal energischer. Obwohl ich darauf gefasst bin, lässt mich das Geräusch zusammenzucken.
Ein splitterndes Krachen ertönt, als die Tür aufgestoßen wird. Holzstücke fliegen aus dem Türrahmen und verteilen sich auf dem Boden. Als er eintritt, weiß ich, dass ich es nicht mit einem Fremden zu tun habe. Ich habe ihn

bereits gesehen – einmal. Auf dieser Straße im Quad, direkt neben meiner Substitutin.
Also hat sie tatsächlich einen Striker auf mich angesetzt. Und der hat mich jetzt hier in Leyton ausfindig gemacht. Aber wenn er wirklich gut wäre, hätte er schon ein paar Mal die Möglichkeit gehabt, mich zu beseitigen. Und heute hatte sich öfter, als mir lieb war, die Gelegenheit geboten, mich anzugreifen. Oder als er das erste Mal hinter mir her war und in dieser Gasse auf mich geschossen hat … ich an seiner Stelle hätte getroffen.
Wahrscheinlich verlangt er nicht viel, wenn er so unerfahren ist, wie es scheint. Nicht alle Striker sind gleich, und dementsprechend unterscheiden sich auch unsere Preise. Obwohl die meisten von uns mit zunehmender Erfahrung besser werden. Das müssen wir auch, sonst halten wir uns nicht lange. Doch manchen gelingt das einfacher als anderen, und ich glaube nicht, dass er zu dieser Sorte gehört.
Tatsächlich nimmt er sich kaum Zeit, das Wohnzimmer zu überprüfen, bevor er sich auf den Weg ins Schlafzimmer macht. Die Waffe, die er in der Hand hält, blitzt dabei kurz auf. Geschützt durch die Dunkelheit, gehe ich geradeaus, bis ich direkt hinter ihm stehe. Er atmet so schwer, dass er mich bestimmt nicht hören kann, selbst wenn ich mich verrate.
Als Striker-Kollege habe ich etwas Mitleid mit ihm, weil er sich beim Lernen so schwertut. Doch als sein Striker-Subjekt empfinde ich gleichzeitig eine seltsame Mischung verschiedener Emotionen: Erleichterung, dass er nicht so geschickt ist wie ich, überraschter Unglaube, Zielobjekt eines Strikers zu sein, und ein wiedererwachter Antrieb zu überleben, der sich plötzlich lautstark in mir bemerkbar macht.
Die Leiche der Unvollendeten führt ihn in die Irre. Er schießt ein-, zwei-, dreimal auf sie. Die Kugeln machen ein tiefes, knallendes Geräusch, als sie auf das Fleisch und

die Knochen treffen. Da die Straßenlampe durch das vorhanglose Fenster hereinscheint, kann ich sehen, wie sich der leblose Körper bei jedem Aufprall aufbäumt.
Ohne ihm die Gelegenheit zu geben nachzusehen, ob ich tot bin, drücke ich meine Pistole an seinen Hals, genau unter sein Ohr. An diese eine, weiche Stelle.
Er erstarrt. Sein schwerer Atem stockt plötzlich, und alles ist ganz ruhig.
»Hallo.« Meine Stimme klingt brüchig wie Glas. »Überraschung.«
Er sagt nichts.
»Wirf die Waffe aufs Bett. Sofort.«
Er überlegt eine Sekunde, ehe er mir gehorcht. Die Pistole prallt ab und landet auf dem Boden auf der anderen Seite des Bettes, ist außer Reichweite.
»Du bist ihr Striker, nicht wahr?«, frage ich ihn. »Der Striker, den sie auf mich angesetzt hat.«
Immer noch nichts.
Sein Schweigen bringt mich auf die Palme, und ich presse den Lauf fester in seine Haut. Man muss ihm zugutehalten, dass er nicht einknickt. *»Oder etwa nicht?«*
Langsam nickt er. »Schätze, du hast tatsächlich Mumm«, sagt er. Er versucht, hart zu klingen, doch seine Stimme zittert. Er ist wirklich noch grün hinter den Ohren. Was hat sich Dire nur dabei gedacht, ihn aufzunehmen?
»Sprich mit mir nicht über Mumm«, schleudere ich ihm entgegen. »Wer ist an jenem Tag abgehauen, hm?«
»Die Frage sollte wohl eher lauten: Wer hätte abdrücken und sein Substitut abknallen sollen, als sich die Gelegenheit dazu bot?«
Meine Hand fühlt sich klamm, schwitzig und unter dem Stoff meines heruntergezogenen Ärmels fast schon unbeholfen an. Ich hatte es nicht mehr geschafft, sie freizubekommen. »Dafür ist noch Zeit.«

Er lacht, aber sein Lachen ist zu hoch und zu schrill. Angsterfüllt. »Nicht viel. Du solltest langsam damit aufhören, dich zu verstecken.«
Jetzt ist es an mir zu schweigen. Nichts, was ich sage, könnte etwas daran ändern, dass er recht hat.
Doch er ist noch nicht fertig, und er hört sich schon etwas selbstsicherer an. Als hätte es ihm Mut eingeflößt, dass ich nicht geantwortet habe. »Du wirst es nicht sein, weißt du? Du hängst immer etwas hinterher. Sie ist diejenige, die zu dir gekommen ist, die dich aus dem Grid verjagt hat. Sie ist diejenige, die beobachtet, was dein …«
»Du kennst mich nicht«, bricht es aus mir heraus. Ich kann nicht länger zuhören. Mein Arm fängt an zu zittern, und ich stütze ihn mit der linken Hand. Heftige, hämmernde Schmerzen strahlen von meiner verletzten Schulter ab. »Du weißt gar nichts von mir!«
»Das brauche ich auch nicht. Ich kenne *sie.*«
»Du kennst sie nicht!« Meine Stimme wird lauter. Ein schlechtes Zeichen, das uns beiden signalisiert, dass ich die Kontrolle verliere. »Sie ist nur eine Kundin! Du hättest sie nicht treffen dürfen! Weiß Dire, was du getan hast?«
Schweigen, das länger andauert, als es dürfte. »Ja.«
Eine Lüge. Ich weiß es, noch ehe ihm das Wort über die Lippen kommt. Und dann begreife ich plötzlich, was ich schon hätte begreifen müssen, als ich ihn das erste Mal gesehen habe.
Die Tatsache, dass sie zusammen waren, wo Striker doch dazu angehalten sind, selbst füreinander gesichtslos zu bleiben. So wird sowohl der Striker als auch der Kunde geschützt, sollte das Board eine widerrechtliche Auftragsausführung vermuten. Dire hätte ihm das gesagt.
Wieder der Gedanke an Dire. Da ist irgendetwas, und es will, dass ich die Puzzleteile zusammensetze …

»Wie hast du mich gefunden?«, frage ich, obwohl sich Unbehagen in mir breitmacht, weil ich schon um die Antwort kreise.
Wieder Schweigen, ehe er antwortet. »Durch Dires Auftragsbuch.«
Etwas, das sich anfühlt, als wäre ich verraten worden, stößt mir bitter auf. »Niemals, er hätte dich das nicht sehen lassen.«
»Dire nicht. Aber Hestor schon.«
Das Bild des gedemütigten Verkäufers taucht in meinen Gedanken auf, und ich fluche leise vor mich hin.
»Du musst wissen, damals, in der Gasse im Quad, habe ich die Zeichen auf deinen Händen gesehen«, sagt er.
»*Du* hast sie gesehen«, sage ich langsam, als ein neuer Gedanke in mir Gestalt annimmt. »Aber was ist mit *ihr?* Weiß sie, dass sie einen Haufen Geld verschwendet hat, weil sie einen Striker auf den anderen angesetzt hat?«
»Das weiß sie nicht.« Dieser Hauch Selbstgefälligkeit in seiner Stimme macht mich rasend. »Ich habe ihr nichts gesagt, sonst hätte sie mir diesen Auftrag nicht gegeben.«
Mir fällt wieder ihr Blick ein, die extreme Entschlossenheit, die darin lag.
»Bist du dir sicher?«, frage ich ihn. »Wie groß sind die Chancen, dass sie meine Zeichen übersehen hat, wo sie *dir* doch aufgefallen sind?« Die Erinnerung daran, wie sie beide auf der gegenüberliegenden Straßenseite standen. Wie sie zusammen in der Dunkelheit verschwanden. Wie Luftgeister, hatte ich damals gedacht. Und noch mehr als das, das weiß ich jetzt. Nicht nur Freunde. »Was seid ihr füreinander?«
Bei meinen Worten steht er regungslos da, sagt nichts. Als hätte er etwas gehört, das er bis dahin gar nicht in Betracht gezogen hat. Der Lauf meiner Pistole ruht auf seinem Nacken.

»Denn wenn sie *wusste,* dass ich nicht bloß eine normale Substitutin bin, was bedeutet es dann, dass sie *dich* in Gefahr gebracht hat? Vielleicht bist du nicht das für sie, was sie …«

Mit einem Schrei auf den Lippen fährt er herum. Licht spiegelt sich auf der Klinge in seiner Hand, die er entweder gerade aus der Tasche gezogen oder aber die ganze Zeit in seiner Hand versteckt hatte. Ich habe kaum Zeit, beide Möglichkeiten in Betracht zu ziehen, als ich mich auch schon zur Seite werfe, um ihm zu entkommen.

Aus dem Gleichgewicht geraten. Stolpern. Die Pistole rutscht über einen Baumwollärmel, ehe sie wieder ausgerichtet wird. Fast zu viele Sekunden verstreichen. Seine Klinge ist nur noch wenige Zentimeter von meinem Hals entfernt, als ich ihn endlich erschieße.

Er kollabiert wie ein gefällter Baum. Ich strauchele nach hinten, noch ehe sein Körper reglos daliegt.

Mein heftiger Atem erfüllt die Luft, übertönt den Knall des Schusses, der von den Wänden widerhallt. Ich setze mich neben ihn auf den Boden. Ich sehe zu ihm hinüber, und meine Augen fühlen sich plötzlich schwer an.

Seine Ärmel sind hochgerutscht, und der Anblick seiner nach oben zeigenden, mit Zeichen versehenen Handinnenseite lässt keinen Zweifel zu – er war tatsächlich ein Striker. Ich hebe seine Hand hoch und streiche mit dem Finger darüber. Die Narben stehen noch hervor, müssen erst noch abklingen. Ein Beweis für die Existenz von jemandem, der nur zu bereitwillig war, das System zu manipulieren und den Tod zu riskieren – für *sie.*

Stumpfsinnig frage ich mich, ob er sie geliebt hat. Das muss er, sehr sogar. Doch ob sie ihn auch geliebt hat? Vielleicht nicht so sehr, wie sie ihn glauben ließ, wo sie ihn doch tatsächlich für das hier benutzt hat, wohl wissend, wer ich bin. Oder vielleicht liebte sie ihn zu sehr,

um das alles von ihm fernzuhalten. Meine Gedanken sind wirr, verirren sich in Vorstellungen, für die ich noch nicht bereit bin.
Ich stütze mich auf seine Leiche, um aufzustehen, und als ich ihn dabei anremple, gleitet etwas von seinem Hals. Mit einem leisen Klimpern trifft es auf dem Boden auf. Eine Halskette. Eine Reihe kleiner, gehämmerter Metallplättchen, die zusammen an einem dünnen, schwarzen Band hängen.
Ich reiße sie ihm vom Hals, spüre das leichte Gewicht der Kette auf meiner Haut. Sie ist noch warm. Ich lasse den Rucksack von meiner Schulter gleiten, stopfe die Kette in eine der Innentaschen und streife mir den Rucksack dann wieder über.
Ich bin mir nicht sicher, warum ich das Kettchen mitnehme. Vielleicht aufgrund der Befriedigung, jemanden umgebracht zu haben, der mich töten wollte. Oder aufgrund eines eigenartigen Schuldgefühls, weil er von jemandem geliebt wurde, der nur eine Nuance anders ist als ich. Ich habe soeben jemanden umgebracht, der nicht meine Substitutin ist. Es gibt keinen Kunden, niemanden, bei dem ich mich melden müsste. Doch angesichts meines drohenden Todes hatte ich keine andere Wahl.
Was auch immer der Grund sein mag, ich spüre eine Veränderung. Der letzte Puffer zwischen mir und meiner Substitutin ist verschwunden, jegliche Distanz, die ich mühsam zwischen uns geschaffen habe, ausgelöscht. Es zieht uns zu unserem unvermeidbaren letzten Treffen.
Auf der Suche nach einem Hinweis auf die Identität des Toten gehe ich schnell seine Taschen durch. Nichts, nur sein Schnappmesser, das auf dem Boden zwischen uns liegt. Selbst im Dunkeln kann ich erkennen, dass die Klinge fein und gerade ist und mir der Griff gut in der Hand liegt. Es ist viel zu stabil, als dass ich es zurücklassen

könnte, egal woher es stammt. Das ändert nichts daran, dass es hier keiner mehr braucht. Ich lasse die Klinge einschnappen und schiebe es in meine Messertasche.

So gut es geht, schließe ich die Apartmenttür hinter mir (eigentlich ist es eher ein Anlehnen) und achte darauf, das weiße Fähnchen wieder außen am Türknauf anzubringen. Nachdem ich zum Aufzug gegangen bin, fahre ich nach unten und laufe dann durch die leere Eingangshalle. Draußen spielt der Wind mit meinem Haar und fährt geradewegs durch die Schichten meiner Kleidung, so dass ich zittere. Er treibt mich voran, bis ich bei einem außerbezirklichen Bahnsteig ankomme. Als ich in den Zug steige, der zurück nach Jethro fährt, kann mir der Wind zwar nichts mehr anhaben, aber mir ist trotzdem noch kalt. Wie immer kauere ich mich hinten in einen Sitz, ganz in der Nähe des Notausgangs. Mein Rucksack belegt den Sitz neben mir.

Als der Zug beschleunigt und an Fahrt gewinnt, hole ich mein Handy hervor. Mit einem bebenden Seufzer öffne ich die Datei, die ich bis jetzt nicht angerührt habe.

Die Datei füllt mein Display aus. Es sind die Details zu meinem Auftrag. Ich lese, schlussfolgere, entscheide.

Als ich fertig bin, schalte ich mein Handy aus und schiebe es zurück in meine Hosentasche. Ich lehne den Kopf ans Fenster, warte darauf, dass der Tag den Rand der Welt erklimmt und sich auf den Weg dorthin begibt, wo die Befestigung der Stadt sich hoch in den Himmel hineinschraubt.

Noch fünf Tage. Sie müssen reichen für das, was getan werden muss. Doch zunächst muss ich mich selbst überzeugen, dass ich bereit dazu bin.

✖✖✖

Zurück im Grid, scheint zum ersten Mal seit Tagen die Sonne, und die Straßen und Gehsteige sind noch voller als sonst. Ich trete aus dem Pfandhaus und gehe Richtung Bahnsteig, streiche über mein neuerdings nacktes Handgelenk. Über die Stelle, an der ich die letzten Monate Lucs Uhr getragen habe.

Der Verkäufer muss meine Verzweiflung gespürt haben, denn er hatte kein Problem damit, mich über den Tisch zu ziehen. Und ich hatte keine andere Wahl, als es zuzulassen. Ich nehme an, das Mädchen am Bahnsteig hatte recht – ich habe die Uhr tatsächlich gebraucht, und zwar in mehr als nur einer Hinsicht. Ein mageres Geldbündel steckt jetzt in meiner Hosentasche, hoffentlich genug, damit ich bis zum Schluss durchhalte. Und ich weiß, Luc hätte sich das für mich gewünscht.

Aber es ist schwer, etwas von ihm abzugeben, ohne beim Gedanken daran Schmerz zu verspüren.

Ich stelle mich am Schalter für ein außerbezirkliches Ticket an. Als ich an der Reihe bin, trete ich nach vorn und tippe die Informationen ein, die benötigt werden, um mich dahin zu bringen, wo ich hinmuss. Obwohl ich die Gratisoption für Aktivierte nicht wähle, bleibe ich in sicherer Entfernung zum Scanner stehen, damit meine Augen nicht aus Versehen doch aufgezeichnet werden. Ich füttere die Maschine mit etwas Bargeld, und als meine Ticketnummer auf dem Bildschirm auftaucht, halte ich mein Handy davor, um den Transfer zu akzeptieren. Das muss ich, um in den zweiten außerbezirklichen Zug einsteigen zu können, den, der mich nach Calden bringt. Das ist Kershs südöstlicher Bezirk, dessen ferne Grenzen sich über einen langen, schmalen Landstrich erstrecken, wie der Prankenhieb einer Bestie.

Dort ist sie aufgewachsen. Das ist das Zuhause meiner Substitutin.

Als ich noch sehr klein war, habe ich immer gedacht, die Welt wäre ein riesiger Ort, auch wenn sie sich nur auf eine einzige Stadt beschränkte, schwer bewacht und eingekesselt von einer noch größeren Entität. Die Vorstellung von meiner Substitutin war undeutlich, vage, nur die Andeutung einer Gefahr. Doch je näher ich dem Anwärter-Alter kam, umso enger wurden die Wände um mich herum – und umso realer ihre Gegenwart.
Erst jetzt, als ich den Herkunftsort der Substitutin in meinem Auftrag gelesen habe und weiß, wo sie lebt, wird mir klar, wie klein die Welt eigentlich ist. Und wie meine Substitutin die ganze Zeit, während ich an sie gedacht habe, an mich gedacht haben muss. Ich habe mich gefragt, was sie jeden einzelnen Moment so machte, was sie fühlte, sich vorstellte.
Sie wird nicht mehr zurück zum Terminal gehen. Sie wird all ihre Gewohnheiten geändert haben, da es mir damals gelungen ist, ihr zu folgen. Also muss ich wieder von vorne beginnen. Wieder ganz zum Anfang zurückgehen. Zu *ihrem* Anfang.
Das hätte ich gleich als Erstes tun können, hätte ich nicht nach Ausreden gesucht, um davor wegzulaufen, und dabei meine Aufgabe aus den Augen verloren. Ich weiß nur zu gut, dass sie schon lange nicht mehr dort ist, aber wenn sie irgendeine Spur hinterlassen hat, irgendein Zeichen, an was sie gedacht haben könnte, dann könnte ich sie vielleicht finden. Ich muss anfangen, so zu denken wie sie – so zu sein wie sie.
Der Zug ist nur etwas mehr als zur Hälfte besetzt. Ich finde einen Platz neben dem Notausgang und stelle meinen Rucksack auf den Sitz neben mich, damit sich keiner dorthin setzen kann. Ich betrachte die Leute, die nacheinander hereinkommen, und präge sie mir genau ein: eine Mutter mit einem Kleinkind und einer Reisetasche. Ein

Teenager mit kurzem, fettigem Haar und, seinem Blick nach zu urteilen, ein Aktivierter – ganz zu schweigen von der Pistole, die er unter dem Arm trägt. Ein Pärchen, das dicht nebeneinander auf der Bank sitzt, die Hände ineinander verschränkt.

Dann fahren wir los, und ich schicke Chord eine SMS:

bin bei einem Auftrag mach dir keine sorgen um mich. gebe bescheid wenn ich zurück bin.

Ich warte und warte, doch er antwortet nicht. Ich bin zugleich enttäuscht und erleichtert. Und während der Zug die Distanz zwischen uns immer größer werden lässt, weigere ich mich, weiter über ihn nachzudenken.

Man sieht recht schnell, wo Jethro aufhört und Calden anfängt. Fabriken und Lagerhallen weichen nach und nach Bauernhöfen und Scheunen, Getreidesilos und reihenweise geparkten Mähdreschern. Die Weizen- und Gemüsefelder liegen brach, sind braun und noch ganz feucht vom Regen. Überall Treibhäuser sowie Umrisse und Schatten von geschäftigen Landwirten, die sich hinter den durchsichtigen Wänden hin und her bewegen. Selbst im Zug ist die Luft von Düngemittel durchdrungen, und ich rümpfe angewidert die Nase.

Das Geschäftszentrum von Calden besteht aus zahlreichen Blocks mit Lebensmittelhändlern, Bäckern und Metzgern. Als der außerbezirkliche Zug an der Endstation seiner Strecke ankommt, steige ich mit allen anderen am Bahnsteig aus. Mein Magen ist ausgehöhlt, ich brauche etwas zu essen.

Der dritte Lebensmittelladen, an dem ich vorbeikomme, verlangt endlich keinen Augenscan für die Transaktion. Der Verkäufer, ein junger Vollendeter, ist viel zu sehr damit beschäftigt, sich mit einer Rolle vor Ort angebautem und gewebtem Flachsstoff abzumühen und diesen im Schaufenster aufzuhängen, um auf diesem Sachverhalt herumzureiten. Die weißlichen Pflanzenfasern versperren die Sicht ins Ladeninnere, so dass ein Aktivierter, der sich im Geschäft befindet, von seinem Substitut davor nicht gesehen werden kann. Auf diese Weise sollen mögliche Auftragsausführungen von den Geschäften an einen anderen Ort verlegt werden. Um ihre Schaufenster zu schützen, haben sich genauso viele Läden für besagten Einwegstoff entschieden wie für mittelgradiges, kugelsicheres Glas.

Ich lasse ihn arbeiten und esse mein Mittagessen: echtes Hähnchen von einem Bauernhof in Calden. Erst heute Morgen geschlachtet, in Würfel geschnitten und mit frischen Kartoffeln angebraten, alles das, was es nicht in die Lieferung nach Leyton geschafft hat. Und obwohl ich viel zu viel für etwas bezahlt habe, was eigentlich nur für Vollendete gedacht und gleichzeitig nicht gut genug für Leyton war, ist es heiß, absolut köstlich und macht es mir fast schon leicht, ein paar Minuten lang zu vergessen, wie kalt mir ist … und warum ich überhaupt hier bin.

Ich lehne mich mit meinem Essen an die Mauer eines Gebäudes, beobachte noch etwas die Menge, die umherlaufenden Leute. Es herrscht eine Atmosphäre des Überflusses hier – nicht so sehr in Bezug auf Luxus oder Genusssucht wie in Leyton, sondern eine Art völliger Sättigung. Keiner, der hier lebt, würde je hungern müssen. Denn auch wenn das, was Calden produziert, in keiner Weise ausgefallen ist, kann man doch nicht behaupten, dass eines der elementarsten Grundbedürfnisse des Menschen hier nicht gestillt würde, und zwar gut gestillt.

Freunde, Familien, Paare. Bei einem Bäcker auf der anderen Straßenseite steht das Pärchen, das ich im Zug gesehen habe. Ihre Körpersprache spricht Bände, wie sie sich aneinanderlehnen, sich berühren, ohne sich zu berühren.

Versunken in ein Gespräch, in dem selbst die Pausen zwischen den Worten verstanden werden.
Das Pärchen verschwindet um die Ecke. So wie es aussieht, erkenne ich sonst niemanden, was nicht weiter verwunderlich ist. Doch diese ganzen Leute um mich herum lassen einen neuen Gedanken in mir aufkeimen: Wenn die Eltern meiner Substitutin jetzt hier vorbeikämen, würde ich sie erkennen? Wie sehr ähnle ich einem der beiden? Mehr als meinen eigenen Eltern?
Der innerbezirkliche Zug fährt ein. Schnell werfe ich das, was von meinem Mittagessen übrig geblieben ist, in die dafür vorgesehenen Müll- und Recyclingbehälter. Ehe ich einsteige, fällt mein Blick automatisch auf die Messingplatte, die über den Behältern angebracht ist: BITTE BEACHTEN SEIEN SIE RÜCKSICHTSVOLL UND VERMEIDEN SIE DAS BESCHÄDIGEN VON ÖFFENTLICHEM ODER PRIVATEM EIGENTUM WÄHREND AUFTRAGSVOLLSTRECKUNGEN DANKE DAS BOARD.
Ich schlüpfe auf einen Platz im hinteren Bereich des Zugs. Lasse mich tiefer in ihre Welt hineintragen, lasse meine eigene weiter hinter mir.
Ihr Haus befindet sich im Randbezirk von Calden, dem Äquivalent zu meiner Nachbarschaft in Jethro. Doch die Straßen hier sind breiter, etwas weniger heruntergekommen, sehen ein kleines bisschen besser aus als bei uns. Und während unsere Garagen mit Industriematerialien vollgestopft sind, sind die Gartenhäuschen hier voll mit landwirtschaftlichen Geräten.
Ihr Haus ist zweistöckig, außen mit Stuck versehen und hat ein Panoramafenster an der Stirnseite. Eine Reihe dürrer Obstbäume säumt die Bordsteinkante des Vorgartens. Die letzte Ernte der Saison ist längst vorbei. Auf der anderen Seite des Gartens gibt es ein riesiges Winterbeet

mit Gemüse in allen möglichen Farben, von hellen Grün- und Cremeschattierungen bis hin zu Lila.
Alles ist gut instand gehalten. Also hat meine Substitutin kein leeres Haus zurückgelassen. Sie hat Eltern, Geschwister … Familie.
Keine Autos auf der Zufahrt, aber das muss nichts heißen, da das Garagentor geschlossen ist. Kein Licht in den Fenstern, trotz der Dunkelheit, die sich schnell ausbreitet. Vielleicht habe ich heute Abend tatsächlich Glück.
Das Tor auf der einen Seite des Hauses ist abgeschlossen, doch es handelt sich um eines dieser Schlösser, die man an zwei von drei Häusern findet. Es ist ganz einfach, die Hand hindurchzustecken und den Riegel aufzuschieben. Das Tor geht auf, und ich schleiche mich in den Hinterhof.
Dort befindet sich eine kleine Veranda aus Holz mit einem Sonnenschirm und dazu passenden Stühlen, alles für die kalte Jahreszeit verpackt. Die unförmigen Gebilde sehen aus wie schwerfällige Schatten und wirken alles andere als einladend. Eine ganze Reihe von Blumenbeeten ist, abgesehen von der Erde darin, leer. Wahrscheinlich sollen sie erst zum Frühling hin bepflanzt werden, da die Blumen für den Markt gedacht sind. Die Hintertür zum Haus befindet sich neben einem großen, ungeschützten Fenster, dessen Vorhänge noch immer zur Seite gezogen sind.
Noch nie zuvor bin ich in dem Wissen in ein Haus eingebrochen, dass sich dort jemand aufhalten könnte. Es macht mich nervös, als würde etwas versuchen, sich aus der Grube meines Magens zu befreien.
Jetzt mach einfach. Das ist ganz leicht. Ganz leicht.
Ich taste in einer meiner Seitentaschen nach Chords Disruptor, hole ihn heraus und halte ihn in der Hand bereit. Irgendwie bringe ich meine Füße dazu, sich zu bewegen.

Als ich noch fünf Meter von dem Haus entfernt bin, geht das Licht über der Hintertür an, und ich erstarre. Ganz plötzlich ist alles um mich herum in unerwartete Helligkeit getaucht – jeder, der im Inneren des Hauses gerade zufällig aus dem Fenster sieht, könnte alles und jeden draußen sehen.

Es handelt sich wohl um einen Bewegungsmelder. Ich muss dafür sorgen, dass das Licht erlischt, bevor mich jemand hier hinten sieht. Das bedeutet, ich muss entweder die Birne kaputt machen und riskieren, gehört zu werden, oder so schnell wie möglich ins Innere gelangen.

Ohne wirklich darüber nachgedacht zu haben, habe ich mich bereits entschieden, ich renne los, bringe die restlichen Meter hinter mich.

Ich presse die schwarze Scheibe auf das Schloss, die Sekunden verrinnen viel zu langsam. Unendlich lange und atemlos lausche ich dem Klicken, Rattern, den winzigen Umdrehungen. Ich stehe regungslos da, so unbewegt wie noch nie zuvor, aber wenn jemand da drinnen ist …

Doch dann ertönt ein gedämpftes Klacken im Schloss und es ist geschafft. Ich halte den Disruptor fest in der Hand und bin mit einer Drehung des anderen Handgelenks im Inneren.

Die Umrisse der Küche werden vom Licht draußen erleuchtet, das durch das Fenster hereinfällt. Linoleumfußboden, in der Spüle hoch aufgestapeltes, dreckiges Geschirr. Rechter Hand befindet sich das Esszimmer, der Tisch ist noch nicht abgeräumt, und seitlich davon ein kleines Wohnzimmer. Ich nehme an, der kurze Gang vor mir führt zu einem weiteren Raum, dem eigentlichen Wohnzimmer.

Die Gerüche der heutigen Mahlzeiten hängen noch in der Luft. Kaffee, Gewürze, Fleisch … Ganz normale Gerüche, gewohnte Gerüche. Wenn ich es nicht besser wüsste, würde es hier für mich wie in jedem anderen x-beliebigen Haus in den Randbezirken von Jethro aussehen. Die Unterschiede sind nicht sehr groß – abgesehen von den Leuten, die darin leben. Es ist meine Familie, und doch ist sie es nicht. Ich und doch nicht ich. Denn für mich gehört das hier zu *ihr*.

Das Außenlicht geht aus. Dunkelheit legt sich über den Raum. Aber nicht ganz, denn auf dem Beistelltisch im Eingangsbereich hat jemand einen angeschalteten Tablet-PC liegen lassen. Bilder flackern über den Bildschirm, verwandeln die Decke in ein sich drehendes, himmlisches Muster.

Heftige Neugier erwacht in mir, viel zu stark, um sie zu ignorieren. Vorsichtig verstaue ich den Disruptor in meinem Rucksack, bevor ich mich dem Tisch nähere.

Familienfotos.

Es ist komisch, mein Gesicht zusammen mit Leuten zu sehen, die ich nicht kenne, bei Veranstaltungen und an Orten, die für mich nicht existieren. Das Gefühl macht mich nervös, ich komme mir vor wie ein Geist, der durch Wände geht, bin mir nicht sicher, wohin ich gehöre. Das Leben, das ich als das meine kenne, ist plötzlich weniger wirklich.

In diesem Leben hier bin ich ein privilegiertes Einzelkind. Ich habe das zweite Schuljahr als Klassenbeste abgeschlossen. Wir haben letzten Frühling in einem schicken Restaurant gefeiert.

Der Junge, mit dem ich mich letztes Jahr für den Winterball verabredet habe, war eigentlich ganz süß – so auf die übliche, sportlermäßige Art und Weise eben.

Ich habe einen Pokal bekommen, weil ich die beste Stürmerin des Schul-Fußballteams war …

Moment mal.

Ich halte inne, warte darauf, dass das Foto von dem Schul-

ball wieder auftaucht. Als es so weit ist, wird mir am ganzen Körper heiß und kalt.
Das ist er. Der Striker, den sie auf mich angesetzt hat. Der Junge, den ich getötet habe. Ihr Freund, nicht nur *ein* Freund, jemand, den sie liebte.
Ein heftiger, schmerzhafter Stich des Bedauerns treibt mir die Tränen in die Augen. Warum hat sie mich dazu gezwungen, das zu tun, wo doch alles zwischen uns hätte bleiben sollen? Was, wenn das, was ihm passiert ist, auch … Ganz automatisch überspringt mein Verstand diesen Gedanken, so wie ich als Kind auch über die Risse in Gehsteigen gehüpft bin. Nein, das wird nicht passieren. Nicht jetzt, wo ich so kurz vor dem Ziel bin. Ich schließe die Augen, atme langsam ein und aus. Öffne sie wieder und sehe mir die restlichen Fotos an.
Konzentriere mich.
Auf jedem Bild hat sie dasselbe Lächeln im Gesicht, denselben Ausdruck. Strahlend, lebhaft, offen. Ihr Haar sitzt immer perfekt, ihre Kleidung ist nie verdrückt. Selbst ihre Posen sind makellos.
»Na prima«, murmele ich leise. »Miss Perfect.« Sie ist mein schlimmster Alptraum, ein typischer Siegertyp mit den entsprechenden Ergebnissen. Sie gehört zu den Leuten in der Schule, die einfach immer offenlegen müssen, wie langsam, plump und unzulänglich ich in Wirklichkeit bin, ganz egal, wie sehr ich auch versuche, es zu verstecken.
Sie ist die Substitutin, die es verdient zu gewinnen.
Ich zittere und wende mich ab. Mein Magen zieht sich zusammen. Ganz gleich, wie sehr das alles auch zutreffen mag, auf dem Spielfeld der Aufträge sind wir jetzt gleichauf. Ihr Striker ist durch meine Hand gestorben. Und ich weigere mich zu glauben, dass sie besser ist als ich. Das darf ich einfach nicht.
Keine Zeit mehr für solche Dinge. Ich muss so schnell wie

möglich hier raus. Ich weiß nicht, was schlimmer wäre – wenn jemand hier hereinkommen und annehmen würde, ich wäre sie, oder wenn jemand hereinkommen würde und wüsste, dass ich es nicht bin.
Ein knarzendes Geräusch im oberen Stockwerk, direkt über mir. Noch ein Knarzen, dann das Quietschen von Brettern, als jemand darübergeht.
Es ist doch noch jemand im Haus.
Es ist zwecklos zu versuchen, das flaue Gefühl in meinem Magen und meine angespannten Nerven zu beruhigen, während das Blut hektisch durch meine Adern jagt. Nichts davon wird verschwinden, ehe ich getan habe, was ich tun muss.
Draußen ist es jetzt völlig dunkel, wodurch es auch hier drinnen noch dunkler wirkt. Ich fahre mit der Hand an der Wand entlang, um mich weiter vorzutasten, und mache mich leise auf den Weg nach oben.
Hier sehe ich wieder besser. Im Dach über mir befindet sich ein großes Oberlicht und draußen regnet es. Tropfen rinnen in kleinen Bächen an dem gewölbten Fenster herunter. Das Geräusch soll beruhigen, stattdessen reibt es mich immer weiter auf, jeder dumpfe Schlag lässt mich angespannter werden.
Vier Zimmer. Eines davon ist das Badezimmer. Ein weiteres das Arbeitszimmer. Durch die Tür erkenne ich einen Schreibtisch, auf dem der Aktenkoffer eines Mannes steht. Der schwache Umriss eines Stuhls mit hoher Rückenlehne dahinter.
Die Tür neben dem Arbeitszimmer ist geschlossen, wahrscheinlich ein Schlafzimmer. Dort, wo die Tür nicht ganz bis zum Boden reicht, dringt ein schwacher Lichtstrahl hervor. Aus dem Inneren das gedämpfte Gemurmel einer Fernsehshow oder eines Films. Nur unwesentlich lauter höre ich Stimmen, das dünne Summen von Insekten.

Das Schlafzimmer ihrer Eltern.
Das Zimmer meiner Substitutin befindet sich am Ende des Ganges. Bereits von hier kann ich die bedrückende Stille spüren, die von dort ausgeht. Sie ist schon seit einer ganzen Weile von hier verschwunden. Höchstwahrscheinlich gleich zu Beginn.
Ich trete ein, schreite über die Schwelle, wo der helle Hartholzboden des Ganges auf einen weichen Teppich trifft. Schwach nehme ich ein Parfum wahr. Angewidert rümpfe ich die Nase. Viel zu blumig. Am liebsten würde ich das Licht anmachen, doch ich kann das Risiko nicht eingehen, gesehen zu werden. Tja. Ist nicht das erste Mal, dass ich im Dunkeln werde agieren müssen.
Das Zimmer ist absolut typisch für ein 15-jähriges Mädchen, und zwar in mehrfacher Hinsicht. Zum Faulenzen sind auf dem Bett überall Kissen verteilt, die hellen Wände sind mit Postern und Fotos übersät (darunter auch weitere von *ihm,* er ist wirklich überall). Die Kommode ist voller Kosmetikartikel und Schmuck.
Nur, dass alles außergewöhnlich sauber ist. Alles. Die Kissen sind ordentlich aufgereiht, nicht durcheinandergeworfen, und die Poster und Fotos an der Wand alle im rechten Winkel zueinander angebracht. Die Kosmetikartikel stehen in perfekt abgemessenen Reihen, der Schmuck wurde in verschiedene Häufchen sortiert.
Mich überkommt dasselbe komische Gefühl, das mich schon im unteren Stockwerk beschlichen hat, als ich auf die Fotos mit ihrem Freund gestoßen bin. Eiseskälte und Hitze durchzucken mich, erinnern mich daran, keinen Moment lang zu vergessen, dass ich in dem Haus der Person bin, die nichts mehr will, als mich tot zu sehen.
Das reicht, West.
Ich beginne mit meiner Suche.
Es ist schwierig, etwas zu finden, wenn man nicht genau

weiß, wonach man sucht. Beim Betreten des Zimmers hatte ich die glorreiche Vorstellung, ich könnte über ein altes Handy mit Telefonnummern stolpern, eine Liste enger Freunde, mit denen sie in Kontakt steht, vielleicht sogar Zettel mit verworfenen, schnell hingekritzelten Ideen, wie sie mich aufspüren könnte. Etwas, irgendetwas, dem ich entnehmen kann, wie sie vorhat, mich umzubringen.
Ich verfluche mich, während ich leise ein paar Schubladen öffne, die ordentlich angeordneten Papierstapel auf ihrem Schreibtisch durchgehe und versuche, ein stromloses Tablet hochzufahren. Ich habe doch ihr Gesicht, ihre Augen gesehen, oder etwa nicht? Wie konnte ich nur den Hauch einer Hoffnung hegen, dass sie genau dann, wenn es am meisten darauf ankommt, einen Fehler begehen und mir einen Hinweis hinterlassen würde?
Die Tür zum Schrank steht offen. Als ich mit der Hand über ihre Kleidung streife, muss ich an mein eigenes verschwitztes T-Shirt und meine verdreckte Jeans denken. Ich kann riechen, wie schmutzig sie sind, wie schmutzig ich bin. Für einen kurzen Moment erwäge ich, mich umzuziehen. Die Sachen würden mir passen, als gehörten sie mir, das weiß ich. Doch der Gedanke ist verflogen, ehe er sich in meinem Kopf einnisten kann. Das kann ich nicht machen. Das wäre viel zu … vertraut. Würde bedeuten, eine Grenze zu überschreiten, die sowieso schon viel zu verschwommen ist. Von einer Identität in eine andere zu schlüpfen sollte nicht so einfach sein. Hier hat sie gelebt, geschlafen, geträumt, ist zu der geworden, die sie ist. Wenn ich genug Zeit hier verbringen würde, würde ich dann mehr wie sie und weniger wie ich? Die Vorstellung ist zugleich erheiternd und verstörend.
Moment.
Die Stimmen aus dem anderen Zimmer werden lauter. Das Knarren einer Tür, die sich öffnet, der plötzliche hel-

le Schein des Schlafzimmerlichts, ehe es gelöscht wird, und das Schlurfen von Schritten im Gang.

Ich drücke mich gegen die Wand, so gut es mit dem Rucksack auf dem Rücken geht. Meine Augen sind weit aufgerissen und starr geradeaus gerichtet, mein Atem geht leise und schnell. Mit steifen Fingern taste ich mich zurück zum Schrank, ducke mich hinein und kauere mich zusammen. Jacken hängen vor meinem Gesicht, Stiefel und Turnschuhe machen den Boden zu einem unebenen Terrain. Ich stütze mich mit der Hand an der Wand ab, damit ich nicht umkippe.

Die Schritte kommen näher.

Ich ziehe meinen Daumen aus dem Loch in meinem Ärmel und greife nach meiner Waffe. Als ich den kalten Stahl fühle, schließe ich meine Finger darum. Der Trost, den ich dabei verspüre, fühlt sich falsch und richtig zugleich an. Langsam schiebe ich mich nach oben, bis ich wieder stehe, und lehne mich an den Rahmen des Schranks.

Ein großer Schatten taucht in der Türöffnung des Zimmers auf. Dann teilt er sich in zwei. Ich erkenne die Gestalten ihrer Eltern, die vom hinter ihnen einfallenden Licht angestrahlt werden. Einen Moment lang stehen sie regungslos da, stehen in der Tür, als erinnerten sie sich daran, wie es einmal war. Als wünschten sie, es würde wieder so sein.

Kalter Schweiß rinnt an mir herunter, ich bemerke den säuerlichen Geruch in der Luft. Der Geschmack von Furcht in meinem Mund ist scharf und bitter.

Jemand tritt ein. Die Schritte sind leicht und zögerlich. Die Mutter. Sie streckt die Hand aus, um etwas auf dem Schreibtisch zu berühren. Die Bewegung ihrer Hand ist wie die eines Geistes im Schatten, unstet. Sie richtet etwas gerade, das ich verstellt habe. Ich halte die Luft an, frage mich, ob sie spüren kann, dass noch jemand anderes im

Raum ist. Nicht irgendjemand, sondern ich – die Substitutin ihrer Tochter.
Nein. Ich bin sicher. Der Moment verfliegt, und sie dreht sich zu ihrem Mann um, der sich keinen Schritt von der Tür entfernt hat. Irgendwie unheimlich, ihr Profil. Züge von meiner Substitutin sind darin zu erkennen ... Züge von mir.
»Sag mir, dass du ihr geglaubt hast«, bittet die Mutter meiner Substitutin leise. »Als sie heute Nachmittag angerufen hat. Dass sie es nicht einfach nur unseretwillen gesagt hat.«
»Sie weiß, was sie tut.« Eine Männerstimme, die angespannt klingt. Der Vater. »Sie wird bald zu Hause sein.«
Beim Klang ihrer Worte ist es so, als würde ich meine eigenen Eltern sprechen hören, die dieselbe Unterhaltung über mich führen könnten – wenn sie noch am Leben wären. Für einen kurzen Moment überlagern sich die vier Stimmen in meinen Gedanken, vermischen sich, werden austauschbar, bevor sie sich wieder auseinandersortieren. Ich verdränge das leise Bedauern, das ich plötzlich für die Eltern meiner Substitutin empfinde, weil sie das hier durchmachen müssen. Es ist ein Zeichen meiner Schwäche, auch nur eine Sekunde lang zu vergessen, dass ihre Traurigkeit nicht im Entferntesten mir gilt.
»Jetzt, da sie es so weit geschafft hat ...«, murmelt die Mutter. »Ich muss einfach glauben, dass sie die eine sein wird. Und was ist mit Glade? Hat sie von ihm gehört?«
Glade. Der Striker. Der Freund.
Der Vater atmet schwer. »Nein, noch nicht.«
»Ich habe ihr gesagt, sie soll es sich noch mal überlegen, ob sie ihn wirklich darum bitten will, ein Striker zu werden. Selbst wenn das Board es dann nicht als SM einstuft, wenn es klappt ...« Sie geht hinüber zum Buchregal. Rückt geistesabwesend ein paar Bücher zurecht, während

sie weiterspricht. Das hätte meine Mutter genauso gut tun können – die Hände mit etwas beschäftigen, um die Bedeutung dessen abzumildern, worüber sie gerade redet. Über das Schicksal ihres Kindes. »Und dieser Junge, den sie bei *ihr* gesehen hat ... Woher weiß sie, dass das nicht *ihr* Striker ist?«

Bei diesen Worten krampfen sich meine Hände zusammen, und um ein Haar hätte ich die Pistole fallen lassen. Mein Mund wird ganz trocken.

Chord, sie redet von Chord.

Bilder flackern vor meinem inneren Auge auf, wie kleine Explosionen bei einem Großflächenbrand: wie meine Kugel ihre Wange streift. Der Ausdruck auf ihrem Gesicht, als sie sich umdreht, um vor Chord wegzulaufen. Sein vor Sorge angespanntes Gesicht, als er meine Wunde verbindet, die Sanftheit seiner Finger, die ihn verrät.

»Aber da sind doch noch die Fotos von ihm, die sie im Haus ihrer Substitutin gesehen hat, weißt du noch?«, sagt der Vater. »Keine Zeichen auf seinen Händen.«

Mein Haus. Ob sie sich gerade dort aufhält, so wie ich mich in ihrem aufhalte?

»Na ja, da wird sie ganz bestimmt nicht sein. Keiner wäre so verrückt«, sagt die Mutter mit harter, hasserfüllter Stimme. Das verwirrt mich, verblüfft mich, denn soweit ich weiß, ist sie rein biologisch genauso meine Mutter wie meine wirkliche Mutter. Warum fühlt es sich also gleichzeitig richtig und falsch an, dass dieser tiefe Schmerz in meiner Brust anschwillt? Dass er sich so behaglich an die zunehmende Panik schmiegt, die ich wegen Chord empfinde?

»Hat sie gesagt, wo sie jetzt hinwill?«, fragt die Mutter.

»Hat sie, aber sie wartet noch in Gaslight, bis sie von Glade hört. Sie haben ausgemacht, dass er sie morgen anruft, wenn er einen Auftrag erledigt hat.«

»Aber sie kann nicht ewig auf ihn warten!« Töne der

Hysterie, völlig normal für eine besorgte Mutter. »Ihr geht die Zeit aus!«
»Wir werden das alles schon noch früh genug erfahren«, sagt der Vater in dem Versuch, seine Frau zu beruhigen. »Jetzt komm, du solltest etwas essen. Gehen wir nach unten.«
Damit verlassen die beiden den Raum. Gemeinsam gehen sie den Gang hinunter. Das Geräusch von Schritten auf der Treppe, das bald darauf leiser wird.
Ein paar Sekunden lang bewege ich mich nicht, versuche, mich zusammenzureißen. Aus allen Richtungen hämmern Informationen auf mich ein und drohen mich zu zerreißen. Ich bin nicht in der Lage, sie schnell genug zuzuordnen.
Glade. Meine Substitutin, die abwartet. Mein Haus. Chord.
Ich muss irgendwie herausfinden, wohin sie als Nächstes geht. Und das Einzige, was mich noch zu dieser Antwort führen kann, ist die Tatsache, dass ihr Vater Bescheid weiß.
Langsam trete ich aus dem Schrank heraus und schleiche mich zur Tür. Ich stehe ruhig da und lausche, um mich zu vergewissern, dass sie noch immer da unten sind. Erst als ich das Klappern von Schüsseln und Pfannen auf der Herdplatte höre, wage ich mich in den Gang hinaus, Richtung Arbeitszimmer.
Das Oberlicht hinter mir lässt gerade so viel Licht herein, dass ich sehe, was sich darin befindet: ein mit Teppich ausgelegter Fußboden. Ein Bücherregal an einer Wand, eine breite Magnettafel an einer anderen.
Ich gehe zum Schreibtisch. Darauf liegt nicht nur der Aktenkoffer, sondern auch Folgendes:
Eine leere Kaffeetasse.
Ein Tablet-PC.

Zwei Bücher.
Ein Handy.
Ein Stift. Er liegt auf der Seite eines Notizblocks, auf die irgendetwas gekritzelt wurde.
Zwei Zeilen, um genau zu sein. Die Tinte steht in krassem Gegensatz zum Weiß des Papiers.
Es ist unlogisch, dass mein Puls genau jetzt beschleunigt, mir in den Ohren rauscht, doch so ist es. Herz und Bauchgefühl stürzen sich auf etwas, was mein Kopf nicht wahrhaben will. Meine Finger zittern, als ich sie ausstrecke und das Papier hochhebe.
Zunächst ergibt es keinen Sinn. Bedeutungsloses Gekritzel, Nummern und Zahlen, die nichts mit mir zu tun haben.
Haben sie aber. Sie haben sogar *nur* mit mir zu tun.
77513 Arcadian. Meine Adresse. Nachvollziehbar.
Doch darunter dann das. Nicht nachvollziehbar:
77561 Arcadian. Nicht mein Haus, sondern das fünf Häuser weiter.
Hat sie gesagt, wo sie jetzt hinwill?, fragt die Mutter.
Hat sie, antwortet der Vater.
Als ich schließlich begreife, fällt es mir wie Schuppen von den Augen.
Chord. Plötzlich ist die Entfernung zwischen uns unerträglich, eine Bewährungsprobe für meine Zurechnungsfähigkeit. Noch nie wollte ich ihn so dringend sehen wie in dieser Minute, in dieser Sekunde.
Ich lasse das Papier zurück auf den Schreibtisch fallen. Laufe hinüber zum Fenster. Ich bin im zweiten Stock, doch das Haus auf dem gleichen Weg zu verlassen, wie ich gekommen bin, ist keine Option mehr. Langsam und leise ziehe ich die Jalousien nach oben, obwohl eine Stimme in meinem Kopf brüllt, dass ich mich beeilen muss, *beeilen!*

Vor dem Fenster befindet sich der Vorgarten. Die kahlen Obstbäume, die ich vorher gesehen habe, sind klein und entfernt, sie sehen zerbrechlich aus und sind sowieso zu weit weg, als dass sie mir auf meinem Weg nach unten nützen könnten.
Was bedeutet, dass ich übers Dach rutschen und dann springen muss. Und das Dach ist unbestreitbar sehr abschüssig. Abschüssig und rutschig vom Regen, ehe es ins Nichts führt.
Wenn ich weiter darüber nachdenke, vergeude ich nur meine Zeit, indem ich nach einem anderen Ausweg suche. Also erlaube ich mir das nicht. Stattdessen stelle ich mir Chords Gesicht vor.
Das Fenster lässt sich entlang einer Metallschiene aufschieben. Ich drücke mit beiden Händen gegen das Fliegengitter, bis der gesamte Rahmen mit einem leisen Ploppen herausspringt. Es landet auf den Dachschindeln darunter, schlittert weiter, bis es über den Rand des Daches nach unten fällt. Ich höre keinen Aufprall.
Ich klettere nach draußen und kauere mich auf dem unteren Fensterrand zusammen. Ich atme tief ein, halte dann die Luft an und beginne halb krabbelnd, halb schlitternd den Abstieg, versuche, mit den Füßen voran nach unten zu gelangen, ohne das Gleichgewicht zu verlieren und zu stürzen.
Doch es dauert nicht lange, bis die Schwerkraft die Oberhand gewinnt und ich falle. Rasant.
Ich pralle mit der Hüfte, den Knien und den Ellbogen auf dem Dach auf. Ich sehe abwechselnd rauhe Asphaltdachschindel und den dunklen, wolkenverhangenen Himmel mit dem bleichen Gesicht des Mondes vor mir. Schließlich hänge ich an der Dachrinne aus Aluminium. Mein Atem brennt in meiner Kehle, und meine Beine hängen über der Zufahrt herab. Meine Fingerspitzen sind

schmerzhaft weiß, klammern sich verzweifelt an die Rinne. Meine Schulter pocht im selben Rhythmus wie mein hämmerndes Herz.
Der Weg nach unten ist im Vergleich dazu lächerlich, ein einfacher Sturz. Von meinen Zehenspitzen bis zum Boden sind es etwas fünf Meter. Also lasse ich los und achte darauf, die Knie etwas anzuwinkeln, ehe ich auf den Füßen lande. Meine Kiefer schlagen hart aufeinander, ich lasse mich nach vorn fallen und rolle mich ab, wie wir es in Kinetik gelernt haben.
Die Schmerzen in meiner Schulter sind heftig und dauern lange an. Sie lassen nur langsam nach, als ich endlich zum Stillstand komme. Doch das war es. Keine gebrochenen Knochen. Kein gezerrter Muskel. Ich kann es kaum glauben.
Ich flitze über den Rasen, jage in hohem Tempo auf die Straße, starre stur geradeaus und mache mich endlich auf den Weg nach Hause, zu ihm.

10

Meine Nachbarschaft ist zu einem Minenfeld aus Schatten, Gefahr und Bedrohung geworden. In der vollkommenen Dunkelheit der Nacht ist sie mir nicht länger vertraut. Ich halte mich dicht an Zäunen und Gebüsch, tue alles Menschenmögliche, um mich unsichtbar zu machen. Dass sie angeblich bis morgen in Gaslight bleibt, ist wenig beruhigend. Alles Mögliche kann geschehen. Manchmal versteht man auch etwas falsch, und vielleicht stimmt es gar nicht, was ihr Vater aus ihren Berichten herausgehört hat? Oder meine Substitutin könnte herausgefunden haben, wohin Glade unterwegs war, seine Leiche finden und nach Jethro zurückstürmen, um mich zweifach umzubringen – einmal für jeden von ihnen.

Im Hinterhof des Nachbarhauses ist der Boden unter dem alten Baumhaus uneben und weich – typisch für den Schlamm, auf dem der Bezirk errichtet wurde –, und vom Herumstehen in dieser Regenpfütze, die niemals vollständig austrocknet, werden meine Füße ganz nass. Ich beuge mich zu dem Zaun herunter, der unsere beiden Hinterhöfe voneinander trennt, schiebe die Latten zur Seite und spähe hindurch.

Nichts regt sich in meinem Haus. Alles ruhig. Kein Hinweis auf etwas Ungewöhnliches. Kein Licht in den Fenstern, keine offen stehenden Türen. Doch meine Augen haben sich bereits an das fehlende Licht gewöhnt, und schon an den kleinsten Veränderungen kann ich erkennen, dass doch jemand hier gewesen sein muss.

Die Jalousien in der Küche sind nicht ganz heruntergelassen. Fast, aber eben nicht ganz.

Ich spüre den Schatten ihrer Gegenwart, eine drückende Last in der Atmosphäre. Es ist hässlich und ungewohnt und klingt nach Selbstvertrauen. Ist es ihr schon zur Gewohnheit geworden, hier vorbeizukommen, oder war es ein spontaner Entschluss? Wenn ihre Eltern in Bezug auf ihren Aufenthaltsort unrecht hatten, wenn meine Substitutin ihre Pläne geändert hat, dann könnte es sein, dass sie jetzt gerade da drin ist.
Ich streife mir den Rucksack von den Schultern und drücke ihn durch das Loch. Er lässt sich problemlos hindurchschieben, und ich muss an das letzte Mal denken, als ich hier hindurchgeschlüpft bin. Wie der Rucksack stecken geblieben ist, viel zu vollgestopft und prall gefüllt mit einer Vergangenheit, von der ich nicht wusste, wie ich sie zurücklassen sollte. Jetzt enthält er weniger, doch in vielerlei Hinsicht ist alles, was sich darin befindet, *mehr* geworden.
Nachdem ich durch den Zaun geschlüpft bin, schiebe ich das lose Brett zurück an seinen Platz, um das Loch hinter mir zu verdecken.
Ich bin zu Hause.
Ich wage es nicht einmal zu atmen, den verräterischen weißen warmen Schwall aus meinem Mund herauszulassen. Als sich noch immer nichts rührt, gehe ich langsam am Haus entlang zum Vorgarten und halte mich dabei so dicht an der Seitenwand, dass ich fast daran entlangschramme.
Beim Vorgarten angekommen, bleibe ich stehen, lehne mich an die Hausecke und zähle leise bis 50. Noch immer keine Regung – kein Hinweis, auf nichts. Ganz in der Nähe höre ich das beständige Rattern und Rauschen der innerbezirklichen Züge, die durch Jethros Straßen donnern. Das leise Rasseln der Fabriken während der Nachtschicht.

Von hier aus sind es nur noch zehn Meter bis zum Ende des Gartens, wo eine Heckenreihe unser Grundstück vom öffentlichen Gehsteig direkt dahinter abtrennt. Als ich das Ende des Gartens erreiche, kauere ich mich unter den Hecken zusammen, bleibe geduckt und klein und versuche, etwas von der Anspannung in meinen Muskeln zu lösen, damit meine Wirbelsäule wieder weich und locker wird. Wieder zähle ich bis 50, ehe ich mich langsam zu meinem Haus umdrehe, wobei ich so tief wie möglich in der Hocke bleibe.

Es sieht aus wie immer, doch ich weiß, dass es durch ihre Berührung verändert wurde. Werde ich jemals wieder in meinem Bett einschlafen können, ohne davon zu träumen, gejagt zu werden, verfolgt von jemandem, der zu sehr wie ich ist?

Das dumpfe Glänzen des Garagentors aus Stahl. Eine betonierte Treppe zum Eingang, gesäumt von einem hölzernen Geländer. Das große Panoramafenster im Erdgeschoss, zwei weitere im ersten Stock. Sie ruhen schwarz und still, die Vorhänge über die gesamte Breite zugezogen. Im Mondlicht sehen sie aus wie Leichentücher, als würde das Haus Trauer tragen.

Von hier aus kann ich fast Chords Haus sehen. Fünf Häuser weiter unten.

Ich war kurz davor, ihm eine SMS zu schicken und ihm zu schreiben, was ich im Haus meiner Substitutin gehört habe. Ich saß im außerbezirklichen Zug und hielt das Handy zitternd in der Hand. Meine Brust klopfte vor Furcht und purer, eisiger Angst um ihn. Ich tippte die Nachricht ein, war kurz davor, auf SENDEN zu drücken, als mir klarwurde, dass es die Dinge wahrscheinlich ins Rollen bringen würde, wenn ich Chord informierte. Und zwar auf eine Weise, die mir nicht gefiel.

Ich spielte alles in meinem Kopf durch, das Schlimmste, was

passieren könnte, je nachdem, wie er reagierte. Er könnte sie, ohne nachzudenken, angreifen, blind für alles außer dem Wissen, dass meine Substitutin es auf ihn abgesehen hat. Dem Wissen, dass er die Gelegenheit, ihr etwas anzutun, ohne zu zögern nutzen würde, bevor sie mir etwas antat – sofern es diese Gelegenheit überhaupt gab. Oder er könnte sich bemühen, so zu tun, als hätte sich nichts geändert, als wäre er sich der Tatsache nicht bewusst, dass er eine scharfgemachte Granate in der Hand hält, die kurz davor ist zu explodieren. Und das nur, um sie nicht vermuten zu lassen, dass er Bescheid weiß. Doch wenn er versagt, dann kann sie verschwinden, und die Jagd wird wieder bei null anfangen ... und uns bleiben weniger als fünf Tage.

Also habe ich das Einzige getan, was ich tun konnte – nämlich nichts. Schließlich benutzt meine Substitutin ihn, um an mich heranzukommen. Ich bin diejenige, die sie will, nicht er. Ich habe den nicht abgeschickten Text gelöscht, mein Handy wieder eingesteckt und darauf gewartet, dass die unerträglich lange Fahrt nach Hause zu Ende geht. Als ich aus dem Zug gestiegen bin und den Boden betreten habe, der mich zu meinem Haus bringen würde, war ich ein einziges Nervenbündel und jede Faser meines Körpers angespannt und einsatzbereit.

Jetzt, als ich mich Chords Haus nähere, kauere ich mich neben einem am Bordstein geparkten Wagen zusammen und greife nach meinem Handy, um Chord anzurufen. Er hebt nicht sofort ab, was ungewöhnlich ist, aber es ist ja auch schon spät. Und ich fühle mich kein bisschen schuldig, weil ich ihn wecke. Ich kann nicht bis morgen warten, um ihn zu sehen. Um mich mit eigenen Augen davon zu überzeugen, dass es ihm gutgeht.

»West? Was ist los?« Seine Stimme klingt noch ganz belegt vom Schlaf. Erleichterung durchflutet mich. Es geht ihm gut. Er ist in Sicherheit.

»Ich bin hier draußen«, zische ich in den Hörer. »Mach die Tür auf, ja?«
»Was? Wo bist du?«
»Chord, ich bin vor deiner Haustür.« Ich spreche die Worte langsam aus, versuche, nicht ungeduldig zu klingen. »Mach auf.«
»Okay, schon unterwegs.« Mit einem Klicken legt er auf. Ich atme tief ein und entferne mich von dem Auto. Innerhalb weniger Sekunden bin ich an der Tür, und als ich auf den Treppenabsatz trete, wartet Chord bereits auf mich. Er legt mir einen Arm um die Taille und zieht mich zu sich herein. Als er die Tür hinter uns zuknallt, kann ich nicht anders, als zuzulassen, dass sich der Abstand zwischen uns verringert. Es fühlt sich gut an, mich an ihn zu lehnen, wenn auch nur für einen kurzen Moment.
Seine Haare stehen in alle Richtungen ab, braun-schwarze Locken, wohin man auch sieht. Der Ausdruck in seinen Augen ist eine Mischung aus Freude, Sorge und Verzweiflung. »Hallo«, ist alles, was er sagt.
Da ich eine Ausrede brauche, um ihn nicht schon jetzt loslassen zu müssen, erlaube ich mir einfach, die Tatsache sacken zu lassen, dass ich endlich hier bin. Dass wir beide in Sicherheit sind … für den Moment.
Das Wohnzimmer ist ordentlicher als erwartet, wenn man bedenkt, dass Chord alles andere lieber macht als aufräumen. Eine Couch, zwei Sessel, ein Fernseher. Ein Couchtisch übersät mit Dingen, die vermutlich zu Chords Hausaufgaben gehören. Eine riesige Stereoanlage, die Chord und Luc zusammengebaut haben. Der schwere Spiegel mit dem Eisenrahmen über dem Kamin, den meine Mutter vor ein paar Sommern auf einem Trödelmarkt für Chord und Taje erstanden hat. Ein abgetragener, gemusterter Läufer über dem schartigen Holzboden.
Dann die Küche und der Essbereich auf der anderen Seite

des Hauses, dazwischen der Treppenaufgang. All diese Einzelheiten bedeuten Geborgenheit für mich, Trost, eine Erweiterung von Chord.
Ich lege den Kopf zurück, damit ich ihm ins Gesicht sehen kann. »Es gibt etwas, das du wissen musst«, fange ich an. »Meine Substitutin. Sie hat …«
»… mich beobachtet«, beendet er den Satz. »Ich weiß. Ich habe dir doch gesagt, dass auch ich sie beobachtet habe.«
Mir fällt die Kinnlade herunter. Natürlich weiß er schon Bescheid. »Warum hast du nichts …«
»Ich habe gesagt, dass ich mit dir reden will, oder nicht?«, antwortet er. »Sobald du aus Leyton zurück bist, erinnerst du dich?«
Wie eine Platte spielen sich Chords Worte erneut in meinem Kopf ab. Ich presse eine Hand auf seine Brust und lasse gleichzeitig meinen Rucksack fallen. »Du hättest mich zwingen sollen …«
»… zuzuhören? Das habe ich versucht, West. Aber du musstest dir noch über ein paar Dinge klarwerden. Also habe ich gedacht, du solltest erst dann hierherkommen, wenn du dir sicher bist, bereit zu sein.« Er stößt einen Seufzer aus, greift über meine Schulter und betätigt den Lichtschalter. Gelbes Gold strahlt von der Deckenleuchte auf uns herab. »Außerdem wusste ich, dass sie, solange sie in meiner Nähe war, nicht in deiner sein konnte. Schließlich hast du dein Bestes gegeben, um mir fern zu bleiben.«
Angesichts der Schonungslosigkeit seiner Worte kann ich nur aufwimmern. Er hat recht. Ich war nicht bereit, ihn zu sehen. Damals zumindest noch nicht. Obwohl ich ihn schrecklich gern gesehen hätte.
Fragmente, Bruchstücke dessen, was sich nach unserer letzten Handy-Unterredung ereignet hat, zucken durch meine Gedanken: wie der Striker, den sie angeheuert hat, in das Apartment eingedrungen ist. Die Leiche auf dem

Bett, die einen zweiten Tod über sich ergehen lassen musste. Die Pistole in meiner Hand, die Kugel in Glades Kopf.

Chord scheint in meinem Gesicht zu lesen, denn er kneift die Augen zusammen und fragt: »Wo warst du, West?«

Es bringt nichts zu lügen. »In Calden«, sage ich vorsichtig.

»Calden.« Er schöpft sofort Verdacht. »Das war kein Auftrag, oder?«

Ich schüttle den Kopf. »Ich wollte sehen, wo sie lebt.«

Ich sehe, wie ihm der Schock durch Mark und Bein geht. »Bist du wahnsinnig?«

»Ich weiß, es war dumm. Und waghalsig und gefährlich, und ich bin völlig bescheuert. Das weiß ich alles. Aber ich musste dorthin. Und nur so habe ich herausgefunden, was sie … dass sie …«

»… mich benutzt, um an dich heranzukommen.« Jetzt klingt er weniger erschrocken als vielmehr stinksauer, weil ich getan habe, was ich getan habe.

Ich nicke, kann nicht sprechen, da meine Kehle plötzlich wie zugeschnürt ist. Meine Furcht reicht für uns beide. Ich war so beschäftigt mit dem Gedanken, Chord könnte verletzt werden, und das einfach nur, weil er mir zu nahe war. Er könnte zwischen die Fronten geraten, zu dem sinnlosen Opfer eines KM werden. Niemals hätte ich angenommen, dass sie so weit gehen und sein Leben benutzen würde. Das Leben des Einzigen, der mir noch bleibt und den ich Familie nennen kann.

Chord greift nach meiner Hand. Reflexartig drücke ich die seine. Wie lange wird es noch dauern, bevor es sich nicht mehr so merkwürdig anfühlt? Die Haut eines anderen auf meiner zu spüren, die Haut eines anderen, der nicht da ist, um mir weh zu tun … oder dem ich weh tun werde?

»Sie kommt morgen«, sage ich mit einem Kratzen in der Stimme. Die Worte sind schwer laut auszusprechen. »Das habe ich auch herausgefunden. Hierher oder zu mir, ich weiß nicht, wohin.«
Er zieht mich an sich, bis ich wieder dicht vor ihm stehe, legt seine Arme um mich, und ich wehre mich nicht dagegen … oder gegen ihn.
»Dann haben wir ja noch bis morgen Zeit«, sagt er leise. »Aber jetzt bist du müde. Lass uns schlafen gehen.«

✖✖✖

Doch die Vorahnung auf die kommenden Ereignisse macht uns beide viel zu aufgedreht, als dass wir uns entspannen könnten, trotz der bleiernen Müdigkeit. Wie auch immer sich die Dinge entwickeln, es muss bald geschehen.
Außerdem bin ich am Verhungern. Also holt Chord mir das, was von seinem Abendessen übrig geblieben ist, aus dem Kühlschrank – ein halbes, noch eingewickeltes Sandwich und eine Schüssel mit Nudelsalat.
Ich nehme die obere Hälfte des Sandwichs herunter (das Brot ist aus Weizenmehl gemacht, voller Körner und immer noch weich), um zu sehen, was sich darunter verbirgt. Richtiges Gemüse, echte Mayonnaise, Fleisch, das nicht durch eine Maschine gepresst und dann zu Scheiben gedrückt wurde. Ich rühre den Salat mit einer Gabel um, entdecke die Kräuter darin, den klein geschnittenen Speck und das Dressing, das noch nicht leicht verdorben riecht.
»Und, hat der Salat die Inspektion bestanden?«, fragt Chord. Er sitzt neben mir und nicht, wie ich erwartet hätte, mir gegenüber.
Ich bin mir seiner Nähe viel zu bewusst, meine Nerven liegen noch immer blank aufgrund all der Ereignisse. Ich

lasse mir Zeit mit dem Schlucken. Nutze es als Vorwand, um so zu tun, als wäre ich zu konzentriert auf das Essen, um irgendetwas anderes zu registrieren.
»Na klar, wie auch nicht?«, frage ich schulterzuckend und achte darauf, mir das letzte Stück Speck bis zum Schluss aufzuheben. Es wäre leichter, etwas zu sehen, wenn wir das Küchenlicht angeschaltet hätten, aber keiner von uns hat sich die Mühe gemacht. Es hat etwas merkwürdig Tröstendes, gemeinsam im Halbdunkel zu sitzen, als einzige Lichtquelle die Lampe im Gang, die uns mit einem kokonartigen Leuchten umhüllt.
»Wenn du häufiger hier wärst, würde ich ständig solches Zeug für dich anschleppen.«
Ich weiß, dass er das tun würde. Selbst auf die Gefahr hin, vom Board gemaßregelt zu werden. »Es lohnt sich nicht, sich deswegen Ärger einzuhandeln, Chord.«
»Ich denke schon«, sagt er sanft. Und doch nicht zu sanft, als dass der harte Tonfall darin nicht auch zu hören wäre. Müsste ich raten, würde ich sagen, es sind nicht die Regeln, die ihn nerven, sondern ich. Mal wieder eine Demonstration der West, die es ablehnt, Zugeständnisse zu machen. Genervt von meiner eigenen Unfähigkeit nachzugeben, vergeht mir der Appetit.
»Es tut mir leid, das wollte ich so nicht sagen«, sage ich Chord. Ich zerknülle das Sandwichpapier und drücke den Deckel auf die Salatschüssel. Da ich sonst nichts mehr mit meinen Händen tun kann, setze ich mich auf sie. Dann spähe ich in sein Gesicht.
»Ich habe es wirklich einfach so gemeint. Dass du keinen Ärger bekommen sollst.«
Ich atme tief ein und ganz langsam wieder aus. »Ich habe nicht gemeint, dass ich nicht hier sein will … öfter … mit dir«, beende ich den Satz stockend.
Chord lässt mich nicht aus den Augen. »Ich wusste, dass

du es so gemeint hast, West«, sagt er leise. »Du musstest das nicht erklären.«
Meine Wangen und Ohren werden feuerrot und gleichzeitig erstarre ich innerlich. In meinem Kopf herrscht eine vollständige Leere.
»Aber danke, dass du es trotzdem getan hast.« Die Andeutung eines Lächelns umspielt seine Mundwinkel.
Ich blinzele ihn an, starre auf sein Grinsen, das sich über sein Gesicht ausbreitet. »Wie wunderbar von dir, mich ausreden zu lassen, ehrlich!«
Er berührt mich an der Schulter und ich bin dankbar, weil er mich gut genug kennt, um das Thema zu wechseln, ohne dass ich ihn darum bitten müsste. »Brauchst du noch mehr Schmerzmittel? Ich könnte dir helfen, den Verband zu wechseln, wenn du willst.«
Die Erinnerung seiner bloßen Hände auf meiner Haut, der Ausdruck auf seinem Gesicht, als er sich auf diesem Bett über mich gebeugt hat …
»Nein, schon in Ordnung, mir geht's gut«, sage ich leise.
Chord schüttelt den Kopf. »Also machst du das lieber einhändig, statt dir von mir …«
»Nein, das Schmerzmittel, Chord«, unterbreche ich ihn und versuche, nicht zu hastig zu sprechen. »Ich möchte das Risiko nicht eingehen, jetzt k.o. zu sein. Aber ›ja‹ zum Verarzten meiner Schulter, okay?«
Seine Augen blitzen vor Überraschung auf, und es liegt noch etwas anderes, Intensiveres darin. Doch er sagt nur: »Okay.«
»Aber zuerst muss ich duschen.«
»Okay.«
»Und kann ich mir ein T-Shirt von dir borgen? Das hier ist ziemlich hinüber.«
»Okay.«
Kleine Schritte. Aber die summieren sich auch.

»Glaubst du, sie findet jemand anderen?«, fragt Chord, der hinter mir auf der Couch sitzt. Er schneidet noch einen Streifen Tape ab, streicht mir das nasse Haar von der Schulter und klebt den Streifen über die Ecke des frischen Mullverbands auf meine Wunde.
Ich rolle den Ärmel des T-Shirts nach oben. Mein altes T-Shirt habe ich bereits in den Müll geworfen und gegen das von Chord ausgetauscht. Dieses hier riecht nach ihm, wie ich beim Anziehen festgestellt habe, obwohl sein Geruch von dem intensiven Duft des Waschmittels überdeckt wird.
»Du meinst, ob sie einen anderen Striker anheuert?«, frage ich zurück. Diesmal sind seine Hände kühl, und meine Haut ist vom Duschen noch ganz warm.
»Ja. Denn es wird nicht lange dauern, bis sie herausfindet, dass Glade tot ist. Was sollte sie daran hindern, jemand anderen anzuheuern?«
»Schon möglich.« Ich versuche so gut es geht zu ignorieren, wie nahe er mir ist. »Aber das glaube ich nicht. Ich glaube … ich glaube, sie will es jetzt *selbst* zu Ende bringen. Als wäre es vorherbestimmt, dass es so zu Ende gehen soll.«
Vorsichtig bringt Chord einen weiteren Streifen Tape an. »Willst du das auch?«
Langsam schüttle ich den Kopf. Ich kann ihm nicht sagen, dass alles, was ich über sie in Erfahrung gebracht habe, darauf hindeutet, dass sie zum Überleben bestimmt ist, nicht ich. »Ich weiß es nicht.«
»Wie auch immer, es ist ein ganz schönes Risiko, sie aufzusuchen und davon auszugehen, dass sie dich alleine angreift. Dich könnte alles Mögliche erwarten.«
Ich muss lachen. »Dasselbe gilt für dich, wenn du dich weiter so penetrant in meiner Nähe aufhältst.«
»Ich bin nicht derjenige, den sie beseitigen muss«, sagt

Chord. Wieder schiebt er mein Haar sanft von meiner Schulter und schneidet ein Stück Tape ab. »Ich wäre nur ein Unfall. Ein Kollateralschaden. Das Opfer eines klassischen KM.«
Seine Worte jagen mir ein Frösteln über den Rücken. »Ich sollte überhaupt nicht hier sein. Sie hätte niemals Notiz von dir genommen, wenn ich weggeblieben wäre.«
»Du bist weggeblieben. Ich war derjenige, der dir an dem Tag gefolgt ist, an dem sie mich gesehen hat. Wenn du schon jemandem die Schuld geben musst, dann mir.« Ich kann hören, wie er hinter mir die Schere und den Rest des Tapes in den Verbandskasten packt. Er beugt sich vor und stellt ihn auf den Couchtisch, ist mir wieder genauso nah wie zuvor. Rollt meinen Ärmel für mich nach unten.
Ich schnaube. »Na gut. Dann beschuldige ich dich hiermit, dort gewesen zu sein und mein Leben gerettet zu haben.«
»Ich will dein Leben nicht retten müssen«, sagt Chord leise. »Nicht, wenn du das tun kannst.«
Für einen langen Moment sage ich nichts. Ich denke an meine Schulter, die ihren Schmerzen immer noch viel zu freien Lauf lässt, an die kalten Augen meiner Substitutin, und neuerliche Zweifel walzen über mich hinweg. »Ich hätte verbluten können, Chord.« Meine Stimme hört sich kläglich an, besiegt. In dem plötzlichen Bedürfnis, sein Gesicht zu sehen, drehe ich mich um. »Ich habe es vermasselt, oder?«
Seine Augen blitzen auf, ein scharfes Schimmern im Lampenlicht. »Mach das nicht.«
»Was?«
»Red nicht so, als wärst du diejenige, die sterben soll.«
»Ich *könnte* aber sterben«, zische ich. »Ich bin menschlich, oder nicht?«
»Und ein Striker«, kontert er. Plötzlich lehnt er sich etwas

zurück, nur ein kleines bisschen, seine Schultern sind angespannt. »Wenn die Tatsache, dass du ein Striker bist, irgendeinen Sinn haben soll, dann jetzt.«
»Wer weiß, wie es ausgegangen wäre, wenn ich die Sache früher hinter mich gebracht hätte. Wer jetzt noch hier wäre.«
»Das kannst du nicht wissen, West.«
Ich ziehe meine Knie an und umschlinge sie, schütze mich vor seiner Frustration, vor meinen eigenen Gedanken. »Ich habe deinen Substituten gehasst für das, was mit Luc passiert ist«, sage ich. »Am Anfang habe ich sogar dich ein bisschen dafür gehasst. Aber es geht nicht nur darum, dass dein Substitut Luc umgebracht hat. Wäre ich nicht in dieses Haus gelaufen … wäre ich einfach nur im Wagen geblieben, wie er mir gesagt hat … dann wäre er noch hier.« Mein Atem geht gefährlich stoßweise. »Ganz egal, auf welche Weise ich es analysiere, letzten Endes läuft es immer auf dasselbe heraus.«
Schweigen. »Vielleicht wäre *ich* dann nicht mehr da«, sagt Chord schließlich. »Wäre es dann einfacher für dich gewesen?«
»Du weißt genau, dass es das nicht gewesen wäre«, flüstere ich mit brüchiger Stimme.
»Und es hätte auch nichts daran geändert, dass du deinen Auftrag bekommst. Zuerst habe ich mir die Schuld gegeben. Und auch dir ein kleines bisschen. Doch es war nicht unser Fehler. Luc würde wollen, dass wir das so sehen, glaubst du nicht? Also hör auf, dir die Schuld zu geben, und begreif endlich, dass dein eigenes Leben auf dem Spiel steht.«
Ich spüre, wie meine Augen anfangen zu brennen, zu jucken, und wie unter dem Gewicht seiner Worte alles verschwimmt. »Ich habe einfach nur Angst, dass ich wieder Mist baue, wenn es am meisten darauf ankommt.«

»Wie kann ich so sehr an dich glauben und du so wenig?« Er flucht leise und sieht mich an. Der Schmerz und die Wut auf seinem Gesicht machen mir mehr Angst, als seine Wut alleine es jemals könnte. »West, *bitte.*«

Mein Herz schlägt mir bis zum Hals. »Chord …« Doch mehr kann ich nicht sagen. Es lähmt mich, wozu er mich fähig hält, was er von mir erwartet.

»Wenn schon nicht für dich, dann für mich«, sagt er heiser. »Würde das reichen, damit du es versuchst?«

Jedes Wort zerreißt mich. Am Anfang schien alles so einfach – Chord von jedem erdenklichen Kreuzfeuer fernzuhalten, mein Bedürfnis zu glauben, dass er nur aufgrund seines Schuldgefühls und seines Versprechens für mich da sein wollte. Wie soll ich mir eingestehen, dass er mich schon allein deswegen verletzlicher hat werden lassen, weil ich mich in ihn verliebt habe … und dass ich deshalb gleichzeitig stärker sein könnte?

Ich höre, wie er heftig ausatmet, in mein Schweigen hinein. Heftig, weil er so erschöpft ist und es ihn eine endlose Anstrengung kostet, sich mit mir abzumühen. Doch als er aufsteht und die Hände in die Hosentaschen steckt, höre ich nur eine tiefe Trauer aus seiner Stimmer heraus. Mit brüchiger Stimme sagt er: »Ich kann dich nicht dazu bringen, zu kämpfen oder zu spüren, dass du diejenige bist, die zum Überleben bestimmt ist, West. Doch zu was immer es auch gut sein mag, ich liebe dich.« Dann ist er außer Reichweite, entfernt sich von mir, geht die Treppe nach oben.

Das Geräusch seiner Zimmertür, die zuknallt.

Der Klang seiner Worte, die in mir nachhallen.

Ich liebe dich.

Meine Substitutin wird morgen hier sein. Noch vier Tage. Noch nie zuvor waren die Dinge klarer. Noch nie haben sie sich so logisch aneinandergereiht, so deutlich Gestalt angenommen und einen so unwiderlegbaren, vollendeten Sinn ergeben. Sie lassen mich mit der Frage zurück, wie ich jemals, auch nur für eine Sekunde, einen Atemzug lang, oder in irgendeinem Teil von mir, anders darüber gedacht haben konnte.

Als das Handy mit einem neuerlichen Striker-Auftrag summt, antworte ich nicht, höre kaum das Klingeln und schaue auch nicht auf das Display. Viel zu hektisch und fieberhaft bin ich damit beschäftigt, die Dinge im Geiste durchzugehen, mir alles zurechtzulegen, meine Schritte zu planen. Schließlich ist das der wichtigste Auftrag, den ich je in meinem Leben haben werde. Und es wird mich voll und ganz in Anspruch nehmen, ihn erfolgreich durchzuführen.

Als ich aus der Hintertür hinausschleiche, scheint das kühle, weiße Licht des Mondes noch immer hell. Weit entfernt am Horizont sehe ich das erste Pink des anbrechenden Tages. Gekrönt wird es von dem hohen, gezackten Rand der Eisenbarriere, die aus der Entfernung dünn und spinnenartig wirkt. Es ist eiskalt. Mein Atem formt dicke Wolken.

Wenn Chord merkt, dass ich weg bin, muss die kurze Notiz, die ich ihm dagelassen habe, reichen. Ich hoffe nur, er findet sie auf der Couch, ehe er durchdreht.

Ich gebe mir fünf Minuten. Fünf Minuten, um nach drinnen zu gelangen, zu holen, was ich brauche, und wieder hierher zurückzukommen. Weitere fünf Minuten, in denen ich daran glauben muss, dass sie sich noch immer drüben in Gaslight aufhält und geduldig darauf wartet, von einem Toten zu hören.

Sobald ich vorne am Straßenrand bin, renne ich los. Mit der Pistole in der Hand laufe ich die Straße hinunter, bereit, mich jeden Moment einer tatsächlichen oder eingebildeten Gefahr zu stellen. Das hier sind nicht einfach nur

Häuser mit Fenstern, sondern Gesichter mit trügerischen Augen. Nicht mehr nur Bäume und Büsche, sondern perfekte Verstecke für ein dünnes, 15-jähriges Mädchen. Ein Mädchen mit so dunklem Haar, dass es leicht im Schatten verschwindet, nicht wie ich mit meinem leuchtenden Blond.

Von dem Moment an, in dem man seinen Auftrag erhält und sich entscheidet abzuhauen, verändert sich das Leben grundlegend. Es stellt sich nicht länger die Frage, was man an diesem Tag tun, was man essen und wen man treffen wird, sondern wie man bis zum nächsten Tag überlebt. Dass man mal wegen einer Prüfung oder eines Aufsatzes gestresst war, bedeutet nichts mehr. Stattdessen lernt man Paranoia kennen. Man lernt, die Geräusche hinter sich zu identifizieren. Man lernt zu betteln und zu schleichen und wie man sich im Dunkeln bewegt.

Man lernt, dass man niemals mehr nach Hause kann. Zumindest nicht, solange man kein Vollendeter ist.

Als ich mich der Vorderseite meines Hauses nähere, nehme ich mir einen Augenblick Zeit, um zu überprüfen, ob es noch immer keine Anzeichen dafür gibt, dass sich jemand im Inneren aufhält. Ich kann nicht blindlings hineingehen – eben *weil* es mein Zuhause ist. Mein Zuhause ist zu einer Falle geworden, zum Ort eines eventuellen Aufeinandertreffens, das in 99 von 100 Fällen kein gutes Ende für den Substituten nimmt, der nach Hause kommt. Nicht abzuhauen ist Kapitulation. Nach Hause zu kommen Selbstmord.

Nirgendwo Licht. Ich muss jetzt zuschlagen.

Ich husche am Haus vorbei zum Hinterhof, gehe zur Hintertür und gebe mit geübten Fingern den Code ein. Als das Schloss klickt, drehe ich den Türknauf und stoße die Tür auf. Sie ist noch immer am Aufschwingen, als mir plötzlich klarwird, dass ich den Eingangscode gar nicht

hätte benötigen sollen, weil die Tür nicht abgeschlossen sein sollte.
Irgendwie muss sie ins Haus gekommen sein. Und hätte sie dazu nicht die Hintertür nehmen müssen, hier, wo sie außer Sichtweite war? Doch wie kann sie dann hinter sich abgeschlossen haben, wo das doch völlig unmöglich ist? Nicht ohne den Zugangscode oder den manuellen Sicherungsschlüssel, den ich vor langer Zeit verloren habe …
Ich bin noch immer unsicher, doch mir ist klar, dass ich keine Zeit habe, weiter darüber nachzudenken – nicht jetzt zumindest. Also trete ich ein und schließe die Tür hinter mir. Verschließe sie und lasse dann meinen angehaltenen Atem ausströmen. Mir war gar nicht bewusst, dass ich ihn angehalten habe. Er wirbelt die abgestandene Luft auf. Und hinter dieser Schalheit verbergen sich vertraute Gerüche, so wie jedes Haus einen ganz eigenen Geruch hat.
Ich kann den Duft nach Eukalyptus von der Handcreme meiner Mutter riechen, den Hauch von Metall, den mein Vater sich nie ganz von den Händen waschen konnte, das Öl, mit dem Aave seine Messer pflegte. Ich kann den Geruch nach Schweiß von Lucs Sportsachen riechen, der noch immer in der Luft hängt, das Shampoo mit Zitronenduft, das er so mochte. Ich kann Ehms süßen Lippenbalsam riechen, genauso wie den Kaugummi mit Mentholminzgeschmack, nach dem sie regelrecht süchtig war. Alles davon ist verschwunden und doch noch immer hier. Als ich das Haus verlassen habe, habe ich nichts gefühlt. Und jetzt werde ich von Gefühlen überwältigt.
Ich stehe in der Küche und lasse sie über mich hinwegrauschen – die Schatten und Umrisse von alldem, was mir vertraut ist, von alldem, was ich seit jeher kenne –, und ich kann die Tränen nicht zurückhalten. Es ist immer in Momenten wie diesen, die mehr Schmerzen als sonst ir-

gendetwas verursachen, dass ich mich in die sichere Taubheit zurückziehen möchte … wenn das nicht bedeuten würde, Chord zurückzulassen. Und ich kann nicht in die Gefühllosigkeit zurück, wenn das bedeutet, aufhören zu müssen, ihn zu lieben.

Ich gehe am Esstisch vorbei, an dem mein Vater häufig seine Waffe gereinigt und sich Zeit genommen hat, uns zu zeigen, wie alles auseinandergenommen und wieder zusammengesetzt werden muss, wie ein kniffliges Puzzle. Die Kücheninsel, deren Ecken mit den Jahren runder wurden. Dann das Wohnzimmer. Doch wie sehr mich die Vergangenheit auch einholt, meine Hand liegt fest um die Pistole. Sicherheit ist keine Garantie, nicht hier, noch nicht.

Die Bücherregale, die an der gegenüberliegenden Wand hängen, sind voller Papierbücher und unterschiedlicher Flexi-Reader. Die gestreiften Sofas, auf denen so viele Freunde meiner Brüder übernachtet haben, als es zu spät wurde, um den letzten Bezirkszug nach Hause zu nehmen. Der Couchtisch, der für immer zu niedrig sein wird, seit mein Vater ihm die Füße abgehackt hat, um zu vermeiden, dass er weiter so wackelt.

Da ist etwas …

Ich beuge mich über den Couchtisch und betrachte eingehend seine sonst so glänzende Oberfläche, die jetzt von einer Staubschicht überzogen ist.

Ein kreisrunder Abdruck. Der Abdruck einer unachtsam abgestellten Tasse oder eines Bechers. Er selbst ist noch von keiner Staubschicht überzogen, daher weiß ich, dass er noch nicht alt sein kann.

Ich richte mich auf, mein Herz klopft jetzt etwas heftiger, und ein neuer Gedanke nimmt in meinem Kopf Gestalt an. Während mir ihre Unverfrorenheit bewusst wird, mit der sie sich hier häuslich einrichtet, gehe ich zur Vordertür.

Sie ist nicht abgeschlossen.
Ich öffne sie und untersuche das Schloss von außen, lasse meinen Daumen an der Stelle über die Blende gleiten, wo sie manuell mit einem Schlüssel geöffnet werden kann. Es ist zu dunkel, um die kleinen Kratzer zu sehen, die von einem Dietrich oder einem Schraubenzieh…
Die rauhen Erhebungen und gezackten Furchen um das Schloss herum sind mir Antwort genug. Ich muss an Chords Tastencode-Disruptor denken. Es macht nur Sinn, dass auch sie über ein System verfügt, um sich Zugang zu Häusern zu verschaffen. Wir beide versuchen uns nach und nach zu neutralisieren – Vorsprung um Vorsprung, Widerstand um Widerstand.
Ich schließe die Tür, ohne sie zu verriegeln, lasse sie genauso, wie ich sie vorgefunden habe. Es gibt keinen Grund, ihr zu signalisieren, dass sich etwas verändert hat, sollte sie zurückkommen. Keinen Grund, nicht jeden Vorteil zu nutzen, der sich mir bietet.
Fast alle Schlafzimmer sind unberührt. Das meiner Eltern ist noch immer so, wie mein Vater es zurückgelassen hat. Auf dem Bett liegen ihre Bettlaken, der noch nicht zusammengelegte Wäscheberg in einem Korb. Auf der Bettseite meines Vaters liegt ein Buch aufgeschlagen da, um die Seite zu markieren. Er war erst zu drei Vierteln damit durch.
Das Zimmer von Aave und Luc, Lucs Hälfte ein einziges Chaos. Ich konnte mich nach seinem Tod nicht dazu aufraffen, es zu betreten, bis ich schließlich selbst verschwinden musste.
Mein Zimmer, das ich mit Ehm geteilt habe, weist Spuren eines Eindringlings auf.
Nachdem Ehm gestorben ist, habe ich die zerknautschte gelbe Steppdecke über ihr Bett geworfen und ihre Lieblingsstofftiere neben ihrem Kissen aufgereiht. Das moch-

te sie, weil die Tiere so ihre schönen Träume für sie aufbewahren konnten, wenn sie schlafen ging – das hatte sie immer gesagt. Danach habe ich ihr Bett nie wieder berührt. Oder auch nur richtig angeschaut. Es war zu schmerzhaft, sie im Geiste noch immer dort zu sehen, gesund und munter, wo sie doch bereits unter der Erde lag, nichts weiter als ein Haufen Asche, Haare und Knochen.

Doch jemand hat sich an dem Bett zu schaffen gemacht. Ihre Tiere wurden auf die Seite geschoben, das Kissen verrückt, und die Decke ist zwar noch zugeschlagen, aber doch etwas zerknautscht.

Und sie hat in meinem Bett geschlafen. Nicht nur darauf gesessen, wie auf Ehms, denn die Decke ist zurückgeschlagen und das Kissen noch von ihrem Kopf eingedrückt. Sogar ein schwarzes Haar liegt auf dem Kissenbezug. Es ist länger, als meines je war, selbst vor meiner übereilten Schneide- und Färbeattacke.

Sofort nehme ich alles in mich auf, sehe mir fieberhaft an, was sie sonst noch durcheinandergebracht hat. Auf dem Schreibtisch herrscht eine andere Unordnung als zuvor. Nicht das kontrollierte Chaos, an das ich mich so gewöhnt habe, sondern eine Art wirrer Nachlässigkeit, bei der alles dort liegen bleibt, wo es gerade gelandet ist. Meine Stifte, Pinsel und Farben stehen nicht in den richtigen Dosen. Kunstbücher und Skizzenblöcke liegen auf den falschen Stapeln. Schubladen stehen einen Spalt offen. Ich kann den schwachen Geruch von Terpentin darin wahrnehmen.

Wut legt sich wie ein rotes Band über meine Augen. Dass meine Substitutin hier in meinen Sachen schläft, Schutz an einem Ort findet, an dem Ehms Duft noch in der Luft hängt, ist dasselbe, als hätte sie mich angegriffen. Es ist ein Übergriff auf meine Persönlichkeit. Ein wütendes Schluchzen entringt sich meiner Kehle. Das Geräusch lässt die Stille Risse bekommen.

Atmen, ich muss einfach nur atmen. Denn meine fünf Minuten neigen sich dem Ende zu.

Ich renne zum Badezimmer meiner Eltern. Die halb aufgebrauchte Tube Zahnpasta auf der Ablage … der Rasierer meines Vaters … die geflochtene Lieblingskette meiner Mutter in der kleinen Schale, die mein Vater nie weggeräumt hat …

Beim Anblick dieser Normalität verspüre ich einen schwachen Stich, der nur darauf wartet, sich auszubreiten. Doch ich unterdrücke ihn und wühle durch den Arzneischrank, als wäre ich ein Junkie auf der Suche nach einem Schuss.

Flaschen klappern und fallen ins Waschbecken. Sie rollen herunter, öffnen sich auf dem Fußboden. Tabletten verteilen sich wie billige Süßigkeiten in alle Richtungen. Es muss hier irgendwo sein. Ich erinnere mich genau …

Dann sehe ich sie. Die Schlaftabletten meines Vaters, die ihm nach dem Tod meiner Mutter verschrieben worden sind. Eine kleine Flasche, die leicht zu übersehen, leicht zu unterschätzen ist.

Ich öffne den Deckel und spähe hinein. Sie werden reichen. Es sind nicht viele, nachdem mein Vater sich schon an ihnen bedient hat, aber mehr als genug für das, was ich damit vorhabe.

Selbstmord.

Das Wort wird in Kersh nicht benutzt, klingt fremdartig, ist fast schon ausgestorben. Es ist wie eine wunde Stelle auf meiner Zunge, egal wie oft ich versuche, es mit dem Tod meines Vaters in Einklang zu bringen. Wenn ein Anwärter die Grundbegriffe des Kampfes nicht erlernt, ein Aktivierter es nicht schafft anzugreifen, dann ist das eine Sache. Dass ein Vollendeter aber beschließt, es würde sich letztlich nicht lohnen zu überleben, ist eine andere.

Das nämlich hat mein Vater beschlossen, als er diese Tabletten geschluckt hat. Dass ein Leben mit Luc und mir letzten Endes nicht reicht, um das Leben ohne meine Mutter, Ehm und Aave zu ertragen. Und ich habe ihn dafür gehasst … damals. Jetzt, wo ich daran denke, was für mich selbst auf dem Spiel steht, verstehe ich es noch immer nicht – und wer weiß, vielleicht werde ich das nie –, aber ich hasse ihn nicht mehr dafür.

Ich lasse alle Tabletten in meine Hand und von dort in meine Hosentasche fallen. Chord ist viel zu schlau. Wenn er wach ist, wenn ich zurückkomme, würde ihm die Beule, die die Flasche in meiner Hose verursacht, nicht entgehen, ganz egal wie sehr ich auch versuchen würde, sie an ihm vorbeizuschmuggeln.

Meine Zeit hier ist fast abgelaufen, und ich verlasse das Haus auf demselben Weg, auf dem ich es betreten habe: über die Treppen nach unten, zur Küche und durch die Hintertür. Dann am Haus entlang, durch den Vorgarten und zur Straße. Der Tag dringt langsam ins Haus vor, die Schatten ziehen sich allmählich zurück. Ich muss mich beeilen, bevor ich mich in eine zu gut sichtbare Zielscheibe verwandle.

Zurück in Chords Haus, stehe ich einen Moment lang an der Tür, überzeugt, dass er weiß, dass ich mich rausgeschlichen habe. Ein Teil von mir fürchtet, er könnte fragen, wo ich war. Und die andere Hälfte wünscht sich, er würde es tun, damit ich das hier jetzt nicht tun müsste. Damit er mich von einer anderen Möglichkeit überzeugen könnte.

Doch Chord schläft noch immer. Die Tür zu seinem Schlafzimmer ist geschlossen.

Also mache ich mich an die Arbeit.

✖✖✖

Ich brauche lange, um das Frühstück vorzubereiten. Nicht nur, weil es Ewigkeiten her ist, dass ich etwas gekocht habe, sondern auch, weil ich mich unglaublich ungeschickt anstelle und von Glück sagen kann, wenn ich das Haus nicht abfackle.

Noch einmal lasse ich einen prüfenden Blick über das Essen gleiten. Sieht sogar genießbar aus. Eier, Toast, Speck, Orangensaft. Nichts ist zu verkohlt oder zu roh. Das wird durchgehen. Ich rühre den Orangensaft noch einmal um, nur um mich zu vergewissern, dass sich die zerdrückten Schlaftabletten ganz darin aufgelöst haben. Ich weiß, dass ich ihn schon halb zu Tode gerührt habe, trotzdem kann ich nicht anders. Wenn Chord auch nur ahnt, was ich vorhabe, komme ich keinen Schritt weiter.

Ich atme tief ein, hebe das Tablett mit so ruhiger Hand wie möglich hoch und mache mich auf den Weg nach oben in Chords Zimmer. Ich halte nicht mal inne, um anzuklopfen. Das kann ich nicht. Ich kann es mir nicht leisten zu zögern, Zweifel aufkommen zu lassen.

Gedämpftes, gräuliches Licht dringt durch das Fenster herein. Auf seinem Schreibtisch liegt ein Stapel alter Tablet-PCs und Handys, mit denen Luc und er sich amüsiert haben, die sie aus Recyclingbehältern geholt und dann entweder runderneuert oder auseinandergenommen haben. Auf einem separaten Stapel liegen Unterlagen für die Schule: das Tablet, das Chord für sich selbst reserviert hat, ein paar Bücher, Ausdrucke und ein Flexi-Reader.

Er ist noch im Bett, schläft aber nicht mehr. Das sehe ich, obwohl er sein Gesicht mit einem Arm verdeckt. Ich frage mich, ob er überhaupt geschlafen hat.

»Chord.« Meine Stimme ist so heiser und zaghaft, dass sie gar nicht wie meine eigene klingt. Ich räuspere mich und versuche es erneut: »Chord.«

Ich stoße auf Schweigen. Dann, ganz leise: »Was ist los,

West? Geht's dir gut?« Er nimmt seinen Arm von seinem Gesicht und setzt sich langsam auf. Er trägt kein T-Shirt, obwohl Winter ist. Seine Schultern sind breiter, als ich gedacht hätte, und so geformt, dass sie männlich und trotzdem weich wirken. Ich kann nicht umhin, das langsame, lässige Spiel seiner Muskeln und Knochen zu bewundern, als er sich zu mir umdreht.
Eine ganze Weile sehe ich ihn einfach nur an. Bin völlig überwältigt, dass er mich will, mich liebt, und immer noch überrascht, dass ich ihm auf halbem Wege entgegenkomme.
»Ja, mir geht's gut«, sage ich. Ich kann mich nicht daran erinnern, wann ich das letzte Mal so nervös war, mehr als bei jedem Striker-Auftrag. Und das nicht nur wegen dem, was ich hier gleich ins Rollen bringe, sondern weil er mich so anstarrt, mit diesem unergründlichen Blick. »Wie hast du geschlafen?«
»Ganz okay, nehme ich an«, sagt Chord so leichthin, dass er mich fast schon vergessen lässt, was gestern Abend passiert ist. Unsicher, was ich erwidern soll, halte ich den Atem an, als er auf das Tablett zeigt, das ich immer noch umklammere. »Was ist das?«, fragt er argwöhnisch.
Meine Schultern werden steif. »Essen. Wonach sieht es denn aus?«
Er lacht. »Du? Machst mir Frühstück? Und bringst es mir ans Bett?« Er schüttelt den Kopf. »Das kann nicht wahr sein, West Grayer.«
»Halt die Klappe«, murmele ich. Ich fühle mich zu unwohl, um über seinen Kommentar zu lachen, obwohl er den Nagel auf den Kopf trifft. Nie im Leben wäre mir vor dem heutigen Tag in den Sinn gekommen, Frühstück zu machen. Aber ich habe keine andere Wahl.
Ich gehe zu seinem Bett und knalle das Tablett vor ihn hin. Zu heftig. Fast hätte ich geflucht, weil das Essen so gefährlich auf und ab hüpft. Aber der Orangensaft wird

nicht verschüttet. Ich atme noch mal tief ein, versuche mich zu beruhigen. »Hier, iss. Ich habe einfach nur … gedacht, du könntest hungrig sein.«
Er senkt den Blick und sieht mich dann wieder an. »Und was ist mir dir?«
»Ich bin schon seit einer Weile wach und hatte einen Mordshunger, also habe ich schon gegessen. Tut mir leid.«
»Oh, na dann, danke. Es sieht gut aus.«
Ich sehe, wie er zur Gabel greift. Ich kann nicht gehen, ehe ich nicht sicher bin, dass es funktioniert. Doch statt etwas zu essen, greift er nach meiner Hand. Zieht mich zu sich herunter, bis ich neben ihm sitze. Er verströmt Wärme, und ich lehne mich an ihn, will die innere Kälte aus mir herausschmelzen, selbst wenn sie genau das ist, was mich weitermachen lässt.
»Tut mir leid«, sagt Chord plötzlich ganz sanft. Seine Augen sind dunkel, leuchtend und erfüllt von ebenjener Traurigkeit, die schon viel zu lange darin zu sehen ist. »Wegen letzter Nacht meine ich.«
»Schon okay, Chord.«
»Nein, ist es nicht. Ich hatte kein Recht dazu, dich … so unter Druck zu setzen.«
Ich kann ihm nicht in die Augen sehen, schaffe es nur bis zu seiner Schulter. Aber ich verschränke meine Finger in seinen. Er soll wissen, dass ich ihm zuhöre, selbst wenn ich nichts sagen kann. Ob er gerade davon spricht, dass ich endlich den Mut aufbringen soll, meine Substitutin umzubringen, oder über seine Gefühle für mich, oder über beides, kann ich nicht sagen. Doch ich darf nicht über zu viele Dinge nachdenken. Ich muss einfach nur … aktiv sein.
»West, dir bleibt fast keine Zeit mehr.« Seine Stimme ist leise, versucht seine Verzweiflung zu verbergen, damit er mich nicht sofort wieder verschreckt. Er kennt mich ein-

fach zu gut … aber nicht vollkommen, noch nicht. Er weiß noch nicht, wie weit ich gehen kann.
»Ich weiß.«
»Bevor es implodiert.«
»Ich weiß.«
»Dann hängt es nicht mehr von dir ab. Oder von ihr.«
»Ich weiß.«
Chord will noch etwas sagen, hält dann aber inne, bevor er schließlich mit belegter Stimme fragt: »Was also wirst du heute machen? Nicht hier herumhängen, nehme ich an. Hast du irgendeinen Job am Laufen?«
Ich habe einen dicken Knoten im Hals, fühle mich schwer vor lauter Sorgen und wegen all der Dinge, die ich ihm so gerne sagen würde. Ich verstecke es so gut es geht und nehme den Orangensaft. Halte ihn Chord hin. »So was in der Art. Trink das, ja?«
Das ist die perfekte Antwort. Man kann damit auf rein gar nichts schließen, wie es für mich typisch ist. Seit Jahren ist er das von mir gewohnt. Sein Gesicht ist vor Ungeduld ganz hart, er greift sich das Glas und trinkt es in einem Zug aus.
»Hier. Glücklich?« Er knallt es aufs Tablett. Es kippt um. Vorsichtig stelle ich es wieder auf. Ich hoffe, ich habe die Dosis gut kalkuliert. Zu wenig, und er wäre einfach nur etwas k. o. Zu viel, und er könnte ins Koma fallen und nie wieder aufwachen.
Ein Gefühl, viel zu sehr wie Trauer, verdüstert meine Gedanken. Mein Herz wird von einer unbarmherzigen Grausamkeit zusammengedrückt, bereitet mir Schmerzen. Schweigend, ohne ihn anzusehen, hebe ich das Tablett vom Bett hoch und stelle es auf den Boden.
Chord sieht mich an. »Was machst …«
Ich kann mich nicht davon abhalten, unter die Decke zu schlüpfen, und mich neben ihn zu legen. Ich drehe ihn auf

den Rücken, rolle mich neben ihm zusammen, presse mein Gesicht an seinen Hals und rieche an seiner Haut. Fühle mich in Sicherheit, solange es noch geht.

Er dreht sich zu mir und legt seine Arme um mich. Greift mit seinen Fingern in mein Nackenhaar. »Hey, alles okay?«, fragt er, wieder mit belegter Stimme, dieses Mal aber nicht vom Schlaf.

Ich kann nur nicken. Ich traue mich nicht, etwas zu sagen. Und ich brauche das. Die Ruhe vor dem Sturm. *Das ist kein Lebewohl, Chord. Nur ein ›bis nachher‹, okay? Ich verspreche es.*

Ein paar Minuten lang sagt keiner von uns etwas. Ich höre nur das Pfeifen des Windes draußen und das beständige, noch immer heftige Pochen in seiner Brust.

»Sag was, West«, murmelt er. »Du machst mir langsam Angst.«

Seufzend atme ich aus. Sosehr ich mich auch von meinem Vorhaben zu überzeugen versuche, höre ich mich doch alles andere als sicher an, als ich sage: »'tschuldige, ich bin einfach nur … müde.«

»Ja, ich auch«, sagt er, und er hört sich in der Tat müde an. Ich bilde es mir nicht ein, ich bin sicher.

»Dann schlaf noch etwas«, sage ich ihm.

Chord schüttelt den Kopf. Selbst in dem schwachen Licht kann ich das erste Anzeichen von Verwirrung in seinem Blick erkennen. Seine Worte gehen ihm schleppend über die Lippen. »Geht nicht. Wir müssen los, bevor es zu spät ist. Hier ist es nicht sicher … für dich. Nicht wenn … sie wirklich vorhat … zurückzukommen.« Er runzelt die Stirn, setzt sich auf, als könnte er so die Nebelschlieren aus seinem Kopf vertreiben.

Ich ziehe ihn am Arm herunter. »Bleib, Chord. Ich will nicht, dass du schon aufstehst.«

Er blinzelt mich an. »Was? … Du solltest wissen, dass …

wir nicht bleiben können …« Er reibt sich über die Augen. »Verdammt, bin ich fertig. Ich fühle mich … ganz komisch.«

Ich sage nichts, lege mein Bein über seines. Ich berühre seine Wange mit meiner Hand, drehe sein Gesicht zu mir, so dass wir uns ansehen. Sein Blick ist ganz verschwommen, und er kämpft gegen das Verlangen, die Augen zu schließen.

Ich lasse meine Hand an seinem Kiefer entlanggleiten. »Ich tue das für dich und für mich«, sage ich ihm. »Für uns beide, okay?«

Zuerst versteht er nichts, doch dann reißt er beunruhigt die Augen auf, obwohl sie ihm allmählich wirklich zufallen. Ich drücke meinen Mund auf seinen, und die Sanftheit seiner Lippen zerreißt mir das Herz. »Ich liebe dich übrigens auch, Chord.«

Ich weiß nicht, ob er mich hört oder ob er bereits weggedämmert ist. In gewisser Hinsicht glaube ich, es ist besser, es nicht zu wissen. Denn dann gibt es etwas, das ich ihn fragen kann, wenn ich zurückkomme.

Ich habe etwa zwölf Stunden, vielleicht etwas mehr oder weniger, sofern ich mich bei Chords Gewicht nicht zu sehr verschätzt habe. Jetzt muss ich nur noch beten, dass sie rechtzeitig auftaucht.

Ich küsse ihn noch einmal, ehe ich aufstehe.

Als ich die Bettdecke über ihm glatt streiche, lasse ich die Gefühllosigkeit wieder Besitz von mir ergreifen, mache dicht, schlüpfe in die vorherige Taubheit, in der ich mich fast verloren hätte … Chord verloren hätte. Was übrig bleibt, ist West, der Striker, mit dem reinen, klaren Instinkt, zu töten oder getötet zu werden.

Immer war es Chord, der mich vor dem Ertrinken gerettet hat, ganz egal, wie sehr ich dagegen angekämpft habe. Dieses Mal springe ich ins kalte Wasser, um uns beide zu retten.

11

Nachdem ich mein Zuhause schnell, aber gründlich überprüft habe, weiß ich, dass sie sich nicht darin aufhält.

In der Küche verriegele ich die Hintertür. Die Bewegung ist langsam, unbekümmert, als hätte ich alle Zeit der Welt. Der Tag ist nicht länger auf seine normale Taktung begrenzt. Nichts, was außerhalb des Hier und Jetzt passiert, ist noch von Bedeutung, man hat dieses Stück Zeit herausgeschnitten und zur Seite gelegt, nur für uns beide, meine Substitutin und mich.

Mein üblicher Platz ist der, der zum Küchenfenster zeigt, von wo aus ich den Hinterhof sehen kann. Ich gehe zum Tisch und stelle meinen Rucksack darauf ab. Dann ziehe ich mir einen Stuhl hervor und setze mich, so selbstverständlich, als wäre ich niemals weg gewesen.

Die Vergangenheit versucht sich einzuschleichen. So, wie sich die Strahlen der Morgendämmerung durch die teilweise geöffneten Ritzen der Rollläden hereinstehlen, muss ich an Tausende von frühmorgendlichen Familienfrühstücken denken, wie sie niemals mehr stattfinden werden. Doch ich schiebe das mit einer Leichtigkeit beiseite, die mich zugleich überrascht und beruhigt.

Ich öffne den Reißverschluss meines Rucksacks, hole meine Pistole und meine Schnappmesser daraus hervor und lege sie vor mich hin. Ihre Umrisse, bedrohliche Linien und tödliche Wölbungen, heben sich von der warmen, bernsteinfarbenen Maserung der abgegriffenen Kiefernholztischplatte ab.

Ich starre auf das, was zu meinem neuen Leben geworden ist. Abgesehen von Chord sind das die einzigen Konstanten, die mir bleiben. Was mir Angst macht, ist, dass ich nicht weiß, ob ich sie jemals loslassen kann, selbst wenn es mir gelingt, diesen Tag zu überleben. Rettungsboot, Anker … ich weiß nicht, was sie für mich sein sollen. Selbst wenn ich die Wahl hätte.

Mit ein paar schnellen, geübten Handgriffen lade ich die Pistole und lege die verbleibende Munition in meinen Rucksack zurück.

Als Nächstes die Schnappmesser. Ich halte sie in das kühle, graue Licht. Die Griffe sind abgenutzt. Geronnenes, schwarzes Blut ist darin eingelassen. Doch nichts davon ist wichtig. Das Aussehen hat nichts zu bedeuten, solange sie mich nicht im Stich lassen, wenn ich sie brauche. Ich lasse eins nach dem anderen aufspringen, suche nach Kerben, Unebenheiten, klemmenden Gelenken. Nichts.

Das letzte Schnappmesser ist das von Glade. Es hebt sich von den anderen ab, schon allein deshalb, weil es so gut wie neu ist. Das und die Erinnerung an die frischen Zeichen auf seinen Händen lassen mich davon ausgehen, dass ich sein erster Striker-Auftrag gewesen bin, entweder regulär oder eben nicht. Es ist schwer zu sagen, wie es mir damit geht. Ich empfinde Genugtuung, weil ich meine Substitutin in gewisser Weise besiegt habe. Ich habe ihr *ihren* Chord weggenommen. Und ich empfinde Sorge. Weil ich sie auf die schlimmstmögliche Weise verletzt habe … sie, die fast so ist wie ich.

Die Qualität der Klinge ist hervorragend, also fällt mir die Entscheidung nicht schwer. Ich lasse sie in die Hosentasche meiner Jeans gleiten, nur für den Fall, dass ich meine Pistole verlieren sollte. Meine linke Schulter schmerzt noch immer, und ich bezweifle, dass ich so auf sie zählen kann, wie ich es im Normalfall tun würde. Trotzdem stecke ich noch ein Messer in meine linke Jackentasche und ein weiteres in die rechte, hintere Hosentasche. Nur für den Fall.

Ich schiebe mich vom Tisch weg und stehe auf. Meine Gedanken rasen, als ich mich langsam umdrehe, den Grundriss des Raumes und die Position der Fenster in mich aufnehme. Ich habe mein ganzes Leben hier verbracht, doch jetzt sehe ich mich mit den Augen einer Aktivierten um, eines Strikers, mit den Augen derjenigen, für die mehr als nur das eigene Leben auf dem Spiel steht.

Es wird das Fenster über dem Spülbecken sein müssen.

Es ist das kleinste Fenster, was gleichermaßen gut wie schlecht ist. Gut insofern, als dies die beste Position ist, die ich haben kann, um auf sie zu zielen, wenn ich sie durch das Sprossenfenster erblicke. Schlecht, weil ich ihre Bewegungen nicht wirklich verfolgen kann, bevor sie dort ankommt. Es wird sein, als würde sie aus dem Nichts auftauchen, wie ein Springteufel aus einer Schachtel, hämisch grinsend.

Aber anders wird es nicht gehen. Nicht, wenn ich es so sauber wie möglich abschließen will.

Ich gehe zum Fenster und ziehe an der Schnur der Jalousie.

Staubpartikel fliegen umher, ein dezentes Schimmern dringt durch mein unsanftes Zerren herein. Ich spähe aus dem Fenster, wie ich es schon immer getan habe, und sehe dasselbe, was ich auch in den Jahren davor gesehen habe. Unseren Hinterhof, der direkt an den des Hauses hinter uns angrenzt. Das Haus sieht genauso aus wie sonst auch: weiße Seitenwände, dunkle Akzente von roten Ziegeln, braune Zierleisten, die wieder mal gestrichen werden sollten … Mein Blick verweilt nicht länger darauf. Stattdessen schaue ich auf das, was sich leicht seitlich versetzt zu meiner Rechten in einer entfernten Ecke des Nachbargartens befindet.

Das Baumhaus. Ein sehr altes, häufig benutztes und perfekt gelegenes Baumhaus.

Ich hoffe, es hält meinem Gewicht noch stand.
Ich gehe zurück zum Tisch und greife nach meinem Rucksack. Taste nach der Innentasche, in der sich das befindet, was ich so dringend brauche. Sekunden später halte ich es in Händen, nahezu gewichtslos und doch bedeutungsschwanger.
Ein schwarz-silberfarbenes Gewirr aus einem Band und gehämmertem Metall. Bei seinem Anblick muss ich daran denken, wie ich es Glade vom Hals gerissen habe, ohne genau zu wissen, warum. Oder vielleicht hatte ich tief in mir doch eine Ahnung. Jetzt halte ich es umklammert, und es ähnelt einem Talisman mehr, als ich es mir je hätte vorstellen können.
Mein letztes Striker-Subjekt wäre mir im Bezirk von Leyton fast entkommen, und ich war nur Millimeter davon entfernt, einen Fehler zu begehen, der noch tausend Mal schlimmer gewesen wäre. Nur aufgrund einer unerwarteten Ablenkung.
Doch eine Ablenkung kann auch zu einem Köder werden. Und wenn das Potenzial zweier Katastrophen schon von nicht sehr viel mehr als einer Millisekunde abhängt, dann ist es ja wohl absolut legitim, sich zu wünschen, dass aus etwas sehr viel Konkreterem etwas Gutes hervorgeht, oder?
Ich laufe zurück zum Tresen und lege die Halskette vorsichtig vor dem Fenster ab. Sie wird ihre Aufmerksamkeit erregen, sie direkt dorthin locken, wo ich sie haben will. Wenn er ihr irgendetwas bedeutet hat, dann dürfte das reichen.
Nun muss ich nur noch eine Sache erledigen, für die ich zum Panoramafenster im Wohnzimmer gehe, das zu unserer Straße zeigt. Egal ob sie nun hierherkommt oder ob sie zu Chord geht, ich bin mir sicher, dass sie wieder aus dieser Richtung kommen wird. Meine Substitutin hat in meinem Bett geschlafen, es sich mit etwas zu trinken auf

der Couch bequem gemacht – wieso sollte sie also nicht selbstsicher genug sein und wieder den direktesten Weg wählen?
Und sollte sie nach Chord suchen, kann ich sie auf dem Weg dahin abfangen.
Am Fenster ziehe ich einen Streifen des Schiebevorhangs zur Seite, so dass in der Mitte eine kleine Lücke entsteht, nur etwa eine Handbreit – groß genug, um von ihr gesehen zu werden, und klein genug, um als Nachlässigkeit meinerseits durchzugehen.
Wenn es mir gelingt, sie glauben zu lassen, dass ich so langsam zusammenbreche und mich hier vor ihr verstecke …
Wenn es mir gelingt, sie glauben zu machen, dass sie nur noch hereinzuspazieren braucht, um mich zu finden …
Wenn es mir gelingt, sie jeglichen Gedanken an Chord vergessen zu lassen …
Zurück in der Küche, gehe ich in die Vorratskammer, verschlinge ein paar Müsliriegel, getrocknete Früchte und Orangensaftkonzentrat, alles, was schnell geht und im Stehen erledigt werden kann. Meine Bewegungen laufen mechanisch ab, das Essen schmeckt nach nichts, Hauptsache, was im Magen. Als ich fertig bin, greife ich mir den Rucksack auf dem Tisch, schließe den Reißverschluss und lege die Träger über meine Schultern. Ein letzter Blick auf Glades Halskette auf dem Tresen unter dem ungeschützten Fenster, und ich bin mir sicher, alles so gut wie möglich vorbereitet und in Szene gesetzt zu haben.
Als ich durch die Hintertür nach draußen trete, fängt ein neuer Tag an. Wohin ich auch blicke, alles ist in den grauen Dunst getaucht, der zu frühen Wintermorgen gehört. Ich achte darauf, nicht auf die dünnen Grasstreifen zu treten, die entlang des Hinterhofs verlaufen. Sie sind mit Frost überzogen, und ich weiß nicht, wie lange es dauern würde, bis meine Fußabdrücke daraus verschwunden wären.

Am hinteren Zaun schiebe ich die losen Latten zur Seite, schlüpfe hindurch und rücke sie dann wieder zurecht. Als ich den Kopf drehe und sehe, dass die alte Sperrholzplatte, die wir immer als Kletterrampe benutzt haben, noch da ist, aber an einem anderen Teil des Zaunes lehnt, ist es fast so, als würde ich eine Zeitreise machen. Als wäre ich wieder ein Kind, das hier ist, um zu spielen, nicht, um zu töten.
Ich ziehe die Platte zu mir herüber und lehne sie an den Fuß des Baumhauses. Sie ist voller Splitter und verschimmelt, ansonsten aber noch ganz. In meinem Kopf höre ich die jungen Stimmen meiner Brüder, die sich darum zanken, wer als Erster nach oben darf. Obwohl sie einander zurufen, sich verdammt noch mal zu beeilen, sehe ich, wie sie hinaufklettern und dabei darauf achten, dass keiner von ihnen am Rand abrutscht und auf den durchweichten Untergrund fällt.
Als ich jetzt hinaufklettere, brauche ich nur wenige Schritte, eine Art komprimierte Feuerleiter, genau wie im Grid, wo sie mich ebenfalls nach oben und in eine gute Schussposition gebracht hat. Als ich auf dem Absatz ankomme, setze ich mich sofort hin und prüfe die Bodenbretter.
Man kann es durchaus als Baumhaus bezeichnen – es ist ein Haus, und es befindet sich in einem Baum. Doch es ist überhaupt nicht so, wie es in Büchern beschrieben wird, und Welten entfernt von den Heimwerkerbausätzen, die man im Internet bestellen kann. Sieben Bretter aus breitem, nicht ganz bündigem Zedernholz bilden den Boden, weitere Bretter, die man der Länge nach festgenagelt hat, die circa einen Meter hohen Wände. Als Fenster dienen schief ausgesägte Löcher. Mehr gibt es nicht.
Doch das reicht. Ich rutsche hinüber, bis ich neben dem Fenster sitze, das auf mein Haus hinausgeht, und spähe nach draußen, um die beste Schusslinie zwischen mir und meiner Feindin ausfindig zu machen.

Alles schrumpft zusammen, läuft auf Reserve, beschränkt sich auf einen winzigen Punkt. Unnötige Geräusche werden ausgeblendet, ich höre nur noch meinen eigenen, gleichmäßigen Atem und spüre, wie die Waffe dumpf gegen meine gezeichnete Handfläche drückt. Ich versuche die Schatten im Haus zu durchdringen. Ich kann die Befestigung der Lampe erkennen, die über dem Esstisch hängt. Die runden Knäufe der Küchenschränke entlang der Wand. Nichts rührt sich, alles ist ruhig. Doch bald schon … Sie müsste jeden Moment in Jethro sein, jeden Moment zurück in meinem Haus.

Der Lauf meiner Pistole ruht auf dem rauhen Rand des Zedernholzsimses. Die Muskeln in meinem Arm sind angespannt, genau wie mein Inneres.

Ich warte.

✖✖✖

Die Zeit spielt ihr Spiel mit einem, treibt einen gedanklich in den Wahnsinn. Manchmal vergeht sie langsam und zäh, manchmal so schnell, dass man alles verpasst, wenn man nur einmal blinzelt.

Und sie kann weh tun … wenn ich es zulasse. Ich kann mich dazu entschließen, an den heftigen Muskelkrampf in meinem Nacken zu denken, der langsam einsetzt, an den pochenden Schmerz in meinem Kopf, der droht, alles andere herauszuhämmern. Ich kann mich an den Krämpfen in meiner Hand weiden, die die Pistole viel zu fest umklammert hält, dem aufbrausenden, noch nicht abklingenden Pochen in meiner Schulter. Auch kann ich die Erinnerung an meinen ersten Auftrag wieder und wieder durchgehen, wie ich unter dem Gebüsch bei diesem Haus in Jethro kauerte, abwartend, selbst dann noch, als mein Körper nicht mehr konnte.

Doch ich habe dazugelernt. Ich habe gegessen, damit Hunger keine Rolle spielt. Ich sage mir, die Schmerzen meiner Muskeln, Knochen und Glieder sind Phantomschmerzen eines Körpers, der nicht wirklich zu mir gehört.
Sei taub, ein Striker.
Die Sonne erklimmt den Himmel wie jeden Tag. Ohne eine Uhr kann ich nur ahnen, wie spät es ist. Mein Handy ist in dem Rucksack auf meinem Rücken, außer Reichweite. Ich darf den Blick nicht abwenden, nicht eine Sekunde. Ich habe Chord schon vor geraumer Zeit verlassen, und in meinem Haus ist es jetzt heller. Doch mehr Anhaltspunkte habe ich nicht.
So, wie die Sonne am Himmel steht, könnte es etwa zehn Uhr sein. Sie steigt stetig höher und eigentlich sollte mir wärmer werden, doch ich fühle nichts. Meine Haut ist undurchdringlich.
Sie ist nicht hier. Noch nicht.
Die Zeit vergeht, langsam und schleppend, und trotzdem geht sie vorbei. Aus zehn wird elf. Dann zwölf. Irgendwann muss es zwei Uhr sein, vielleicht sogar drei oder vier. Und dann will ich es gar nicht mehr wissen, denn die Sonne geht unter. Langsam, doch bestimmt senkt sie sich wieder. Das bleiche, aschfahle Licht eines vergehenden Wintertages verdunkelt sich zu gesprenkeltem Granit mit darin umherwirbelnden Wolken. Schwache Schatten der letzten starrsinnigen Blätter, die noch an einem Ahornbaum hingen, schweben herunter und verschwinden.
Ich werde müde, egal wie sehr ich dagegen ankämpfe. Dadurch bin ich weniger achtsam, sind meine Reflexe weniger impulsiv. Das wird noch zu Fehlern führen. Und irgendwann entgleitet mir der Lauf der Pistole, das Poltern von Metall auf Holz durchbricht die Stille. Ich brauche länger, als ich sollte, um sie wieder auszurichten. Panik dringt durch meine Erschöpfung zu mir vor, durchbohrt

mich wie ein Pfeil seine Beute. Gedanken wühlen mich auf, wählen dornige Pfade der Erinnerung. Der Schmerz, den sie dabei verursachen, ist erfüllt von Ungewissheit, und ich bin einfach nicht in der Lage, ihn zu stoppen. Nicht in der Lage, taub zu bleiben.
Noch zwei Stunden, bis die Wirkung des Schlafmittels nachlässt und er aufwacht. Vielleicht auch nur noch eine. Was würde ich tun, wenn ich meinen Auftrag erfolgreich beendet hätte? Würde ich etwas anderes sein können als ein Striker, jetzt, wo das doch vielleicht das Einzige ist, was ich wirklich kann, jetzt, wo der Schatten alles andere auslöscht? Wenn ich dem Striker-Dasein den Rücken zukehre, wird das die anderen nicht davon abhalten, *mir* den Rücken zuzukehren. Vielleicht würde auch Chord das tun – in meinen schlimmsten Alpträumen. Mit einem Striker zusammen zu sein könnte ihn zermürben. Und was, wenn ich es vermassle und sie entkommt? Jede Minute, die sie am Leben ist – die ich am Leben bin –, ist er in Gefahr. Er ist ein Vollendeter, doch der Tod schwebt noch immer über ihm. Meinetwegen. Was, wenn uns beiden die Zeit ausgeht? Was, wenn …
Chord.
Es schmerzt, wie sehr ich mich nach ihm sehne. Wie sehr ich will, dass uns ein neues Leben geschenkt wird, in dem wir beide Vollendete sind.
Doch der Gedanke verschwindet, löst sich auf, zerfällt, als mir der Atem stockt und mir damit auch die Fähigkeit abhandenkommt zu denken.
Jemand ist in meinem Haus.
Die schattenhafte Silhouette bewegt sich durch die Küche. Ich sehe nicht mehr als das Auf und Ab eines Kopfes auf der anderen Seite des Fensters. Aber das ist sie. Das muss sie sein. Wer sonst, wenn nicht die Person, die alles tun würde, um mich tot zu sehen?

Sie ist sieben Meter von mir entfernt.
Automatisch hebe ich den Lauf der Pistole ein paar Zentimeter weiter an. Eine Kugel beginnt zu sinken, sobald sie den Lauf einer Pistole verlassen hat. Die Schwerkraft ist eine Konstante, die sich nicht abstreiten lässt.
Kalter Wind streift meine Wange. Sanft und doch wie ein Schlag ins Gesicht.
Plötzlich taucht das Bild eines meiner Striker-Subjekte vor meinem inneren Auge auf. Der Junge im Hof hinter dem *Tweed.* Eine einzige Kugel hätte eigentlich genügen müssen. Doch dem war nicht so, weil ich die Distanz und den Wind unterschätzt hatte, der sie abdriften ließ.
Ich hebe den Lauf noch etwas höher. Nicht dieses Mal.
Dann fängt meine Hand wieder an zu zittern, und die Pistole klopft leise auf den hölzernen Sims. Ich hebe die linke Hand, um den Griff zu stabilisieren. Ignoriere die Schmerzen in meiner linken Schulter.
Stelle mir Chords Stimme in meinem Kopf vor. *Atme, West. Atme einfach.*
Noch sechs Meter. Der Raum zwischen uns. Aus der Vorhölle ins Leben, vom Aktivierten zum Vollendeten.
Ich weiß, dass du da drin bist. Jetzt komm schon näher.
Als hätte sie mich gehört, macht meine Substitutin einen Schritt nach vorn. Sie steht jetzt im Fensterrahmen. Ich erhasche einen Blick auf ihr vertrautes Profil.
Die Verletzung an ihrer Wange von jenem Nachmittag in den Straßen von Quad ist zu einer dunkelroten Scharte geworden. Ich freue mich darüber – so sieht sie weniger aus wie ich.
Ich beobachte, wie sie langsam die Halskette vom Tresen nimmt, und ich kann ihre Verwirrung geradezu spüren. Es ist ein stolpernder Denkprozess, der in Gang gesetzt wird, wenn man mit einem Gegenstand so völlig außerhalb seines gewöhnlichen Kontexts konfrontiert wird.

Ist das nicht Glades Kette? Wie ist sie hierhergekommen? Warum ist sie hier? Wenn das Begreifen einsetzt, ist es wie eine Flutwelle. Ihre Verzweiflung nimmt zu, wird größer. Ich habe mich gefragt, wie sehr er sie geliebt haben muss und ob sie ihn im Gegenzug auch geliebt hat. Weniger als er sie, habe ich gedacht. Wo sie ihn doch hat tun lassen, was er tun wollte. Oder vielleicht war genau das Gegenteil der Fall, und es war zu schwer für sie, ihn nicht an dem Geschehen teilhaben zu lassen. Jetzt kenne ich die Antwort. Und zu wissen, dass ich einen Teil zu ihrer Trauer beigetragen habe, ist eine schwere Bürde, Substitutin hin oder her.

Eine Wolke reißt auf. Das glatte Metall meiner Pistole blitzt in einem schwachen Lichtstrahl auf. Funkelt. Reflektiert. Sie schaut aus dem Fenster, sieht das silberne Leuchten.

Ihre Augen werden starr vor Schreck, als sich unsere Blicke treffen.

Vor lauter Schwäche zuckt ein Muskel meiner Hand verräterisch auf, wodurch die Pistole minimal verrückt wird. Wieder lässt die Sonne das Metall aufblitzen, ein genauso leuchtender Strahl wie beim ersten Mal.

Sie bewegt sich wie eine Katze, ihr Kopf zuckt außer Reichweite.

Ich drücke auf den Abzug. Die Kugel schwirrt durch die Luft und schießt durch die Scheibe, ehe sie sich in ihren Nacken bohrt.

Ich sehe sie nicht mal fallen, denn plötzlich verschleiern Tränen meine Augen. Meine Lungen ringen nach Luft, meine Kehle brennt, als ich heftige, unkontrollierte Schluchzer von mir gebe.

Es ist vorbei.

12

Wie jeder professionelle Striker sehe ich mich gezwungen, mich zu vergewissern, dass mein Auftrag wirklich erledigt ist.

Mit zitternden Beinen klettere ich von dem Baumhaus hinunter, meine Turnschuhe landen hart auf dem durchnässten Boden. Schlamm schmatzt und patscht unter meinen Sohlen, als ich schnell durch den Zaun klettere und durch den Garten zurück in die Küche renne.

Der Tod muss bestätigt werden.

Die Szene spielt sich lebhaft in meinem Kopf ab, ich sehe sie vor mir wie ein grelles Ölgemälde mit zu vielen Farben. Ich sehe, wie die Kugel ihren Nacken getroffen hat, ein kompliziertes Netz aus Blutgefäßen, Gewebe und Verbindungen, das so leicht zerstört werden kann. Ich habe es getan, kein Zweifel.

Und doch …

Doch …

Sie ist nicht da. Die Küche ist leer, abgesehen von der Blutlache auf den Fliesen am Boden. Sie ist nicht da, wo sie eigentlich sein müsste.

Ich starre auf die Blutlache, weiß nicht, was ich denken soll, wie ich denken soll. Meine Gedanken rasen, ein blindlings dahingaloppierendes Pferd, das vorwärtspreschen muss, und sei es nur, um die Antwort zu finden.

Wie ist das möglich? Das kann nicht sein. Niemals kann sie das überlebt haben.

Ich drehe mich im Kreis, bin vor Panik ganz wahnsinnig. Alles, was mich umgibt, ist mir vertraut, doch das macht es nur noch schlimmer. Ich weiß, wo sich was in diesem Haus befindet, ich weiß es von jedem einzelnen Gegen-

stand. Nur von dieser einen Person, die ich suche, weiß ich es nicht.
West.
Dieses Mal höre ich nicht Chords, sondern Lucs Stimme. Eine Oase der Ruhe in einem Sturm, der in meinen Gedanken wütet. So ruhig, selbst in dem Moment, als er starb. *West, mach ganz langsam. Du bewegst dich zu schnell. Das hast du schon immer.*
Fehler Nummer eins.
Ich presse die Augen zusammen.
Jetzt schau dich um. Schau dich wirklich *um.*
Ich schaue mich um. Und dann sehe ich es. Es ist so offensichtlich, dass ich nicht glauben kann, es im ersten Moment nicht bemerkt zu haben. Ich war wirklich blind. Kleine Blutspritzer neben der Lache auf dem Boden. Sie führen in einer Spur von hier fort, keine klare, sondern eine konfuse, gezackte, ungerade Linie. Auf dem Weg aus der Küche verändern die Tropfen ihre Form kaum merklich, werden dünner und länger.
Sie bewegt sich. Schnell.
Das kann ich mir gut vorstellen. Meine Substitutin, die taumelnd auf die Beine kommt, eine Hand auf den Nacken gepresst, um die Blutung zu stillen. Sie denkt, dass es ein Wunder ist, dass sie ihren Kopf in der letzten Sekunde weggedreht hat. Gerade so weit, dass die Kugel nichts Lebensnotwendiges verletzen konnte. Was sie hätte töten sollen, hat ihr stattdessen nur eine unschöne Fleischwunde beschert. Ihr Gesicht ist schmerzverzerrt, der Gedanke an den Aufprall, als sie sich sicher war, er würde das Ende bedeuten. Vielleicht umklammert sie immer noch Glades Kette.
Doch jetzt muss sie das Haus verlassen, weil ich auf dem Weg zu ihr bin. Also rennt sie halb, halb stolpert sie zur Eingangstür und reißt sie auf. Verzweifelt und wütend,

ihr einziger Gedanke, dass sie es genauso sehr zu Ende bringen will wie ich. Sie rennt nach draußen, Richtung …
Es trifft mich wie ein Faustschlag. Heiße, säuerliche Galle steigt in meiner Kehle auf. Die Wahrheit ist unleugbar, eindeutig.
Denn das ist genau das, was ich tun würde.
»Nein«, hauche ich in die Stille des Raumes. Ich kann nicht schreien. Kaum weiter durchhalten.
Dann renne ich, so schnell ich kann, rase durch die Küche, den Gang hinunter und durchs Wohnzimmer. Ich stürze durch die Eingangstür, lasse sie offen und in den Angeln schwingen. Nur ein Gedanke erfüllt mich, als ich über den Gehsteig renne. Kalte Winterluft schlägt mir entgegen, und schwacher Fabrikgestank steigt mir in die Nase.
Chord.
Die Straße hinunter, fünf Häuser. So nah und doch so unglaublich weit weg.
Chord!
Ich habe erst die Hälfte der Strecke zurückgelegt, als ich es höre: das Geräusch von zerberstendem Glas, Splitter, die auf den Asphalt regnen. Sie wirft das Fenster ein, um ins Haus zu gelangen.
Das Geräusch reicht wahrscheinlich nicht, um ihn zu wecken, selbst wenn sich das Schlafmittel in seinem Körper langsam auflöst. Weil ich ihn nicht in Gefahr bringen wollte, habe ich ihn verwundbarer gemacht als je zuvor.
Fehler Nummer zwei.
Beeil dich. Du musst dich beeilen. Das ist nicht die Stimme eines anderen, sondern meine eigene. Hart, kalt, gefühllos. Ich als Striker, der sich auf ein Ziel zubewegt. So, wie ich schon immer hätte sein sollen.
Die Eingangstür zu Chords Haus steht offen und ist gerade dabei, langsam zuzuschwingen, als ich dort eintreffe. Noch mehr Blut auf der Treppe, verstreute Tropfen, die

sich in kleine Pfützen und Schlieren verwandeln. Noch mehr Glassplitter, die vor dem eingeworfenen Seitenfenster liegen, von dem aus sie den Türknauf erreicht hat.
Als ich die Treppe nach oben renne, höre ich wieder meine Stimme im Kopf, ruhig und besonnen, die mir sagt, ich soll mich vorsichtig bewegen, die Dinge durchdenken, um …
Aber ich kann ihr nicht zuhören, selbst wenn ich es wollte.
Ich drücke die Tür mit dem Fuß auf und werfe mich dann neben den Eingang, als würde ich etwas oder jemanden erwarten: das Zischen einer Kugel, das Surren eines Messer, sie …
Doch … nichts.
Meine Kehle brennt, der Griff meiner Pistole ist vom Schweiß meiner Hand ganz klebrig. Ich beuge mich wieder vor und spähe in den Eingangsbereich.
Der Gang liegt still und fast vollständig dunkel vor mir. Das letzte Tageslicht schwindet schnell. Ich sehe nichts und einen Herzschlag lang bin ich regelrecht erstarrt. Eine Gefangene des Gewichts des Augenblicks.
Kämpfen, kämpfen, erstarren. Ein neu Aktivierter wird fast immer erstarren. Sich dann aus der Lähmung lösen und sich entweder verstecken oder suchen. Doch für mich ist das nichts Neues, nicht mehr – und ich habe nur noch eine Wahl.
Ich trete über die Schwelle, durch die noch immer offen stehende Tür. Streife auf der Suche nach dem Lichtschalter mit dem Arm an der Wand entlang. Als ich ihn finde, presse ich meine Handfläche darauf, will verzweifelt wieder etwas sehen können.
Die Deckenleuchte geht an, und ihr gedämpftes Licht reicht bis ins Wohnzimmer, streift die Küche und die ersten Stufen der Treppe, die nach oben führt. Letzte Nacht

war es angenehm, als würde man von etwas umfangen und geschützt. Doch jetzt nicht mehr. Jetzt ist es schwach, nur ein Schein, der nicht annähernd ausreicht, um das Böse abzuhalten.
Meine Substitutin ist irgendwo hier, wo sie mir am meisten Schmerz zufügen kann. Das Grauen ist jetzt eine Bestie, deren Zähne, Klauen und Gestank sich schon in mich hineingefressen haben. Der Ausdruck des Grauens auf seinem Gesicht, in seinen Augen, als er weggedämmert ist, eine Mischung aus Liebe, Panik und verratenem Vertrauen.
Chord, nein. Nicht so. So kann es nicht enden.
Ich gehe einen Schritt weiter, dann noch einen, meine Blicke schnellen fiebrig hin und her, suchen den im Schatten liegenden Raum zu meiner Rechten ab.
Leer, so wie ich ihn heute Morgen zurückgelassen habe. Die Couch mit der daraufgeworfenen Decke, das Kissen noch immer zerwühlt von der Ruhelosigkeit meines Pläneschmiedens. Der Verbandskasten auf dem Couchtisch, der ganz nah am Rand steht und droht herunterzufallen. Der Spiegel über dem Kamin, in dem ich die Spiegelung meines Schattens sehe.
Und ihren Schatten, wie er sich von hinten an mich heranschleicht.
Es ist nur ein Reflex, der aus einem reinen, unverfälschten Adrenalinschub heraus entsteht. Er lässt mein linkes Bein zurückschnellen und die Tür gegen die Wand knallen, wo sie sich versteckt hat, um auf mich zu warten. Und ich bin noch nicht einmal auf die Idee gekommen, dort nachzusehen.
Fehler Nummer drei.
Wieder trete ich dagegen, lasse ihren Kopf ein, zwei Mal gegen die Wand krachen. Dazwischen ein lautes Poltern. Ihre Pistole fällt zu Boden, schlittert Richtung Küche.

Mit beiden, jetzt freien Händen drückt sie fest gegen die Tür, und mein Bein kann der Wucht ihrer Wut nicht standhalten. Sie befreit sich und stürzt sich auf mich. Wir gehen zu Boden, knallen gegen den Rand des Couchtisches. Meine linke Schulter zieht sich schmerzhaft zusammen, das Brennen wird mit jedem Pulsschlag neu entfacht. Der Verbandskasten fällt neben uns herunter, sein Inhalt verstreut sich über den Boden, fliegt herum, zusammen mit meiner Pistole, die sich beim Aufprall aus meinem schwitzigen Griff gelöst hat. Wie in einem surrealen Déjà-vu rutscht sie über den Holzboden und bleibt am anderen Ende des Raumes liegen. Außer meiner Reichweite. Sie ist weg.

Fehler Nummer vier.

Sie ist ein Feuerball aus Hass, Verzweiflung und verletztem Fleisch, als sie mir ihre Klauen in die Augen schlagen will. Wie frischen Schweiß kann ich ihr Blut riechen, kupfern und salzig strömt es ihren Nacken hinunter. Die Tatsache, dass sie blutet, lässt Hoffnung in mir aufkeimen. Es ist noch nicht zu spät. Vielleicht.

Während wir miteinander ringen, schnappen wir beide nach Luft. Worte sind unnötig.

Sie ist auf mir, doch alles, was ich sehen kann, als ich versuche, sie am Hals zu packen, sind verkniffene, verzerrte Gesichtszüge, Schnörkel von langem schwarzem Haar, wie gothische Halsbänder, und ihr Blut, das auf meine Kleidung tropft. In diesem Moment sehen wir einander überhaupt nicht ähnlich, und doch sind wir ein und dieselbe, beide nur darauf versessen, den nächsten Atemzug zu überleben. Das ist die schlimmste Art Kampf. Der, in dem sich alles auf Muskelkraft gegen Muskelkraft, Willen gegen Willen reduziert, auf denjenigen, dessen Synapsen und Neuronen schneller arbeiten.

Ihre Hand greift nach etwas auf dem Boden neben meinem Kopf. Dann brennendes Feuer, als sie mein Gesicht mit der Spitze der Schere aus dem Verbandskasten von der Schläfe bis zum Kinn aufschlitzt.

Ich schreie. Führe eine Hand an mein Gesicht, versuche mich instinktiv vor weiteren Verletzungen zu schützen. Die andere Hand schlägt blind nach ihr und versucht, die Stelle ihres Halses zu fassen zu bekommen, die bereits durch die Kugel verletzt ist. Ich könnte schwören, dass ich die Hitze ihrer Verletzung an meinem eigenen Nacken spüren kann, als wäre ich dort ebenfalls verwundet. Ein kurzer Schwall Worte bricht aus ihr heraus – vielleicht eine Bitte, vielleicht ein Name, von wem, könnte ich nicht sagen. Beim Klang ihrer Stimme stellen sich die Härchen auf meinen Armen auf. Sie ist entstellt, belegt von Blut. Es ist das erste Mal, dass ich sie höre, doch trotzdem erkenne ich sie. Ihre Stimme … So muss ich mich für andere anhören.

Dann bewegt sie sich. Sie robbt über den Boden, will zu ihrer Waffe, die nur wenige Zentimeter von ihren Fingern entfernt liegt. Ich sehe zu, warte, Furcht breitet sich in mir aus, erfüllt meinen Mund mit einem scharfen Geschmack …

Ich ziehe mich auf die Knie. Meine rechte Hand tanzt und flattert über meinen Oberschenkel, sucht nach der Öffnung meiner Hosentasche. Als ich sie finde, greife ich hinein.

Nur noch eine Sekunde.

Eine letzte Gelegenheit.

Sei die eine, erweise dich als würdig.

Sie hat sich kaum umgedreht, zielt mit der Pistole auf mich, als sich mein Schnappmesser aus meinen Fingern löst, gekonnt und geschmeidig. Ohne das geringste Zögern dringt es in ihre Brust ein.

Eine lange, luftleere Sekunde. Angehaltener Atem, geschlossene Augen. Der Augenblick zieht sich in die Länge, meine Substitutin und ich, völliges Verständnis auf beiden Seiten.

Dann ist sie nur noch ein Haufen auf dem Boden. Ein Schwall eisiger Hitze schießt mir in die Augen, und ich weiß, dass sie wieder normal aussehen, meine Auftragsnummer hat sich in Nichts aufgelöst. Ihr Leben ist zu Ende, damit das Leben für mich weitergehen kann.

In diesem Moment stürze auch ich. Ich bin so unglaublich müde, erschöpft, abgespannt. Ich schließe die Augen, drehe mich zur Seite, rolle mich zusammen. Ich nehme nur schwach war, dass mir nichts mehr weh tut. Weder mein Gesicht noch meine Schulter oder irgendein anderer Teil meines Körpers, der so hart gekämpft hat.

Wie lange ich so daliege, ehe ein Geräusch die Stille durchbricht, weiß ich nicht. Das Klicken eines Schalters, Licht, das meine geschlossenen Augen überflutet. Zögerliche Schritte, die auf mich zugehen.

Ich öffne die Augen. Nur einen Spalt. Sie sind noch immer zu schwer.

Chord, endlich in Sicherheit.

»West?« Seine Stimme klingt müde, verwirrt.

Ich bin endlich *in Sicherheit.*

»West!«

So weit ich kann, öffne ich die Augen. Denn ich will mir nichts entgehen lassen, nicht mehr, nie wieder. Weil ich Chord auf mich zustürzen sehe … und keinen anderen.

13

Meine Finger verschränken sich mit Chords, halten seine Hand fest. Als wir uns dem Klassenzimmer nähern, kann ich nicht anders und drücke sie fest. Ich bin nervös.

»Autsch«, sagt Chord lachend. »West, meine Hand. Du zermalmst sie noch.«

»'tschuldige.« Ich lockere den Griff, ohne loszulassen. Es fühlt sich gut an, ihm so nahe zu sein, ohne Angst zu haben.

Plötzlich führt Chord mich an die Seite der Gangs. Wir waten durch einen Strom von Studenten, die alle in Eile sind, um vor dem letzten Klingeln in ihre Klassenzimmer zu kommen, und weichen in den dunkleren Türrahmen eines leeren Klassenzimmers aus. Wir sind fast allein, nur noch wenige huschen an uns vorbei und drehen sich nach uns um, aber ich beachte sie nicht, bin zu beschäftigt mit Chord. Mit der Tatsache, dass wir beide hier sind, am Leben und zusammen.

Er zieht mich an sich, legt seine Arme um meine Hüfte. »Bist du sicher, dass du so weit bist?«, fragt er. »Du weißt, es besteht keine Eile. Er hat gesagt, du sollst dich schonen, egal wie lange es braucht, bis es dir bessergeht.«

Ich hebe meine linke Schulter, um es ihm zu demonstrieren. »Nein, schon in Ordnung. Sie tut nicht mehr weh.«

»Lügnerin.«

Ich blicke finster drein. Ich kann ihm nichts vormachen. »Na schön. Nur noch manchmal. Zum Beispiel wenn es regnet.«

»Hier regnet es drei Viertel des Jahres.«

»Chord, es ist okay, ehrlich. Ich mache eine Pause, wenn es weh tut, einverstanden?«
Er beugt sich zu mir herunter, seine dunklen Augen leuchten, und er küsst mich. Keiner von uns will sich vom anderen lösen, um Luft zu holen. Erst die Glocke reißt uns auseinander.
»Verdammte Glocke«, sagt er leise. Er legt seine Hand auf die Narbe, die sich von der Stirn bis zum Kinn über mein Gesicht zieht. Ein dunkelroter Strich, der niemals wieder verschwinden wird. Doch das stört mich nicht. Wenn ich ihn ansehe, denke ich nur daran, dass ich gewonnen habe.
»Und das fühlt sich auch okay an?«
»Ja, alles in Ordnung.«
»Gut.« Seine Hand greift an meinen Hinterkopf, neigt mein Gesicht für einen weiteren Kuss zu ihm nach oben, doch ich weiche ihm lachend aus.
»Chord, die Glocke. *Geh* jetzt.«
Er seufzt, küsst mich aufs Haar. »Nur wenn du dir sicher bist. Es ist schon eine Weile her, weißt du.«
Das ist es. Inzwischen ist es nicht mehr Winter, sondern vorgerückter Frühling. Monate sind seit meiner erfolgreichen Auftragsausführung vergangen.
Und es ist an der Zeit. Meine Verletzungen sind so gut wie abgeheilt, und ich will wissen, wie es sich anfühlt, wieder Metall und Stahl in der Hand zu halten – und zwar ohne das Wissen, dass ich töten muss.
Ich lege meine Hände an Chords Gesicht und ziehe ihn sachte zu mir herunter.
Wären wir ganz allein, würde ich die Ärmel nicht über meine Handflächen ziehen, und ich könnte seine Haut an meiner spüren. Aber wir wissen beide, dass es keine andere Möglichkeit gibt, um meine Zeichen zu verdecken. Ich werde es immer tun müssen, mein ganzes Leben lang. Ich

drücke ihm einen kurzen Kuss auf den Mund, das muss fürs Erste reichen. Ich muss gehen, bevor ich wieder ganz aufgeregt bin.

»Treffen wir uns nach dem Unterricht?«, frage ich ihn. »Ich habe Dess gesagt, wir würden ihm helfen, ein neues Handy auszusuchen. Er kann seines immer noch nicht finden.« Dess, der es geschafft hat, seinen Auftrag alleine zu beenden, sogar eine Woche vor Ablauf der Frist. Dess, der sich irgendwie einen ganz besonderen Platz in meinem Leben erobert hat, jemand, der mir hilft, an meine Familie zu denken, ohne dass es allzu sehr schmerzt.

»Wo? Irgendwo im Grid?«, fragt Chord.

Ich nicke.

»Klar«, sagt er. »Wir holen ihn von der Schule ab, wenn er will.« Nur ungern lässt er mich gehen und hängt sich seine Tasche über die Schulter. »Aber … du packst das schon, West.«

»Ich weiß.« Ich sage es mit einem Lächeln und hoffe, so meine Nervosität zu verbergen.

Hoffentlich glaubt er nicht, dass es ein Fehler war, mich zu fragen. Dass ich noch immer so gut bin, wie ich war … so gut, wie er es von mir erwartet.

Ich rücke den verrutschten Riemen meiner neuen Tasche auf meiner Schulter zurecht, fahre mit der Hand über das weiche beigefarbene Leder. Viel zu voll, wie immer, aber nicht so voll wie samstags, wenn ich sie mit Nachschub für mein Referendariat in der Galerie in Leyton fülle.

Chord beugt sich für einen weiteren Kuss zu mir herunter. Er ist kurz und flüchtig, trotzdem bedeutet er uns beiden nicht weniger. »Ich liebe dich. Bis dann.« Er schenkt mir ein breites Grinsen, das in meiner Brust schmerzt. »Und tu keinem weh.«

Dann ist er weg, geht den Gang hinunter, zu spät zu seinem Unterricht.

Das Klassenzimmer, in dem ich erwartet werde, ist direkt an der Ecke. Als ich zur Tür komme, nehme ich einen tiefen Atemzug und trete ein.
Baer steht vorne im Klassenzimmer, sieht genauso hart, sicher und schroff aus, wie ich ihn in Erinnerung habe. Er balanciert ein Schnappmesser auf seiner Fingerspitze.
»Es geht also nicht nur darum zu lernen, wie man eine Waffe richtig einsetzt, sondern darum, die Waffe als solche zu verstehen, wie sie funktioniert und warum sie auf diese Weise …«
Dreißig Augenpaare wenden sich von Baers Gesicht ab, um zu sehen, wer in der Tür steht. Alle von ihnen sind Anwärter. Der Ausdruck auf ihrem Gesicht, voller Unschuld und Unerfahrenheit, gibt mir das Gefühl, sehr alt zu sein. So viele Fragen hinter diesen Blicken, und ich spüre, wie mein Gesicht heiß und mein Mund ganz trocken wird.
Baer dreht den Kopf in die Richtung, in die auch alle seine Schüler blicken. Als er mich sieht, bedeutet er mir, hereinzukommen. Seine blassen blauen Augen sind so voller Wärme, wie ich sie wohl nur selten sehen werde.
Ohne ein Wort oder eine Vorwarnung wirft er mir das Schnappmesser zu.
Meine Hand fängt es genau auf der Höhe ab, wo ich will, als wären nicht Monate vergangen, seit ich ein Messer so in der Hand gehalten habe. Doch es fühlt sich leichter an als in meiner Erinnerung, nicht mehr so schwer. Es ist nur ein Messer. Es geht nicht mehr um Leben oder Tod … zumindest für mich nicht. Ich habe jetzt eine andere Aufgabe.
Ich werfe einen Blick auf das Messer in meiner Hand. Ich habe es perfekt aufgefangen – denn die Spitze zeigt direkt auf Baer.
Er hat tatsächlich ein Lächeln im Gesicht, als er sich an

seine Klasse wendet und sagt: »Bitte begrüßt West Grayer – unsere neue Assistentin in Waffenkunde.«
Baer dreht sich um und wirft mir ein kurzes, zufriedenes Nicken zu. Damit gibt er mir zu verstehen, dass er nicht eine Sekunde daran gezweifelt hat.
Dass ich die eine bin. Dass ich würdig bin.

Danksagung

Ein riesengroßes Dankeschön geht an:

Meinen Agenten, Steven Chudney, dafür, dass er von Anfang an an dieses Projekt geglaubt hat.

Meine Lektorin, Chelsea Eberly, deren großes Talent mir dabei geholfen hat, mir mit diesem Buch einen Traum zu erfüllen.

Meine Online-Familien bei *The Lucky 13s, Friday the Thirteeners* und *Absolute Write,* weil es solchen Spaß macht, Zeit mit euch zu verbringen, und wir uns alle auf diese unglaubliche Reise begeben haben.

Meine Eltern, Bag und Hink, für ihre frühe Ermutigung und dafür, dass sie mich immer bei Tisch haben lesen lassen.

Meine Schwiegereltern, Ray und Peggy, für ihre beständige Unterstützung und Begeisterung.

Und an Wendy, Heather, Terry, Ashley und Dallas für alles, was sonst zählt, sowohl im Großen als auch im Kleinen.

AVERY WILLIAMS

EVERLIGHT

Das Buch der Unsterblichen

Roman

Um für immer mit ihrer großen Liebe Cyrus zusammen zu sein, nahm Sera vor über 600 Jahren einen Trank, der ihre Seele von ihrem Körper löste und sie unsterblich machte. Aber nach Jahrhunderten in einem ewigen Kreislauf hat Sera genug – sie will fort. Doch Cyrus, einst liebenswert und charmant, kontrolliert inzwischen jeden Schritt, den sie macht. Und er wird alles tun, um zu verhindern, dass sie ihn verlässt.

Knaur

DANIELA WINTERFELD

DER GEHEIME NAME

Roman

Rumpelstilzchen wollte das Kind der Königin. Er bekam es nicht. Jahrhunderte später schließt ein anderes Wesen seiner Art einen neuen Pakt – und wird ebenfalls betrogen. Seitdem sucht es unablässig nach dem Kind … Seit sie denken kann, ist Fina mit ihrer Mutter auf der Flucht. Doch jetzt, mit 19, will sie endlich ein richtiges Zuhause finden und zieht zu ihrer Großmutter, die am Rand eines düsteren Moores lebt. Das Moor fasziniert Fina vom ersten Moment an – genau wie der geheimnisvolle Junge, der dort lebt. Weder Fina noch der Junge ahnen, dass sie beide nur Figuren in einem Spiel sind, das dem betrogenen Wesen endlich seinen Lohn bringen soll …

Knaur Taschenbuch Verlag